증편 한국구비문학대계

8-21

부산광역시 ②−서부산권

이 지시는 2014년 대한민국 교육부와 한국학중앙연구원(한국학진흥사업단)의 구술자료 아카이브 구축사업의 지원을 받아 수행된 연구임(AKS-2014-OHA-1240001)

증편 한국구비문학대계

8-21
부산광역시 ②-서부산권

박경수 · 정규식 · 서정매

한국학중앙연구원

역락

발간사

　민간의 이야기와 백성들의 노래는 민족의 문화적 자산이다. 삶의 현장에서 이러한 이야기와 노래를 창작하고 음미해 온 것은, 어떠한 권력이나 제도도, 넉넉한 금전적 자원도, 확실한 유통 체계도 가지지 못한 평범한 사람들이었다. 이야기와 노래들은 각각의 삶의 현장에서 공동체의 경험에 부합하였으며, 사람들의 정신과 기억 속에 각인되었다. 문자라는 기록 매체를 사용하지 못하였지만, 그 이야기와 노래가 이처럼 면면히 전승될 수 있었던 것은 그것이 바로 우리 민족의 유전형질의 일부분이 되었기 때문이며, 결국 이러한 이야기와 노래가 우리 민족을 하나의 공동체로 묶어 주고 있는 것이다.

　사회와 매체 환경의 급격한 변화 가운데서 이러한 민족 공동체의 DNA는 날로 희석되어 가고 있다. 사랑방의 이야기들은 대중매체의 내러티브로 대체되어 버렸고, 생활의 현장에서 구가되던 민요들은 기계화에 밀려 버리고 말았다. 기억에만 의존하여 구전되던 이야기와 노래는 점차 잊히고 있다. 한국학중앙연구원이 1970년대 말에 개원함과 동시에, 시급하고도 중요한 연구사업으로 한국구비문학대계의 편찬 사업을 채택한 것은 바로 이러한 시대적 상황에 대한 우려와 잊혀 가는 민족적 자산에 대한 안타까움 때문이었다.

　당시 전국의 거의 모든 구비문학 연구자들이 참여하였는데, 어려운 조사 환경에서도 80여 권의 자료집과 3권의 분류집을 출판한 것은 그들의 헌신적 활동에 기인한다. 당초 10년을 계획하고 추진하였으나 여러 사정으로 5년간만 추진되었으며, 결과적으로 한반도 남쪽의 삼분의 일에 해당

하는 부분만 조사하게 되었다. 그럼에도 불구하고 한국구비문학대계는 주관기관인 한국학중앙연구원의 대표 사업으로 각광 받았을 뿐 아니라, 해방 이후 한국의 국가적 문화 사업의 하나로 꼽히게 되었다.

21세기에 들어서면서 한국학중앙연구원에서는 미완성인 채로 남아 있는 구비문학대계의 마무리를 더 이상 미룰 수 없다는 생각으로 이를 증보하고 개정할 계획을 세웠다. 20년 전의 첫 조사 때보다 환경이 더 나빠졌고, 이야기와 노래를 기억하고 있는 제보자들이 점점 줄어들고 있었던 것이다. 때마침 한국학 진흥에 대한 한국 정부의 의지와 맞물려 구비문학대계의 개정·증보사업이 출범하게 되었다.

이번 조사사업에서도 전국의 구비문학 연구자들이 거의 다 참여하여 충분하지 않은 재정적 여건에서도 충실히 조사연구에 임해 주었다. 전국 각지의 제보자들은 우리의 취지에 동의하여 최선으로 조사에 응해 주었다. 그 결과로 조사사업의 결과물은 '구비누리'라는 이름의 데이터베이스에 탑재가 되었고, 또 조사자료의 텍스트와 음성 및 동영상까지 탑재 즉시 온라인으로 접근할 수 있는 시스템을 갖추었다. 특히 조사 단계부터 모든 과정을 디지털화함으로써 외국의 관련 학자와 기관의 선망의 대상이 되고 있다.

이제 조사사업의 결과물을 이처럼 책으로도 출판하게 된다. 당연히 1980년대의 일차 조사사업을 이어받음으로써 한편으로는 선배 연구자들의 업적을 계승하고, 한편으로는 민족문화사적으로 지고 있던 빚을 갚게 된 것이다. 이 사업의 연구책임자로서 현장조사단의 수고와 제보자의 고귀한 뜻에 감사를 표하지 않을 수 없다. 아울러 출판 기획과 편집을 담당한 한국학중앙연구원의 디지털편찬팀과 출판을 기꺼이 맡아준 역락출판사에 감사를 드린다.

2013년 10월 4일

한국구비문학대계 개정·증보사업 연구책임자 김병선

책머리에

    구비문학조사는 늦었다고 생각하는 지금이 가장 빠른 때이다. 왜냐하면 자료의 전승 환경이 나날이 달라지고 있기 때문이다. 전승 환경이 훨씬 좋은 시기에 구비문학 자료를 진작 조사하지 못한 것이 안타깝게 여겨질수록, 지금 바로 현지조사에 착수하는 것이 최상의 대안이자 최선의 실천이다. 실제로 30여 년 전 제1차 한국구비문학대계 사업을 하면서 더 이른 시기에 조사를 했더라면 하는 아쉬움이 컸는데, 이번에 개정·증보를 위한 2차 현장조사를 다시 시작하면서 아직도 늦지 않았다는 사실을 실감했다.

    구비문학 자료는 구비문학 연구와 함께 간다. 자료의 양과 질이 연구의 수준을 결정하고 연구수준에 따라 자료조사의 과학성이 결정되기 때문이다. 실제로 1차 조사사업 결과로 구비문학 연구가 눈에 띠게 성장했고, 그에 따라 조사방법도 크게 발전되었다. 그러나 연구의 수명과 유용성은 서로 반비례 관계를 이룬다. 구비문학 연구의 수명은 짧고 갈수록 빛이 바래지만, 자료의 수명은 매우 길 뿐 아니라 갈수록 그 가치는 더 빛난다. 그러므로 연구활동 못지않게 자료를 수집하고 보고하는 일이 긴요하다.

    교육부에서 구비문학조사 2차 사업을 새로 시작한 것은 구비문학이 문학작품이자 전승지식으로서 귀중한 문화유산일 뿐 아니라, 미래의 문화산업 자원이라는 사실을 실감한 까닭이다. 따라서 학계뿐만 아니라 문화계의 폭넓은 구비문학 자료 활용을 위하여 조사와 보고 방법도 인터넷 체제와 디지털 방식에 맞게 전환하였다. 조사환경은 많이 나빠졌지만 조사보고는 더 바람직하게 체계화함으로써 누구든지 쉽게 접속하여 이용할 수 있는 데이터베이스를 구축했다. 그러느라 조사결과를 보고서로 간행하는 일은 상대적으로 늦어지게 되었다.

2차 조사는 1차 사업에서 조사되지 않은 시군지역과 교포들이 거주하는 외국지역까지 포함하는 중장기 계획(2008~2018년)으로 진행되고 있다. 한국학중앙연구원 어문생활연구소와 안동대학교 민속학연구소가 공동으로 조사사업을 추진하되, 현장조사 및 보고 작업은 민속학연구소에서 담당하고 데이터베이스 구축 작업은 한국학중앙연구원에서 담당한다. 가장 중요한 일은 현장에서 발품 팔며 땀내 나는 조사활동을 벌인 조사자들의 몫이다. 마을에서 주민들과 날밤을 새우면서 자료를 조사하고 채록하여 보고서를 작성한 조사위원들과 조사원 여러분들의 수고를 기리지 않을 수 없다. 조사의 중요성을 알아차리고 적극 협력해 준 이야기꾼과 소리꾼 여러분께도 고마운 말씀을 올린다.

구비문학 조사를 전국적으로 실시하여 체계적으로 갈무리하고 방대한 분량으로 보고서를 간행한 업적은 아시아에서 유일하며 세계적으로도 그 보기를 찾기 힘든 일이다. 특히 2차 사업결과는 '구비누리'로 채록한 자료와 함께 원음도 청취할 수 있는 데이터베이스를 구축해서 세계에서 처음으로 인터넷과 스마트폰으로 이용할 수 있는 디지털 체계를 마련했다. '구슬이 서 말이라도 꿰어야 보배'인 것처럼, 아무리 귀한 자료를 모아두어도 이용하지 않으면 소용이 없다. 그러므로 이 보고서가 새로운 상상력과 문화적 창조력을 발휘하는 문화자산으로 널리 활용되기를 바란다. 한류의 신바람을 부추기는 노래방이자, 문화창조의 발상을 제공하는 이야기 주머니가 바로 한국구비문학대계이다.

2013년 10월 4일
한국구비문학대계 개정·증보사업 현장조사단장 임재해

한국구비문학대계 개정·증보사업 참여자(참여자 명단은 가나다 순)

연구책임자

　김병선

공동연구원

　강등학　강진옥　김익두　김헌선　나경수　박경수　박경신　송진한　신동흔
　이건식　이경엽　이인경　이창식　임재해　임철호　임치균　조현설　천혜숙
　허남춘　황인덕　황루시

전임연구원

　이균옥　최원오

박사급연구원

　강정식　권은영　김구한　김기옥　김월덕　김형근　노영근　서해숙　유명희
　이영식　이윤선　장노현　정규식　조정현　최명환　최자운　한미옥

연구보조원

　강소전　구미진　김보라　김성식　김영선　김옥숙　김유경　김은희　김자현
　김혜정　마소연　박동철　박양리　박은영　박지희　박현숙　박혜영　백계현
　백은철　변남섭　서은경　서정매　송기태　송정희　시지은　신정아　오세란
　오소현　오정아　유태웅　육은섭　이선호　이옥희　이원영　이홍우　이화영
　임세경　임　주　장호순　정다혜　정유원　정혜란　진　주　최수정　편성철
　편해문　한유진　허정주　황영태　황진현

주관 연구기관 : 한국학중앙연구원 어문생활사연구소
공동 연구기관 : 안동대학교 민속학연구소

일러두기

■ 『증편 한국구비문학대계』는 한국학중앙연구원과 안동대학교에서 3단계 10개년 계획으로 진행하는 "한국구비문학대계 개정·증보사업"의 조사 보고서이다.

■ 『증편 한국구비문학대계』는 시군별 조사자료를 각각 별권으로 간행하는 것을 원칙으로 한다. 서울 및 경기는 1-, 강원은 2-, 충북은 3-, 충남은 4-, 전북은 5-, 전남은 6-, 경북은 7-, 경남은 8-, 제주는 9-으로 고유번호를 정하고, -선 다음에는 1980년대 출판된 『한국구비문학대계』의 지역 번호를 이어서 일련번호를 붙인다. 이에 따라 『증편 한국구비문학대계』는 서울 및 경기는 1-10, 강원은 2-10, 충북은 3-5, 충남은 4-6, 전북은 5-8, 전남은 6-13, 경북은 7-19, 경남은 8-15, 제주는 9-4권부터 시작한다.

■ 각 권 서두에는 시군 개관을 수록해서, 해당 시·군의 역사적 유래, 사회·문화적 상황, 민속 및 구비 문학상의 특징 등을 제시한다.

■ 조사마을에 대한 설명은 읍면동 별로 모아서 가나다 순으로 수록한다. 행정상의 위치, 조사일시, 조사자 등을 밝힌 후, 마을의 역사적 유래, 사회·문화적 상황, 민속 및 구비문학상의 특징 등을 중심으로 설명하고, 마을 전경 사진을 첨부한다.

■ 제보자에 관한 설명은 읍면동 단위로 모아서 가나다 순으로 수록한다. 각 제보자의 성별, 태어난 해, 주소지, 제보일시, 조사자 등을 밝힌 후, 생애와 직업, 성격, 태도 등을 중심으로 서술하고, 제공 자료 목록과 사진을 함께 제시한다.

■ 조사자료는 읍면동 단위로 모은 후 설화(FOT), 현대 구전설화(MPN), 민요(FOS), 근현대 구전민요(MFS), 무가(SRS), 기타(ETC) 순으로 수록한다. 각 조사자료는 제목, 자료코드, 조사장소, 조사일시, 조사자, 제보자, 구연상황, 줄거리(설화일 경우) 등을 먼저 밝히고, 본문을 제시한다. 자료코드는 대지역 번호, 소지역 번호, 자료 종류, 조사 연월일, 조사자 영문 이니셜, 제보자 영문 이니셜, 일련번호 등을 '_'로 구분하여 순서대로 나열한다.

■ 자료 본문은 방언을 그대로 표기하되, 어려운 어휘나 구절은 ( ) 안에 풀이말을 넣고 복잡한 설명이 필요할 경우는 각주로 처리한다. 한자 병기나 조사자와 청중의 말 등도 ( ) 안에 기록한다.

■ 구연이 시작된 다음에 일어난 상황 변화, 제보자의 동작과 태도, 억양 변화, 웃음 등은 [ ] 안에 기록한다.

■ 잘 알아들을 수 없는 내용이 있을 경우, 청취 불능 음절수만큼 '○○○'와 같이 표시한다. 제보자의 이름 일부를 밝힐 수 없는 경우도 '홍길○'과 같이 표시한다.

■『증편 한국구비문학대계』에 수록된 모든 자료는 웹(gubi.aks.ac.kr/web)과 모바일(mgubi.aks.ac.kr)에서 텍스트와 동기화된 실제 구연 음성파일을 들을 수 있다.

차례

설화

2. 북구

3. 사상구

4. 사하구

● 현대 구전설화

● 민요

● 근현대 구전민요

부산광역시 개관

1. 지리적 위치와 역사

부산은 우리나라 제1의 국제무역항을 가진 항구도시이자 서울특별시 다음으로 큰 제2의 도시로 한반도의 남동쪽 끝에 위치하고 있다. 부산은 전체 15개 구와 1개 군으로 구성되어 있는 광역시로 한국의 광역시 중에 가장 큰 도시이다. 부산의 지리적 위치를 자세하게 말하면, 동쪽으로는 동경 129°18'13"(장안읍 효암리), 서쪽으로는 동경 128°45'54"(천가동 미백도), 남쪽으로는 북위 34°52'50"(다대동 남형제도), 북쪽으로는 북위 35°23'36"(장안읍 명례리) 안에 자리잡고 있다. 부산의 총 면적은 765.94km² 에 달하는데, 동남쪽으로 남해와 동해 바다를 접하면서 대한해협과 연결되고, 북쪽으로는 울산광역시와 양산시 동면과 물금읍, 서쪽으로는 김해시 대동면과 경계를 이루면서 경상남도와 닿아 있다.

부산은 지정학적 위치 때문에 해양을 통해 일본 등 세계로 진출하는 관문 역할을 해왔을 뿐만 아니라 해양과 대륙을 잇는 교두보 역할을 담당해 왔다. 특히 1970년대 이후 한국의 국력이 신장되면서부터 세계 경제권이 태평양 연안국가로 집중되면서 부산은 태평양시대를 이끌어가는 중요한 전진기지로서 역할을 해왔다.

부산이 국제도시로 성장하게 된 배경에는 지정학적 위치 외에도 사람이 살기 좋은 기후 조건도 놓여 있다. 부산은 온대 계절풍 기후대에 속해 있는데, 대한해협과 접하면서 해양의 영향을 받아 여름과 겨울의 기온차가 크지 않는 해양성기후의 특징을 보인다. 따라서 여름에는 타 지역보다 온도가 낮고 해운대해변 등 모래해변이 많아 피서객들이 몰리고 있으며, 겨울에는 따뜻하여 사람이 살기에 좋은 도시로 각광을 받고 있다.

부산의 처음 명칭은 부자 부(富)자를 쓰는 부산(富山)으로 칭해졌다. 『태종실록』 태종 2년(1402년) 1월 28일조에 부산(富山)이란 명칭이 처음 보이며, 이후 『경상도지리지』(1425년), 『세종실록지리지』(1454년) 등에 '동래부산포(東萊富山浦)'라 하였고, 신숙주가 편찬한 『해동제국기』(1471년)에는 '동래지부산포(東萊之富山浦)'라 하여 오랫동안 부산(富山)이란 지명이 사용되었다.

그런데 『성종실록』 성종 1년(1470년) 12월 15일자에는 가마 부(釜)자의 부산(釜山)이란 명칭이 사용되고 있어서 이 시기를 전후하여 두 명칭이 혼용되었던 것으로 추정된다. 그러다 『동국여지승람』(1481년)에서 다시 부산(釜山)이란 명칭을 사용한 이래 계속 이 지명이 사용되고 있는 것으로 보아, 대체로 15세기 말엽부터 부산(釜山)이란 지명 표기가 일반화되었던 것으로 본다. 그리고 『동래부지』(1740년) 산천조에 "부산은 동평현에 있으며 산이 가마꼴과 같으므로 이같이 일렀는데, 밑에 부산·개운포 양진(兩鎭)이 있고, 옛날 항거왜호(恒居倭戶)가 있었다."라고 하였으며, 『동래부읍지』(1832년)에도 같은 내용이 기록되어 있다고 한다. 이 같은 사실로 미루어 보아, 부산(釜山)이란 지명은 가마꼴과 같은 산[이 산은 현재 좌천동의 증산(甑山)을 지칭하는 것으로 봄]이 있다고 하여 붙여진 명칭임을 알 수 있다.

부산이 일제 강점기인 1914년 3월 1일 행정구역 개편에 따라 부산부제가 실시되면서부터 근대도시로서의 면모를 서서히 갖추어 갔다. 당시 부산의 면적은 불과 84.15km²로 지금의 중구·동구·영도구 그리고 서구의 일부를 포함한 지역에 지나지 않았다. 그러다 1936년 제1차 행정구역 확장으로 동래군 서면과 사하면 암남리를 편입하면서 면적이 크게 늘어났으며, 1942년 제2차 행정구역 확장으로 동래군 동래읍과 사하면·남면·북면 일부가 편입되어 1914년 당시보다 면적이 세 배 이상인 241.12km²로 확대되었다.

2. 행정 구역과 인구

부산은 행정구역 확장에 따라 행정 중심지가 과거의 동래군 동래읍으로 이동되는 추세를 보였다. 부산의 제3차 행정구역 확장이 1963년 1월 1일자로 직할시로 승격되면서 동시에 이루어졌다. 이때 동래군 구포읍·사상면·북면과 기장읍의 송정리가 편입되었는데, 그 면적은 360.25km²로 늘어났다. 이후 1978년 제4차 행정구역 확장으로 김해군 대저읍·명지면·가락면의 일부 지역이 편입되었고, 1989년 제5차 행정구역 확장으로 경상남도 김해군의 가락면·녹산면과 창원군 천가면(가덕도)의 편입으로 면적은 525.25km²로 크게 확대되었다. 부산은 1995년 1월 1일 행정기구 개편에 따라 직할시에서 광역시로 개칭되었으며, 동년 3월 1일자로 제6차 행정구역이 확장되면서 양산군 5개 읍·면(기장읍·장안읍, 일광면·정관면·철마면)과 진해시 웅동 일부 지역이 편입되었다. 2010년 8월 현재 부산광역시는 일부 해안지역의 매립으로 767.347km²로 확장되어 오늘에 이르고 있다. 부산광역시의 15개 구와 1개 군 중에 가장 큰 면적을 차지하는 지역이 기장군이다. 기장군이 전체의 28.47%를 차지하고 있고, 다음으로 강서구(23.59%), 금정구(8.51%)의 순이며, 구도심지에 해당하는 중구와 동구가 각각 0.37%와 1.28%로 적은 면적의 순위를 보인다.

부산은 1914년 행정구역 개편 이래 계속 행정구역을 확장하면서 항구도시로서 발전해 왔는데, 1990년대 이전까지 인구도 계속 늘어나는 추세를 보였다. 1914년 당시 20,000명을 조금 넘었던 인구가 1942년에 334,318명으로 늘어났다가, 일본인들이 물러간 1945년 당시 28만여 명으로 잠시 줄어들었으나, 그 이후부터 계속 인구가 늘어났다. 특히 1950년 6월 25일 한국전쟁이 발발한 이후에는 부산이 임시수도가 되면서 전국 각지에서 피난민들이 몰려들었는데, 1951년 844,134명으로 인구가 급증했다. 그러다 1955년 인구가 100만 명을 넘어선 이래 1980년에 300만 명이 넘는 도시로 성장했다. 이후 인구 증가의 속도가 약간 둔화되다가, 1995년 양산군의 5개 읍면의 편입으로 인구가 3,892,972명으로 정점을 이루었다. 그러나 1996년 이후부터 기업의 역외 이전, 출산율 감소, 청년층의 타지역 진학이나 취업 등에 의해 인구가 감소하기 시작했다. 2010년 8월 현재 부산의 인구는 3,566,437명으로 줄어들었는데, 최근 출산율의 증가와 외국인의 증가 등으로 360만 명 선에서 주춤거리는 상태에 있다.

3. 지형지세와 문화권

부산은 크게 동부 구릉과 해안지대, 서부 평야와 공장지대, 중부 내륙과 해안지대로 구분할 수 있다. 이는 부산에서 금정산맥이 북쪽에서 남쪽으로 내륙의 중심을 관통하고 있고, 그 동쪽으로는 구릉을 끼고 해안이 발달되어 있으며, 그 서쪽으로는 낙동강을 끼고 길게 뻗어있는 지형지세를 기준으로 한 것이면서, 각 지형지세에 따라 서로 다른 산업과 문화권이 형성되어 있다는 점을 고려한 것이다.

먼저 동부 구릉과 해안지대는 금정산의 동남 방향으로 해운대의 장산을 중심으로 구릉을 끼고 있는 해안지대로 오늘날 흔히 '동부산권'이라 불리는 지역에 해당한다. 이 지역은 북쪽에서 남쪽으로 해안을 따라 기장군, 해운대구, 수영구, 남구를 잇는 곳으로 전형적인 리아스식 해안을 이루면서 어업과 수산업이 발달하고, 구릉지대 주변으로는 밭작물 중심의 농업이 성행했다. 오늘날에는 해운대신도시, 정관신도시, 센텀시티, 마린시티 등의 조성 등으로 부산에서 가장 인구가 밀집되고 있는 대도시로 변모했으며, 기장군 곳곳에 산업단지가 조성되는 한편 동부산 관광단지가 예정되어 개발을 앞두고 있다. 그리고 해운대해변을 비롯하여 송정, 광안리, 일광 등 해변을 끼고 관광리조트 산업이 발달되고, 센텀시티의 영상단지와 부산벡스코를 중심으로 영상산업과 전시컨벤션 산업이 급속하게 성장함으로써 부산에서 새로운 중심 도시로 이미 자리를 잡고 있다.

부산광역시의 행정구역(2010년 기준)

다음으로 서부 평야와 산업지대는 낙동강을 기준으로 강 서쪽으로 신어산맥과 강 사이의 분지를 이루는 평야지대와 강 하구의 삼각주 지대, 그리고 강 동쪽으로 금정산맥과 강 사이에 발달한 공단의 산업지구로 구분할 수 있다. 이들 지역은 현재 강서구, 북구, 사상구, 사하구로 구성된 이른바 '서부산권'으로 일컫는 지역인데, 사하구의 일부 지역을 제외하고 대부분의 지역은 1963년 이후 거듭된 행정구역 확장으로 편입된 곳이다. 이들 지역은 과거 동래군 구포읍·사상면·북면과 김해군 대저읍·명지면·가락면·녹산면과 창원군 천가면(가덕도)에 속해 있었던 곳으로, 김해군과 창원군에서 편입된 지역은 현재의 강서구를 이루고, 동래군에서 편입된 지역은 현재의 북구, 사상구, 사하구를 이룬다. 그리고 전자의 지역은 평지와 삼각주를 중심으로 논농사와 밭농사가 발달했거나 천가면처럼 어업과 농업으로 생계를 꾸렸던 곳이며, 후자의 지역은 사상공업단지와 장림공업단지 등이 있는 곳으로 공업과 상업이 발달한 곳이다.

마지막 중부 내륙과 해안지역은 금정산의 동남쪽으로 길게 위치한 내륙지역과 남쪽의 해안지역을 포함하는데, 이 지역을 동부산권, 서부산권과 구분하여 '중부산권'으로 명명할 수 있다. 이 지역은 부산의 구도심권인 중구·서구·동구·영도구와 동래군에서 편입된 지역인데, 후자의 지역은 인구가 증가하면서 금정구·동래구·연제구·부산진구로 분구되어 오늘에 이르게 되었다. 1970년대까지 부산은 전자의 구도심권인 중구와 서구를 중심으로 발전했다. 그러나 1980년대 이후 금정구가 개발되어 신흥주거지역으로 자리를 잡고, 구도심권에 있던 부산광역시청·법원·부산경찰청 등이 연제구로 옮겨오면서 구도심권은 급격히 쇠락하는 반면 구동래군 지역은 행정·상업·주거가 복합된 도시로 크게 성장했다. 물론 구도심권도 최근 롯데월드 유치, 도시재개발사업, 북항개발사업 등을 추진하면서 과거 화려했던 도심지로의 부활을 꿈꾸고 있다.

이제 부산광역시의 15개 구와 1개 군을 동부산권, 서부산권, 중부산권으로 나누어 차례대로 각 구·군 지역을 개관해 보자.

4. 동부산권 : 기장군, 해운대구, 수영구, 남구

먼저 동부산권의 기장군은 부산에서 가장 넓은 지역을 차지하는 지역이면서, 1995년 행정구역 확장에 따라 양산군에 속해 있다 기장군으로 분리되어 가장 늦게 부산에 편입된 지역이다. 이 기장군은 삼한시대 거칠산국 갑화양곡(甲火良谷)으로 불렸는데, 통일신라시대 경덕왕 16년(757년)에 지금의 기장(機長)이란 명칭을 쓰는 기장현으로 동래군에 속했다. 고려시대에는 한때 울주의 영현으로 차성(車城)이란 별호로 불렸다. 이후 양산군에 속했다가 공양왕 3년(1391년)에 기장군으로 개칭되었다. 기장군은 조선시대에 기장현으로 다시 개명되고, 선조 때 폐현되는 등 곡절을 겪었다가 광해군 9년(1617년)에 기장현으로 복현되었다. 고종 32년(1895년) 이후에는 동래부의 기장군으로 개명되었는데, 1914년 행정구역 개편 때 기장군이 폐지되고 동래군에 속하게 되었다. 그러다 1973년 행정구역 개편 때 양산군에 병합되어 양산의 관할에 있었다. 1995년 행정구역 개편 때 비로소 양산군에서 분리되어 기장군의 이름을 되찾고 부산광역시에 편입되었다. 현재 기장군은 1986년 이후부터 기장읍, 장안읍, 일광면, 정관면, 철마면으로 2개 읍과 3개 면을 두고 있다. 기장군의 인구는 2010년 말 기준으로 40,664가구에 103,762명(남자 52,082명, 여자 51,680명)으로 조사되었다.

기장군은 큰 면적에 비해 인구는 10만을 약간 넘는 정도로 부산광역시에 속해 있지만, 경상남도의 여러 군 지역과 같이 대부분의 주민이 농업과 어업을 주요 생업으로 삼고 생활하고 있는 곳이다. 이런 까닭에 청년들은 대도시로 빠져나가서 노인들만 주로 남아서 생활하고 있어 노인 인구가 절대 다수를 차지한다. 그런 만큼 전통사회의 풍습과 민속이 유지되고 있는 곳이 많고, 구비문학도 부산의 다른 지역에 비해 잘 전승되고 있는 편이다. 조사자도 이런 점을 고려하여 기장군 지역의 구비문학을 집중 조사하였다. 특히 철마면은 산으로 둘러싸인 분지에 위치하고 있는 농촌 지역으로, 기장군 중에서도 전통사회의 모습이 가장 잘 유지되고 있으면 서 구비전승도 가장 활발하게 이루어지고 있는 지역이었다. 그런데 정관 면은 신도시로 개발되면서 자연마을이 크게 줄어드는 변화를 겪으면서 구비문학도 크게 쇠퇴하는 국면을 보였으며, 해안을 끼고 있는 기장읍, 일광면, 장안읍에서는 어업노동요의 전승이 기대에 비해 매우 미약했다.

다음으로 해운대구를 살펴보자. 해운대구는 한반도의 동남단에 위치하여 북쪽으로는 개좌산(450m) 줄기를 경계로 기장군과 금정구와 나뉘고, 서쪽으로는 수영강을 경계로 동래구, 연제구, 수영구와 마주 접하고 있다. 이 지역은 신라 때 동래현에 속했다가 고려 때는 울주에 병합되었다. 조선시대 후기에 해운대는 동래부 관할로 있었으며, 1914년 행정구역 개편 이후에는 동래군 남면에 속했다가 1957년에는 동구에 편입되었고, 1980년에 비로소 동래구에서 분리되어 해운대출장소가 해운대구로 승격되었다. 해운대의 '해운(海雲)'이란 지명은 신라 말의 석학 고운(孤雲) 최치원 선생의 자(字)에서 유래된 것으로, 최치원 관련 유적이 여러 곳에 있다. 과거 해운대구는 어업을 주로 했던 운촌, 승당마을과 장산 주변에서 농업을 했던 장지, 지내마을 등으로 구성되어 부산에서도 변두리 지역이었으나, 현재는 부산의 문화관광 중심 도시일 뿐만 아니라 컨벤션·영상·해양레저 특구로 기능하며, 달맞이온천축제, 모래축제, 바다축제 등 사계절 축제가 열리고 아쿠아리움, 요트경기장, 벡스코, 부산광역시립미술관, 갤러리, 추리문학관 등 각종 문화 관광시설이 몰려 있는 곳으로 변모했다. 게다가 해운대해수욕장과 송정해수욕장, 동백섬, 달맞이언덕 등 천혜의 자연경관과 해운대온천의 자연 조건이 어울려 관광벨트를 형성하고 있는 곳이 해운대구이다.

해운대구는 또한 지하철 2·3호선, 광안대로, 부·울고속도로 등 기반 시설 확충으로 동부산권의 교통·물류 요충지로 부상하고 있으며, 해운대신도시·센텀시티·마린시티 등이 조성되어 부산에서 계속 인구가 유입되고 있는 주거지역으로 각광을 받고 있다. 해운대신도시는 1990년대에 장산 아래 군수송부대가 있던 자리에 조성되었으며, 센텀시티는 과거 수영비행장이 있던 곳으로 2000년대 초에 전시·컨벤션과 영상·IT 중심의 산업시설과 대형백화점의 상업시설을 비롯하여 고층아파트로 조성되었으며, 마린시티는 한때 멸치잡이가 성행했던 수영해변의 매립지역으로 역시 고층아파트와 요트 등 위락시설 등이 집중된 곳이다. 해운대구는 물론 급격하게 발전된 이들 지역 외에도 과거 기장현의 관할에 있다 편입된 송정동, 그리고 도시 외곽에 위치하면서 상대적으로 개발이 늦게 진행된 반송동·재송동·반여동 지역을 아우르고 있다. 현재 해운대구의 관할 행정구역으로는 송정동, 좌동(1~4동), 중동(1~2동), 우동(1~2동), 재송동(1~2동), 반여동(1~4동), 반송동(1~3동) 등 18개 동이 있는데, 전체 면적이 51.45km²로 부산의 6.8%를 차지한다. 그리고 해운대구의 인구는 2010년 8월 말 현재 42만을 넘고 있어 부산 전체 인구의 12%를 차지할 정도로 면적에 비해 인구밀도가 높은 곳이다. 그런데 해운대구의 급격한 도시화는 전통 구비문학의 전승을 어렵게 하고, 과거 지내, 장지, 운촌, 승당 등 자연마을을 중심으로 전승되었던 민속도 급격하게 쇠퇴하는 요인이 되었다. 이 지역에서 구비전승의 문학을 조사하려면 힘들게 수소문하여 토착민을 찾아서 조사하거나, 상대적으로 도시화가 늦게 이루어진 반송동과 재송동 지역을 주로 조사해야 했다.

부산의 동부산권에 속하는 수영구는 수영강의 하류에서 동북쪽으로 해운대구와 인접하면서 황령산 동남쪽에 위치하고 있으며, 서북쪽으로 금련산을 경계로 부산진구, 북쪽으로는 연제구, 서남쪽으로는 대남로터리를 경계로 남구와 인접하고 있는 지역이다. 이 수영구는 조선시대에는 동래부, 1914년에는 동래군, 1936년에는 부산부 부산진출장소 관할에 있었다가, 1953년 부산진구 대연출장소 관할로 변경되고, 1957년에는 동래구

수영출장소로 분리되었다가 1975년에는 남구로 승격됨에 따라 남구에 속했다. 그러다 1995년에 남구에서 분리되어 수영구가 신설되어 오늘에 이르렀다. 현재 수영구에는 수영동, 망미동(1-2동), 광안동(1-4동), 남천동(1-2동), 민락동 등 10개 동으로 구성되어 있다. 이 중 망미동, 남천동은 아파트가 밀집된 주거 중심 지역이라면, 수영동은 수영구의 중심으로 수영공원, 팔도시장이 있는 개인 주택 중심의 주거지역이다. 그리고 광안동과 민락동은 광안리해변과 2003년 완공된 광안대교를 볼거리로 하면서 많은 횟집을 끼고 있는 지역으로 해운대와 함께 관광객이 몰려드는 관광 휴양지역이 되어 있다. 특히 광안대교는 부산의 새로운 명소로 각광을 받고 있는데, 매년 10월 말에 광안대교를 배경으로 열리는 부산불꽃축제는 부산의 새로운 볼거리로 주목받고 있다.

수영구의 중요 인물로 고려조 18대 의종 때 사람으로 고려가요 「정과정곡」의 지은 정서(鄭敍, 호 瓜亭)를 들 수 있다. 망미동에 그의 호를 딴 과정로가 있고, 그가 기거한 곳에는 「정과정곡」이 새겨진 시비가 있다. 그리고 수영 출신으로 조선 숙종 때 인물로 울릉도와 독도를 지킨 안용복 장군이 있다. 수영공원에 그의 충혼탑이 세워져 있다.

수영구는 동래구와 함께 국가중요무형문화재를 가진 지역이다. 수영야류가 국가중요무형문화재 제43호, 좌수영어방놀이가 국가중요무형문화재 제62호로 지정되어 있다. 이 외에도 수영농청놀이가 시 지정 무형문화재 제2호로 지정되어 있는데, 수영구의 민속문화재는 매년 수영공원에서 수영전통민속제로 정기공연되고 있다. 그리고 광안리해변에서는 매년 정월 대보름에 수영전통달집놀이를 하고, 4월 말에는 과거 멸치잡이를 직접 시연하는 광안리어방축제를 열고 있다.

동부산권에서 가장 남쪽에 위치한 남구는 동북쪽으로는 대남로를 경계로 수영구, 서쪽으로는 동천을 경계로 동구, 서북쪽은 황령산을 경계로 부산진구와 접하고 있는 지역이다. 남구는 시대에 따라 동래군, 동래진,

동래부, 동래구 등 여러 명칭으로 불리는 지역 관할에 있었다가, 1975년에 남구로 승격되어 독립된 지역이 되었다. 1995년에는 남구에서 일부 지역이 수영구로 분리되어 나뉘게 된다. 그리고 남구 지역 관할에 부산의 상징이자 시 지정 문화재인 오륙도가 있고, 해안절경으로 유명한 이기대공원, 신선대유원지, UN기념공원 등이 위치하고 있다.

남구는 부산에서도 교육·문화의 중심 지역이라 할 수 있다. 부경대학교, 부산외국어대학교(2014년 1월 금정구 남산동으로 이전), 경성대학교, 동명대학교가 유엔로터리를 중심으로 1km 반경 이내에 몰려 있으며, 이들 5개 대학 이외에도 55개의 교육시설이 집중되어 있다. 그리고 부산문화의 요람인 부산문화회관, 부산박물관, UN기념공원이 서로 넘나들 수있게 인접해 있다. 그런가 하면 남구는 부산의 항만시설이 밀집된 지역이기도 하다. 부산의 중요 항만시설인 신선대, 우암, 감만 등의 컨테이너 부두가 소재하고 있기 때문이다. 남구의 인구는 2010년 8월 말 현재 11만여 세대에 296,208명(남자 147,247명, 여자 122,665명)으로 조사되었다. 현재 남구에는 대연동(1-6동), 용호동(1-4동), 용당동, 감만동(1-2동), 우암동(1-2동), 문현동(1-4동) 등 19개 동이 있다.

5. 서부산권 : 강서구, 북구, 사상구, 사하구

서부산권에는 낙동강 좌우 지역인 강서구, 북구, 사상구, 사하구 등의 4개 구를 포함한다.

먼저 강서구는 낙동강 하류의 서쪽에 길게 위치하면서 경남 김해시와 접하고 있는데, 평야가 많은 비옥한 지대로 일찍부터 사람이 살기 시작했던 것으로 보인다. 이 지역에서 신석기시대와 청동기시대의 유적과 유물이 많이 출토되었던 사실에서 이를 미루어 알 수 있다. 강서지역은 금관가야 문화권으로, 김해는 철 생산의 중심지로 여기서 채집된 사철을 제련

하여 멀리 낙랑, 왜(일본), 대방까지 수출하였다는 기록이 보인다.

삼한과 삼국시대에 강서지역은 변한 12국의 하나인 구야국(狗耶國)으로 변한의 맹주국이었다. 중국의 『후한서(後漢書)』 건무(建武) 18년 기록에 보면, "가락국(駕洛國)을 세워 김수로왕이 시조가 되어 맹주국이 되었다"고 기록하고 있다. 『삼국사기』 법흥왕조에 보면, 동왕 19년(532년)에 금관가야가 신라에 병합되어 금관군으로 고쳐져 태수가 다스리게 하였다고 한다. 문무왕 20년(680년)에는 금관소경으로 개칭하여 낙동강 상류를 하주(下州), 하류를 상주(上州)라 하였다. 경덕왕 16년(757년)에 지방제도를 개편할 때 김해소경(金海小京)으로 바꾸면서 비로소 김해라는 지명을 사용했다. 고려 초기 태조 23년(940년) 김해소경을 김해부로 개칭, 다시 임해현(臨海縣)이라 하다가 다시 군으로 승격하였고, 성종 3년(1012년)에는 금주방어사라 하였다. 충렬왕 19년(1293년) 금주현으로 되었다가 1308년에 금주목으로 승격되었다.

조선시대 태종 3년(1413년)에 김해도호부가 되었고, 연산군 5년(1499년)에는 김해진관이 설치되어 그 관할에 있었다. 그 후 고종 33년(1896년)에 김해군으로 개칭되었다. 일제 강점기에도 계속 김해군에 소속되어 있었으며, 1978년 2월에 김해군 대저읍과 명지면 일부(신호리는 제외), 가락면 일부(북정, 대사, 상덕, 제도리)가 부산광역시 북구에 편입되어 대저, 강동, 명지동이 되었다. 1983년 5월에는 시 직할 강서출장소가 설치되었다가, 1989년 1월 김해군 가락면·녹산면과 의창군 천가면(가덕도, 1914년부터 1979년까지 창원군에 속했음)을 편입시켜 강서구로 승격하였다. 1995년 3월 1일에는 진해시 웅2동 일부가 강서구에 편입되었다. 강서구 관할 행정구역으로는 대저동(1~2동), 강동동, 명지동, 가락동, 녹산동, 천가동 등 7개 동이 있다.

북구는 조선조에 양산군의 행정 관할이었다가 한말에는 경상남도 동래부 관할이 되었다. 1904년에는 동래부 계서면 구포리, 1906년에는 동래부 좌이면 구포리, 1919년에는 부산부로 편입되었다. 1943년에는 동래군 구포읍으로 승격되면서 구포리, 덕천리, 만덕리, 화명리, 금곡리, 금성리를 아래에 두었다. 1963년에는 부산진구의 구포출장소와 사상출장소의 관할에 있었다. 1975년 부산진구의 구포 및 사상출장소를 통합하여 부산광역시 직할 북부출장소로 개칭되었고, 1978년 북구로 승격되었다. 이때 김해군 대저읍, 가락면, 명지면 일부가 북구에 편입되었다. 1987년 강서지역은 시 직할 강서출장소로 분리되었고, 1995년 3월 1일에는 사상구와 분리되었다. 이 북구는 과거부터 물산의 중심 집결지였는데, 경부선이 개통되기 이전에는 해로를 통해 물자를 수송했다. 당시 북구의 구포는 물자의 집산·교역지였다.

북구는 1970년대에 들어 홍아공업유한회사와 부국제강주식회사 등 2개의 큰 공장이 들어서면서 부근의 인가도 늘어나기 시작했다. 1983년부터 화명과 금곡지구가 주거단지로 개발되면서 신흥 주거지역으로 발전했다. 그런데 1980년대 후반까지도 도시의 변두리 지역으로 교통이 불편한 곳이 많았는데, 1988년에 구포~양산간 4차선도로가 완공되어 교통난 해소와 지역발전에 획기적인 계기가 마련되었다. 그리고 동년 9월에는 제2만덕터널이 개통되어 덕천교차로에서부터 동래 미남로타리까지의 상습적인 교통 체증현상이 많이 감소하게 되었다. 1990년대에 들어와서 서부산권의 교통과 상권의 중심지로 발돋움하기 위해 구포대교 기공식을 가진 후 1996년 마침내 완공을 보게 되었고, 1992년 12월에는 동서고가도로가 1단계로 개통되었다. 1996년 6월에는 구포~냉정간 남해고속도로와 만덕로 확장 공사를 완료하고, 1998년에는 지하철 2호선 공사가 마무리되어 교통 불편이 크게 해소되었다. 북구는 현재 교통의 요충지로서 김해국제공항과 남해고속도로, 구포대교, 경부선 구포역 등을 통한 부산 서북부의 관문이 되고 있다. 또한 구포구획정리지구, 금곡·화명지구, 만덕·덕천지구 등 대단위 주택단지 조성으로 신흥 주거 중심 도시로 성장하고 있다.

현재 북구의 총면적은 38.28Km로 8,600여 세대가 살고 있으며 총인구는 30만 명에 육박하고 있다. 북구의 관할에는 구포동(1~3동), 금곡동, 화명동(1~3동), 덕천동(1~3동), 만덕동(1~3동) 등 13개 동이 있다.

사상구는 모라동과 학장동의 신석기 조개무지 유적에서 김해문화기의 김해식 토기 파편이 발견된 것으로 보아 일찍부터 사람이 살았을 것으로 추측된다. 낙동강을 끼고 있는 지리적 조건과 따뜻한 기후 등이 정착 생활에 적합한 조건이 되었다. 이 지역은 낙동강 하구의 동안지역으로 삼한시대에 변한 12국 중 독로국에 속하였던 곳으로 추정하고 있다. 삼국시대에는 거칠산국의 영역 하에 있었을 것으로 추정하는데, 사상구 지역은 신라 경덕왕 때 거칠산군의 동평현에 속했던 것으로 본다. 고려 성종 14년 (995년)에는 전국 12도 중 영동도의 양주군(현 양산) 동평현에 속했으며, 조선시대에는 동래부 사상면에 속했다. 일제 강점기인 1914년에는 동래군 사상면에 속했다가 1936년에 부산부에 편입되어 부산진출장소의 관할이 되었다. 1975년에 부산진구의 구포 및 사상출장소를 통합하여 북부출장소로 했으며, 1978년 2월에 북구로 승격되었다가, 1995년 3월에는 북구 관할에 있던 삼락동, 모라동, 덕포동, 괘법동, 감전동, 주례동, 학장동, 엄궁동 지역을 분할하여 사상구로 발족하게 되었다.

사상구는 36.06km²(부산광역시의 3.6%)를 차지하고 있으며, 2010년 8월 말 현재 94,391세대에 256,205명(남자 130,665명, 여자 125,540명)으로 부산광역시 전체 인구의 7%를 약간 상회하고 있다. 그리고 65세 이상 인구가 21,821명으로 전체 인구의 8.5%로 매우 낮은 편인데, 이는 사상 공업지구에 주로 청장년층이 밀집해 있기 때문이다. 사상공업지구에는 2,448개 업체(업종별 : 기계·장비 794개, 철강금속 649개, 신발고무 247개, 자동차부품 198개, 기타 560개)가 입주해 있는데 부산광역시 전체 업체의 29.2%를 차지하며, 이들 업체에 근무하고 있는 종업원 수만 해도 31,372명에 이른다. 말하자면 사상구는 부산 최대의 공업지역으로 부산경제의 중심지가 되었는데, 이는 공항·항만·육로가 입체적으로 연결된 지역의 이점이 최대한 고려된 것이다. 현재 사상구의 관할 행정구역으로는 삼락동, 모라동(1, 3동), 덕포동(1~2동), 괘법동, 감전동, 주례동(1~3동), 학장동, 엄궁동 등 12개 동이 있다.

사하구는 서부산권에서도 낙동강의 하류의 남단에 위치하고 있다. 사하구는 북쪽으로 사상구, 동쪽으로 서구, 서쪽으로 강서구와 접하고 있는데, 다대포해수욕장과 을숙도 등의 좋은 자연경관을 가지고 있는 한편, 신평·장림공단이 위치하고 있는 곳이기도 하다. 이 지역 역시 다대동 조개무지 유적이나 괴정동 유적에서 출토된 유물의 성격으로 보아 신석기시대부터 사람들이 살기 시작하였을 것으로 추측된다. 삼한 및 삼국시대 사하지역은 거칠산국의 영역 하에 있었을 것으로 추측된다. 고려시대에는 울주의 속현인 동래현에 속했지만 변두리 지역이었다. 조선시대에는 이 지역이 군사요충지가 되어 세종 때 다대진이 설치되었으며, 명종 2년(1547년)에는 도호부로 승격되었다. 조선 후기에는 동래부 관할이었으며 일본과 대치하는 군사상 요충지로서 구본산성(다대포), 구덕산성 등의 성곽이 수축되었다. 1910년에 사하지역은 경상남도 부산부에 편입되었다가, 1914년 부산부가 동래군으로 분리되면서 동래군에 속했다가 1942년 행정구역 개편으로 다시 부산부에 편입되어 부산부 사하출장소의 관할이 되었다. 1949년 부산부가 부산광역시로 개칭되면서 부산광역시에 속하게 되었고, 1957년에 서구 직할의 사하출장소가 설치되었다. 그러다 1983년 12월 사하구로 승격되어 오늘에 이르고 있다.

사하구의 전체 면적은 40.94km²(부산광역시의 5.4%, 16개 자치구군 중 5번째)이며, 2010년 9월 말 현재 130,832세대에 356,359명(남자 178,520명, 여자 177,839명)이 거주하고 있다. 사하구의 관할 행정구역으로는 괴정동(1~4동), 당리동, 하단동(1~2동), 신평동(1~2동), 장림동(1~2동), 다대동(1~2동), 구평동, 감천동(1~2동) 등 16개 동이 있다.

6. 중부산권 : 금정구, 동래구, 연제구, 부산진구, 중구, 동구, 서구, 영도구

부산의 중부산권은 양산의 원효산에서 시작하여 금정산(801m) 상계봉 (638m), 백양산(642m), 고원견산(504m), 구덕산(562m) 시약산(590m) 승학산(495m)으로 이어지고 있는 금정산맥을 끼고 있는 지역으로 북쪽의 금정구에서부터 동래구, 연제구, 부산진구, 동구, 중구, 서구와 영도구를 포함하는 지역을 말한다. 영도구를 동부산권으로 소속시킬 수 있으나, 영도구의 생활권이 서구와 연결되어 있다는 점에서, 그리고 남구의 오륙도를 기점으로 볼 때 남해안에 접해 있는 지형적 조건을 고려하면 중부산권으로 구분하는 것이 적합하다고 생각한다.

중부산권의 가장 북쪽에 위치한 금정구부터 개관해 보자.

금정구는 서쪽으로 북구, 남쪽으로 동래구, 동쪽으로 해운대구, 북동쪽으로 기장군과 접하고 있으며, 밖으로는 경남의 양산시와 경계를 이루고 있는 지역이다. 고대에는 이 지역이 장산국(또는 거칠산국)의 영향권에 있었을 것으로 본다. 신라 경덕왕 16년(757년)에 동래군으로 지칭된 후에 고려와 조선시대를 거치면서 동래현, 동래진, 동래부(도호부) 등으로 불리다, 1914년 행정구역 개편 때에는 부산부와 분리되어 경남 동래군이 되었다. 1942년에 부산부에 동래군의 일부 지역이 편입되어 동래출장소의 관할에 있었으며, 1963년 부산직할시로 승격될 때 동래군 북면에 있었던 6개 동(선동, 두구동, 노포동, 청룡동, 남산동, 구서동)이 추가로 편입되어 북면출장소 관할에 있게 되었다. 1975년에는 북면출장소가 폐지되고 동래구에 들었다. 1988년 1월 1일에 동래구에서 과거 북면 지역과 장전동, 부곡동, 금사동, 서동, 금성동을 분리하여 금정구를 설치했다. 이후 금정구의 관할에 있던 부곡1동에서 부곡4동으로(1992년 9월 1일), 오륜동을 부곡3동에 흡수하고, 선동과 두구동을 합쳐서 선두구동, 노포동과 청룡동을 합쳐서 청룡노포동으로 통합(이상 1998년 11월 1일)했으며, 서3동과

서4동을 합하여 서3동으로(2009년 1월 1일) 했다. 현재 금정구 관할 행정동은 선두구동, 청룡노포동, 남산동, 구서동(1~2동), 장전동(1~3동), 부곡동(1~4동), 서동(1~3동), 금사동, 금성동 등 17개 동이다.

금정구는 경부고속도로 및 부울간 국도 7호선, 산업도로, 지하철 1호선의 기점 내지 종점으로 타 지역으로 나아가기 편리하고, 또한 부산 시내로 진입하기도 좋다는 점에서 교통이 편리한 곳이다. 그리고 이 지역의 배후에 있는 금정산에는 금정산성과 음식점이 즐비한 금성동, 우리나라 5대 사찰의 하나인 범어사가 있는 곳이어서 등산, 관광, 여가, 휴식 등을 즐길 수 있다. 금정구는 이와 같은 쾌적한 자연환경과 부산대학교, 부산가톨릭대학교 등을 비롯한 많은 교육시설 등이 이 지역에 계속 인구를 유입하게 하는 요인이 되었다. 특히 1980년대 이후 부곡, 장전, 남산, 구서, 청룡지구에 대단위 아파트 단지가 조성되면서 금정구의 인구는 계속 증가되는 추세를 보였다. 그런데 금정구의 주거환경의 변화와 외부 인구의 유입은 오랜 세월 조성된 자연마을들을 해체시키는 결과를 빚었다. 자연마을의 해체는 지역 관련 구비문학의 전승을 끊어지게 하는 중요한 요인이 되었다. 화훼·채소 등 농업을 주로 하고 있는 선두구동 지역에 아직도 자연마을들이 남아 있는 것을 그나마 다행으로 생각해야 하는 상황이다. 금정구는 이처럼 대단위 아파트지역, 주택 밀집지역, 공단이 남아있는 금사동 지역, 농업을 하는 선두구동 지역 등이 도·농복합지역의 특성을 보여준다. 2010년 8월 말 현재 금정구에는 93,310세대에 250,538명(남자 123,830명, 여자 126,708명)이 거주하고 있는데, 이는 부산광역시 전체 인구의 7.2%를 차지한다. 해운대구 다음으로 인구가 밀집된 지역이 금정구이다.

다음 동래구 지역은 삼한시대에는 변한, 삼국시대에는 거칠산국으로 있다 신라에 병합되면서 거칠산군에 속하게 되었다. 신라 경덕왕 16년(757년)에 처음 동래군(東萊郡)으로 개칭되었다가 고려 현종 9년(1018년) 울주

(蔚州) 동래현(東萊縣)으로 되었다. 조선 태조 6년(1397년)에는 동래진(東萊鎭)이 설치되었으며, 명종 2년(1547년) 구방과 대일외교의 중요성을 인정하여 도호부로 승격되었으나, 임진왜란 최초의 패전지(敗戰地)라는 이유로 일시 현(縣)으로 격하되었다가 선조 32년(1599년) 다시 도호부로 승격되었다. 1914년 부제(府制)의 실시로 동래부는 부산부와 분리되어 부산부에 속하지 않는 지역과 기장군 일대를 관할 구역으로 하는 동래군(東萊郡)에 소속되었는데, 현 동구구 지역은 동래군 동래부 읍내면에 주로 속했다. 1942년에는 기장군과 일부 지역을 제외하고 부산부에 편입되어 동래출장소로 개편되었다. 1957년 구제의 실시로 동래출장소에서 동래구(東萊區)로 직제를 개편하게 되었다. 이후 동래구는 1988년에 금정구, 1995년에 연제구로 분구되면서 관할 행정구역이 크게 축소되었다. 현재 동래구 관할 행정구역은 온천동(1~3동), 사직동(1~3동), 명륜동, 복산동, 수민동, 명장동(1~2동), 안락동(1~2동) 등 13개 동으로 구성되어 있다. 동래구의 전체 면적은 16.65km²이며, 2010년 8월 말로 101,522세대에 279,336명(남자 138,368명, 여자 140,968명)이 거주하고 있는 것으로 조사되었다.

동래구는 과거 동래군의 중심지로 유서 깊은 역사를 가진 곳이면서 많은 유·무형문화재를 가진 문화의 고장이라 할 수 있다. 국가 지정 문화재로 동래패총(東萊貝塚, 사적 제192호), 복천동고분군(福泉洞古墳群, 사적 제273호)의 사적지가 있으며, 동래야류(東萊野遊, 중요무형문화재 제18호), 대금산조(중요무형문화재 제45호)의 국가중요무형문화재가 있다. 그리고 시 지정 문화재로 동래향교, 동래부동헌, 충렬사, 동래읍성지, 송공단 등 유형문화재가 있고, 동래학춤, 동해한량춤, 동래고무, 동래지신밟기, 가야금산조, 충렬사제향 등 무형문화재가 있다. 동래구는 역사가 깊은 만큼 유명한 인물이 많이 배출된 고장이다. 충렬의 인물로 동래부사였던 송상현, 조선시대 측우기 등을 발명한 장영실, 육종학의 권위자였던 우장춘 박사(일본 출생이나 동래 원예고교에 재직했음), 독립운동가 박차정 의사가 동래의 인물로 잘 알려져 있다. 동래야류, 동래학춤, 동래한량춤, 동래고무, 동래지신밟기 등 무형문화재는 부산민속예술보존협회에서 온천동 금강공원 내에 사무실과 공연장을 두고 전승과 보전에 힘쓰고 있다. 동래구는 또한 동래온천, 각종 위락시설을 가진 금강공원, 금정산, 사직동의 부산종합운동장 등이 위치하고 있는 곳으로 부산에서 볼거리가 많은 관광·체육의 중심지이다.

연제구는 동래구와 함께 부산의 중심에 자리하고 있는 곳으로, 과거에는 동래부, 동래군, 동래출장소, 동래구 등으로 불렸던 지역에 포함되어 있었다. 그러다 1995년 3월 1일자로 동래구에서 연산동과 거제동을 묶어서 분구되면서 연제구로 탄생되었다. 이 연제구는 북쪽으로 동래구, 동쪽으로 해운대구, 수영구, 서쪽으로 부산진구, 남쪽으로 남구와 경계를 이루고 있다. 연제구의 현재 관할 행정동은 거제동(1~4동)과 연산동(1~9동)으로 모두 13개 동이다. 그런데 연제구에 부산광역시청, 부산지방검찰청, 부산지방법원, 부산지방노동청, 부산지방경찰청 등 중요 행정기관이 옮겨오면서 부산의 행정중심지가 되었으며, 과거 거제동과 연산동에 속했던 넓은 들판이 주택지구와 행정지구로 변모되면서 인구가 급격하게 늘어나게 되었다.

부산진구는 삼한 시대에 거칠산국(居漆山國), 신라 때에는 동래군 동평현, 고려 때는 양주 동평현, 조선시대에는 동래부의 동평면 일부와 서면 일부 지역에 속해 있었다. 부산진구의 명칭은 임진왜란 당시 부산포구의 관문이라고 할 수 있는 부산진성에서 유래되었다. 1914년에는 동래군 서면에 속했으며, 1936년에 부산부로 편입되면서 부산진출장소가 설치되었다. 1957년에 구제의 실시로 비로소 부산진구가 발족을 보게 되었다. 1963년에는 부산직할시 승격과 동시에 부산진구 직할 동과 대연출장소 내 6동에 동래군 구포읍 사상면을 부산진구에 편입하면서 38개 동을 관할하는 큰 지역이 되었다가, 1975년 10월에 10개 동을 분리하여 남구로 분구하고, 1978년 2월 15일에 14개 동을 분리하여 북구를 발족하게 했다. 이때 부산진구의 관할은 22개 동으로 줄어들었으나, 1979년에 양정동, 개금동, 부암동이 분동이 되어 다시 29개 동으로 늘어났다. 이후 여러 차례 동의 경계지역 조정, 동의 통합(1998년 7월 1일, 양정1동 등 8개 동을 4개 동으로 조정)으로 25개 동이 되었다. 부산진구의 현재 면적은 29.68km²이며, 동북쪽으로 연제구, 동남쪽으로 남구, 남쪽으로 동구·서구, 서쪽으로 사상구, 서북쪽으로 북구와 경계를 두고 있다. 여기에 백양산(642m), 황령산(428m), 화지산(199m)이 지역의 경계를 형성하고 있으며, 백양산 기슭 성지곡에 초읍어린이대공원이 조성되어 시민들의 휴식공간이 되고 있다. 부산진구는 또한 서면을 중심으로 부산의 중심 상업권이 형성된 곳이다. 이곳에 롯데백화점, 지오플레이스와 밀리오레, 홈플러스 서면점과 가야점, 이마트 서면점 등 여러 대형백화점과 할인점이 있다. 그리고 부산진구의 문화공간으로 2008년 개관된 국립부산국악원, 2006년 쥬디스태화신관 맞은편에 개관된 부산포민속박물관, 부산여자대학의 차박물관 등이 있다. 그런데 서면 등 중심 지역은 낮으로는 인구가 늘었다가 밤으로는 인구가 빠져나가는 상업지역의 특성을 보여준다. 2010년 8월 말 현재 부산진구의 인구가 153,395세대에 391,846명(남자 193,873명, 여자 197,973명)으로 조사되었는데, 이웃 금정구, 연제구 등에 대형 아파트 단지가 조성되면서 그곳으로 많은 주민들이 이주하는 등 인구가 계속 감소하는 추세를 보이고 있다. 부산진구의 관할 행정구역에는 부전동(1~2동), 범전동, 연지동, 초읍동, 양정동(1~2동), 전포동(1~3동), 부암동(1, 3동), 당감동(1~4동), 가야동(1~3동), 개금동(1~3동), 범천동(1~2, 4동) 등 25개 동이 있다.

부산 동구 지역은 중부산권의 다른 지역들과 마찬가지로 삼한시대는 변한, 삼국시대는 거칠산국, 금관가야의 지배를 받다 신라에 편입되어 거칠산군, 후에 동래군으로 개칭된 지역이다. 고려시대에는 울주군 동래현에 소속되었다가 조선시대에는 동래군 동래현, 영조 16년(1740년)에는 동래부 동평면에 소속되었다. 이때 동래부는 읍내면, 동면, 남면, 남촌면, 동평면, 서면, 북면의 7개면으로 구성되었으며, 이 중 동평면은 현 부산진구 당감동, 가야동과 동구 지역을 포함했다. 당시 동평면에는 부현리, 감물리, 당리, 미요리, 가야리, 부산역 내리, 범천리, 범천2리, 좌백천1리, 두모포리, 해정리 등 12개 리가 있었다. 1910년에는 동래군 동평면은 초량동 (사중면으로 편입됨)을 제외하고 대부분의 지역이 부산면에 소속되었다. 당시 부산면은 범일1동, 범일2동, 좌천1, 2동, 좌천동, 수정동, 동천동, 로하동, 서부동, 산수동 등 10개 동이 있었다. 1913년에는 동래군의 부산면과 사중면이 부산부에 편입되었는데, 1914년 4월에 행정구역 개편 때 동구 지역은 부산부 부산면에 소속되었다. 이때 부산면에 속한 지역은 범1동, 범2동, 좌1동, 좌2동, 좌천동, 동천동, 수정동, 두포동, 산수동, 서부동이었다. 1949년 8월 15일에 부산부가 부산광역시로 개칭되고, 1957년부터 부산광역시의 구제 실시로 초량출장소 관할에 있던 초량동, 수정동, 좌천동, 대창동3가, 범일1~3, 6~7동 등 9개 동이 묶여 동구가 되었다. 1966년에는 동구 관할은 초량동, 수정동, 좌천동, 범일동이 분동이 되어 전체 18개 동이 되었으며, 1970년 7월에는 초량4동, 좌천2동, 범일4동이 분동이 되어 21개 동으로 늘어났다. 1975년 10월에는 범일3동 일부가 남구에 편입되고, 범일2동이 범일5동으로 편입되면서 범일3동이 폐동이 되어 20개 동으로 줄었다. 이후 행정동의 구역이 여러 차례 조정되는 과정을 겪었으며, 1985년에는 초량5동이 초량3동에 편입되어 19개 동으로 줄었다. 1989년에는 부산진구 범천동에 속했던 동천 일부가 동구에 편입되고, 1993년에는 중구 영주동 일부가 동구에 편입되었다. 동구 관할 동은 이후 1998년 9월 17일과 2008년 1월 1일 두 차례 행정동을 통합·축소함으로써 14개 동으로 줄어 현재에 이르고 있다. 동구 관할 현재의 행정구역은 초량동(1~3, 6동), 수정동(1~2, 4~5동), 좌천동(1, 4동), 범일동

(1~2, 4~5동) 등 14개 동이다.

동구는 부산광역시의 중앙에 위치하여 동쪽은 동천을 경계로 남구, 동
북쪽은 수정산·구봉산을 경계로 부산진구·서구, 서쪽은 영주천을 경계
로 중구와 접하고 있으며, 동남으로 길게 뻗쳐있는 지형을 보인다. 그런
데 동구는 배산임해의 지형으로 주로 초량천·부산천·호계천등 하천 주
변과 구봉산·수정산 기슭에 주거와 상업지역이 위치하여 이들 지역을 중
심으로 발전하여 왔으며, 시가지의 3분의 1 정도는 일제 강점기(1909~
1913년)에 해안 매립으로 조성되었다. 그러면서 동구는 부산항 3·4·5
부두를 포용하고 있는 국제무역의 요충지이며, 부산역사가 위치함으로써
부산 교통의 심장부 역할을 하고 있다. 동구의 전체 면적은 9.78km²로 부
산광역시 전체의 1.3%를 차지하며, 2010년 말 기준으로 인구가 44,018세
대에 101,514명(남자 50,649명, 여자 50,865명)이 거주하고 있는 것으로
조사되었다.

동구와 함께 부산의 중앙부에 있으면서 구도심권을 형성했던 지역이
중구이다. 중구는 신라 때 동래군 동평현에 속했으며, 고려와 조선시대에
동래군, 동래부, 동래도호부의 관할에 있었다가 1914년 행정구역 개편으
로 부산부에 속했다. 1951년 9월 1일에는 중부출장소가 설치되었으며,
1957년 1월 구제 실시로 중구가 탄생되어 오늘에 이르고 있다.

중구는 일찍부터 도시화가 진행된 지역이다. 1876년 개항 이후 전국
각처에서 모여든 상인들이 현재의 영주동터널 위쪽에 정착함으로써 새로
운 마을이 생겨나게 되었으며, 1889년 말에는 현재의 대청로에서 구 미화
당백화점 사이의 도로가 개설되면서 송현산(현 용두산)을 중심으로 시가
지가 형성되었다. 1910년 10월에는 1910년 10월 30일 부산역사(1953년
화재로 소실)를 준공하여 제1부두까지 철도를 부설하면서 동양 굴지의 무
역항으로 발돋움하게 되었다. 그리고 1909년부터 1912년까지 해안을 매
립하여 현재의 중앙로가 형성되고, 중앙동 4가와 대청동 1·2가 지역이

생겼으며, 남포동 일원에 자갈이 많은 바닷가를 매축하여 택지를 조성하고 상가지역을 만들어 오늘날의 자갈치시장이 되도록 했다. 중구는 현재 부산의 관문인 부산항 1·2부두와 국제여객부두, 연안여객부두가 있는 곳으로 국제간 물류교역과 인적 교류의 중추기능을 담당하고 있다. 이뿐만 아니라 부산경남본부세관, 부산지방보훈청 등 47개소의 행정기관과 한국은행, 산업은행 부산지점 등 65개소의 금융기관, 부산전화국, 국제전화국, 무역회관을 중심으로 관련 업체들이 밀집되어, 중구는 행정·무역·금융·업무·정보·통신의 중심지일 뿐만 아니라 자갈치시장, 국제시장 등 시장과 롯데, 코오롱 지하상가 등이 위치한 광복, 남포, 부평동의 상가 지역을 포함하여 부산상권의 중심지역을 형성하고 있다. 또한 용두산공원, 중앙공원, 보수동 책방골목, 한복거리, 미문화원, 사십계단 등은 부산광역시민과 함께 한 부산 역사의 현장이기도 하며, 1998년 1월 부산광역시청이 연제구로 이전한 곳에 제2롯데월드를 건립 중에 있고, 자갈치시장의 현대화 추진 등으로 과거의 화려했던 구도심권을 부활하려는 노력을 계속 진행하고 있다. 중구는 현재 면적 2.82km²에 2010년 8월 말 현재 22,046세대에, 48,264명(남자 23,761명, 여자 24,503명)이 거주하고 있으며, 관할 행정구역에 중앙동, 영주동(1~2동), 동광동, 대청동, 보수동, 광복동, 남포동, 부평동 등 9개 동이 있다.

서구는 부산광역시 16개 구·군 중에 영도구, 사하구 등과 함께 남단에 위치한다. 행정구역상으로 동쪽으로는 중구·동구, 서쪽으로는 사하구, 북쪽으로는 부산진구·사상구와 경계를 이루고 있고, 남쪽으로 송도연안과 남항을 긴 남해바다와 접하고 있다. 이 지역은 암남동패총 등을 통해 신석기시대부터 사람들이 주거했음을 알 수 있다. 이 지역 역시 부산의 다른 지역과 마찬가지로 1914년 부산부에 편입되기 전에는 동래군, 동래부 등에 속해 있었다. 개항 이후부터 서구 지역은 중구 지역과 함께 시가지가 조성되어 부산의 중추 도심권으로 성장했다. 한국전쟁 중에는 대한민국 임시정부 청사가 있었으며, 오랫동안 경남도청과 법조청사 소재지로서 부산 발전에 크게 기여했다. 1957년 구제의 실시로 오늘날의 서구가 탄생되었는데, 2003년 1월부터는 대신동 청사시대를 마감하고 충무동 청사시대를 맞고 있다. 서구의 총 면적은 13.85km²이며, 2010년 8월 말 현재 51,574세대에 124,285명(남자 61,812명, 여자 62,473명)이 거주하고 있다. 서구의 관할 행정동은 동대신동(1~3동), 서대신동(1·3·4동), 부민동, 아미동, 초장동, 충무동, 남부민동(1·2동), 암남동 등 13개 동으로 구성되어 있다.

서구는 행정과 교육의 중심지로 명성을 간직한 곳으로, 현재에도 행정기관 및 관공서 29개소·교육시설 41개소 종합병원 4개소가 소재하고 있고, 구덕운동장과 국민체육센터 등의 체육시설이 있으며, 구도심의 축인 기존 시가지 중심 일반 주택 밀집지역으로 이루어져 있으나, 뉴타운 건립 등 도심지 재개발·재건축 사업으로 주거환경이 크게 개선될 예정이다. 그리고 송도해안과 북쪽의 부산 최초의 해수욕장인 송도해수욕장이 송도 연안정비사업을 기반으로 관광지로서의 옛 명성을 회복하고 있고, 천마산 조각공원, 구덕문화공원 조성 등을 통해 환경친화적 문화예술 도시로 탈바꿈되고 있다. 또한, 공동어시장은 전국 수산물 수급에 중요한 역할을 하고 있는데, 감천항 일대에 해양국제수산물류·무역기지 조성, 꽃마을 전통문화·휴양관광단지 건립 등이 이루어지면 향후 관광특화도시로 변모될 것으로 기대하고 있다. 이 지역의 구덕망깨소리와 아미동농악이 시지정 무형문화재로 구덕민속예술협회를 중심으로 전승되고 있다. 그리고 동대신2동 당산제, 꽃마을 당산제, 시약산 당산제, 아미동 산신제, 암남동 용왕제와 산신제, 천마산 산신제가 매년 지속되고 있다.

영도구는 중부산권의 동쪽 남단에 있으면서 독립된 섬인 영도에 위치하고 있다. 영도의 원래 이름은 절영도(絶影島)였는데, 신라시대부터 조선조 중기까지는 목장으로 말을 방목한 곳이었다. 일제 강점기에는 영도를

'마키노시마(牧島)'라고 하기도 했다. 광복 후에 행정구역을 정비하면서 옛이름 '절영도'를 줄여서 현재의 '영도'로 부르게 되었다. 영도는 신석기 시대의 동삼동패총, 영선동패총 등으로 보아 일찍부터 사람이 살기 시작했던 곳임을 알 수 있다. 이 지역은 삼한시대 변한, 후에 가락국의 속령이 되었다가 신라시대 거칠산국 속령이 되었으며, 고려시대에는 동래현, 조선시대에는 동래부 관할에 있었다. 1881년에 절영도진(絕影島鎭)이 설치되었다가 1910년 10월 1일 동래부를 부산부로 개편했는데, 영도지역은 부산부에 속했다. 1914년 3월 행정구역 개편 이후 1951년 9월 영도출장소가 설치될 때까지 계속 부산부에 속했다. 1916년부터 1926년까지 절영도 대풍포 매축공사가 이루어졌으며, 1934년에 영도대교가 완공되어 영도가 비로소 육지로 연결되었다. 1945년에 현재의 한국해양대학교가 개교되었으며, 1957년에 구제 실시로 영도출장소가 영도구로 승격되었다. 이후 청학동, 봉래동, 동삼동 등의 분동이 계속 이루어져 17개 동을 관할하게 되었다가 1998년 10월과 2007년 1월 규모가 작은 동의 통폐합이 이루어져 11개 동으로 축소되었다. 2008년 7월에는 남항대교가 개통되어 부산 내륙과 한층 쉽게 연결되고, 부산신항 및 녹산공단으로의 물동량 이동이 원활하게 되었다. 그리고 2013년 완공 예정으로 항만 배후도로인 북항대교의 건설이 진행되고 있고, 해양박물관이 건립중에 있어 영도구는 향후 해양 분야의 특화지역으로 발전될 전망이다.

영도구는 섬 중앙에 봉래산(395m)이 봉우리를 이루고 있으며, 동남쪽으로 천혜의 절경인 태종대가 자리 잡고 있다. 북동쪽 해안 일대에는 한진중공업 등 부산 최대의 조선공업단지가 있으며, 남항, 봉래동 등 저지대에는 상업지역이 형성되어 있다. 이외 주거지역은 깨끗한 남해와 접한 전형적인 배산임해의 지형에 따라 산비탈과 해안가에 조성되어 있다. 현재 부산영도태종대와 동삼동패총이 국가지정 문화재로 되어 있다. 영도구의 총 면적은 14.13km²이며, 2009년 12월 말 현재 57,651세대에 149,787

명(남자 74,997명, 여자 74,850명)이 거주하고 있으며, 이 중 65세 이상이 20,893명으로 높은 비중을 차지힌다. 영도구의 인구가 한때 21만 명을 넘었는데, 1980년대 중반 이후 인구가 내륙으로 많이 빠져나가면서 인구 감소가 계속 이루어지고 있다. 그렇지만 섬지역의 특성 때문에 도시화가 상대적으로 늦게 이루어지면서 자연마을이 아직도 많이 보존되고 있어 구비문학 조사 환경은 다른 도심지 지역에 비해 좋은 편이었다.

7. 구비문학의 전승과 조사

부산광역시 전체를 대상으로 구비문학을 조사한 전례가 지금까지 없었다. 그러나 각 지역별로 구·군의 관청이 주도하거나 뜻있는 개인에 의해 민요와 설화를 조사한 사례들이 있다. 부산광역시 역사편찬위원회에서 『부산지명총람』(1985)을 간행하면서 해당 지역의 지명 유래 등을 설명하기 위해 관련 지명설화들을 언급한 바 있으며, 부산광역시 시사편찬위원회에서 『부산광역시사』(1991), 『부산의 자연마을1~5』(2006~2010)을 편찬하면서 부산지역 전승 설화와 민요를 내용 기술에 포함시킨 바 있다. 그리고 부산광역시청 홈페이지를 통해 그동안 간행된 부산광역시지에 수록된 설화(전설 포함)를 추려서 올려놓고 있다. 이외 부산광역시의 구·군에서 구지와 군지를 간행할 때 해당 지역의 설화와 민요를 일부 수록한 것들이 있다. 개인적으로 부산의 구비문학을 조사한 사례들도 있다. 박원균이 『향토부산』(태화출판사, 1967)을 펴내면서 부산의 설화와 민요를 일부 포함시켰으며, 김승찬·박경수·황경숙이 『부산민요집성』(세종출판사, 2002), 류종목이 『현장에서 조사한 구비전승민요1 : 부산편』(민속원, 2010. 2)을 간행하여 부산지역 전승 민요의 성격과 양상을 파악하는 데 중요한 기여를 했다. 그런데 부산의 구비전승 설화를 현장에서 조사한 자료집이 아직 간행되지 않은 단계에 있다.

각 구·군별 구비문학 조사 현황을 살펴보자. 먼저 기장군의 경우, 『동래부읍지』(1832), 『양산군지』(1986), 『기장군지(상·하)』(2001) 등에 기장군 지역 설화가 조사되어 수록되어 있고, 기장군의 각 읍·면사무소별로 부산광역시에 편입된 이후 간행한 『기장읍지』(2005), 『장안읍지』(2008), 『일광면지』(2006), 『정관지』(2000), 『철마면지』(2007) 등에 지역별 설화와 민요가 조사되어 수록되어 있다. 그러나 이들 민요나 설화 자료의 대부분이 지역 인사들로부터 원고를 받아 수록한 것들로 전승설화를 부분적으로 다듬은 흔적이 드러나고 제보자나 조사장소가 분명히 드러나지 않는 것들이 많다. 또 일부 지역의 자료는 개인이 조사한 자료를 전재하고 있는 경우도 있다. 관 주도가 아닌 개인이 기장군의 민요와 민속을 조사하여 간행한 업적도 있다. 기장군의 대표적인 향토사학자이자 민속학자인 공태도는 기장군의 군지와 각 읍·면지의 편찬에도 많은 도움을 주었을 뿐만 아니라 『기장군의 민요와 민속』(기장군향토문화연구소)을 간행하고, 『기장이바구』(기장향토문화연구소, 2009)를 편찬, 간행한 바 있다. 기장군의 설화와 민요는 이상의 자료들을 통해 대강이나마 그 전승 상황과 성격을 파악할 수 있다. 그렇지만 구비전승 자료는 현장성이 잘 드러나도록 채록되어야 자료로서의 가치를 가질 뿐만 아니라 학문적 활용을 위한 유용성을 지닌다. 이런 점에서 이상의 자료들이 상당한 한계를 지니고 있다는 점도 부인할 수 없다.

기장군 외에 해운대구에서 『해운대민속』(1996)을 간행하면서 당제와 관련된 설화를 수록한 바 있고, 동래구에서도 『동래향토지』(1993), 수영구에서는 『수영역사문화탐방』(2000)을 간행하여 관할 지역 동의 유래담과 중요 무형문화재를 소개했다. 부산남구민속회에서는 수영구와의 분구 이전에 남구청의 지원을 받아 『남구의 민속1』(1997)과 『남구의 민속과 문화』(2001)를 간행하여 수영야류 등 국가중요무형문화재와 당제, 설화 등에 대해 구체적인 내용을 조사하여 보고했다. 금정구의 금정문화원에서는

『장전동의 이야기』(2009)와 관내 동별 사료집으로 『향토문화』를 2002년 선두구동 편부터 2006년 구서동 편까지 6권을 간행하였으며, 북구에서는 『부산북구향토지』(1991), 강서구에서는 『부산강서구지』(1993)를 펴낸 바 있다. 연제구의 연제문화원에서는 지명 설화를 50편 조사하여 홈페이지에 올리고 있다. 이밖에 각 구청에서도 지역 향토지의 간행하고 홈페이지를 통해 관내 마을의 지명유래담이나 지역전설 등을 올리고 있다.

개인적으로 부산의 민속과 구비전승 자료를 조사, 연구한 것으로 김승찬이 『가덕도의 기층문화』(부산대학교 한국민족문화연구소, 1993), 『두구동의 기층문화』(상동), 『부산 산성마을의 기층문화』(부산대학교 한국민족문화연구소, 1994), 황경숙이 『부산 기장군 장안읍 효암리 민속문화』(세종출판사, 2002), 『부산의 민속문화』(세종출판사, 2003)를 간행하여 부산의 민속뿐만 아니라 관련 지역의 설화와 민요를 현장조사한 자료를 제공하면서 해당 자료에 대한 특징을 연구했다. 이밖에 김병섭이 개인적으로 『장산의 역사와 전설』(국제, 2008)을 간행하여 장산 관련 설화를 소개했으며, 영도가 고향인 황동웅이 『아름다운 섬 절영도 이야기』(정명당, 2009)를 펴내 영도의 역사와 명승고적, 교육, 종교 등과 함께 전승 설화와 지명유래담 등을 소개한 바 있다.

『한국구비문학대계』 개정·증보사업의 일환으로 2010년도에는 부산광역시의 구비문학을 현장조사하기로 한 일행은 현장조사 전에 구·군청이나 읍·면사무소를 방문하여 구비문학 관련 자료를 사전에 입수하거나 관련 정보를 파악하여 현장조사에 참고하기로 했다. 현장조사단은 크게 3팀으로 구성하여, 각 팀별로 지역을 나누어 일정한 기간에 조사하기로 했다. 다만 기장군은 조사지역이 매우 넓을 뿐만 아니라 자연마을이 많이 남아 있어 부산광역시의 다른 지역보다 구비문학 조사를 위한 좋은 조건을 갖추고 있다는 점을 고려하여 현장조사단 전체가 공동 조사를 하기로 했다. 기장군을 제외한 부산의 15개 구는 3팀이 각 5개 구씩 분담하되, 1팀은 사하구, 강서구, 북구, 서구, 중구를, 2팀은 금정구, 동래구, 연제구, 부산진구, 동구를, 3팀은 해운대구, 남구, 수영구, 사상구, 영도구를 조사하기로 했다.

구비문학 현장조사는 기장군부터 시작했다. 2010년 1월 18일(월)부터 20일까지 3일간 진행된 기장군의 조사지역과 조사 결과를 보이면 다음과 같다.[1]

조사일	구/군	읍/면	조사마을	설화	민요	소계
1. 18(월) ~ 1. 20(수)	기장군	기장읍	죽성리 두호마을	4	22	26
			내리 내동마을	0	19	19
			시랑리 동암마을	2	8	10
			교리1동 교리마을	3	11	14
			서부리 서부마을	3	3	6
1. 20(수)		일광면	용천리 산수곡마을	3	0	3
			용천리 회룡마을	2	1	3
			화전리 화전리 화전마을	3	24	27
1. 20(수)		장안읍	명례리 대명마을	1	8	9
			대명마을회관	0	11	11
			오리 판곡마을	0	4	4
			임랑리 임랑마을			
1. 20(수)		정관면	예림리 예림마을	2	16	18
			두명리 두명마을	2	6	8
			매학리 구연동마을	2	0	2
1. 19(화) ~ 1. 20(수)		철마면	장전리 대곡마을	2	1	3
			웅천리 중리마을	3	29	32
			웅천리 미동마을	0	11	11
			와여리 와여마을	4	14	18
			구칠리 점현마을	1	0	1
			연구리 구림마을	4	1	5
			이곡리 이곡마을	2	0	2
소계			21개 마을	43	189	232

---

1) 도표의 통계는 2010년 9월 당시 현장조사 결과 보고 때의 기록이다. 당시 조사한 설화와 민요의 편수는 이 책에 자료가 수록되는 과정에서 일부 자료의 삭제 또는 통합 등에 의해 변경되었음을 밝혀둔다.

이상에서 보듯이, 기장군에서 기장읍과 철마면에서 집중 조사가 이루어졌으며, 다른 읍·면에서는 3개 마을씩 조사되었다. 설화의 경우 마을마다 대체로 2-3편씩 채록되었으며, 민요의 경우 기장읍 죽성리 두호마을, 기장읍 내리 내동마을, 일광면 화전리 화전리 화전마을, 정관면 예림리 예림마을, 철마면 웅천리 중리마을, 철마면 와여리 와여마을에서 다른 지역보다 많은 민요가 조사되었다. 설화는 지역 인물의 효행 등과 관련된 인물전설, 바위나 지형 등에 얽힌 전설이 많았으며, 민요는 <모심기 노래>가 주로 불렸다. 3일 동안 기장군에서 설화 43편, 민요 189편을 조사했는데, 조사기간을 더 늘렸다면 조사 성과는 더 많았을 것이다.

기장군 다음으로 집중 조사한 지역은 강서구이다. 강서구 중에서도 가덕도 지역을 2팀으로 나누어 여러 날에 걸쳐 집중 조사했다. 금정구와 영도구도 부산의 다른 구지역보다 현장조사를 많이 한 지역이다. 금정구의 경우, 자연마을이 아직도 많이 남아있고, 또 금정산의 정상 아래에 있으면서 타지 사람들이 많이 유입되었지만 그래도 자연마을에 토착민들이 많이 거주하고 있는 금성동을 집중 조사를 했다. 영도구의 경우도 오랜 기간 섬으로 내륙과 분리되어 있고, 지역민들 중 젊은 사람들은 내륙으로 많이 나갔지만 많은 노인들이 여전히 마을을 지키고 있다는 점을 고려하여 현장조사 대상 마을을 늘렸다. 동래구와 수영구도 역사가 깊고 부산의 대표적 무형문화재가 집중된 지역인 점을 고려하여 5개 이상의 마을을 조사했다. 이와 반면, 공단지역이 많거나 상업지역이 많은 북구, 사상구, 사하구, 부산진구, 동구, 서구 등은 1~3개 마을로 조사 대상 마을을 줄였다. 다음은 부산광역시의 각 구별 조사일정에 따른 조사마을과 조사 자료의 결과2)를 보이면 다음과 같다.

---

2) 도표의 통계는 2010년 9월 당시 현장조사 결과 보고 때의 기록이다. 당시 조사한 설화와 민요의 편수는 이 책에 자료가 수록되는 과정에서 일부 자료의 삭제 또는 통합 등에 의해 변경되었음을 밝혀둔다.

조사일	구별	조사마을	설화	민요	무가	소계
2. 3(수)		천가동11통(눌차동) 내눌마을	0	1		1
상동		천가동1통(동선동) 동선마을	1	11		12
상동		천가동3통(성북동) 선창마을	1	15		16
4. 28(수)		천가동8통(천성동) 서중마을	23	26	1	51
1. 27(수)	강서구	녹산동 본녹산마을	1	42		43
상동		녹산동 성산마을	4	4		8
1. 28(목)		명지동 사취등마을	0	7		7
상동		명지동 진목마을	0	9		9
2. 3(수)		천가동9통(천성동) 남중마을	5	13		18
상동		천가동10통(대항동) 대항마을	0	12		12
상동		천가동7통(천성동) 두문마을	1	6		7
소계		11개 마을	36	146	1	183
1. 21(목)		청룡노포동 작장마을	6	23		29
상동		청룡노포동 청룡마을	10	6		16
1. 23(토)		선두구동 선동마을	6	6		12
상동		선두구동 신천마을	10	5		15
상동	금정구	선두구동 임석마을	0	15		15
상동		금사동(회동동) 동대마을	10	31		41
1. 28(목)		금성동 공해마을	3	4		7
1. 21(목)		금성동 산성마을	0	13		13
1. 28(목)		금성동 중리마을	8	0		8
7. 7(수)		서2동	1	25		26
소계		10개 마을	54	128		182
1. 25(월)		용호1동	1	8		9
상동	남구	용호2동	7	19		26
7. 6(화)		대연6동	3	42	2	47
소계		3개 마을	11	69	2	82
2. 3(수)	동구	범일4동	3	35		38
상동		수정5동	17	11		28
소계		2개 마을	20	46		66
1. 26(화)		칠산동	8	45		53
상동		명륜동	3	0		3
1. 27(수)	동래구	명장2동	17	18		35
상동		온천3동	4	0		4
1. 28(목)		온천1동	3	2		5
소계		5개 마을 ·	35	65		100
2. 4(목)	부산진구	개금2동	18	8		26

날짜	구	마을				
상동		당감1동	0	21		21
4. 9(금)		당감3동	3	0		3
상동		초읍동	9	16		25
소계		4개 마을	30	45		75
1. 21(목)	북구	구포1동	2	40		42
1. 23(토)		화명2동	0	25		25
소계		2개 마을	2	65		67
1. 23(토)	사상구	모라1동	9	20		29
상동		삼락동	0	1		1
소계		2개 마을	9	21		30
1. 25(월)	사하구	당리동	7	15		22
상동		하단2동	5	18		23
1. 26(화)		다대1동	7	11		18
소계		3개 마을	19	44		63
	서구	남부민3동	0	4		4
소계		1개 마을	0	4		4
1. 21(목)	수영구	광안4동	3	4		7
상동		남천1동	7	16		23
상동		남천2동	2	0		2
1. 22(금)		민락동	8	1		9
상동		망미1동	4	0		4
상동		망미2동	4	1		5
소계		6개 마을	28	22		50
2. 1(월)	연제구	연산6동	11	19		30
상동		거제1동	5	5		10
상동		거제2동	2	1		3
소계		3개 마을	18	25		43
1. 27(수)	영도구	동삼1동	1	13		14
상동		동삼2동	1	29		30
1. 28(목)		신선3동	1	7		8
상동		청학2동	8	8		16
소계		4개 마을	11	57		68
2. 4(목)	중구	보수1동	4	13		17
소계		1개 마을	4	13		17
2. 3(수)	해운대구	반송1동	2	3		5
상동		반송2동	0	11		11
2. 4(목)		반여1동	0	13		13

상동		우1동	0	16		16
상동		중1동	9	1		10
소계		5개 마을	11	44		55
합계		61개 마을	286	794	3	1,083

이상에서 보듯이, 부산광역시에서 기장군을 제외하고 15개의 각 구별로 매우 제한된 마을을 대상으로 조사한 결과이지만 설화와 민요를 합해 총 1,083편을 조사했다. 설화에 비해 민요가 약 3배 가까이 조사되었다. 노인정을 중심으로 현장조사를 하다 보니, 남성 노인들보다 여성 노인들을 많이 만나게 된 결과이다. 남성 노인에 비해 여성 노인이 오래 살면서, 설화보다 민요를 더 적극적으로 구연했기 때문이다. 도시에서 남성 노인들이 모여서 이야기하는 기회가 여성 노인들에 비해 많이 부족한 까닭에 남성 노인들을 대상으로 구비문학을 조사하기가 어려웠다. 그렇지만 이런 가운데서도 강서구 가덕도의 천성동 서중마을의 김기일(1929년생, 남) 제보자는 훌륭한 설화 구술자였다. 그는 19편의 설화를 앉은 자리에서 짧은 시간에 연이어 구술할 정도로 설화 구연능력이 뛰어났다. 그리고 같은 마을의 박연이(1925년생, 여) 제보자도 민요 16편, 설화 3편, 무가 1편 등을 구연했는데, 시간을 두고 좀 더 조사했다면 더 많은 자료들을 채록할 수 있었을 것이다. 강서구 가덕도와 함께 비교적 많은 구비문학 자료를 조사한 지역이 금정구이다. 아직도 자연마을이 여러 곳에 남아 있는 조건이 다른 지역보다 구비문학 조사에 유리한 조건이 되었던 셈이다. 금정구 다음으로 역사가 깊은 동래구에서도 구비문학 자료가 상당히 채록되었는데, 다른 지역보다 설화가 많이 채록된 것이 특징이다. 남구와 영도구에서도 비교적 많은 설화와 민요가 채록되었다. 두 지역 모두 민요가 많이 채록되었는데, 영도구의 경우 아쉽게도 어업노동과 관련된 민요의 채록은 이루어지지 못했다. 이 지역에서 더 이상 어업노동 관련 민요의 채록은 힘

들 것이란 생각이 들었다. 그렇지만 도시화가 많이 이루어진 부산에서 설화와 민요를 합해 전체 1,300편에 가까운 자료가 채록된 것으로, 아직도 전통 구비문학의 전승이 노인들을 중심으로 명맥을 이어오고 있음을 확인했다는 것이 성과라면 성과이다. 그러나 이런 구비문학의 전승 현황은 향후 5년 이상 경과된다면 크게 달라질 것으로 전망된다. 그만큼 전통사회에서 전승되어 온 구비문학은 부산광역시의 급격한 도시화와 전승자의 노령화로 인하여 맥이 거의 끊기는 상황을 맞고 있다고 볼 수 있다.

1. 강서구

조사마을

부산광역시 강서구 녹산동 본녹산마을

조사일시 : 2010.1.27
조 사 자 : 박경수, 정규식, 박지희, 오소현

본녹산마을 본녹산회관

　녹산(菉山)마을은 부산광역시 강서구 녹산동 8통 지역으로 녹산동의 동쪽, 서낙동강 하류에 있는 마을이다. 성산마을과 산양마을 사이의 부산-진해간 국도 2호선에 접해 있다. 녹산동은 옛날 면리제 때의 녹산면 녹산리에 속한 곳으로 본녹산·산양·성산1·2구 마을을 아우르는 지적법상의 법정 동명이다. 녹산동과의 혼란을 피하기 위해 '본녹산', '녹산본동'이라고도 부른다.

1914년 행정 개편 때 산북의 태야면(台也面)을 병합, 하나의 녹산면으로 통합되는 과정에서 이름을 녹산면(菉山面)으로 하되, 면 소재지는 태야면소가 있던 구랑에 두기로 결정되었다. 정확한 기록은 없지만 통합 이전의 녹산면사무소 자리가 이 마을에 있었기 때문에 마을 이름이 '녹산'이 되었다고 박진규(82세, 사암마을 거주) 씨는 전한다. 녹산동의 녹(菉)자는 녹두 녹자로 흔하게 쓰이는 글자가 아니며, 그렇다고 이 지역 어디에도 녹두와 관련된 지명의 유래는 없다. 다만 1760년 간행된 『여지도서』와 『조선왕조실록』의 염전 관련 기록 중에 '녹두알같이 작은 섬'이란 뜻의 녹도(菉島)란 명칭과 '명지와 녹도 두 섬 사이'란 뜻의 '명록양도(鳴菉兩島)'란 기록이 있는데, 이로 보아 '녹도'에서 '녹산'이란 이름이 생긴 것으로 보인다. 1832년 간행된 『김해부읍지』에는 이 마을 서북쪽에 솟은 봉화산의 산세가 굶주린 사슴이 들판으로 달려가는 '기록주야형(飢鹿走野形)'의 명당이 있어 녹산(鹿山)에서 녹산(菉山)으로 되었다고 한다.

일제강점기 때 개통된 신작로 길이 마을을 아랫동네 윗동네로 갈라놓았고, 1995년 이후 녹산국가산업단지 조성과 함께 왕복 6차선 대로로 확장되었다. 도로 확장으로 철거된 사람들의 이주 단지가 '새동네'를 형성하고 있다. 2006년 이후 화전산업단지 조성 계획으로 기존의 사암마을이 모두 철거되면 이곳 국도 2호선 변으로 이주될 계획으로 있다.

성산2구 마을에 있던 녹산파출소도 2002년도에 이곳 삼거리 길목으로 옮겨 왔다. 녹명초등학교(1946.9.30. 개교)는 윗동네 산 밑에 있다. 그 옆에 숭림사(崇林寺)가 있고, 50m 거리에 녹산중학교(1953.4.10. 개교)가 자리 잡고 있다. 윗동네 서편에 있는 들이 옛날 염전 가마가 있었다고 해서 가매들로 부른다.

녹산 당산은 녹산마을 서북쪽 200m 지점의 산 밑에 있다. 220여 년 전의 할매제당은 지금의 제당 앞 밭 가운데에 있었는데, 1978년 경지정리 관계로 현 위치로 이전하였다. 제의 날짜는 음력 섣달 그믐 저녁 10시 경이며, 1년에 1회이다. 특기 사항으로는 할배당산과 할매당산 사이의 땅을 파니 피가 흘러나왔는데, 이를 보아 두 당산신 사이에 혈맥이 있음을 알게 되었다는 전설이 있다. 또한 옛날 한 사람이 두 당산 사이의 바위를 깬 뒤 피를 토하고 죽었다는 이야기도 있다.

이 마을 김상호 씨의 증언에 의하면, 아랫동네 앞으로 열린 들이 전중(田中)들인데 일제 강점 당시 이 일대가 전부 일본인 다나까(田中) 농장 터였기에 붙여진 이름이라 한다. 그 아래 서낙동강 머리에 옛날 명지 하신마을로 건너가던 녹산나루터가 있었다. 아주 옛날에는 산 밑, 굴 앞까지 배가 들어 왔다는 포구 자리가 있다. 녹산굴은 그 길이가 10리가 되고 이쪽 입구에서 불을 지피면 10리 저쪽인 장락 쪽에서 연기가 난다고 전해온다. 마을의 역사는 400년 전후로 추정되고 김해 김씨(金海 金氏)와 파평 윤씨(坡平 尹氏), 밀양 손씨(密陽 孫氏)가 집성촌을 이루었다.

조사자 일행이 이 마을을 방문한 날은 2010년 1월 27일(수)이었다. 먼저 성산마을을 조사한 후 이 마을을 조사하게 되었다. 이 마을에서는 할아버지들을 만날 수가 없었다. 경로당에는 할머니들만 있었다. 조사자 일행이 도착하자 마을 노인회 회장을 맡고 있는 김동림(여, 79세) 제보자가 반갑게 맞이해 주었다. 권차순(여, 79세), 김두임(여, 81세), 이정자(여, 82세) 등의 제보자들로부터 <모심기 노래>, <삼 삼기 노래>, <아리랑>, <청춘가> 등의 민요를 조사할 수 있었다. 하지만 설화는 조사되지 못했다.

부산광역시 강서구 녹산동 성산마을

조사일시 : 2010.1.27
조 사 자 : 박경수, 정규식, 박지희, 오소현

성산(星山)마을은 부산광역시 강서구 녹산동 9, 10통 지역으로 녹산의 동남쪽 서낙동강 가에 있는 마을이다. 서낙동강이 바다로 흘러 들어가는 목에 해당하는 곳이다. 녹산의 관문으로 녹산 제일의 마을이다. 성산의 이름은 형산(荊山)에서 왔다.

성산마을 녹성노인정

1832년 간행된 『김해부읍지』에 보면, 형산진(荊山津)이라는 나루터가 나온다. '형(荊)'은 광대사리이다. 충무공 이순신 장군이 쓴 『난중일기』에 나오는 독사리목[禿沙伊項]은 이순신 장군의 수군이 왜군의 잔병을 퇴각시켰다는 역사 기록이 있는 곳이다. 또 지금의 강 가운데 일점(一點) 독뫼산은 임진왜란 때 노적가리로 위장을 했다는 노적봉(露積峰)이기도 하다. 일제강점기 때 경상도 사투리에서 형님을 성님으로 부르듯 형(荊)자를 성(星)자로 고쳤다고 한다.

마을의 역사는 200년 전후로, 큰 강 언저리에 한두 채 집이 생기면서 시작되었다. 1934년에 지금의 녹산교[菉山橋, 성산다리, 시메끼리(締切 : 체절의 일본식 발음)다리, 녹산수문]가 개통되면서 취락이 커졌고, 1945년 광복 이후 개설된 성산장(星山場)이 5일장(지금은 겨우 이름만 유지)으로 크게 번성되면서 명색이 녹산동에서 유일하게 성산1구(9통)와 성산2구(10통)로, 2개 마을로 나뉘어 같은 이름을 쓰고 있다.

봉화산 주령이 강으로 드는 끝점, 서낙동강이 바다에 드는 자리에, 강변 따라 길게 마을이 형성되었다. 국도 2호선이 녹산교에서 노적봉과 연결되는 윗머리쪽이 성산1구 마을이고, 그 아랫쪽 해안통 마을이 성산2구 마을이다. 5일장이 서던 1구 쪽에 녹산농협과 녹산우체국 그리고 녹산동 보건소가 있고, 2구 쪽에는 의창수협 녹산지소, 녹산파출소, 녹산중학교, 삼홍수산(현 진해수산), 그리고 노적봉 밑자리의 절경지에 비구니절인 능음사가 있다.

성산2구 마을이 끝나는 해안가에 있는 해양경찰서 명지파출소에서는 선박들의 입출항 신고와 함께 서낙동강 하구일원의 해상치안을 담당하고 있다. 현재 한창 진행되고 있는 생곡로 확장공사로 기존의 가로변 집들이 많이 철거되어 1구마을은 동세(洞勢)가 약화되었다. 1990년대 초에 노적봉에서 명지 쪽으로 새로 제2녹산교(제2녹산수문)가 가설되었고 또 기존의 제1녹산교와 병행해서 왕복 4차선의 새 다리가 놓였지만, 기존의 좁은 '수문다리'가 철거도 개수도 되지 않고 방치된 채로 있어 출퇴근 시에 극심한 병목현상이 유발되고 있다.

녹산제2수문 공사 때 만들어진 솔밭공원에는 『난중일기』의 '서해어룡동 맹산초목지(誓海魚龍動 盟山草木知)'라고 새겨진 서맹비(誓盟碑, 1992)가 있고, 성산1구 마을이 끝나는 장락포 처녀골에는 1995년 8월 15일에 녹산향토문화관에서 건립한 '항일무명용사위령비'가 있다.

성산 할매당산나무와 할매바위는 성산1구 산 아래의 집들 사이 도로변에 있다. 즉 성산 시가지에서 동북쪽 300m 지점으로 성산에서 장락으로 가는 도로의 왼쪽에 있다. 마을의 안녕과 산물의 풍요를 빌기 위한 당산신은 사자바위로서 100여 년 전부터 당산할배인 사자바위와 사자바위에서 서넘쪽 35m 지점에 있는 당산할매인 소나무(수령 150여 년)를 신체로 삼고 마을의 안녕과 풍요를 기원하는 제의를 베풀어왔다. 제의 날짜는 음력 4월 7일 오전 10시 경이며, 1년에 1회 제를 올린다.

의성봉의 동쪽 자락은 산세가 가파르고 바위절벽이 길을 따라 나란히 나있는 곳에 유명한 '사자바위'가 있었는데, 생곡로 확장공사로 없어지고 지금은 기념 표지석만이 세워져 있다. 그리고 거센 바람이 부는 강에는 '강철이'라는 이무기가 있어서 오르내리는 뱃사람들을 해코지했다고 한다. 이에 '사자바위'의 사자가 강철이를 진압하여 마을과 뱃사람의 안전을 지켜 주었다는 전설이 있어 주변사람들이 해마다 10월 초순에 제를 올리고 치성을 드린다고 한다.

조사자 일행이 이 마을을 방문한 날은 2010년 1월 27일(수)이었다. 강서구청의 담당직원과 통화를 한 후, 녹산동에서 어른들을 만날 수 있는 곳을 문의하여 이곳을 찾았다. 조사자 일행이 오전 11시쯤에 방문하니 노인정에는 사람들이 거의 없었다. 한 할아버지께서 나중에 점심을 먹고 오면 사람들이 많이 올 것이라고 하였다. 그래서 시간 약속을 하고 오후 1시에 재차 녹성노인정을 방문하여 조사를 시작하였다. 이훈자(여, 70세), 이순덕(여, 71세), 변임순(여, 73세), 김종해(남, 79세) 등의 제보자들에게 <모심기 노래>, <그네 노래>, <뱃노래>, <창부타령> 등의 민요와 <해치에게 홀려서 고생한 사람>, <하늘로 올라 가는 용>, <귀신에 홀린 처녀>, <귀신에게 홀린 어부> 등의 설화를 조사하였다.

이 마을은 다른 지역에 비해 상대적으로 민요가 많이 조사되지 않았다. 또한 노적봉 이야기, 사자바위 이야기 등 지역과 관련된 설화들을 구연 유도하였으나 이야기가 될 만한 자료는 조사하지 못했다. 이 마을의 조사를 마친 후 다음 조사지인 본녹산마을로 향했다.

부산광역시 강서구 명지동 사취등마을

조사일시 : 2010.1.28

조 사 자 : 박경수, 정규식, 박지희, 오소현

사취등마을 사취등노인정

　진목리(眞木里)의 사취등(沙聚嶝)마을은 부산광역시 강서구 명지동 4통 지역으로 진목마을 서쪽에 있는 마을이며, 해척(海尺)마을과 함께 명지동 에서 가장 높은 지대에 있는 마을이다. 낙동강의 모래가 홍수에 의해 쌓 여서 모래톱을 이룬 언덕이라고 '사취등'이라 부르게 되었다고 하며 지금 은 큰 마을이 되어 있다.

　사취등마을은 국도 2호선이 지나가면서 아랫각단과 윗각단으로 나뉘어 있으며, 윗각단 입구에 마을비가 세워져 있고, 아랫각단 중심에는 200년 의 수령인 포구나무가 자리 잡고 있다. 나무숲이 귀한 명지에서 이 마을 에 있는 청량사 주변으로 무성한 숲이 형성되어 있어 지나가는 나그네들의 눈길을 끌기도 한다.

이 마을에는 80여 년이니 된 청량사와 용평사(龍平寺)가 있다. 1999년 부산광역시사편찬위원회에서 간행한 『부산지명총람(釜山地名總覽)』 제5권 '강서구편'에 보면, 청량사는 1906년 사취등마을(명지동 445번지)에 '변호사'라는 이름으로 창건되었으며, 1958년에 조계종의 청량사로 이름이 바뀌었다고 적고 있다. 원래 이 절터에는 당산집이 있었고, 여기에서 지신제를 올리며 마을의 안녕과 풍년을 기원하였다고 한다.

사취등 할매당산은 명지동 445번지 진목리 청량사 경내에 있다. 약 300년 전에 마을의 안녕과 산물의 풍요를 기원하기 위한 제당을 건립하였고, 1960년경에 현재의 건물을 개축하였다. 제의 날짜는 음력 12월 1일~3일과 매월 초하루 오전 9시경이며, 1년 13회의 제를 올린다. 당산나무는 영험이 많은 나무로 신성시되는데 함부로 손을 댈 수 없다고 한다.

청량사 동쪽에는 20~30여 년 전만 해도 인근 지역민의 공동묘지가 있었다. 염전, 갈밭 개간, 어업 등에 종사했던 단순 노동자들이 많은 고난 속에 삶을 살다 간 곳이었지만, 지금은 이 지역 모두가 정리되어 개간되면서 옛 모습은 찾아 볼 수가 없다.

조사자 일행이 이곳을 방문한 날은 2010년 1월 28일(목)이었다. 명지동 주민센터에서 사취등마을 노인정의 위치를 문의한 후, 청량사 뒤쪽의 작은 길에 있는 노인정을 어렵게 찾아서 도착할 수 있었다. 노인정 안에는 할머니 다섯 분이 화투판에 열중이었다. 조사자 일행이 화투판을 좀 접어달라고 부탁했으나 조사자의 요구가 받아들여지지 않았다. 어쩔 수 없이 화투를 치고 있는 가운데 조사를 할 수밖에 없었다. 이금연(여, 81세), 김두리(여, 78세), 이상분(여, 88세) 등의 제보자들로부터 <모심기 노래>, <아리랑>, <도라지 타령> 등 민요만 조사할 수 있었다.

부산광역시 강서구 명지동 진목마을

조사일시 : 2010.1.28
조 사 자 : 박경수, 정규식, 박지희, 오소현

진목마을 진목회관

　진목리(眞木里)의 진목(眞木)마을은 부산광역시 강서구 명지동 1통과 21
통 지역으로 경등(鯨嶝)마을과 사취등(沙聚嶝)마을 중간에 위치한 큰 마을
로 진목리의 본마을이다. 이 마을의 역사는 약 300여 년으로 추정되며,
이곳에 참나무가 우거져 숲을 이루고 있었다고 하여 진목(眞木)이란 이름
이 유래되었다고 한다. 이 마을은 참나무 정(亭)이라 부르기도 하였다고
한다. 그러나 마을의 유래와 달리 이 마을에는 나무가 그리 많지 않았다.

　옛날 이곳에는 진목염전이 있었다. 진목마을은 조선시대부터 소금밭으
로 잘 알려진 곳이며, 48군데에 이르는 소금밭이 자리 잡고 있었다. 이
곳은 옛날 소금을 굽는 가마솥이라는 뜻으로 '웃가매, 아랫가매, 땅가매'

등으로 불리기도 했다. 이곳에서 생산된 소금은 배에 실려 낙동강을 거슬러 올라가 경남·북지역에 공급되었으며, 곡식과 기타 생활용품들과 교환되었다고 한다. 이곳의 지명은 생활 수단이었던 염전과 관계되는 이름들이 많다.

광복 후에도 얼마간 소금 생산을 계속하였으나 경제성이 맞지 않아 중단되었다. 지금은 이 염전들이 대파 집단재배지로 탈바꿈되었다. 명지 대파는 전국에서 처음으로 정부의 품질인증 농산물로 지정될 전망이다. 농협 부산시지회와 부산시 농업기술센터에 의하면, 명지농협이 신청한 대파가 국립농산물검사소의 검사 결과 품질과 작황이 우수한 품종으로 평가받은 바 있다. 최근에는 저급의 중국산이 대량 유입되면서 명지 대파의 수요가 급격히 줄어들고 있는 실정이다. 또 한 동안 이 마을에서는 재첩과 맛, 백합을 많이 채취하였으며 게도 많이 잡혀서 게젓갈을 만들어 부산과 타처로 팔았으며, 갈대밭에서 자생하는 짜부락을 뽑아 질긴 줄을 만들어 생활의 도구로 사용하면서 내다 팔기도 하였다고 한다. 이렇게 변화해온 명지는 '돈이 많다'고 소문날 정도로 삶이 윤택했다.

1832년 간행된 『김해부읍지』에 보면, 명지면(鳴旨面) 진목리의 대표적인 성씨는 경주 김씨, 분성 배씨, 남평 문씨, 성주 이씨였다고 한다. 1934년 조선총독부에서 간행한 『조선의 성』에 보면, 당시 김해군 명지면 진묵리에는 52세대의 김해 김씨(金海 金氏), 15세대의 분성 배씨, 16세대의 밀양 박씨(密陽 朴氏), 22세대의 경주 이씨(慶州 李氏) 등의 동성마을을 이루고 살았다고 기록하고 있다.

6·25 한국정쟁 직전까지만 하여도 수령이 300년으로 추정되는 가질나무가 있었다. 참봉 김홍수 효은비(參奉金洪秀孝恩碑)와 경주 최씨 정열각(慶州崔氏貞烈閣)이 있었다. 경주 최씨는 증자선대부 내장원경 김윤세의 부인으로 남편이 고령군에서 객사(客死)를 했는데 부음을 듣는 날에 자결하여 의(義)를 따랐다 하여 나라에서 정려(旌閭)를 명하여 정렬각을 세운

것이다. 진목마을 초입에는 일제강점기 때 명지면장(鳴旨面長)으로 재직하면서 명지면 일원에 제방을 축조하고 지역 개발에 큰 변화를 가져오게 한 면장 문순민 공적비(面長文順敏公功績碑)를 세워 그의 공적을 기리고 있다. 지금은 명지농협 앞 도로 동면에 옮겨져 있다. 이곳 출신 인물로는 3대 국회의원을 역임한 김택수(金澤壽)와 한일합섬 창업주 김한수(金翰壽) 형제가 있다. 이들 형제는 경일학원 재단을 설립하여 경일중학교와 경일정보고등학교를 세웠다.

이 마을에는 1955년에 창립한 진목교회가 있는데, 현재 신도가 200여 명에 이른다고 한다. 맥도강과 평강천이 만나서 바다로 들어가는 지점에 니목교가 놓여 있고, 부산 - 진해간 국도 2호선의 확장으로 가로변의 집들이 철거되어, 위쪽으로 명지와 진목이주단지가 동서로 신진목 길을 사이에 두고 길게 진목 21통 새 동네를 이루고 있다.

조사자 일행이 이 마을을 방문한 날은 2010년 1월 28일(목)이었다. 인터넷으로 진목마을의 노인정을 검색한 후, 회장님과의 전화 통화로 사전에 방문 계획을 잡았다. 하지만 조사자 일행이 방문한 날 공교롭게도 마을에 일이 생겨 할아버지들을 만나지 못했다. 마을회관에는 할머니들만 있었다. 배재순(여, 81세), 서정자(여, 68세) 등의 제보자들로부터 <모심기 노래>, <아리랑>, <도라지 타령> 등의 민요를 조사할 수 있었다. 이곳에서도 설화를 조사하지 못했다. 마을회관 바로 뒤에 있는 효자비와 열녀비와 관련된 이야기를 해달라고 하였으나 제대로 아는 분이 없었다. 바다 도깨비와 관련된 이야기도 요청했으나 조사할 수 없었다. 이곳의 조사를 마친 후 바로 사취등마을로 향했다.

부산광역시 강서구 천가동 1통(동선동 동선마을)

조사일시 : 2010.2.3

조 사 자 : 박경수, 정유원

천가동 1통(동선동 동선마을)

　　동선(東仙)마을은 행정구역상 부산광역시 강서구 천가동 1통에 속한 자
연마을이다. 동선마을은 가덕도의 입구에 있는 선창마을 안쪽에 위치한
마을로, 동선 본동, 생교동, 새바지를 포함하여 4개 자연마을로 구성되어
있다. 이 중 동선마을은 동선동의 중심에 있으면서 천가동사무소, 천가초
등학교, 덕문중학교, 덕문고등학교가 있는 성북동과 위 아래로 인접해 있
다. 그런데 이 동선마을의 마을회관으로 들어가려면 아직도 도로를 넓히
는 공사가 완료되지 않아서 마을 어귀에 주차를 하고 좁은 골목길을 걸어
가야 했다.

　　조사자 일행은 2010년 2월 3일(수) 오전에 성북동 선창마을 조사한 후,

오후 일정으로 눌차동의 여러 마을을 돌며 제보자를 탐문했으나 마땅한 제보자를 만나지 못하고 동선마을로 왔다. 동선마을의 마을회관에 도착하니 20여 명의 여성노인들이 모여 있었다. 미리 천가동사무소에 연락하여 조사에 협조를 부탁했기 때문이다. 조사자 일행은 인사를 하고 조사의 취지를 설명한 다음 조사에 임했는데, 먼저 설화부터 유도했다. 이에 동선노인회 총무를 맡고 있는 김재봉(남, 78세) 제보자가 가덕도의 전설로 아기장수 이야기를 구술했다. 그러나 더 이상의 설화가 나오지 않아 노래판으로 전환했다. 그러자 김명옥(여, 81세) 제보자가 거의 노래판을 주도하며 <백발가>, <시절 한탄가>, <노랫가락>, <양산도> 등 창민요를 잇따라 부른 후 <모찌기 노래>, <모심기 노래> 등도 여러 편 가창했다. 청중들은 박수를 치며 제보자의 노래에 장단을 맞추어 주었으며, 더러는 제보자가 부르는 <모심기 노래>를 함께 부르기도 했다. 매우 흥이 나는 노래판이 지속되었다. 그러나 아쉽게도 가덕도에서 고기잡이를 하면서 부르는 노래나 굴을 까면서 부르는 노래는 나오지 않았다. 동선마을 조사를 마치고 선창마을에서 노래를 잘 한다는 배임희를 만나기 위해 자리를 떴다.

부산광역시 강서구 천가동 3통(성북동 선창마을)

조사일시 : 2010.2.3
조 사 자 : 박경수, 정유원

선창(仙倉)마을은 부산광역시 강서구 천가동 3통에 속한 자연마을이다. 법정동은 성북동에 속한다. 이 마을은 예부터 가덕도와 용원을 잇는 도선의 기점이었으며, 옛 수군함정의 군항지였다. 그리고 주변의 경관이 아름다운 곳인 데다 군항지의 창고가 있었기 때문에 마을 이름을 선창이라 했다고 한다. 현재 이 마을은 가덕도로 들어서는 입구의 마을로 가덕농협과 하나로마트 등이 있는 성북동 중심지이다. 마을 주민들은 과거에는 어업과 농업을 겸했으나, 처근에는 유지 등 특용작물 재배로 농가 소득을 높이고 있다.

천가동 3통(성북동 선창마을) 선창경로당(성북3통회관)

조사자 일행은 2010년 2월 3일(水) 가덕도 조사를 하기로 했다. 이날 조사자 일행은 두 팀으로 나누어 한 팀은 가덕도 서편의 천성동과 대항동을 조사하고, 다른 한 팀은 가덕도 동편의 동선동, 성북동, 눌차동을 조사하기로 했다. 가덕도 동편을 조사하기로 한 팀은 마침 농협 옆에 위치한 선창노인정부터 조사하기로 하고 그곳으로 갔다.

조사자 일행이 선창노인정에 가니 5명의 노인이 담소를 하고 있었다. 이들에게 조사의 취지를 이야기하고 조사를 시작했다. 강경애(여, 74세) 제보자가 먼저 방구장이 이야기 한 편을 한 다음 <타박네 노래> 1편을 불러 주었다. 그리고 강경애 제보자가 이야기와 노래를 부르는 사이 노인 정에 온 김말분(여, 80세) 제보자가 <임 그리는 노래>를 부른 후 조사자 의 유도에 따라 <애기 어르는 노래>, <자장가>, <아리랑> 등 민요 5편 을 제공했다. 그러나 더 이상의 조사는 이루어지지 않아 자리를 뜨려는데, 강경애 제보자가 오후에 다시 오면 정말 노래를 잘 하는 분이 온다고 일 러 주었다.

조사자 일행은 눌차동과 동선동을 조사한 후 오후 5시경에 다시 선창 경로당에 들렀다. 마침 강경애 제보자가 있었는데, 노래를 잘 한다는 분 이 아직 노인정에 나오지 않았다고 하며 조사자 일행을 친절하게 안내하 여 배임희 제보자의 집으로 데려다 주었다. 배임희 제보자는 시내 볼일을 보고 막 집에 도착한 모습이었는데, 조사자의 방문 목적을 듣고 차림새를 급하게 고친 후 방으로 조사자 일행을 맞이했다. 먼저 듣기 힘든 <범벅 타령>과 <징거미타령>을 하고, 이어서 <진주난봉가>를 부른 후 <모찌 기 노래>에 이어 <모심기 노래>를 아침 소리, 점심 소리, 저녁 소리로 나누어 하나씩 기억나는 대로 불렀다. 시간이 더 있었다면 제보자의 노래 를 더 많이 조사할 수 있었을 것이지만, 너무 늦은 시간인데다 다른 조사 팀이 기다리는 점 때문에 부득이 조사를 중단할 수밖에 없었다. 강경애 제보자는 배임희 제보자가 선창 제1의 소리꾼이라고 말했는데, 그럴 만큼 민요 가창 실력이 뛰어났다. 그러나 선창마을에서는 아쉽게도 어업노동과 관련된 노래는 나오지 않았다.

부산광역시 강서구 천가동 7통(천성동 두문마을)

조사일시 : 2010.2.3
조 사 자 : 박경수, 정규식, 박지희, 오소현

두문(斗文)마을은 행정구역상 부산광역시 강서구 천가동 7통 지역이며 법정 동인 천성동(天城洞)에 속한다. 이 두문마을은 가덕도의 서쪽, 서중마을 북쪽에 지리 잡고 있는 자연마을이다. 성북동 장항마을을 벗어나 백옥포 고개를 굽어 넘으면 또한 굽이 긴 검은 자갈밭 해안을 만난다. 자갈밭 해안이 망넘골짜기 끝으로 이어진다. 망넘골은 바위 무리를 이루고 있어 숭어를 잡을 때 망을 본다고 하는 뜻에서 붙여진 이름이다. 두문마을에는 20여 호의 바닷가 집들이 자리하고 있다.

천가동 7통(천성동 두문마을) 두문마을회관

마을 뒷산인 웅주봉(339m)은 가덕도에서 연대봉(459.5m) 다음으로 두 번째로 높은 산으로 산세가 너무 급해서 다가서기에 숨이 가쁘다. 용원-대항을 운항하는 도선이 이 마을에는 들르지 않는다. 그래서 외딴 오지 취급을 받는다는 느낌이 드는 마을이다.

옛날 앞바다에서 청어 등 생선이 많이 잡혀 말(斗)로 매매했다는 데서 두문(斗文)이라 불렀다고 하나 실제 이곳을 두고 '머거리'라고 한다. 마을의 위치상으로 천성마을과는 동뫼가 가로 막혀 왕래가 잦지 않는 곳으로 타 지역의 소식을 전하기도 듣기도 힘든 곳이라 하여 '머글' 또는 '머거리'라 하였다.

이 마을은 긴 해안에 비하여 가구수는 얼마 되지 않아 해안을 따라 곳곳에서 미역을 말리는 풍경을 볼 수 있다. 여름철에 개장되는 자갈밭 해수욕장에는 외지에서 많은 사람들이 찾아든다. 웅주봉에는 1934년에 건립된 영주암이 있다.

두문지석묘(斗文支石墓)는 두문마을 바닷가 언덕에 자리 잡고 있으며, 신라대학교(옛 부산여자대학) 박물관에서 조사 확인하였다. 상석(上石)은 길이 2.5m, 두께 80cm 정도의 괴석(塊石)이며 보존 상태도 양호하다. 이 지석묘는 돌로 만든 선사시대 무덤인 고인돌을 말하는데, 한반도 전 지역에서 발견되고 있으나 내륙지방보다 해안지방에서 많이 발견된다.

이 마을에는 시조시인 이은상 선생이 폐결핵으로 투병할 때 잠시 피접한 곳이다. 이 마을에서 이은상 선생이 지은 동요가 <고향배>(어제 온 고깃배가 고향으로 간다기에 소식을 전하려고 갯가로 나갔더니 그 배는 멀리 떠나고…)이다.

조사자 일행이 이곳을 방문한 날은 2010년 2월 3일(수)이다. 대항마을 조사를 마친 후 이곳을 방문하였는데 저녁시간이 다 되어서 그런지 마을회관에는 아무도 없었다. 마을이장에게 전화로 협조를 요청하니 마을이장이 제보자들을 모시고 마을회관으로 나왔다. 김복연(여, 76세), 박동윤(남, 75세) 등의 제보자로부터 <모심기 노래>, <잠자리 잡는 노래>, <청춘가>, <태평가> 등의 민요와 두문마을의 유래 등을 조사하였다.

부산광역시 강서구 천가동 8통(천성동 서중마을)

조사일시 : 2010.2.3
조 사 자 : 박경수, 정규식, 정혜란

서중(西中)마을은 부산광역시 강서구 천가동 8통에 해당하는 자연마을이며 법정 동인 천성동에 속한 마을이기도 하다. 천성동은 두문(斗文), 서중, 남중(南中)마을로 이루어져 있는데, 가덕도의 서쪽 해안을 따라 돌아들어가면 가덕도의 중간 지점에 활등처럼 휘어진 해안가에 위치하고 있다. 서중마을은 이 천성동에서도 두문마을을 지나 천성재 고개를 넘어 가면 아래로 보이는 해안가 마을로 남중마을과 이웃하고 있으며, 마을 뒤로 연대봉이 높이 솟아 있다. 그리고 서중마을과 남중마을을 지나 지함골 고개를 넘어가면 대항마을에 이르고, 좁은 길을 따라 끝까지 들어가면 가덕등대(1909년 12월 건립)가 있는 곳에 닿는다. 서중마을 뒤 동쪽에 천성소류지란 저수지가 있고 그 아래 들판이 있어 마을 사람들은 농사를 짓는 한편 어업도 한다. 2월부터 5월 사이에는 가덕도의 특산물인 숭어잡이가 이 마을이 있는 천성동과 대항동에서 성황을 이루었는데, 근래에는 해수 온도가 달라져 숭어가 많이 잡히지 않는다고 한다.

천성동이 끝나는 지점에 돌출된 곳을 천수말이라 하고, 대항마을로 가는 고갯길에 왜구의 상륙을 막기 위해 김해와 함안의 군민들이 동원되어 쌓았다는 천성진성(부산시 지정 기념물 제34호, 1989년)이 부분적으로 흔적만 남기고 있다.

조사자 일행은 2010년 4월 28일(수) 가덕도를 추가 조사하기로 하고, 가덕도 입구에 있는 선창마을 농협 앞에서 모인 다음 천성동 서중마을로 함께 갔다. 특별히 조사자 일행이 서중마을을 찾아간 데는 이유가 있었다. 20년 전 1989년 가덕도의 민속과 구비문학을 조사했던 김승찬 교수(부산대 명예교수)로부터 당시에 많은 민요와 무가를 불렀던 박연이(여, 86세)

노인과 설화 구연에 뛰어난 능력을 보였던 김기일(남, 82세) 노인이 천성동에 아직도 생존해 있다는 말을 들었기 때문이다. 조사자는 김승찬 교수가 지은 『가덕도의 기층문화』를 통해 당시에 채록한 이들 제보자의 민요, 무가, 설화 자료를 검토한 후에, 이를 토대로 두 제보자를 만나 다시 현장 조사를 하기로 했다. 이를 위해 천가동사무소에 연락하여 두 노인이 사는 마을을 파악하고, 다시 서중마을 마을이장과 연락하여 조사를 하기로 한 당일 만나서 안내를 받기로 했다.

조사자 일행은 마을이장의 안내로 먼저 서중마을 서중할머니경로당을 찾았다. 그곳에는 박연이 노인이 5~6명의 노인들과 함께 담소를 나누고 있었다. 이들에게 조사 취지를 설명한 후에 민요 조사부터 시작했다. 박연이 제보자가 16편의 민요와 3편의 설화, 1편의 무가를 구연했으며, 이녹일(여, 86세) 제보자도 민요 6편, 설화 1편, 배귀순(여, 74세) 제보자도 민요 3편을 제공했다. 이들이 제공한 자료 중에는 <모심기 노래>의 노동요도 있었지만, <창부타령>, <양산도>, <사발가>, <밀양 아리랑>, <도라지 타령> 등 유흥적인 창민요들이 많았다. 그런데 박연이 제보자가 제공한 <탕건 노래>는 과거 가덕도에 탕건 일이 성행되었음을 보여주는 귀중한 자료였으며, 특별히 가덕도의 풍물 등 자랑거리를 노래하는 <가덕팔경가>를 채록할 수 있었다. 그리고 민요 <돈타령>과 무가 <사자풀이>를 박연이 제보자로부터 채록한 것도 귀중한 성과이다.

조사자 일행은 서중할머니경로당 조사를 마치고 김기일 제보자의 설화를 조사하기 위해 제보자의 집을 찾아갔다. 그런데 조사자 일행이 김기일 제보자의 집에 도착했을 때는 오후 5시가 가까운 시간이 되었다. 서중할머니경로당에서 조사 시간이 예상보다 훨씬 길었기 때문이다. 김기일 제보자는 조사자 일행을 반갑게 맞이하고는 조사자가 과거에 구술한 이야기 목록을 토대로 하나하나 이야기를 유도하자, 거의 막힘이 없이 19편의 설화를 연이어 구술했다. 그가 구술한 이야기는 효자 효부의 효행담, 재치담, 풍수담, 해몽과 점술담도 있었으며, 특별히 웃음을 자아내는 음담패설의 육담도 4편이나 구술했다. 그의 입담이 그민큼 풍부하면서, 이야기를 재미있게 끌고 가는 능력을 보여주었다. 그는 가덕도 최고의 이야기꾼일 뿐만 아니라 부산 전체에서도 최고의 이야기꾼이라 할 수 있다. 조사자 일행은 서중마을 조사를 한 뒤 흐뭇한 마음으로 가덕도를 떠나왔다.

천가동 8통(천성동 서중마을) 서중마을할머니경로당

부산광역시 강서구 천가동 9통(천성동 남중마을)

조사일시 : 2010.2.3

조 사 자 : 박경수, 정규식, 박지희, 오소현

남중마을은 행정적으로 부산광역시 강서구 천가동 9통에 해당하는 자연마을로 과거 법정동인 천성리에 속해 있다. 남중마을은 천성리의 남쪽에 있는 마을이다. 천성리(天城里)는 천성진성(天城鎭城)이 있어 천성(天城)

이라 하였다고 한다. 천성리에서 옛날 천성진성을 중심으로 서쪽에 형성된 마을을 서중마을(천가동 8통)이라 하며, 남쪽에 형성된 마을인 남중마을(천가동 9통)이라 한다. 그런데 이제는 천성리는 이름만 남은 마을 명칭이 되고 말았다.

천가동 9통(천성동 남중마을) 남중회관

두문마을에서 해안을 따라 가면 활등처럼 굽어 돌아 천성만을 이루고 있다. 마을 가운데 일(一)자로 나 있는 선착장을 중심으로, 북쪽에는 서중마을, 남쪽에는 남중마을이 자리잡고 있다. 김봉운 면장(1956. 5. 31~1959. 8. 7) 이전에는 서문마을을 서성리라 하였고 남문마을은 남중리(南中里)라 하였으며, 지금의 대밭골 쪽을 죽동리라 불렀다고 한다. 1989년 가덕도의 전 지역이 부산광역시의 천가동으로 편입됨에 따라 남중마을도 강서구 천가동에 속하게 되었다.

조사자 일행이 이 마을을 방문한 날은 2010년 2월 3일(수)이었다. 가덕도는 최근에 부산시로 편입되었기 때문에 교통이 아주 불편하였다. 특히 현재 거가대교 공사로 인해 공사차량이 자주 드나들면서 인근지역의 환경이 좋지 않았다. 조사자 일행은 미리 확인한 천가동주민센터의 문화관광 담당자로부터 자연마을의 위치와 마을 이장의 연락처를 확보한 다음 남중마을을 찾았다. 이 마을은 가덕도의 서쪽 해안가에 위치해 있다.

남중마을의 회관에는 아쉽게도 할아버지들은 없고 할머니들만 있었다. 아직 개발되지 않은 자연마을이라 노래와 이야기를 풍부하게 조사할 수 있을 것으로 기대했으나 조사 결과는 기대와 달랐다. 김을태(여, 84세), 신정순(여, 89세) 등의 제보자로부터 <가덕도 노래>, <연잎 따는 처녀 노래>, <모심기 노래>, <오리오리 개오리야>, <장구 노래> 등의 민요와 며느리의 나쁜 말버릇을 고친 이야기, 혼인하기로 한 여인이 죽은 후 처가를 방문한 사위, 연대봉의 제를 지낸 후 부정한 행위를 했다가 탈이 난 이야기 등의 설화를 조사할 수 있었다.

부산광역시 강서구 천가동 10통(대항동 대항마을)

조사일시 : 2010.2.3
조 사 자 : 박경수, 정규식, 박지희, 오소현

대항(大項)마을은 부산광역시 강서구 천가동 10통 지역으로 가덕도 남쪽에 있는 섬에서 가장 큰 목에 위치한 마을이라 하여 큰목, 한목이라고도 부른다. 대항동의 본마을로 음달·양달마을로 나누어 부르기도 한다. 대항동에는 이외에도 세(새)바지마을, 외양포(外洋浦)마을이 있다.

천성마을에서 천성고개를 넘어 천수대 끝부분으로 이어 내리는 동쪽에 연대봉 기슭과 남쪽의 국수봉 기슭이 잘록하게 이어지는 목 부분에 있는 마을이라 대항(大項)이라 불렀다. 한목마을 중앙으로 흐르는 천을 중심으로 연대봉 쪽으로 아침 해가 먼저 비치는 곳을 양달이라 하고, 그 반대편이 음달이라고 한다. 음달마을 쪽에는 대항초등학교가 있었고 그 위쪽으로 외항포와 등대로 이어지는 길이 있는데, 일본 군인들이 말을 타고 다닌 곳이라 하여 말(馬)길이라는 오솔길이 있다. 대항에는 바위섬이 절경을 이루고 있는데, 남서쪽에 숭어잡이로 유명한 내동섬과 농처럼 생긴 농바위섬이 있고, 서쪽에 달팽이처럼 생긴 바위섬과 코같이 생긴 코바위섬이 있다. 대항3경(大項三景)으로 해안의 기암절벽과 외양포, 가덕등대를 꼽고 있다.

대항마을 대항경로당

이 마을에는 혜덕사와 대항교회가 있으며, 일본계 신흥종교인 일련정종을 믿는 사람도 있다. 1950년 이전만 해도 가덕도에서의 혼인은 대부분 섬 주민들 사이에서 이루어졌다. 그래서 택호를 '대항댁' 등으로 쓰고 있다. 섣달그믐 자정에 마을의 안녕과 풍년을 비는 당산제를 지낸다.

마을 중심에서 바다로 일직선 선착장이 나 있나. 마을 중심부에서 동쪽으로 바로 넘어가는 길이 새바지마을로 가는 길이다. 그 길을 따라 가다가 산 하나를 넘어가면 외양포 마을이 나온다. 대항패총지는 대항초등학교에서 바다 쪽으로 비스듬하게 형성되어 있다. 이 패총은 1992년 신라대학교(당시 부산여자대학)에서 학술조사를 통해 발굴되었는데, 신석기 전후기에 걸치는 다양한 토기 파편으로 보아 신석기 전시기에 걸쳐 형성된 대규모 유적으로 추정하였다.

대항 당산은 대항마을 동쪽 약 100m 지점의 남산 기슭에 있다. 제당의 건립 연대는 1968년이다. 제의 날짜는 음력 섣달그믐 밤 자정이며, 1년에 1회 제를 올린다. 약 400여 년 전 이 마을이 형성될 때 고을 할매에게 후사를 부탁하였다는 뜻에서 돌무더기 제당을 세웠다가 그 자리에 제당을 건축하였다고 한다.

이 마을은 대항선착장을 기지로 어업을 주업으로 하고 있다. 현재 부산-거제간 거가대교가 2004년 착공하여 2010년 준공을 목표로 한창 공사 중에 있다. 이 교량이 준공되면 이곳의 발전을 앞당겨 줄 것으로 기대된다. 하지만 거가대교의 공사로 인해 피해를 보는 주민들도 상당히 많은 듯했다. 대항마을 입구에도 공사차량이 많이 다니고 있어 사람들이 다니기 불편할 정도였다. 제보자들 가운데는 그냥 예전처럼 조용하게 사는 것이 좋다고 말하는 이가 많았다.

조사자 일행이 이곳을 방문한 날은 2010년 2월 3일(수)이었다. 남중마을 조사를 마친 후 그곳의 할머니들이 대항마을로 가면 노래를 좀 조사할 수 있을 것이라고 해서 왔다. 하지만 실상 이곳은 남중마을보다 구연 환경이 더 열악했다. 남중마을과 마찬가지로 할아버지는 한 분도 만나지 못했다. 대항경로당은 대항 바닷가 바로 앞에 위치해 있었다. 허덕임(여, 86세), 김분선(여, 75세), 김복의(여, 74세) 등의 제보자로부터 <청춘가>,

<진도아리랑>, <다리세기 노래>, <가덕도 노래>, <잠자리 잡는 노래>, <자장가>, <뱃노래> 등의 민요를 조사할 수 있었다. 아쉽게 설화는 한편도 조사할 수 없었다.

부산광역시 강서구 천가동 11통(눌차동 내눌마을)

조사일시 : 2010.2.3
조 사 자 : 박경수, 정유원

천가동 11통(눌차동) 내눌마을 전경

내눌(內訥)마을은 행정구역상 부산광역시 강서구 천가동 11통에 속한 자연마을이며 법정 동인 눌차동에 속한 마을이기도 하다. 눌차동은 가덕도의 작은 섬인 눌차도에 있는데 외눌, 내눌, 항월, 정거리의 4개 자연마을로 구성된다. 서쪽 해안의 외눌 안쪽에 내눌마을이 위치하고 있다. 성북동 선창마을에서 보면 외눌마을과 내눌마을이 정면으로 보인다. 이 마을로 들어가려면 성북동 신창마을에서 눌차도로 이어진 작은 다리를 건너야 하는데, 다리 폭이 좁아 차 1대가 겨우 지나갈 정도이다.

조사자 일행은 이 좁은 다리를 걸어 먼저 외눌마을로 들어갔으나 경로당에 사람이 없었다. 어쩔 수 없이 안쪽의 내눌마을로 갔는데, 내눌마을의 경로당에도 할머니 두 분만 누워서 쉬고 있었다. 조사자 일행은 방으로 들어가 조사의 취지를 말하고 옛날 노래를 불러보라고 했으나 윤토금(여, 80세) 제보자로부터 <창부타령> 한 곡만 겨우 조사할 수 있었다. 내눌마을의 조사를 마치고 동북쪽의 항월마을도 가보았으나 경로당에 모인 여성노인들이 조사자 일행의 방문을 탐탁하게 생각하지 않았다. 그들은 민요를 부를 줄 아는 사람이 없다고 하며 다른 곳에 가보라고 하여 눌차동에 대한 조사를 더 이상 진행할 수 없었다.

▌제보자

강경애, 여, 1937년생

주 소 지 : 부산광역시 강서구 천가동 3통(성북동 선창마을)
제보일시 : 2010.2.3
조 사 자 : 박경수, 정유원

강경애는 1937년 소띠 생으로 부산광역시 강서구 천가동 동선마을에서 태어났다. 본관은 진주이며, 동네에서 '판탁이네'라고 불린다. 현재 나이는 74세이며, 19살에 강서구 천가동 선창마을(법정동으로 성북동에 속함)로 시집을 와서 지금까지 계속 살고 있다. 남편은 8살 위로 7년 동안 노인회 총무를 맡아서 일하기도 했는데, 현재 9년 동안 병환중에 있다고 했다. 슬하에 1남 1녀의 자녀가 있는데, 모두 출가하고 아들은 22년간 같이 살다가 현재는 분가하여 살고 있다. 제보자는 그동안 어업과 농업을 하며 생활했는데, 나이가 들어 일을 잘하지 못하고 심장병 약을 먹어서 기억을 많이 잃었다며 안타까워했다.

제보자는 자신이 알고 있는 노래나 이야기를 적극적으로 하려고 했다. 그러나 기억이 잘 나지 않는지 겨우 민요 2편을 하고, 자신의 체험적인 이야기 1편을 구술했다. 민요는 모심기 노래로 부르는 <타박네 노래>와 김말분 제보자가 부른 <아리랑>을 이어서 부른 것이다. 설화는 남의 탓하는 방귀쟁이였다. 그런데 자신은 노래를 잘 부르지 못하지만, 정말 노래 잘 하는 사람이 시내에 갔다가 오면 다시 경로당에 올 것이라고 말했다. 조사자 일행이 오후 4시경에 선창경로당을 다시 들렀는데, 그때 제보자는 배임희 제보자의 집으로 조사자 일행을 친절하게 안내해 주었을 뿐만 아니라 배임희 제보자가 노래를 잘 하도록 박자도 맞추어 주는 등 노래하는 데 적극 도움을 주었다. 그리고 배임희 제보자의 노래를 듣고 나오는 조사자 일행을 자신의 집으로 안내하여 집에서 담근 것이라 하며 유자차 1병을 선물로 주기도 했다.

제공 자료 목록
04_21_FOT_20100203_PKS_KKA_0001 남의 탓하는 방귀쟁이
04_21_FOS_20100203_PKS_KKA_0001 타박네 노래 / 모심기 노래

강순선, 여, 1941년생

주 소 지 : 부산광역시 강서구 천가동 10통(대항동 대항마을)
제보일시 : 2010.2.3
조 사 자 : 박경수, 정규식, 박지희, 오소현

강순선은 1941년 신사생으로 뱀띠이다. 경상남도 거제시 고현에서 태어났다. 23세에 결혼하여 슬하에 3남 1녀를 두었다. 4남매 모두 서울로 가서 살고 있고 현재 남편과 함께 마을에서 생활하고 있다. 초등학교까지 졸업했으며 거제에 살다가 남편의 해병대 군대 생활 때문에 서울로 가서 지내기도 했다. 10년 전 부산광역시 강서구 천가동 대항마을로 이사를 왔다.

제보자는 어렸을 때 들었던 노래를 조사자들에게 들려주었다. 제공한 자료는 <진도아리랑>이다.

제공 자료 목록

04_21_FOS_20100203_PKS_KSS_0001 진도아리랑

권차순, 여, 1932년생

주 소 지 : 부산광역시 강서구 녹산동 본녹산마을

제보일시 : 2010.1.27

조 사 자 : 박경수, 정규식, 박지희, 오소현

권차순은 1932년 임신생으로 원숭이띠이
다. 경상북도 안동시에서 태어났으며 택호
는 안동댁이다. 18세에 결혼하여 슬하에 2
남 2녀를 두고 있다. 자녀들은 창원, 강원도
원주 등지에서 살고 있다. 초등학교 5학년
때 올케의 아이를 봐주느라 중퇴를 하게 되
었다. 주로 농사를 지었다. 김해로 시집을
갔다가 제보자의 오빠가 부산으로 파견되면
서 40여 년 전에 부산으로 이사 가서 지내기도 했다.

제보자는 목소리가 크며 욕도 서슴없이 하는 털털한 성격이다. 집에 가
봐야 한다고 하였지만 긴 이야기를 조사자들에게 끝까지 구술해 주었고,
노래를 부를 땐 눈을 감고 불렀다. 이야기를 하거나 노래를 설명할 때는
손짓을 하면서 천천히 했다. 자신이 불러준 노래들은 어렸을 때의 서러움
이 배어 있다고 했다.

제공한 자료는 <모심기 노래>, <양산도>, <삼 삼기 노래> 등의 민
요와 <벙어리와 봉사 부부의 대화법> 설화이다.

제공 자료 목록

04_21_FOT_20100127_PKS_KCS_0001 벙어리와 봉사 부부의 대화법

04_21_FOS_20100127_PKS_KCS_0001 모심기 노래(1)

04_21_FOS_20100127_PKS_KCS_0002 삼 삼기 노래

04_21_FOS_20100127_PKS_KCS_0003 모심기 노래(2)

04_21_FOS_20100127_PKS_KCS_0004 양산도

04_21_FOS_20100127_PKS_KCS_0005 보리타작 노래 / 옹헤야

김기일, 남, 1929년생

주 소 지 : 부산광역시 강서구 천가동 8통(천성동 서중마을) 1018번지

제보일시 : 2010.4.28

조 사 자 : 박경수, 정규식, 정혜란

김기일(金基一)은 1929년 뱀띠 생(기사생)
으로 부산광역시 강서구 천가동 8통 967번
지에서 태어났다. 본관은 김해이다. 23살 때
3살 연하인 진주 강씨와 결혼을 하여 슬하
에 4남 1녀를 두었다. 제보자 집안은 천성
동에서 13대째 거주(현재의 주소는 천가동
1018번지)하고 있는 토박이이며, 제보자의
아들도 현재 천성동 서중마을에서 거주하고
있다. 마을에서 마을이장, 육성회장을 역임한 후 현재는 천성동노인회장
과 가덕도 김해김씨종친회 회장을 맡고 있다. 군 제대 후에 어업도 하고
농사도 지으며 살았다. 제보자는 현재는 없어진 퇴성중학교를 다니다 중
퇴했으며, 특별한 종교는 없으나 절에 가끔 다녔다고 했다.

제보자는 자택에서 이루어진 구비문학 조사 과정에서 1편의 민요를 부
르고 19편의 설화를 구술했다. 조사자는 20년 전에 가덕도의 민속과 구비
문학을 조사했던 김승찬 교수(현재 부산대 명예교수)로부터 제보자의 뛰
어난 구연 능력을 듣고, 당시 구연 설화를 채록한 『가덕도의 기층문화』에
수록된 설화를 중심으로 과거 제보자가 구연한 설화에 대한 기억을 떠올

리도록 하면서 조사에 임했다. 그때에 비해 20년의 세월이 지났음에도 당시에 구술했던 이야기뿐만 아니라 새로운 이야기들도 보태어 적극적으로 설화를 제공했다.

제보자가 구술한 설화는 매우 다양했다. <훈장 장가보낸 학동>, <말 천 마리를 구해 묘 쓰고 발복한 막내아들>은 주인공이 채치를 발휘하는 재치담이며, <지렁이국으로 시어머니를 봉양한 며느리>, <징검다리를 놓아준 효자 삼 형제>는 효행담이며, <점을 잘 보아 대접 받은 봉사 부자>, <꿈을 잘 해몽한 할머니>, <꿈 이야기 안 한 덕분에 행운을 얻어 성공한 머슴>은 해몽을 잘 하거나 점을 잘 보아 부자 되는 이야기이다. 그리고 제보자는 음담패설도 재미있게 잘 했다. <부인 항문에다 호박범벅 먹으라고 한 남편>, <이상하게 들리는 까마귀 소리>, <옹달샘 물맛보다 더 좋은 것>, <속병을 고친다며 못된 짓을 한 감 장사> 등이 이에 속한다. 이외 가덕도에 전해지는 아기장수 설화인 <파리를 훈련시킨 아기장수>, 그리고 지역담인 <함안 읍네 문칠네 복과 석숭장제 복> 등을 구술했다.

제보자는 이들 이야기를 뛰어난 입담 능력으로 매우 흥미진진하게 이끌고 갔다. 재담이나 음담패설을 할 때, 조사자 일행이 웃음을 참지 못할 정도임에도 제보자는 담담하게 이야기를 구술했다. 청중으로 제보자의 부인이 이야기를 함께 들으면서 젊은 사람들에게 하지 못할 이야기를 한다고 말려도 아랑곳하지 않고 이야기를 했다. 제보자는 이들 이야기를 옛날 마을 어른들에게 들은 것들이라고 했다. 제보자는 19편의 이야기를 거의 쉴 틈이 없이 구술한 후에, 서중할머니경로당에서 이런 노래도 했느냐고 하면서 <가덕팔경가> 1편을 불러 주었다.

제공 자료 목록

04_21_FOT_20100428_PKS_KKI_0001 훈장 장가보낸 학동
04_21_FOT_20100428_PKS_KKI_0002 천년 묵은 지네와 산 사람

김동림, 여, 1932년생

주 소 지 : 부산광역시 강서구 녹산동 본녹산마을

제보일시 : 2010.1.27

조 사 자 : 박경수, 정규식, 박지희, 오소현

　김동림은 1932년 임신생으로 원숭이띠이다. 부산광역시 강서구 천가동(가덕도)에서 태어났다. 23세의 나이에 결혼하여 슬하에 3남 2녀를 두었다. 자녀들은 부산과 마산 등지에서 살고 있다. 9년 전 남편이 작고하여 혼자 살고 있다. 강서구 본녹산에는 결혼한 후부터 살고 있다. 초등학교 공부를 했고 농사를 지었다. 현재는 마을의 회장직을 맡고 있다.

제보자는 처음엔 민요를 부르기를 두 손을 모아 꼬면서 쑥스러워 했으나, 시간이 흐를수록 목소리도 커지고 적극적으로 나서서 노래를 불러 주었다. 그렇게 불러준 노래가 12편이다. 친정 어머니가 부르는 노래를 듣고 알게 된 노래를 다시 젊은이들에게 들려주는 것을 즐겁게 여겼다.

제공한 자료는 <모심기 노래>, <청춘가> <베짜기 노래>, <아리랑>, <노랫가락> 등 민요 11편이다.

제공 자료 목록
04_21_FOS_20100127_PKS_KDL_0001 모심기 노래(1)
04_21_FOS_20100127_PKS_KDL_0002 모심기 노래(2)
04_21_FOS_20100127_PKS_KDL_0003 청춘가(1)
04_21_FOS_20100127_PKS_KDL_0004 청춘가(2)
04_21_FOS_20100127_PKS_KDL_0005 베짜기 노래
04_21_FOS_20100127_PKS_KDL_0006 쌍가락지 노래(1)
04_21_FOS_20100127_PKS_KDL_0007 아리랑
04_21_FOS_20100127_PKS_KDL_0008 진도아리랑
04_21_FOS_20100127_PKS_KDL_0009 노랫가락(1)
04_21_FOS_20100127_PKS_KDL_0010 노랫가락(2)
04_21_FOS_20100127_PKS_KDL_0011 쌍가락지 노래(2)

김두리, 여, 1933년생

주 소 지 : 부산광역시 강서구 명지동 사취등마을
제보일시 : 2010.1.28
조 사 자 : 박경수, 정규식, 박지희, 오소현

김두리는 1933년 계유생으로 닭띠이다. 부산광역시 강서구 명지동에서 태어났으며 본관은 김해이다. 현재까지 계속 이곳에서 살고 있어서 택호

는 본동댁으로 불린다. 남편은 21년 전에
작고했다. 슬하에 3남 2녀를 두고 있는데,
모두 객지에 있다고 했다. 초등학교를 중퇴
하였고 농사를 지었다.

제보자는 화투를 치면서 노래 1편을 불러
주었는데 다른 할머니가 부르면 같이 부르
기도 하였다. 제공한 자료는 <모심기 노
래> 1편으로 앞의 메기는 소리만 짧게 한
것이다.

제공 자료 목록
04_21_FOS_20100128_PKS_KSDL_0001 모심기 노래

김두임, 여, 1930년생

주 소 지 : 부산광역시 강서구 녹산동 본녹산마을
제보일시 : 2010.1.28
조 사 자 : 박경수, 정규식, 박지희, 오소현

김두임은 1930년 경오생으로 말띠이다.
경상남도 김해시 장유면에서 태어났다. 20
세에 결혼하면서 부산광역시 강서구 본녹산
으로 와서 살기 시작했다. 4년 전 남편이
작고했다. 슬하에 3남 3녀를 두었는데 모두
객지에 나가 살고 있다. 막내는 스님으로 있
다고 했다. 11대째 녹산동 본녹산마을에 살
고 있다. 농사일을 하느라 공부는 하지 못했
다. 종교는 불교이다.

제보자는 유머러스하고 쾌활한 분이다. 제공한 자료는 <모심기 노래>, <뽕 따는 노래>, <밀양아리랑>, <염불가> 등 민요 8편이다.

제공 자료 목록
04_21_FOS_20100127_PKS_KDY_0001 모심기 노래(1)
04_21_FOS_20100127_PKS_KDY_0002 팔모야 깎아서
04_21_FOS_20100127_PKS_KDY_0003 뽕 따는 노래
04_21_FOS_20100127_PKS_KDY_0004 강원도아리랑
04_21_FOS_20100127_PKS_KDY_0005 밀양아리랑
04_21_FOS_20100127_PKS_KDY_0007 모심기 노래(2)
04_21_FOS_20100127_PKS_KDY_0008 염불가

김말분, 여, 1931년생

주 소 지 : 부산광역시 강서구 천가동 3통(성북동 선창마을)
제보일시 : 2010.2.3
조 사 자 : 박경수, 정유원

김말분(金末紛)은 1931년 양띠 생으로 가덕도인 부산광역시 강서구 천가동 3통(법정동은 성북동) 선창마을에서 태어났다. 현재 나이는 80세이며, 21살 때인 1959년에 이 선창마을로 시집을 와서 지금까지 계속 살고 있다. 남편은 35년 전에 작고했으며, 슬하에 4남을 두었다. 현재 자녀들은 부산, 진해 등 외지에 살고 있으며, 선창마을에서 혼자 지내고 있다. 제보자는 그동안 농사를 짓고 살았으며, 학력은 초등학교를 나왔다고 했다. 종교는 불교라고 말했다. 제보자는 <임 그리는 노래>, <아기 어르는 노래>, <아기 재우는 노래(자장가)>, <아리랑> 등 민요 5편을 불러 주었다. 나이 탓으로 노래 가사를 온전하게 기억하지 못

했으며, 목소리도 작았다. 그러나 노래를 부를 때는 흥을 내어 즐겁고 신명나게 불렀다.

제공 자료 목록

04_21_FOS_20100203_PKS_KMB_0001 임 그리는 노래
04_21_FOS_20100203_PKS_KMB_0002 아기 어르는 노래 / 은자동아 옥자동아
04_21_FOS_20100203_PKS_KMB_0003 아기 재우는 노래 / 자장가
04_21_FOS_20100203_PKS_KMB_0004 아리랑(1)
04_21_FOS_20100203_PKS_KMB_0005 아리랑(2)

김명옥, 여, 1930년생

주 소 지 : 부산광역시 강서구 천가동 7통(동선동 동선마을)
제보일시 : 2010.2.3
조 사 자 : 박경수, 정유원

김명옥(金明玉)은 1930년 말띠 생으로 가덕도인 부산광역시 강서구 천가동 7통의 동선동 본동인 동선마을에서 태어나 계속 거주했다고 했다. 본은 김해이며, 동네에서는 '본동댁'이라고 불린다. 25살 때 결혼을 했는데, 남편은 23년 전에 작고했다고 했다. 슬하에 2남 3녀를 두었는데, 큰아들 가족은 제보자와 함께 살고 있고, 딸들은 결혼하여 외지에서 살고 있다. 그동안 농사도 짓고 고기도 잡는 반농반어로 생활했는데, 제보자는 해녀 생활도 했다고 했다. 학교는 다닌 적이 없으며, 종교는 불교라고 밝혔다. 제보자는 모두 11편의 민요를 불렀다. 먼저 창부타령 곡조로 부른 <가덕팔경가>(일명 '가덕섬 노래')를 비롯한 <백구 타령>, <시절 한탄가>, 그리고 흥을 내어 불렀던 <노랫가락>, <양산도>

등을 통해 제보자가 창민요에서 뛰어난 가창 능력을 보여주었다. 제보자는 <모찌기 노래>, <모심기 노래> 등도 기억나는 대로 여러 편을 불렀다. 동선마을회관에 모인 20여 명의 여성노인들 중에 제보자가 거의 노래를 주도하며 불렀다. 청중들도 제보자의 가창 실력에 감탄하면서 박수로 장단을 맞추어 주었다. 제보자는 나이가 여든이 넘었음에도 건강한 모습이었으며, 소리가 카랑카랑할 정도로 목청도 좋고 기억력도 좋았다. 제보자는 이들 노래를 젊어서 놀 때 듣고 배운 것이라 했다.

제공 자료 목록
04_21_FOS_20100203_PKS_KMO_0001 가덕도 노래
04_21_FOS_20100203_PKS_KMO_0002 청춘가
04_21_FOS_20100203_PKS_KMO_0003 시절 한탄가
04_21_FOS_20100203_PKS_KMO_0004 모찌기 노래 / 모심기 노래(1)
04_21_FOS_20100203_PKS_KMO_0005 모심기 노래(2)
04_21_FOS_20100203_PKS_KMO_0006 모심기 노래(3)
04_21_FOS_20100203_PKS_KMO_0007 노랫가락(1) / 그네 노래
04_21_FOS_20100203_PKS_KMO_0008 노랫가락(2) / 나비 노래
04_21_FOS_20100203_PKS_KMO_0009 백구타령
04_21_FOS_20100203_PKS_KMO_0010 양산도
04_21_FOS_20100203_PKS_KMO_0011 모심기 노래(4)

김복연, 여, 1935년생

주 소 지 : 부산광역시 강서구 천가동 7통(천성동 두문마을)
제보일시 : 2010.2.3
조 사 자 : 박경수, 정규식, 박지희, 오소현

김복연은 1935년 을해상으로 돼지띠이다. 경상남도 거제시 장목에서 태어났으며 본관은 경주라고 했다. 21세에 결혼하면서 부산광역시 강서구 천가동 두문마을로 이사를 왔다. 33년 전 남편을 여의고 슬하에 3남 2녀

를 두었다. 자녀들은 중국과 국내 여러 곳에 흩어져 살고 있다. 초등학교까지 공부했으며 농업과 어업을 했다. 현재는 새마을적십자협의회 회장을 맡고 있다. 각종 공로상도 많이 받았고 봉사활동도 많이 한다고 했다. 성격은 털털한 편이었다.

제공한 자료는 <모심기 노래>, <잠자리 노래>, <창부타령>, <태평가> 등 민요 6편이다. 이 노래들은 어디서 배운 것은 아니고 어릴 적 어른들에게 들은 것이라 했다. 제보자는 남의 이야기를 잘 들어주며 옆에서 추임새를 잘 넣어주었다.

제공 자료 목록

04_21_FOS_20100203_PKS_KBY_0001 모심기 노래
04_21_FOS_20100203_PKS_KBY_0002 잠자리 잡는 노래
04_21_FOS_20100203_PKS_KBY_0003 창부타령
04_21_FOS_20100203_PKS_KBY_0004 태평가
04_21_FOS_20100203_PKS_KBY_0005 다리 세기 노래
04_21_FOS_20100203_PKS_KBY_0006 파랑새요

김복의, 여, 1937년생

주 소 지 : 부산광역시 강서구 천가동 10통(대항동 대항마을)
제보일시 : 2010.2.3
조 사 자 : 박경수, 정규식, 박지희, 오소현

김복의는 1937년 정축생으로 소띠이다. 부산광역시 영도구 바닷가에서 태어났다. 5살 때 강서구 천가동 대항마을로 이사 왔다. 20세에 결혼하였는데 7년 전 남편을 여의고 슬하에 6남 3녀를 두었다. 택호는 부산댁으로

불린다. 본관은 김해이다. 중학교까지 졸업
했다. 예전에는 물질을 많이 했다고 한다.
현재 마을에서 노인회 회장을 맡고 있다.

제보자는 차분히 얘기하면서도 손은 종이
를 만지작거렸다. 어릴 적 언니들이 불렀던
노래라고 하면서 여러 편의 민요를 불러 주
었다. 제공한 자료는 <창부타령>, <진도아
리랑>, <다리 세기 노래> 등의 민요를 제
공해 주었다. 특히 가덕도의 생산물을 중심으로 노래한 <가덕도 노래>도
제공해 주었다.

제공 자료 목록

04_21_FOS_20100203_PKS_KBY_0001 창부타령

04_21_FOS_20100203_PKS_KBY_0002 진도아리랑

04_21_FOS_20100203_PKS_KBY_0003 가덕도 노래

04_21_FOS_20100203_PKS_KBY_0004 다리 세기 노래

04_21_FOS_20100203_PKS_KBY_0005 잠자리 잡는 노래

김분선, 여, 1936년생

주 소 지 : 부산광역시 강서구 천가동 10통(대항동 대항마을)

제보일시 : 2010.2.3

조 사 자 : 박경수, 정규식, 박지희, 오소현

김분선은 1936년 병자생으로 쥐띠이다. 경상남도 거제시 장승포에서
태어났으며 본관은 김해라고 했다. 28세에 한 살 어린 남편과 결혼하여
슬하에 1녀를 두었다. 딸은 시집가서 부산에서 살고 있다고 한다. 부산광
역시 강서구 천가동 대항마을로 시집오면서부터 계속 이곳에서 살았다고
한다. 초등학교까지 졸업했다. 깨발이(조개 캐기)를 했었고 별난 시어머니

때문에 힘든 시집살이를 했다고 했다.

제보자는 노래를 부를 땐 손을 접었다 폈
다 했다. 어깨를 계속 움츠리고 있었지만 말
을 할 땐 열정적이었다. 제공한 자료는 <아
기 재우는 노래>, <뱃노래>, <다리 세기
노래> 등이다. 특히 <뱃노래>를 구연할
때는 노를 젓는 동작을 매우 크게 하면서
재미있게 구연해 주었다.

제공 자료 목록

04_21_FOS_20100203_PKS_KBS_0001 아기 재우는 노래(1)
04_21_FOS_20100203_PKS_KBS_0002 뱃노래
04_21_FOS_20100203_PKS_KBS_0003 다리 세기 노래
04_21_FOS_20100203_PKS_KBS_0004 아기 재우는 노래(2)

김을태, 여, 1927년생

주 소 지 : 부산광역시 강서구 천가동 9통(천성동 남중마을)
제보일시 : 2010.2.3
조 사 자 : 박경수, 정규식, 박지희, 오소현

김을태는 1927년 정묘생으로 토끼띠이다.
가덕도인 강서구 천가동 9통의 남중마을에
서 태어났으며 택호는 칠상댁이다. 본관은
김해이다. 학교는 다니지 못했고, 18살에 결
혼했다. 남편은 10년 전에 작고했으며, 1남
3녀의 자녀가 있다. 자녀는 모두 타지에서
살고 있다고 했다. 예전에는 고기잡이도 하
고 농사를 지으면서 살았으나, 요즘엔 특별

히 하는 일이 없으며 가끔 밭일을 한다고 했다. 나이가 많아서 얼굴에 주름살이 많았다. 제보자는 민요 11편과 설화 1편을 제공해 주었는데 예전에는 노래를 아주 잘 불렀다고 했다. 제공한 자료는 <가덕도 노래>, <남녀연정요>, <모심기 노래> 등이었으며, 특히 <각설이 타령>을 아주 잘 구연하였다. 제보자는 <모심기 노래>를 구연할 때는 받는 사람이 없어서 제대로 구연하지 못하겠다고 하면서 자신이 직접 말로 설명하기도 했다. 설화 <나쁜 말버릇을 고친 며느리> 1편도 제공해 주었다. 이러한 노래나 이야기들은 젊었을 때 주로 어른들에게서 배웠던 것이라고 했다.

제공 자료 목록

04_21_FOT_20100203_PKS_KET_0001 나쁜 말버릇을 고친 며느리
04_21_FOS_20100203_PKS_KET_0001 가덕도 노래
04_21_FOS_20100203_PKS_KET_0002 각설이 타령
04_21_FOS_20100203_PKS_KET_0003 남녀연정요
04_21_FOS_20100203_PKS_KET_0004 모심기 노래(1)
04_21_FOS_20100203_PKS_KET_0005 화투타령
04_21_FOS_20100203_PKS_KET_0006 모심기 노래(2)
04_21_FOS_20100203_PKS_KET_0007 창부타령
04_21_FOS_20100203_PKS_KET_0008 모심기 노래(3)
04_21_FOS_20100203_PKS_KET_0009 양산도
04_21_FOS_20100203_PKS_KET_0010 모심기 노래(4)
04_21_FOS_20100203_PKS_KET_0011 모심기 노래(5)

김재봉, 남, 1933년생

주 소 지 : 부산광역시 강서구 천가동 1통(동선동 동선마을)
제보일시 : 2010.2.3
조 사 자 : 박경수, 정유원

김재봉(金在峯)은 1933년 닭띠 생으로 부산광역시 강서구 천가동 1통인 동선마을에서 태어나 군 생활을 했을 때를 제외하고 지금까지 계속 거주

하며 지냈다. 본관은 김해이다. 그는 현재 78세이며, 26살 때 결혼을 하여 슬하에 2남 1녀를 두었다. 자식들은 모두 결혼하여 외지로 나가 살고 있으며, 동선마을에는 부인과 함께 생활하고 있다. 그동안 어업과 농업을 주업으로 생활했다. 학교는 초등학교를 마쳤으며, 종교는 불교라고 말했다. 제보자는 가덕도 어른들로부터 들었다는 아기장수

이야기를 구술했다. 이야기를 조리 있게 한 것은 아니지만 아기장수 설화의 전형적 화소를 갖추어 이야기했다. 제보자가 이야기를 구술하는 동안에는 여성노인들이 조용히 제보자의 이야기를 들어 주었다.

제공 자료 목록

04_21_FOT_20100203_PKS_KJB_0001 맷돌에 눌려서 죽은 아기장수

김종해, 남, 1931년생

주 소 지 : 부산광역시 강서구 녹산동 성산마을
제보일시 : 2010.1.27
조 사 자 : 박경수, 정규식, 박지희, 오소현

김종해는 1931년 신미생으로 양띠이다. 강서구 명지동에서 태어났고, 본관은 김해이다. 성산마을에는 직장 때문에 있게 되었으며 여기에서 거주한 지는 55년째라고 했다. 아내는 3년 전 작고했고, 2명의 아들이 있다. 아들들은 모두 타지에서 산다고 했다. 제보자는 학교를 제대로 다니지 못했다고

했지만 과거 직업은 중학교 국어선생님이라고 했다. 제보자가 들려준 이야기는 살면서 자연스레 들은 이야기라고 했다.

제공한 자료는 <귀신에게 홀린 처녀>와 <귀신에게 홀린 어부> 2편이다.

제공 자료 목록

04_21_FOT_20100127_PKS_KJH_0001 귀신에게 홀린 처녀
04_21_FOT_20100127_PKS_KJH_0002 귀신에게 홀린 어부

김호연, 여, 1926년생

주 소 지 : 부산광역시 강서구 녹산동 본녹산마을
제보일시 : 2010.1.27
조 사 자 : 박경수, 정규식, 박지희, 오소현

김호연은 1926년 병인생으로 호랑이띠이다. 부산광역시 강서구 명지동 사취등마을에서 태어났다. 20세에 결혼하여 슬하에 2남 2녀를 두고 있다. 자녀들은 부산에 있지만 모두 따로 살고 있어 제보자는 현재 혼자 살고 있다. 남편은 몇 해 전 작고했다. 택호는 명지댁으로 불린다.

제보자는 조용하고 발이 편찮은지 계속 펴고 있었다. 어릴 때 불렀던 노래를 불러 주었다. 제공한 자료는 <백발가>, <창부타령> 등의 민요이다.

제공 자료 목록

04_21_FOS_20100127_PKS_KHY_0001 백발가
04_21_FOS_20100127_PKS_KHY_0002 창부타령

박동윤, 남, 1936년생

주 소 지 : 부산광역시 강서구 천가동 7통(천성동 두문마을)
제보일시 : 2010.2.3
조 사 자 : 박경수, 정규식, 박지희, 오소현

박동윤(朴東允)은 1936년 병자생으로 쥐
띠이다. 경상남도 거제시 장승포에서 태어
났다. 본관은 밀양이다. 거제도에 살다가 가
덕도로 이사를 왔으며 결혼은 천가동 두문
마을로 와서 했으며 그후 이곳에서 계속 살
았다. 27세에 결혼하여 부인과의 슬하에 2
남 4녀를 두었다. 자녀들은 모두 외지에 나
가 살고 있다. 중학교 중퇴를 했고 현재까지
도 어업을 하고 있다. 현재 마을 회장직을 맡고 있다.

제공한 자료는 두문마을의 유래에 관한 지명 유래담 1편이다. 이 이야
기는 윗대 어른들에게 들은 것이라 했다. 제보자는 목소리도 크고 꽤 적
극적이었다.

제공 자료 목록
04_21_FOT_20100203_PKS_PDY_0001 두문마을의 유래

박연이, 여, 1925년생

주 소 지 : 부산광역시 강서구 천가동 8통(천성동 서중마을)
제보일시 : 2010.4.28
조 사 자 : 박경수, 정규식, 정혜란

박연이는 1925년 을축년 소띠 생으로 부산광역시 강서구의 법정동인
성북동 율리마을에서 태어났다. 본관은 밀양이다. 18살 때 5살 연상의 함

안 조씨 사람을 만나 결혼을 하여 강서구 천가동 8통인 천성동의 서중마을에서 생활하기 시작했다. 슬하에 5남을 두었으며 모두 타지에 거주하고 있다. 36년 전 남편이 작고하여 현재는 혼자 생활하고 있다. 학력은 무학이며, 종교는 무업을 하면서도 불교라고 했다. 제보자는 현재 서중마을 뒷산 기슭에 굿당을 지어놓고 무업을 하고 있는데,  무업을 하기 전에는 농사를 지으며 살았다고 했다. 제보자는 원래 말이 없던 사람이었다 한다. 그런데 처녀 때부터 속병을 앓다가 40대부터 병이 심해졌으며, 50세부터 남편의 3년 상을 치른 후, 60세가 되어 신내림굿(제보자는 '신굿'이라 함)을 받았다. 제보자는 신내림굿을 받은 지 3일 만에 모든 신을 다 받았다고 하며, 그후 무업을 시작했다고 했다. 조사자가 긴 무가를 어떻게 부르느냐고 묻자, 자신이 노래를 기억해서 부르는 것이 아니라 신이 가르쳐주는 대로 부르는 것이라고 했다. 무가를 구연할 때는 눈을 지긋하게 감고 손을 떨듯이 흔들었으며, 노래 중간 중간에 숨을 고르기 위해 휘파람을 불기도 했다.

제보자에 의하면, 자신을 인간문화재로 등록하기 위해 애썼던 분이 작고하는 바람에 실현되지 못했다고 했다. 제보자는 무가와 함께 민요도 16편, 설화 3편을 제공했다. 한때 노래대회에서 민요를 불러 1등을 하기도 했다는 말을 했는데, 실제 제보자는 <창부타령> 등 창민요를 잘 가창했다.

제공 자료 목록

04_21_FOT_20100428_PKS_PYI_0001 파리로 변한 아기장수를 죽인 부모
04_21_FOT_20100428_PKS_PYI_0002 저승 갔다 와서 적선하여 잘된 사람
04_21_FOT_20100428_PKS_PYI_0003 귀신 말을 엿듣고 아이 병을 낫게 한 사람

04_21_FOS_20100428_PKS_PYI_0001 초한가(1)

04_21_FOS_20100428_PKS_PYI_0002 창부타령(1)

04_21_FOS_20100428_PKS_PYI_0003 노랫가락

04_21_FOS_20100428_PKS_PYI_0004 사위 노래

04_21_FOS_20100428_PKS_PYI_0005 취선가(醉船歌)

04_21_FOS_20100428_PKS_PYI_0006 진도아리랑

04_21_FOS_20100428_PKS_PYI_0007 청춘가(1)

04_21_FOS_20100428_PKS_PYI_0008 창부타령(2)

04_21_FOS_20100428_PKS_PYI_0008 돈 타령

04_21_FOS_20100428_PKS_PYI_0009 탕건 노래

04_21_FOS_20100428_PKS_PYI_0010 도라지 타령

04_21_FOS_20100428_PKS_PYI_0011 의암이 노래

04_21_FOS_20100428_PKS_PYI_0012 신세타령요

04_21_FOS_20100428_PKS_PYI_0013 인생허무가

04_21_FOS_20100428_PKS_PYI_0014 초한가(2)

04_21_FOS_20100428_PKS_PYI_0015 청춘가(2)

04_21_FOS_20100428_PKS_PYI_0016 가덕팔경가

배귀순, 여, 1936년생

주 소 지 : 부산광역시 강서구 천가동 8통(천성동 서중마을)

제보일시 : 2010.4.28

조 사 자 : 박경수, 정규식, 정혜란

배귀순은 1936년 쥐띠 생으로 부산광역
시 강서구 천가동 8통에 해당하는, 과거 법
정동인 천성동에서 태어났다. 23살 때 같은
마을에 살던 4살 연상의 남편(김명환, 78세)
과 결혼하여 지금까지 계속 천성동에서 거
주하고 있다. 그래서 마을에서는 천성댁이
라 불린다. 슬하에 1남 4녀를 두었는데, 모

두 타지에서 거주하고 있으며, 현재 천성동 마을에서는 남편과 둘이서 생활하고 있다. 학력은 무학이며, 종교는 불교라고 했다. 제보자는 3편의 민요를 불렀는데, <모심기 노래>, <양산도>, <밀양 아리랑>을 매우 흥겹게 불렀다. 자신이 노래를 부를 때도 어깨춤을 추다가 일어나 춤을 추었으며, 다른 제보자가 노래를 할 때에도 춤을 추었다. 그리고 <모심기 노래>(일명 '등지 소리')를 부를 때에는 모 심는 흉내를 내면서 노래판의 분위기를 띄웠다. 조사자가 제보자에게 자신이 부른 노래를 어디에서 배웠느냐고 묻자, 과거 농사를 지을 때 일하면서 듣고 부르면서 알게 된 노래라고 했다.

제공 자료 목록
04_21_FOS_20100428_PKS_BKS_0001 모심기 노래
04_21_FOS_20100428_PKS_BKS_0002 양산도
04_21_FOS_20100428_PKS_BKS_0003 밀양아리랑

배임희, 여, 1932년생

주 소 지 : 부산광역시 강서구 천가동 3통(성북동 선창마을)
제보일시 : 2010.2.3
조 사 자 : 박경수, 정유원

배임희는 1932년 원숭이띠 생으로 과거 경상남도 김해군 녹산면 지사리(현재는 부산광역시 강서구 녹산동에 편입됨)에서 태어났다. 동네에서 '부선네'라고 불리는데, 아버지가 남동댁이란 택호를 지어주었다고 했다. 현재 나이는 79세이며, 21살 때 강서구 천가동 3통인 성북동 선창마을로 시집을 와서 지금까지 58년간 계속 살고 있다. 남

편은 6살 위인데 29년 전에 작고했으며, 슬하에 2남 3녀를 두었다. 현재 막내아들을 제외하고 모두 출가하여 부산 등 외지에 나가 살고 있으며, 선창마을에서는 막내아들과 함께 지내고 있다고 했다. 그동안 어업과 농업을 주업으로 생활했다.

조사자 일행은 2010년 2월 3일(수) 오전에 들른 선창경로당에 있던 강경애 씨의 안내를 받아 제보자의 집으로 찾아가서 만났다. 제보자는 시내 볼일을 보고 막 집에 도착한 상황이었다. 잠시 차림새를 정리한 제보자는 집 안방에서 노래를 제공해 주었다. 제보자는 모두 9편의 민요를 불렀다. <범벅타령>, <징거미타령> 등 듣기 어려운 노래를 구연했으며, 서사민요인 <진주난봉가>도 막힘 없이 잘 불렀다. 그리고 <모찌기 노래>, <모심기 노래> 등도 여러 편 불렀다. 강경애 씨는 제보자가 선창마을 제1의 소리꾼이라고 자랑했는데, 그 말이 허언이 아니었다. 목청도 좋고 기억력도 좋았다. <징금이타령>을 부를 때는 부르는 순서를 혼동하기도 했지만 전체적으로 부르는 사설을 모두 기억하여 불렀다. 성격도 쾌활하게 보였다. 너무 늦은 시간이라 제보자를 대상으로 민요를 더 이상 조사하지 못한 것이 아쉬웠다.

제공 자료 목록
04_21_FOS_20100203_PKS_BIH_0001 범벅타령
04_21_FOS_20100203_PKS_BIH_0002 징거미타령
04_21_FOS_20100203_PKS_BIH_0003 진주난봉가
04_21_FOS_20100203_PKS_BIH_0004 모찌기 노래
04_21_FOS_20100203_PKS_BIH_0005 모심기 노래

배재순, 여, 1930년생

주 소 지 : 부산광역시 강서구 명지동 진목마을
제보일시 : 2010.1.28

조 사 자 : 박경수, 정규식, 박지희, 오소현

배재순은 1930년 경오생으로 말띠이다. 부산광역시 강서구 명지동에서 태어났다. 18세에 경상남도 마산시 진동면으로 시집갔다. 남편은 오래전에 작고했다. 슬하에 2남 1녀를 두었다. 큰아들은 김해에 있고 작은 아들과 딸은 부산에 거주 중이다. 20살 때 친척을 따라 다시 강서구 명지동으로 이주해 왔다. 현재는 남의 집에 살고 있다. 예전에는 농사를 지었지만, 요즘엔 특별히 하는 일이 없다고 했다.

제보자는 다른 분들이 잘 모르는 노래를 불러 주었다. 모를 심으러 가서 들은 노래를 기억해서 부른 것이라 했다. 노래를 할 때면 몸을 앞뒤로 흔들기도 했다. 제공한 자료는 <모심기 노래>, <아리랑>, <도라지 타령> 등 민요 6편이다.

제공 자료 목록

04_21_FOS_20100128_PKS_BJS_0001 모심기 노래
04_21_FOS_20100128_PKS_BJS_0002 아리랑
04_21_FOS_20100128_PKS_BJS_0003 도라지 타령
04_21_FOS_20100128_PKS_BJS_0004 화투타령
04_21_FOS_20100128_PKS_BJS_0005 쌍가락지 노래

변임순, 여, 1938년생

주 소 지 : 부산광역시 강서구 녹산동 성산마을
제보일시 : 2010.1.27
조 사 자 : 박경수, 정규식, 박지희, 오소현

변임순은 1938년 무인생으로 범띠이다. 강서구 녹산동에서 태어나서

택호를 '녹산댁'이라 했다. 제보자는 8살 때
까지 일본에서 살다가 해방되면서 한국으로
나와서 살게 되었다고 했다. 학교는 다니지
못했다. 남편은 7년 전에 작고했고, 1남 5녀
의 자녀가 있다. 자녀는 모두 타지에 산다고
한다. 현재 노인대학을 다닌다고 했다.

제보자가 들려준 이야기는 직접 겪은 이
야기이다.

제공한 자료는 <해치에게 홀려서 고생한 사람>, <비 오는 날의 용오
름> 등의 설화 2편이다.

제공 자료 목록

04_21_FOT_20100127_PKS_BIS_0001 해치에게 홀려서 고생한 사람

04_21_MPN_20100127_PKS_BIS_0001 비 오는 날의 용오름

서정자, 여, 1943년생

주 소 지 : 부산광역시 강서구 명지동 진목마을
제보일시 : 2010.1.28
조 사 자 : 박경수, 정규식, 박지희, 오소현

서정자는 1943년 계미생으로 양띠이다.
경상남도 김해시 녹산면(현재는 부산광역시
강서구 구랑동)에서 태어났다. 8남매 중 맏
이이다. 초등학교까지 졸업하고 집에서 살
림살이를 하면서 농사를 했다. 19세에 결혼
하여 슬하에 2남 3녀를 두고 있다. 결혼한
이후 계속 명지동에 살고 있다. 딸 한 명만

부산에 있고 모두 타지에 나가 있다. 남편은 22년 전에 작고했으며 제보자 혼자 살고 있다. 현재 마을에서 노인회장을 맡고 있다. 택호는 달성댁이다.

제보자는 물을 많이 이고 다녀서 키가 작다고 농담을 하기도 했다. 그러나 가족 이야기를 할 때는 눈물을 보이기도 했다. 제공한 자료는 <모심기 노래> 3편이다.

제공 자료 목록
04_21_FOS_20100128_PKS_SJJ_0001 모심기 노래

신정순, 여, 1922년생

주 소 지 : 부산광역시 강서구 천가동 9통(천성동 남중마을)
제보일시 : 2010.2.3
조 사 자 : 박경수, 정규식, 박지희, 오소현

신정순은 1922년 임술생으로 개띠이다. 경상북도 청송에서 태어났으며 택호는 청송댁이다. 제보자는 19세 때 결혼하여 강서구 천가동 9통인 천성동 남중마을로 시집왔다. 가족관계는 26년 전 작고한 남편과 5명의 아들이 있다. 아들들은 모두 타지에 살고 있다고 했다. 지금은 남중마을에서 혼자 생활하고 있다. 학교는 다니지 못했다. 제공한 자료는 <오리오리 개오리야>, <장구 노래> 등 민요 2편과 <못갈 장가 이야기>, <부정을 타서 다시 지낸 연대봉의 제> 등 설화 2편이다.

제공 자료 목록
04_21_MPN_20100203_PKS_SJS_0001 못갈 장가 이야기

04_21_MPN_20100203_PKS_SJS_0002 부정을 타서 다시 지낸 연대봉의 제
04_21_FOS_20100203_PKS_SJS_0001 오리오리 개오리야
04_21_FOS_20100203_PKS_SJS_0002 장구 노래

유덕자, 여, 1937년생

주 소 지 : 부산광역시 강서구 녹산동 성산마을
제보일시 : 2010.1.27
조 사 자 : 박경수, 정규식, 박지희, 오소현

유덕자는 1937년 정축생이며 소띠이다.
강서구 명지에서 태어났으며 마을에서 '김
흥민 엄마'라고 불린다. 제보자가 성산마을
에 살기 시작한 때는 26세에 결혼한 후부터
라고 했다. 남편은 26년 전 작고했고, 2명의
아들이 있다. 아들들은 모두 타지에서 산다
고 했다. 제보자가 들려준 노래는 남이 부르
는 것을 듣고 자연스레 배우게 된 것이라고
했다. 제공한 자료는 <뱃노래>, <창부타령> 등 민요 2편이다.

제공 자료 목록
04_21_FOS_20100127_PKS_YDJ_0001 뱃노래
04_21_FOS_20100127_PKS_YDJ_0002 창부타령

윤토금, 여, 1931년생

주 소 지 : 부산광역시 강서구 천가동 11통(눌차동 내눌마을)
제보일시 : 2010.2.3
조 사 자 : 박경수, 정유원

윤토금은 1931년 양띠 생으로 가덕도인 부산광역시 강서구 천가동 11

통 내눌마을에서 태어나 지금까지 계속 거
주하고 있다고 했다. 내눌마을은 가덕도의
작은섬인 눌차도에 있는 자연마을로 과거
법정동인 눌차동에 속했다. 본은 파평이며,
별도의 택호는 없이 동네에서는 '명철네'라
고 부른다. 19살 때 결혼을 했는데, 남편은
10년 전에 작고했다고 했다. 슬하에 1남 3
녀를 두었는데, 모두 결혼하여 외지에서 살
고 있다. 내눌마을에서는 현재 제보자 혼자 생활하고 있다. 그동안 농사
도 짓고 굴을 따거나 해초를 채취하며 생활했는데, 나이가 들어 일을 하
지 못한다고 했다. 학교는 다닌 적이 없으며, 종교는 불교라고 밝혔다. 그
러나 무릎이 아파 절에 가지는 못하는 것을 아쉬워했다.

제보자는 갸름한 얼굴과 흰 피부 때문인지 나이보다 젊어보였다. 제보
자는 목청이 좋았으나 <창부타령> 1편만 부르고 말았다. 옛날 노래를 불
러달라고 요청했지만 민요보다 트롯트풍의 유행가를 계속 부르고자 했다.
내눌경로당에 제보자 외에 1명의 노인이 더 있었으나, 그 노인은 처음부
터 옛날 노래는 모두 잊어버렸다고 하며 노래 부르기를 거절했다. 노래판
분위기가 이렇다 보니 제보자도 신이 나지 않은 듯 했다. <창부타령>은
어렸을 때 어른들이 부르는 것을 듣고 알게 된 것이라 했다.

제공 자료 목록
04_21_FOS_20100203_PKS_YTK_0001 창부타령

이금연, 여, 1930년생

주 소 지 : 부산광역시 강서구 명지동 사취등마을
제보일시 : 2010.1.28

조 사 자 : 박경수, 정규식, 박지희, 오소현

이금연은 1930년 경오생으로 말띠이다.
충청남도 보령시 웅천읍에서 태어났다. 웅
천읍에서 부산광역시 강서구 명지동으로 시
집오면서 이사해 왔다. 20세에 결혼하였고
남편은 작고했다. 슬하에 3남 2녀를 두었고
모두 부산에 살고 있다. 공부는 하지 못했고
택호는 가동댁으로 불린다. 제보자는 다른
분들이 부르고 쉬거나 틈이 날 때 갑자기
노래를 불러 주었다. 제공한 자료는 <모심기 노래> 1편이다. 이 노래는
예전에 농사 지을 때 불렀던 것이라고 했다.

제공 자료 목록
04_21_FOS_20100128_PKS_LKY_0001 모심기 노래

이녹일, 여, 1925년생

주 소 지 : 부산광역시 강서구 천가동 8통(천성동 서중마을)
제보일시 : 2010.4.28
조 사 자 : 박경수, 정규식, 정혜란

이녹일(李綠一)은 1925년 쥐띠 생으로 부
산광역시 강서구 천가동 성북마을(법정동으
로 성북동에 속함)에서 태어났다. 본관은 경
주이다. 18살 때 3살 연상의 남편과 결혼을
하여 천가동 8통인 천성동 서중마을로 이사
를 왔다. 1년 후 남편과 함께 만주로 가서 5
년을 보내고 해방 후 다시 가덕도의 천성동

으로 돌아왔다고 한다. 슬하에 자녀가 없는데, 남편은 약 20년 전에 작고했다고 한다. 제보자는 초등학교를 졸업하여 한글을 깨쳤기에 동네 사람들에게 한글을 가르치는 등의 일을 하기도 했다. 그리고 제보자는 30년 동안 부녀회장, 15년 동안 노인회장을 역임했으며, 노인회관을 짓는데 땅을 제공하는 등 마을을 위해 힘쓴 공로가 인정이 되어 대통령 표창을 받기도 했다고 자랑했다. 현재 종교는 기독교로 교회에 다닌다고 했다.

제보자는 6편의 민요와 1편의 설화를 구연했다. 민요로 <모심기 노래>를 6편이나 연속하여 불렀으며, <사발가>, <양산도>, <도라지 타령> 등 창민요도 잘 가창했으며, <가덕팔경가>도 목청 좋게 불렀다. 기억력이 좋아 앞 소절을 막힘없이 꺼냈으며, 다른 제보자가 노래를 부를 때도 도움을 주었다. 설화 한 편은 짧은 소화(笑話)로 좌중을 웃게 만들었다. 민요는 주로 일을 하면서 듣고 배운 노래라고 했다.

제공 자료 목록

04_21_FOT_20100428_PKS_LNI_0001 보지 보고 성내는 사람 처음 봤다
04_21_FOS_20100428_PKS_LNI_0001 모심기 노래
04_21_FOS_20100428_PKS_LNI_0002 도라지 타령
04_21_FOS_20100428_PKS_LNI_0003 사발가
04_21_FOS_20100428_PKS_LNI_0004 양산도
04_21_FOS_20100428_PKS_LNI_0005 쌍가락지 노래
04_21_FOS_20100428_PKS_LNI_0006 가덕팔경가

이상분, 여, 1923년생

주 소 지 : 부산광역시 강서구 명지동 사취등마을
제보일시 : 2010.1.28
조 사 자 : 박경수, 정규식, 박지희, 오소현

이상분은 1923년 계해생으로 돼지띠이다. 부산광역시 강서구 명지동 사취등마을에서 태어났다. 계속 사취등마을에서 살고 있어서 택호는 본동

댁으로 불린다. 18세에 결혼하였는데 남편
은 작고했다. 자녀는 2남 2녀를 두었고 모
두 부산, 김해 등에서 살고 있다고 했다. 학
력은 무학이다. 제보자는 활발한 성격으로
손짓이 크고 잘 웃었다.

　제공한 자료는 <창부타령>, <도라지 타
령>, <청춘가> 등 민요 5편이다. 이 노래
는 젊었을 때 친구들과 부르기도 하고 어른
들에게 자연스럽게 배웠다고 했다.

제공 자료 목록

04_21_FOS_20100128_PKS_LSB_0001 창부타령
04_21_FOS_20100128_PKS_LSB_0002 도라지 타령
04_21_FOS_20100128_PKS_LSB_0003 아리랑
04_21_FOS_20100128_PKS_LSB_0004 야단 맞는 노래
04_21_FOS_20100128_PKS_LSB_0005 청춘가

이순덕, 여, 1938년생

주 소 지 : 부산광역시 강서구 명지동 사취등마을
제보일시 : 2010.1.27
조 사 자 : 박경수, 정규식, 박지희, 오소현

　이순덕은 1939년 무인생으로 범띠이다.
경상남도 김해 장유에서 태어났는데, 택호
는 이에 따라 장유댁이다. 강서구 사취동마
을에서는 20세 때, 남편 조영호씨와 결혼한
뒤부터 쭉 살았다. 제보자의 남편은 작고했
고, 자녀는 2남 2녀이다. 자녀는 모두 객지

에서 산다고 했다. 학력은 초등학교 중퇴이다. 제보자가 들려준 노래는 시집와서 모를 심으면서 들었던 노래라고 했다. 예전에는 모를 많이 심어서 노래를 많이 알았는데 지금은 농사를 짓지 않아 모두 잊어서 모른다고 했다. 제공한 자료는 노랫가락으로 부른 <그네 노래> 1편이다.

제공 자료 목록
04_21_FOS_20100127_PKS_LSD_0001 노랫가락 / 그네 노래

이정자, 여, 1929년생

주 소 지 : 부산광역시 강서구 녹산동 본녹산마을
제보일시 : 2010.1.27
조 사 자 : 박경수, 정규식, 박지희, 오소현

이정자는 1929년 기사생으로 뱀띠이다. 경상남도 함안군 법수에서 태어났다. 택호는 함안댁이다. 18세에 결혼하여 슬하에 3남을 두었다. 자녀들은 부산, 거제, 울산 등에서 살고 있다. 남편은 15년 전에 작고하여 혼자 살고 있다. 강서구 본녹산에는 결혼한 후부터 살고 있다. 학교는 다니지 못했으며, 예전에는 농사를 많이 지었다고 했다.

제보자는 목소리가 날카롭다는 특징이 있으며 노래 구연에 상당히 적극적이었다. 발이 많이 불편한 듯했다. 노래 욕심이 많아 다른 사람이 노래를 하려고 하면 제보자가 먼저 하는 경우도 있었다. 다른 사람들이 이제 그만 하라고 해도 무시하고 계속 구연하였다. 제공한 자료는 예전에 농사를 지을 때 불렀던 노래라고 했다.

제공한 자료는 <쓸쓸히 장에 갔다>, <삼 삼는 노래>, <자장가>,

<모심기 노래> 등의 민요이다. 특히 여러 편의 <모심기 노래>를 한 번에 이어서 구연해 주었다.

제공 자료 목록
04_21_FOS_20100127_PKS_LJJ_0001 쓸쓸히 장에 갔다
04_21_FOS_20100127_PKS_LJJ_0002 모심기 노래(1)
04_21_FOS_20100127_PKS_LJJ_0003 달이 뜨네
04_21_FOS_20100127_PKS_LJJ_0004 청천의 가수야
04_21_FOS_20100127_PKS_LJJ_0005 모심기 노래(2)
04_21_FOS_20100127_PKS_LJJ_0006 목화 따는 노래
04_21_FOS_20100127_PKS_LJJ_0007 삼 삼기 노래
04_21_FOS_20100127_PKS_LJJ_0008 아기 어르는 노래
04_21_FOS_20100127_PKS_LJJ_0009 아기 재우는 노래 / 자장가
04_21_FOS_20100127_PKS_LJJ_0010 모심기 노래(3)

이차연, 여, 1936년생

주 소 지 : 부산광역시 강서구 천가동 9통(천성동 남중마을)
제보일시 : 2010.2.3
조 사 자 : 박경수, 정규식, 박지희, 오소현

이차연은 1936년 병자생으로 쥐띠이다. 경상북도 청송군에서 태어났기 때문에 마을에서 청송댁이라 불린다. 초등학교를 졸업했고, 당시에는 늦은 감이 있는 27세에 결혼했다. 자녀는 딸을 한 명을 두었다고 했다. 과거에는 물질을 했다고 했다. 남편은 3년 전 작고했으며 딸은 부산에서 살고 있다고 했다. 제보자가 들려준 이야기는 어머니에게 들은 것이라고 했다. 제공한 자료는 <호랑이가 잠을 자고 간 범여

섬>, <아이를 업은 형상의 할매바위> 등 설화 2편이다.

제공 자료 목록

04_21_FOT_20100203_PKS_LCY_0001 호랑이가 잠을 자고 간 범여섬
04_21_FOT_20100203_PKS_LCY_0002 아이를 업은 형상의 할매바위

이훈자, 여, 1940년생

주 소 지 : 부산광역시 강서구 녹산동 성산마을
제보일시 : 2010.1.27
조 사 자 : 박경수, 정규식, 박지희, 오소현

이훈자는 1940년 경진생으로 용띠이다.
강서구 가락동 북정마을에서 태어났다. 택
호는 없으며 본관은 전주라고 했다. 성산마
을에 살기 시작한 때는 제보자가 22살 때로
남편과 결혼 한 뒤부터다. 가족으로 3살 연
상의 남편과 2명의 아들이 있다. 아들들은
모두 타지에서 살고 있다고 했다. 학교는 초
등학교를 졸업했다. 제보자가 들려준 노래

는 살다가 자연스레 듣고 배운 노래라고 했다. 제공한 자료는 <모심기
노래> 1편이다.

제공 자료 목록

04_21_FOS_20100127_PKS_LMJ_0001 모심기 노래

임양순, 여, 1931년생

주 소 지 : 부산광역시 강서구 녹산동 본녹산마을
제보일시 : 2010.1.27

조 사 자 : 박경수, 정규식, 박지희, 오소현

임양순은 1931년 신미생으로 양띠이다.
경상남도 함양군에서 태어났다. 20세의 나
이에 결혼하여 슬하에 3남 2녀를 두었다.
자녀들은 부산, 창원, 울산 등에서 살고 있
다. 남편은 오래 전(남편 나이 40세)에 작고
하여 혼자 살고 있다. 강서구 본녹산에는 제
보자 나이 54세되던 해부터 살게 되었다고
한다. 학교는 다니지 않았으며 예전에는 농
사를 많이 지었고 나물장사도 많이 했다고 했다.
제공한 자료는 <모심기 노래> 1편이다.

제공 자료 목록
04_21_FOS_20100127_PKS_LYS_0001 모심기 노래

정순이, 여, 1937년생

주 소 지 : 부산광역시 강서구 녹산동 본녹산마을
제보일시 : 2010.1.27
조 사 자 : 박경수, 정규식, 박지희, 오소현

정순이는 1937년 정축생으로 소띠이다.
경상남도 하동군에서 태어났다. 택호는 하
동댁이다. 21세에 결혼하여 슬하에 3남 1녀
를 두었다. 자녀들은 부산에서 살고 있다.
남편은 4년 전에 작고하여 혼자 살고 있다.
강서구 본녹산에 살게 된 것은 남편의 직장
이 이곳에 있었기 때문이라고 했다. 초등학

교를 5년 동안 다니다가 그만두었다고 했다.

　제보자는 목소리가 아주 크고 걸걸한 것이 특징이다. 조사 시간이 길어지자 매우 지루해 하면서 그만 하고 다른 곳에 가라고 하기도 했다. 제공한 자료는 예전에 들은 것이라 했다. 제공한 자료는 <염불가> 1편이다.

제공 자료 목록

04_21_FOS_20100127_PKS_JSL_0001 염불가

허덕님, 여, 1925년생

주 소 지 : 부산광역시 강서구 천가동 10통(대항동 대항마을)
제보일시 : 2010.2.3
조 사 자 : 박경수, 정규식, 박지희, 오소현

　허덕님은 1925년 을축생으로 소띠이다. 부산광역시 강서구의 법정동인 천성동에서 태어났다. 본관은 김해이다. 18세에 결혼하여 슬하에 4남 3녀를 두었다. 시집와서는 부산광역시 강서구 천가동 10통인 대항동 대항마을에서 살았다. 공부는 하지 못했고 바느질을 많이 했다고 했다. 제공한 자료는 예전에 어른들에게 들은 것이며 친구들과 놀면서 많이 불렀다고 한다. 제공한 자료는 <다리 세기 노래>, <잠자리 잡는 노래> 등 민요 2편이다.

제공 자료 목록

04_21_FOS_20100203_PKS_HDN_0001 다리 세기 노래
04_21_FOS_20100203_PKS_HDN_0002 잠자리 잡는 노래

남의 탓하는 방귀장이

자료코드 : 04_21_FOT_20100203_PKS_KKA_0001
조사장소 : 부산광역시 강서구 천가동 3통(성북동 선창마을) 선창경로당
조사일시 : 2010.2.3
조 사 자 : 박경수, 정유원
제 보 자 : 강경애, 여, 74세
구연상황 : 조사자가 좌중을 보고 우습고 재미난 이야기가 있으면 한 번 해보라고 하자,
제보자가 우스운 이야기가 있다고 하며 다음 이야기를 했다. 체험적인 일상사
의 이야기인데, 이야기로서 흥미적 요소를 가지는 있다고 생각하여 채록했다.
제보자는 웃음을 참지 못하고 이야기 중간중간 웃었으며, 청중들도 재미있다
는 듯이 웃었다.
줄 거 리 : 시아버지의 초상 날에 방귀장이 형님이 방귀를 끼었다. 방귀를 끼고는 무안
해서 다른 사람에게 방귀를 끼었다고 덮어 씌웠다. 그러자 자신이 방귀를 끼
고 남에게 덮어씌운다고 대들었다. 이를 본 시아주버니가 방귀 낀 부인을 야
단 쳤다. 하루는 친정이 있는 가덕도 논에 모를 심으러 갔다. 그곳에서 또 형
님이 방귀를 끼었다. 또 자신에게 방귀를 끼었다고 덮어씌웠다. 그러자 다시
사돈 남의 말 한다고 하며 자신이 아니라고 했다. 화가 난 형님이 모를 심지
않고 가버렸다. 한 사람이 빠져서 어쩔 수 없이 모를 늦게까지 심고 집으로
돌아왔다. 시어머니는 이를 오해하여 친정에서 놀다가 늦게 왔다고 야단을 쳤
다. 방귀 낀 형님 때문에 억울하게 자신만 오해를 받았다.

시아버지가 돌아갔거든예. 돌아가서 [웃음] 인자 초상을, 초상 치고 날
인갑다, 날에 인자 그래 고기를 내오고 형님들하고 있는데, 우리 형님이
똥방구쟁이라요. [일동 웃음]

그래갖고 빵구를 한 차례 꼈거든예. 끼놔논 고마 암말도(아무 말도) 안
하몬 될긴데,

"이 임편네 여 방구를 끼노."

이랬거든. 그라이,

"아이구 참 에미 말라고 낀다 카노, 행님이 끼놓고 에미는 말라고 그라노"

이라거든예. 그래서 인자 아주부이보고 한다 말이 기가 차거든예. 아주부이도 부산 아주부이하고 짜다라 있는데 그래논, 홍두방망이로 들민서,

"와 니가 끼어놓고 와 똥줄을 들먹이노." [웃음]

그래갖고 인자 그라고 말았거든예. 말았는데, 또 인자 모로 숭구러 가갖고, 형님 방구를 한 차례 풍- 끼놌는 시누부보고,

"하이구 애씨 니는 방구로 끼노?"

이란께,

"와 내가 안 낀데, 와 내보고 그라노. 지가 끼놌놓고, 에민 사돈 넘말한다. 와 낼로 낐다 카노"

마 모도 안 숭구고 척 나 앉아가 있는 기라. 마 그래갖고 하내이(한 명이) 나가고 나께 일이 저물다 아입니꺼.

그래 인자 어둡도록 컴커무리하도록 숭쿠고 오이께 우리 어무이한테 난리로 만났는 기라예.

"니는 친정 가서 놀다가 말이지, 이이 이래 늦가 컴커무리하도록 이래 모를 숭구고 오나?"

이라는 기라.

"그래 예, 모를 오늘 늦게 숭갔습니다."

이란께, 친정 가서 놀다고 온다고, 외삼춘도 와가 있는데, 마 난리가 났는 기라예. 그래서,

"하이고 어무이 아입니더. 난 그래 친정에 놀러간 기 아이고 그래 모를 숭구고 왔습니더."

이라께, 그 인자 우리 어무이는 그기 아이라예. 그 인자 내가 친정이 가덕인께, 가덕에 논이 그짜(그쪽에) 있은께 친정 가서 인자 놀다고 왔다고 하는 기라예. 그래갖고 그래 난리로 만냈습니다.

벙어리와 봉사 부부의 대화법

자료코드 : 04_21_FOT_20100127_PKS_KCS_0001
조사장소 : 부산광역시 강서구 녹산동 본녹산마을 녹산노인정
조사일시 : 2010.1.27
조 사 자 : 박경수, 정규식, 박지희, 오소현
제 보 자 : 권차순, 여, 79세
구연상황 : 구연 분위기가 무르익어 음담패설류의 이야기를 주고 받던 중 권차순 제보
자가 이 이야기를 구연해 주었다. 주위의 청중들은 하지 말라고 말리는 사람
들도 있었지만 권차순 제보자는 적극적으로 구연해 주었다.
줄 거 리 : 벙어리 부인과 봉사 남편이 살았다. 동네에서 불이 나자 벙어리 부인이 불을
끄고 돌아왔다. 봉사 남편이 불이 어느 정도 심하게 났는지 아내에게 물었다.
그러자 봉사 남편의 성기를 만지자 기둥이 다 타버렸음을 알게 되었다.

버불이하고 봉사하고 살았거던. 동네 불이 났는 기라. 가다가 저녁에.
가다가 불이 나가,

"아이고 불이야! 불이야!"

카이. 눈은 어두와도 길은 안 밝나. 그래가고,

"아이고 불이야! 불이야!"

"아이고 여보. 저."

마누래는 버불인 기라. 그래가 인자,

"아이고 여보 니가 인자 가봐라. 가봐라. 누 집에 불이 났노?"

인자 불로 끄고 와가지고,

"그래 여보, 불이 그래 누 집에 불이 얼매나 껐더노?"

그래 그 할마이가 그리 시키는 기라.

"아이고 복판 지동이(기둥이) 다탔는가베. 복판 지동이 다탔는가베. 안
타고 남았드나?"

그래 아이고,

"다 탔나?"

그래 한 번 더,

"아이고 우짜고 남았더나?"

이라거든.

훈장 장가보낸 학동

자료코드 : 04_21_FOT_20100428_PKS_KKI_0001

조사장소 : 부산광역시 강서구 천가동 8통(천성동 서중마을) 1018번지 김기일 자택

조사일시 : 2010.4.28

조 사 자 : 박경수, 정규식, 정혜란

제 보 자 : 김기일, 남, 82세

구연상황 : 조사자가 가덕도의 민속과 구비문학을 조사한 책(김승찬, 『가덕도의 기층문
화』)을 보면서 당시 제보자가 이야기한 <훈장을 장가보낸 이야기>를 듣고
싶다고 하자 그런 이야기를 한 적이 있다고 하면서 다음 이야기를 했다.

줄 거 리 : 옛날에 공부방 훈장이 있었는데, 훈장은 총각이었다. 하루는 한 학동이 훈장
에게 동네에 큰 부잣집 과부에게 장가를 보내주겠다고 했다. 훈장은 아이의
지혜를 알아보기 위해 알아서 해 보라고 했다. 다음날부터 아이는 과부집 앞
에 가서 큰 소리로 선생님을 찾았다. 어느 날 과부가 밖에 있는 우물에서 물
을 이고 오는데, 아이가 집 앞에서 또 선생님을 부르고 있자 과부는 왜 여기
서 선생님을 찾느냐며 아이를 혼냈다. 아이가 집 안에 선생님이 있다고 이야
기하자, 그럴 일이 없다고 하며 방문을 열어보았다. 방문을 여니 방 안에 훈
장이 있었다. 과부가 나간 사이 학동이 훈장에게 몰래 들어가 있으라고 했기
때문이다. 이런 일이 동네에 소문이 나서 과부는 어쩔 수 없이 훈장과 결혼을
했다.

훈장 장개보낸 이야기는 그거 보인게, 옛날에 저거 공부방 훈장이 아로
그 공부를 시기고 있으니까 그 총각이었던 모양이라. 그래,

"선생님, 장개 갈랍니꺼?"

이러몬, 그 인자 아가 그러이 이상하이,

"이놈이 뭐라 카노, 이놈이."

이러 카이께네,

"그래 장개 갈래 카몬 이 동네에 큰 부잣집에 아짐매가 혼차 살고 있는데, 거 내 중신을 할 낀께 장가를 가이소."

이기라. 그래 인자 아가 우짜는고(어떻게 하는가) 볼라고,

"그럼 니가 중신을 해봐라."

이래이께, 가가 그 안날부텅은(다음날부터는) 아침에 일찍 일어나가지고 넘 사람도 일나도 안해서 가서,

"선생님! 선생님!"

부르는 기라, 그 과부집 앞에 가서. 부르이께, 그래 부르다가 오고 또 날만 새면 그 집 앞에 가서 부르다가 오고 부르다가 오고 그란데.

하리(하루) 아침에 가서 보이께 그 호무차(혼자) 사는 과부가 물 이러, 지금은 다 집에서 물도가(물동이가) 있고 물로 수도 물바지, 옛날에는 우물이 밖에 있었거든예. 우물을 이러, 물도를 이고 물을 이러 간 뒤에 대문 앞에서 선생님이라고 부르고 있으이께, 그 과부가 아침마장 부르는데 그날 해필 물 이고 오이께, 그라고 있으이까 얼마나 무안캤노 말이야.

그래 아를 불러가 되기(매우) 머라 카니까(나무라니까) 아가 한단 말이,

"왜 선생님 숨키 놓고 안 내 놓노?"

이기라.

"그래 어데 있노?"

"방에 있는 갑대."

그래가 인자 둘이가 방에, 진짜 방에 있는 기라. 그기 마 소문이 나뺐어 동네에.

(조사자 : 아아, 그러이까 그 저거 선생님 몰래 들어가 있었네요.)

어어, 아로 인자 아가 선생님 내 시키는 대로만 하모 장개로 갑니다 이래가지고 인자 선생을 덥꼬(데리고) 그 방에다가, 물 이러 가고 난 뒤에 선생을 방에 여놔놓고(넣어 놓고) 나왔는 기라. 아 우째 하는, 선생은 우

째 낳는, 아 지혜 볼라고 그럼 방에 가 있었는 기라.

그래가지고 인자 문을 열고 들오니까, 있으니까 그 아직 과부가 숨키놨 거빽에 더 되나. 그 동네사람들은 꼼짝 못하고, 동네사람들은 '아 이기 그런 일이 있었구나.' 이래가 빼도 박도 못해가 갤혼을(결혼을), 저거꺼지 장개를 갔다 카는 그런 이야기가 옛날에 있대.

우리 옛날에 학교 댕길 때 그런 이야기를 하대예.

천년 묵은 지네와 산 사람

자료코드 : 04_21_FOT_20100428_PKS_KKI_0002
조사장소 : 부산광역시 강서구 천가동 8통(천성동 서중마을) 1018번지 김기일 자택
조사일시 : 2010.4.28
조 사 자 : 박경수, 정규식, 정혜란
제 보 자 : 김기일, 남, 82세
구연상황 : 조사자가 천년 묵은 지네 이야기를 해달라고 부탁하자 제보자가 다음 이야기를 했다.
줄 거 리 : 가난하게 살던 남자가 가족들에게 돈을 벌어 오겠다는 말을 하고 집을 떠났다. 길을 가던 중에 비가 너무 많이 큰 바위 아래에서 쉬고 있는데, 그곳으로 어떤 여자가 들어와 같이 쉬었다. 여자가 먼저 남자에게 어디로 가느냐고 묻자 남자가 돈 벌러 간다고 했다. 그럼 자기를 따라 가자고 하여 남자는 여자를 따라 갔다. 그곳에는 아주 큰 집과 근처에 작은 집들이 있었다. 큰 집으로 들어가서 함께 잘 살고 있었다. 그러던 중 고향에 두고 온 가족들이 생각이 나서 집에 가보고 싶다고 이야기하자, 여자가 그 사람들은 잘 살고 있으니 걱정하지 말라고 했다. 그래도 눈으로 확인하고 싶다고 하여 고향을 갔다. 여자는 가기 전에 남자에게 다시 집에 돌아올 땐 꼭 큰기침을 하고 들어오라고 말했다. 고향에 가서 가족들이 잘 사는 모습을 본 남자가 다시 여자와 살던 집으로 돌아왔다. 그런데 여자의 당부를 잊고 몰래 들어가서 문을 살짝 열어 봤더니 방 안에 지네들이 붙어 있었다. 다시 나와 기침을 하고 들어갔지만, 그 여자는 울면서 남자가 몰래 보는 바람에 다시 천년을 지내야 인간으로 환생이 된다고 하며 원망했다. 남자가 잠을 깨어보니 큰 바위 위에서 자고 있었

고, 바위 밑에는 지네들이 바글거렸다.

그래 가난해가 너무 몬 살아서, 그래 남자가 아들 놔두고 저거 마누라 하고,

"내가 돈 벌어가 오꾸마."

하고 나갔던 모양이라. 돈 벌러 갔는데, 가다가 보니까 비가 많이 왔어. 그래 비 거시야 한다꼬(피한다고) 큰 바우 밑에 있으니까 어느 아짐매가 (아주머니가) 장에 갔다 오다가 바우 밑에 비 거시하러 들왔는 기라.

그래가 남자가 머이(먼저) 안 묻고 여자가 머이 물었어.

"그래, 선부님은 어디로 가십니까?"

하이까네,

"내가 집이 가난해가 돈 벌로 간다고 나왔다,"

"그라몬 내 따라 가입시다."

이래가 그 여자 따라 간다고 간 기가, 그 산골짝을 산을 막 데리고 가는데 그때 어두봐지가(어두워져서) 해가 지뺐는 기라.

그래 가보니까 온 데 요새 같으면 가로등 맨크로 불이 줄줄 달아 놓고 이랬거든.

그래 갔는데, 밤에 드가 보니까 큰 집이 많이 있고 집 안에 드가보니까 큰 집이 있어, 그채 드가께네 그 큰 집에는 인자 자기가 사는 집이고, 작은 바우 밑에는, 아 작은집들은 쪼매꾸만(작은), 작은집들은 저기 인자 요새 겉으몬 아까 했던 지네 새끼들이 사는 집이고.

이런데, 그리 살다보니까 인자 거서 너무 사는데 잘 사는 기라. 마 너무 걱정없이 잘 사는데, 그러이께 이제 저거 집 걱정이 생각이 나는 기라. 그래 수심이 차가 집안 걱정을 하고 있으이께, 그래 인자 자기 부인이, 부인되는 분이 인자 덕고 간(데리고 간) 그 여자가,

"그래 뭐 때문에 그라노?"

물어보이,

"그래, 집안 생각이 나서 그런다."

카이,

"그 걱정하지 마라. 내가 단도리 다 해놨으니까,"

그래가지고 우쨌냐 하몬, 그 여자가 전부 집을 주소를 알아가 집에다가 돈을 보내줘가 잘 살도록, 크게 잘 살도록 만들어 놨는 기라. 만들어 놔도 자기 눈으로 안 보니까 나올 때 그래 고생하고만 사는 줄로 생각했는데, 하도 그래 싸니까 지 눈으로 한 번 봐야 되겠다 카니까, 자기 그 사는 여자가 가보고 오라고 보내줬는데,

"그래 갔다 올 적에는 분명히 들오다가 큰 지침을 하고, 그래 큰소리 하고 들오라고. 살짝 들오몬 안 된다."

그랬는데, 그래 집을 보내줬는데, 그래 집에 온다고 오니까 큰- 고갯마루에서 보니까 저거 동네를 내려다보이 옛날에 없던 큰- 기와집이 있고 크-게 좋은 집이 있는 기라. 그래 지내가는 사람한테,

"저 집이 누구 집이오?"

물어보이, 옛날 지 이름을 들믹이면서(들먹이면서),

"아무거시가 살던 집이다."

이기라.

"그 분이 객지에 나가 돈을 벌어 보내줘가지고 저래 잘 산다."

이기라. 그기 참말인지 거짓말인가 모르고 내려가보이 확실히 저거 아들하고 잘 사는 집, 저거 집이라.

그래가 저거 집 구경을 하고, 인자 늘 가기 싫는, 싫으나마 그래 오라 캐서 그기를 인자 거게서 보내주는, 거게서간 돈이 지가 보내, 저거 집에서는 남자가 보낸 줄 알았지. 지는 보낸 일이 없으니까 이상하게 생각했는데, 그래도 집에 가보고 싶어서 오이께, 와가지고 여자가 시키는대로만 큰 지침을 하고 드갔으면 될긴데, 그래 가이 밤이 돼가지고 가보이 막 이

래 큰 집에서 살그시(슬며시) 가가지고 불이 캐져가 있는 문구녕을 디다 보니까(들여다 보니까) 큰- 지네가 막 이래 벽에 떡 붙어가 있는 기라.

큰 지네가 이래 붙어가 있어서 그래 그 길로 나와가지고 큰 지침을 하고 들어간께, 이제 저거 여자가 있는 기라. 저 여자가 막 눈물을 흘리고, "내가 이래 못하라 했는데 와 이랬노?"

이기라.

"그래 내가 천년 묵은 지넨데, 천년을 무가(먹어서) 지네가 내가 사람이 됐는데, 환생을 했는데, 이런 바람에 또 천년을 더 무야 천년을 더 살아야 또 환생을 해가 사람이 된다."

이기라. 그 말을 듣고 인자 그래 하다가 잤는데 자고 아침에 일나이께 자기가 바우 우에 자고 있는 기라. 그 바우 밑이 전부 지네들 사는 기고, 그 옆에는 작은 바우들은 새끼 지네들 사는 데고.

그래 옛날에 그런 일이 있었다. 옛날에 그 할아버지들이 그런 이야기 우리가 하대요.

지렁이국으로 시어머니를 봉양한 며느리

자료코드 : 04_21_FOT_20100428_PKS_KKI_0003
조사장소 : 부산광역시 강서구 천가동 8통(천성동 서중마을) 1018번지 김기일 자택
조사일시 : 2010.4.28
조 사 자 : 박경수, 정규식, 정혜란
제 보 자 : 김기일, 남, 82세
구연상황 : 조사자가 제보자에게 아는 효부 이야기가 있으면 해 달라고 부탁하자 제보자가 다음 이야기를 했다.
줄 거 리 : 결혼한 아들이 봉사 어머니를 모시고 살았다. 집안이 너무 가난해 객지에 돈을 벌기 위해 나갔다. 아들이 없는 동안 며느리는 어머니에게 국을 끓여 대접했다. 어머니는 무슨 국인지 아들이 오면 물어보기 위해 국건더기를 장판 밑에 숨겨놓았다. 몇 년 후 아들이 돌아와서 보니 어머니 얼굴에 살이 올라 보

기 좋아져 있었다. 어머니에게 무엇을 드셔서 이렇게 살이 쪘냐고 물어보자 어머니가 장판 밑에 숨겨놓은 것을 꺼내며 끼니때마다 이것을 먹었다고 말했다. 아들이 그것을 보니 그것은 지렁이였다. 아들이 어머니에게 지렁이라고 말을 해주자 어머니가 놀래서 눈을 떴다.

지렁이를 갖다가 거싱이라 카거든, 여기서는거기. 거싱이 호자(효자) 이야기라고 이래가지고, 거싱이 효자 이래 이야기라고. 이래가지고 거 한 분 하대. 하는데, 아들이 저거 마누라하고 저검마하고(자기 엄마하고) 서이가 살았는데, 하도 가난해가지고 객지에 돈 벌러 가면서,

"그래 엄마하고 살아라."

이라이, 저검매가 봉사라. 눈을 몬 보는 봉산데 저검마를 맽기놓고 돈 벌러 갔는데, 가가지고 돈 벌어가지고 돈도 잘 안 벌리고, 돈 번다고 가서 몇 년만에 저거 집에 오니까, 저검매가 아들 떠나고나서부텅은 아침 밤에 뭐고, 날만 새몬 반찬을 주이, 국만 묵우몬(먹으면) 국이 그래 서운는(시원한) 기라. 맛이 있어.

그래서 무본께(먹어보니) 그것을 무슨 국인고 몰라가지고 인자, 아들 오면 보일라고, 궁굼면서(궁금해서) 건디기를 건져가지고, 요새 같으면 모르지만은 옛날 같으면 작살, 뭐고 그 장판이 뭔가 하모 싸리장판이라고 그런 게 있어요. 당신네들 모를 기다. 가마이같은 거 이래 엮어가, 그 밑에다 한 바리씩 여놓고 이랬는데. 그래가 인자 아들이 돈 벌어가 와서러, 오이께 저검매가 살이 찌가 부ㅡ연 해가지고 참 좋거든.

"그래 어무이 우째가 이리 살이 찌고, 내 있을 땐 못 자시고 이랬는데."

"그래 니 떠나고 나서 메느리가 그래 때마정 국을 끓이조, 육미국을 끓이주고 이래가지고 내가 이래 살이 가더라."

그래서,

"무슨 국을 무웠습니까?"

그래 자리 밑에서 내는데, 꺼내는데 이런 기다 카매 내놓는데 보이 거

싱이라. 그래서 어무이, 저검매가 내 놓은 데 보이,

"아이구 엄마 이거 거싱입니더."

카이께,

[놀라는 듯이] "어-엉?"

카민서 행기 그 길로 마 눈을 떴뺐어.

(조사자 : 아- 아. 봉산데 놀래가.)

(놀래가지고, 놀래가 눈을 뜬 기가 그마 그 길로 눈을 떠가, 그래 봉사 호자(효자). 옛말에, 옛날에 그래 한다)

점을 잘 보아 대접을 받은 봉사 부자

자료코드 : 04_21_FOT_20100428_PKS_KKI_0004
조사장소 : 부산광역시 강서구 천가동 8통(천성동 서중마을) 1018번지 김기일 자택
조사일시 : 2010.4.28
조 사 자 : 박경수, 정규식, 정혜란
제 보 자 : 김기일, 남, 82세
구연상황 : 제보자는 앞에서 한 봉사 어머니 이야기에 이어서 다음 봉사 이야기를 생각
　　　　　하여 이야기를 하기 시작했다. 그런데 이야기의 끝 부분을 제대로 기억하지
　　　　　못해 얼버무리고 이야기를 중단하고 말았다.
줄 거 리 : 옛날에 봉사 부자가 있었다. 당시 봉사들은 구걸을 해야 먹고 살 수 있었다.
　　　　　그래서 둘이서 작대기를 짚고 고개를 넘어가는데, 아들이 작은 돌에 걸려 넘
　　　　　어졌다. 아버지가 어느 놈이 아들을 넘어뜨렸나 싶어 찾아보니 작은 돌이었
　　　　　다. 그 돌로 점을 쳐 보니, 숲에서 나왔다고 해서 수풀 림, 풀 초, 돌 석으로
　　　　　임초석이라고 해석을 했다. 마을로 내려가 '임초석네'라고 부르면서 갔다. 마
　　　　　을에는 임초석이라는 큰 부자가 있었다. 임초석이 누군가 자기 이름을 부르면
　　　　　서 가니 기분이 나빠 잡아들이게 했다. 임초석이 자초지종을 듣고는 봉사 부
　　　　　자에게 융숭한 대접을 해주었다.

옛날에 아부이도 봉사고 아들도 봉사라. 아부이도 봉사고 아들도 봉산

데, 그래 아부지가 지만 봉사고 아들까지 봉사가 되니까 이기 너무 억울한 기라.

'봉사몬 내만 봉사면 될 긴데, 이거 아들까지 봉사가, 이기 뭐 큰 유전인가.' 싶어가지고 억울해죽겠는데, 둘이서 인자 요새는 다 무울(먹을) 기 많지마는 옛날에는 봉사들이 얻어 묵고 살아야 되는 기라.

그래가 고개 넘어 얻어무러 간다고 가이까, 아들하고 둘이서 짝대기를 짚고 넘어가는데, 아들이 돌에 채이가지고 넘어지뿠는 기라. 그래 억울해가 그 저가부지가(자기 아버지가), '우리 아들로 넘간(넘긴) 놈이 어느 놈인고.' 찾으이께 그 돌이라.

쪼맨 돌에 받히가(부딪쳐서) 넘어갔는데, 그래 돌로 빼가지고 가만이ㅡ생각을 해보이, 점을 쳐보니까, 아까 병을네 조씨, 박씨 할무니맨키로(할머니처럼) 점을 치보니까, 그 돌이가 저거 앞날의 인도를 해주는 돌이라.

앞날을 생계를 유지하두록, 그래 인자 내리감서(내려가면서) 그 어떻게 해석을 했나 하모, 거 고개 넘어가다가 돌로 발견해가지고 채여가 아들이 구불라졌으니, 그 돌을 보이까, 수풀 림(林)자, 숲속에서 돌이 나왔다 캐가지고 또 돌 석(石)자, 임초석(林草石)이라 하는 고 해석을 해가지고 그래 내리감사 임초석네라고 부르고 갔는 기라.

'임초석이 집을 찾아가모 우리가 앞으로 뭐가 앞날의 뭐 생계에 도움이 될 기다.' 싶어서 임초석이라고 부르고 가니까, 그 동네 임초석이라 카는 사램이 큰 부자라.

그런데 두 봉사가 내려오면서 임초석이라고 부르고 오이까 고마 화가 났던가,

"지나가면서 내 이름 부르고 가는 놈을 잡아디리라."

캐가 잡아딜이 놨는데,

"그래 인자 뭐 때문에 내 이름을 부르고 지내갔노?"

카이, 그래 사실대로 이야기로 하니까,

"그래 이리이리해서러 우리 아들이 구부라진데 내가 꾀로(괘를) 빼 보니까 임초석네 집을 찾아가모 우리 앞날이 인도될 기다 싶어서 찾아왔다."

그래서 인자 그 집을 찾아가니까, 확실히 그 사람이 인자 좀 뭐가 아는 게 있는가 싶어가지고, 그래 봉사로 저녁을 믹이서 재았어.

재았는데, 그래 임초석이가 그기 그 이야기일꺼구만은. 그래가지고 재았는데, [천천히 생각하며] 재았는데, (조사자 : 대접을 잘 받았는가 보지요.) 재았는데, 재았는데, 아들 저기 저녁을 전하더라? [이후에 잘 생각이 나지 않는지] 아! 고까지 이야기했는데, 아들 …….

꿈을 잘 해몽한 할머니

자료코드 : 04_21_FOT_20100428_PKS_KKI_0005
조사장소 : 부산광역시 강서구 천가동 8통(천성동 서중마을) 1018번지 김기일 자택
조사일시 : 2010.4.28
조 사 자 : 박경수, 정규식, 정혜란
제 보 자 : 김기일, 남, 82세
구연상황 : 제보자는 앞에서 점을 잘 본 맹인 이야기를 끝내고, 그 이야기로부터 다음 꿈 해몽 이야기를 떠올렸다. 제보자는 앞의 이야기와 비슷한 이야기라고 하며 다음 이야기를 시작했다.
줄 거 리 : 옛날에 과거를 보러 갈 사람이 과거를 보기 전에 꿈을 꾸었다. 술병을 드는데 술병의 목이 부러지는 꿈이었다. 꿈 해몽을 잘 하는 할머니를 찾아갔지만, 할머니는 없고 딸만 있었다. 딸이 자신도 해몽을 잘 한다고 하면서 꿈 이야기를 해보라고 했다. 꿈 이야기를 듣고는 과거에 떨어질 꿈이니 이번에는 과거 보러 가지 말라고 했다. 해몽을 듣고 집으로 돌아가던 길에 할머니와 마주쳤다. 할머니에게 딸이 대신 꿈 해몽을 해주었다고 말했다. 딸에게 어떻게 꿈을 해몽했는지 물었다. 할머니는 딸을 야단치면서 그 꿈은 과거에 합격할 꿈이라고 했다. 술병의 목이 떨어졌으니 두 손을 모아서 술을 따라야 하니, 모든 사람이 그 사람을 모아서 감싸는 일이 생기니 과거에 합격한다는 것이었다. 할

머니는 그 사람을 불러 과거를 보게 하니 해몽처럼 과거에 합격했다.

옛날에 송병신이라 카는 분이 과게를 보러 갈긴데, 꿈을 꾸니까 술뱅을 (술병을) 드니까 술뱅 모간지가(모가지가) 떨어짓부는 기라.

옛날에 술뱅이 아이고 와 그거 한 대빼이, 그 와이 그 뭐꼬, 뭐라 카노, 그거 뭐 요새 걸으모 골, 뭐라 카노 그거? 청자 백자 나오듯이 그런 술뱅인데, 드이까(드니까) 술뱅 모가지가 뚝 떨어진께, 떨어져서 그래서 인자 그거로 가지고 그 옆에 오늘매꾸로(오늘처럼) 그 조씨, 박씨 할머니맨쿠로 잘 하는, 해석하는 해몽 잘 하는 분이 있어가지고 해몽하로(해몽하러) 갔는 기라. 해몽 하로 가니까 할무니는 없고, 해몽하는 할무니는 없고, 딸이 있는 기라. 그래 가이까,

"아이 임 선생님 우찌 왔십니까?"

하이케네,

"내가 이래 자가다 꿈을 꿌는데 꿈 해몽하러 왔다 카이. 엄마는 어데 갔나?"

물어본께,

"그 어떤 꿈을 꿌습니까? 내가 해몽을 잘 합니더. 어 말씀을 해보이소."

카이, 그래 함께 딸이고 한께 잘 아는가 싶어가 이야기를 해줬는 기라.

"그래 내가 과게 보러 갈긴데, 그래 꿈을 꾸인께, 술뱅을 드인께 술뱅 모간지가 떨어지더라. 그래서 과게 보러 가몬 안 떨어지겠는가 될란가 싶어서 걱정스럽아서 왔다."

카이께,

"하 요번에는 가지 말고 다음에 가이소."

이라거든.

"과게 보러 가면 떨어집니다."

이기라. 그래 인자 갔다 나온께, 그래 저그 엄마가 오는 기라. 오는데

그래,

"아이고, 선생님 우찌 왔다 합니꺼?"

"내가 뭐 이리 꿈을 꾸고 꿈을 해몽하러 왔다 간다."

"그래 해몽했십니꺼?"

"그래, 딸님인테 이야기 해가 해몽하고 갑니다."

그래 떡 저검매가(자기 엄마가) 드가가지고,

"그래 그 선생이 와서 어떤 꿈을 꾸고 해몽을 어떻게 했노?"

물어보이,

"그래 이리 해서 술병 모간지가 떨어진께, 물병 모가지가 떨어져서 요
번에는 가지 말고 다음 기회에 가라 캤다. 술뱅 모간지가 떨어졌은께 요
번에 과게 보러 가모 안 떨어지겠나."

그래 가서 대기(매우) 딸로 야단을 쳐노이까,

"입 씻고 온나 말이야. 그 어데 그런 나쁜 입을 가지고 말이야 넘 과게
보러 가는 거 해몽을 그렇게 나쁘게 해. 그 요번에 과게 볼러 가몬 되는
꿈을 꿨는데, 와 니가 나쁘게 했노 말이야."

그래 인자 입을 씻고 진짜 들우이께, 저거 엄마가 해몽 하기로 어떻게
하나 하모,

"술뱅이 떨어졌으까 요번에 과게 당선이 된다. 되는기가 왜 되냐 하모
술뱅을 부울라 카모 한 손으로 붓는데, 술뱅이 떨어졌으니까, 옛날에 이
밑에 거는 둥그래서 열 손을 가지고 모아야, 열 손가락 모아야 술로 붓는
기라. 그래 만 사람이 다 우두니까(모아서 감싸니까) 요번에는 과게 볼 운
이다. 될 운이다."

그래서, 그런데 그 분을 불러가 새로 과게 보러 보내가지고 그래 과게
로 뭐 급제를 하고 왔다 이런 말이 있대.

며느리보다 더한 구두쇠 시어머니와 시아버지

자료코드 : 04_21_FOT_20100428_PKS_KKI_0006
조사장소 : 부산광역시 강서구 천가동 8통(천성동 서중마을) 1018번지 김기일 자택
조사일시 : 2010.4.28
조 사 자 : 박경수, 정규식, 정혜란
제 보 자 : 김기일, 남, 82세
구연상황 : 조사자가 옛날에 제보자가 구두쇠 이야기를 했는데, 다시 들어보면 좋겠다고
하자 다음 이야기를 했다.
줄 거 리 : 어느 집에서 손님이 오면 큰며느리는 김치를 잘게 썰어 내고, 작은며느리는
김치를 포기채로 내 놓았다. 이를 본 시어머니가 김치를 헤프게 내놓았다고
작은며느리를 나무랐다. 작은며느리는 김치가 크면 손님들이 젓가락을 대기
만 하고 먹지 못한다고 하며 더 아낄 수 있다고 항변했다. 큰며느리보다 작
은며느리가 더 지혜롭게 아낀 것이다.
하루는 작은 며느리가 재첩국을 샀는데, 바가지에 재첩국을 부어보라고 했다
가 비싸다고 하며 사지 않았다. 바가지에 묻어 있는 재첩국 물로 국을 끓여
시어머니에게 대접했다. 시어머니가 평소와 다른 국맛을 보고 이유를 묻자
작은 며느리는 자랑스럽게 이야기를 했다. 그러자 시어머니는 그걸 장독에
부었으면 일 년을 먹었을 거라며 오히려 구박을 했다. 작은 며느리가 서러운
마음에 시아버지에게 다시 자초지종을 이르자, 시아버지는 그것을 우물에 부
었으면 몇 년을 먹었을 거라고 했다.

어는 집에서 메느리를 봤는데, 메느리가 손님이 오이께, 이래 짐치(김
치), 짐치를 술상을 걸고 짐치를 짱글어(잘라) 놨는데, 이리 마 짠디로(조
그맣게) 짱글어야 되는 기라.

막 톰배기 톰배기(토막 토막) 짠디로 장글어나야 찍어 묵어도 자꾸 남
아야 되제. 짠디로 짱글어서 막 이래 짠디로 짱글어나야 되는데, 작은 메
느리로 보고 오이까,

"그 술상 채리는, 야야, 술상 차리라."

캤더만은 짐치로 가 왔는데 본께, 듬북듬북 크게 짱글라 옴패기로(온
포기로, 뿌리채 낱개로) 이래 가왔는 기라. 그래가지고 '아하, 큰일 났다.

저거 덕고(데리고) 우째 살림을 살겠노.' 해가, 손님이 가고 나서 불러가 머라 캤어(나무랐어).

"그래 야야 이래가 우리가 살림 못 산다. 손님이 오몬 짐치도 잘게 짱 글라가 찍어 묵다가 묵다가 남가놓고 가야 할낀데, 그러노모(그렇게 해놓으면) 한 개 주무뿌모(주워 먹어버리면) 그러모 우리가 몇일 무울(먹을) 거 다 무뿌나."

카이,

"아부이, 허이 형님이 채린 김치가 마이 남스입디꺼? 내가 김치 채린 김치가 마이 남스입디꺼? 이래 거 크게 해노이께 손님이 재까치만(젖가락만) 대마 보고 못 묵고, 대만 보고 못 묵고 놔뚜고 갔는데, 행님 핸 건 다 그 마이 지 묵고, 찍어 묵고 안 갔십디꺼?"

그런 쫌실이가(좀팽이가) 있다 카는데, 그래서 어디 갔다가, 하리는(하루는) 그 인자 작은 메느리가 좀 더 심했지. 그란께 작은 메느리가 지혜가 있어가지고 요새겉으몬 그 옛날에는 그 뭐꼬, 젓 팔러 마이, 재첩국 사이소 카는 게 안 있소?

"재첩국 사소-."

카고 애고(외치고) 다니니 젓통을 이고. 그라이께 작은 메느리가 한 뱅 바가치로 들고 나가가지고,

"이게 서너 사발 부-보소. 떠보소."

카이 세 사발을, 서너 사발을 바가치에다 부웠는 기라. 그래,

"얼마요?"

카이께,

"얼마다."

카이께,

"아이 비싸 못 사겠다."

캄서 동이다 바로 부우줬는 기라. 부우주고 인자 드가가지고 인자 그

한 배기 젓 묻은 거로 씻거가지고 그 날 아침에 국을 끓있는 기라.

국을 끓이가 국을 무보이, 시어머니가 국을 무우보이 국 맛이 다르거든. 맹 물로 가 끓있이몬 국맛이 그래 안 나올긴데, 뭐 쫌 육미 그 뭐꼬 고깃국물 내가(냄새가) 나거든.

"야야, 온 아칙에(오늘 아침에) 국이 다르네."

카이께,

"어무이, 내가 꾀로 내가지고예 이렇게 젓장사가 지내가는데 꾀로 내가 요래가지고 국을 끓있심더."

카이께,

"와이고, 니 이 니하고 살림 못 사겠다."

이기라.

"그 한 배기를 씻거가지고 장독에다 부었으몬 일년 내 묵을 긴데, 하리 아침에 그걸 다 무뺐나?" [웃음]

(조사자 : [웃으며] 시어무이가 더.)

그랬는데, 그래가 인자 지는 잘 한다고 잘 했는데, 시어마이 그래 쫓기 나가 삽작걸에(삽작이 있는 길에, 즉 대문으로 난 길에) 사립에서 울고 있으이까, 시아버지 오몬 인자 일러가지고, '내가 이런 좋을 꾀를 냈는데, 어무이가 머라 카더라.' 할라고, 그래 삽작걸에 서가 비를 맞고 서가 있으이께, 시아바가 오는 기라.

"야야, 이거 와 이라노?"

카이께,

"아부이, 내가 온 아침에예 젓장사가 지내가서 좋은 시근을 내가지고 이래 국을 끓이 어무이가 쫓가냅디더."

이래.

"그래, 우째서 쫓가내더노?"

카이,

"그래 그래 국을 꿇있는데, 그 국을 자셔보더만은 장독에 안 붓고 다 꿇있다고 쫓가냅디더."

"쫓가내기만 쫓가내. 그거로 우물에 봤으몬 몇 년을 무울(먹을) 긴데, [조사자 웃음] 장독에 부웠다고. [조사자 웃음] 장독에, 우물에 부웠으면 몇 년을 무울거로 하리(하루) 아침에 다 무뺐는데 안 쫓가내고 우짜겠노."

그런 쫌실이가 있더라요.

(조사자 : [웃으며] 아이고, 시아버지가 더 하네요.)

아이, 그 시아버지 자꾸 갈수록 더 하지.

정씨 대신 배씨가 부자 된 사연

자료코드 : 04_21_FOT_20100428_PKS_KKI_0007
조사장소 : 부산광역시 강서구 천가동 8통(천성동 서중마을) 1018번지 김기일 자택
조사일시 : 2010.4.28
조 사 자 : 박경수, 정규식, 정혜란
제 보 자 : 김기일, 남, 82세
구연상황 : 조사자가 옛날에 풍수 보던 사람 이야기를 해 달라고 부탁하자, 제보자가 다음 이야기를 했다.
줄 거 리 : 옛날에 용한 풍수가 있었는데, 매우 가난했다. 아들이 아버지가 풍수를 잘 보는데, 왜 우리는 이렇게 가난한가 싶어서 아버지에게 좋은 터가 없느냐고 물었다. 풍수는 좋은 터가 있는데, 그곳은 정가가 살아야 부자가 되지 우리 배가에게는 맞지 않다고 이야기했다. 이야기를 듣자마자 아들은 그 터에 가서 움막을 짓고 혼자서 살았다. 그런데 아들이 점점 잘 살게 되어 부모님을 모시고 와서 살았다. 이를 이상하게 생각한 아버지가 부인에게 이야기를 하자 부인이 사실을 밝혔다. 예전에 한 번 정가 홀애비와 하룻밤을 지냈는데, 그때 아이가 생겼다고 이야기했다. 풍수는 "그러면 그렇지."라고 하며 자신이 자리를 제대로 보았다고 했다.

그래 옛날에 저 아랫 동네 참- 용한 풍수가 있었는데, 저그는 몬 살아.

참 몬 살고 가난하게 사는데, 아들이 생각해도 '울 아부지가 저래 잘 하는 풍순데, 넘 집터로 봐주몬 다 부자 잘고 잘 사는데, 왜 우리는 이래 못 사노 말이야.'

그래서 저거 아부지한테 물었어.

"아부지, 다 아부지가 집터를 봐주는 데는 다 가가지고 집을 지가 잘 사는데, 왜 우리는 이리 못 삽니꺼? 어데 집터가 좋은 데가 없십니꺼?"

"있기는 있는데, 우리 터가 아이다."

이기라.

"그래 어른, 어떤 사람 터입니꺼?"

카이께,

"정씨네 터다 이기라. 우리는 배간데, 정씨네가 거게 가서 집을 지가 살 몬 큰 부자로 살겠는데, 우리는 배가라서 그 집에 우리 안 맞다."

이기라. 그래서 그 말 듣고 마 아들이 가서 거게다 막을 쳤는 기라. 나무를 산에서, 나무를 비이다가 막을 치고 지 홈차(혼자) 가 사는 기라. 살고 있다 보이까, 뭣이 쪼깨끔 가는 기 잘 되는 기라.

잘 되가, 제법 잘 살아가 인자, 집을 쪼깨 크게 만들고 이래가 저거 아부지를 덥고(데리고) 오고, 저거 엄매를 덥고 오고, 그래가 함께 살다 보이 부자가 되뿠는 기라.

그래가 부자가 되가 잘 사는데, 저거 엄매가 하고 저거 아부지하고 둘이서 인자 오늘 겉이 비가 오는 날에 방에 있다가, 저거 아부지 아ㅡ무리 생각히도 배씨가 부자가 될 터가 아이라, 정씨가 부자가 될 터지.

그래 이상하다 싶어가, 이래 봐도 안 맞고 저래 봐도 안 맞고 있으이, 그래 저거 엄마가,

"당신, 뭐 때민에 무슨 걱정하고 있소?"

"그래 이기 땅이가 우리가 배가가 부자 살 터가 아이고, 정씨가 부자 살 턴데, 니 우째서 우리가 이리 부자로 사노 말이야. 이래가 뫈(본) 기

헷 봔(헛본, 엉터리로 본) 것가. 이 참 이상하다."

카이, 참 맨날 그러싸이 저거 마누라가,

"그래 당신이 그라이께 내가 이야기를 하겠소 이기라. 거 아무데 그 정씨 호불애비가 하도 그래서 하룻밤 잤더마는 거게서 아가 됐는 갑소."

"[확신이 드는 듯한 큰소리로] 그라몬 그렇지. 그라몬 그렇지. 이게(여기에) 정가가 살아야 부자 될 턴데 왜 우리 배가가 부자가 됐노 말이야."

그래, 그런 말도 있더라요.

코에서 나온 쥐를 따라가서 부자 된 부부

자료코드 : 04_21_FOT_20100428_PKS_KKI_0008
조사장소 : 부산광역시 강서구 천가동 8통(천성동 서중마을) 1018번지 김기일 자택
조사일시 : 2010.4.28
조 사 자 : 박경수, 정규식, 정혜란
제 보 자 : 김기일, 남, 82세
구연상황 : 조사자가 제보자에게 예전에 코에서 나온 쥐 이야기를 한 적이 있지 않느냐고 물어보자, 제보자는 다음 이야기를 바로 기억하여 구술했다.
줄 거 리 : 옛날에 남편과 부인이 가난하게 살고 있었다. 어느 날 밤 부인이 바느질을 하고 남편은 자는데, 남편의 코에서 쥐가 나왔다. 부인이 호기심에 쥐를 따라갔다. 쥐가 고랑을 건너가지 못하자 들고 있던 자를 놓아 건너가게 도와주었다. 그 쥐는 어떤 굴 안에 들어갔다 나온 후 다시 남편의 코로 들어갔다. 남편이 일어나 꿈을 꿨는데, 꿈속에서 어떤 큰 강을 건너서 굴에 들어가니 금은보화가 많았다. 혹시나 하는 마음에 부인이 쥐를 따라 갔던 길을 가서 굴 안에 들어가 보니 금은보화가 가득했다. 부부는 금은보화를 가져와서 큰 부자가 되었다.

그래 옛날에 거 꿈을 꾸이께, 그 자기 부인하고 인자 그 남편하고 사는데, 그거 집에도 몬 사는 모양이라.

자기 부인이 바느질 할라고, 이래 밤에 바느질 할라고 불을 캐놓고 바

느질을 하고 있으께, 저거 남편은 옆에서 자고 있는데, 가마이(가만이) 보이 코에서 쥐가 나오는 기라.

쥐가 나오더만 방을 이래 하더마는 방문을 연께 쏘록 나가뿌거든. 그래서 쥐가 어디로 가는가 싶어서 나오다가 보이께 짓작, 뭐고 그거, 자로 옛날에 와 나무 대자 안 있어예, 자로 들고 나왔어. 나오다 보니까, 그래 쥐가 자꾸 가는데 따라갔는 모양이라. 따라가이 쥐가 자꾸 가는대로 따라갔더마는 그래 가이 쪼맨한(조그만) 고랑이 있는데, 고랑에 쥐가 못 건너서러 대로 놔놓인께 고 쥐가 타넘어 타고 건너갔부는 기라. 건네가 가더만은, 그래 어데 가서 인자 큰 바우 밑에 드갔다가 기다리고 있으이 쥐가 나오는 기라.

그래서 또 돌아오는데 따라와가지고 거기 또 고랑 건너는데, 자를 놔뒀디만은 건너 와가지고 방에 가서 인자 또 코로 드가는 거 보고 잤어.

남자가 자고 있으니 바느질하다 '이상하다' 하고 있는데, 거 남자가 일나더만은,

"야, 이상하다. 꿈을 꿌는데 어데 가니까 큰- 독 안에 은금보화가 들었는데, 어덴고 모르겠다."

이기라.

"틀림없이 큰 강을 건너갔는데, 큰 강을 건너는데 거 강을 건너서 가가지고 강 건네에 가이께 큰 보화가 들은 굴로 드가이, 거 큰 보화가 들었는데, 갔다 왔는데, 거기가 어덴고로 모르겠다."

이기라. 강은 큰 강이다 이기라. 쪼깨는 자를, 강을 건너가는데. 그래 여자가 생각해보니 '차아- 이상하다' 싶어. 그래가 이제 여자가 쥐 간 데로 자기가 인자 가봤는 기라.

가보이께 독 안에다가, 요새 같으모 뭐뭐 금이라 카나 뭣이라 카노, 큰 이런 거로 누가 한독 갖다 여놨는 기라. 그래가 그걸로 찾아가 부자가 됐다 이런 말이 있대예.

징검다리를 놓아준 효자 삼형제

자료코드 : 04_21_FOT_20100428_PKS_KKI_0009
조사장소 : 부산광역시 강서구 천가동 8통(천성동 서중마을) 1018번지 김기일 자택
조사일시 : 2010.4.28
조 사 자 : 박경수, 정규식, 정혜란
제 보 자 : 김기일, 남, 82세
구연상황 : 조사자가 제보자가 이야기한 목록 가운데 개울에 대한 이야기가 있던데 라
고 하자, 제보자가 개울이라고 하니까 생각이 난다며 다음 이야기를 했다.
줄 거 리 : 옛날에 아들 삼 형제가 있었다. 하루는 작은아들이 밤만 되면 치장을 하고
도랑을 건너 홀아비 집으로 가는 어머니를 보았다. 작은아들이 형에게 그 사
실을 말하고 어머니를 쫓아내자고 했다. 큰아들이 하루는 이를 확인하고, 다
음날 동생들을 데리고 도랑에 징검다리를 놓았다. 항상 버선을 벗고 도랑을
건너던 어머니가 버선을 벗지 않고 징검다리를 밟아 도랑을 건널 수 있었다.
어머니는 누가 징검다리를 놓았는지 궁금하게 생각했다. 어머니가 죽을 무렵,
자식들이 우리가 징검다리를 만들었다고 말했다.

아 개울 카이 생각이 나는데, 고고이 쓴다이, 그 뭐꼬 질검다리 뭐고
질검다리 호자(효자). 질건다리 호자가 있었어예. 질검다리 호자.

그 고랑가에 인자 돌로 갖다가 건너가도록 만들은, 그게 질건다리라 안
카요? (조사자 : 예 예, 징검다리.)

질검다리 호자 이야기가 있는데, 그래 아들이 서이 삼행진데(삼형제인
데), 저검매가(자기 엄마가) 밤만 되모 옷을 갈아 입고 화장을 하고 고고
고랑(도랑) 넘에 저 각, 고랑 너메 어느 호불애비가 사는데 호불래비 집에
가는 거야.

그거로 우째 아나 하모, 큰아들이 안 보고 작은아들이 봤는 기라. 밤만
되몬 저검매가 나가사서 '이상하다.' 싶어서 작은 아들이 뒤를 밟으니까
저검매가 옷을 갈아입고 그래 가가, 고랑 가 가가지고 그 넘에 고랑을 건
너가 호불애비 집에 가고 이래.

그래서 고랑 가에 가몬, 항상 보몬 고랑 가 가서, 요새는 양발이지만

옛날에는 보선(버선), 보선발로 보선을 빼가 벗고 고랑을 건너가 버선을 신고 그 호불애비 집을 가는 기라. 갔다가 오다가 인자 그걸 작은아들이 보고 저거 새이한테(형한테) 그랬는 기라.

"형님, 엄마가 밤 되모 이라는데, 엄마를 쫓가내지. 우리캉 형님이 사입시더."

"확실히 봤나?"

카이,

"봤다."

이기라.

그래 저거 새이가 인자 하리 저역에(하루 저녁에) 봤는 기라. 보니까 그 잠을 안 자고 숨탐을(염탐을) 하니까 저검매가 밤중 돼 일나가지고 보선을 벗고 가더만은, 그 고랑 가에 가서 고랑을 보선을 벗고 그래 건너가가지고 그 보선을 발로 닦고, 보선을 신고 그 호불애비 집에 갔다 오는 기라.

그래가 인자 그 안날부터는(다음날부터는) 저거 동생 둘이를 데리고 가가지고 고랑에다가 질검다리로 났는 기라. 돌로 쉬다가, 보선을 안 벗고 지내가도록까지.

그래 질검다리로 났는 기라. 그래 놔가 나났는데, 저검매 그날 저녁에 그 가가 보선을 벗고 건너갈라고 보이게 질검질검 굵은 돌로 지어 났거든. 보선을 안 벗어 지내가겠는 기라. 그래서 보선을 안 벗고 지내갔다가 왔는데, 그 돌 난(놓은) 걸 누가 났는지 모르는 기라. '돌을 누가 났노 말이야.' 그래 아무리 수소문을 해도 돌 난 사람이 없어.

그래가 그로로 몬 캐고 있다가 저거매가 인자 죽을 무렵에(무렵에) 저검매가 죽을 무렵에 저거 아들이 저검마한테 그 이야길 했어.

"엄마, 옛날에 이랜 거 우리가 했십니다. 그 엄마가 거 너무 궁금했을 깁니더. 우리가 했으니까 그래 알고 돌아 가이소."

그 저검마가 해서 알았다 안 카나.

부인 항문에다 호박범벅 먹으라고 한 남편

자료코드 : 04_21_FOT_20100428_PKS_KKI_0010
조사장소 : 부산광역시 강서구 천가동 8통(천성동 서중마을) 1018번지 김기일 자택
조사일시 : 2010.4.28
조 사 자 : 박경수, 정규식, 정혜란
제 보 자 : 김기일, 남, 82세

구연상황 : 조사자가 과거 제보자가 한 이야기 자료를 보고, 호박범벅 이야기가 있던데
　　　　　무슨 이야기냐고 물어보자 제보자가 다음 이야기를 했다.
줄 거 리 : 옛날에 한 남가자 장가를 가서 처갓집에 가서 장인과 부인 셋이서 한 방에서
　　　　　잠을 잤다. 그날 호박죽을 쑤었는데, 호박죽이 참 맛이 좋아서 남편이 손에
　　　　　호박죽을 들고 와서 부인에게 먹어보라고 권했다. 그런데 항문에 대고 호박죽
　　　　　을 먹으라고 권하는데 부인이 방귀를 뀌었다. 그러자 남편이 "안 뜨겁다. 불
　　　　　지 말고 먹어라."라고 말했다.

　　호박범벅 이야기라 카는 거는, 옛날에 그 요새 겉으모 호박죽이요, 호
박죽인데.

　　옛날에 이제 장개로 가가지고 처갓집에 잤는데, 장인이 홈차(혼자) 있
었던 모양이라. 그래가 인자 저거 딸로 시집, 사우하고(사위하고) 저그 딸
하고 장인하고 서이서 한 방에 잤던 모양이지.

　　한 방에 잤는데, 그래 그날 저녁에 호박죽을 딸이 끓인 게 아니고, [기
억을 더듬으며] 아이 딸이 그랬다 카든가 사우가 그랬다 카든가 자기 장
모가 그랬다 카든가 그거는 모르겠네.

　　딸이라 보고. 그래 그랬는데, 그래 딸, 호박죽을 참 맛이 있어. 맛이 있
어가지고 그날 저녁에 저거 그 사우가 부엌에 가가지고 호박죽을 손에다
들고 와가지고 저거 마누라를 보고,

　　"이거 무(먹어) 봐라. 아나 무라."

　　카이, 입에다 대고 묵으라 캤으몬 괴않겠는데(괜찮겠는데) 항문에 대놓
고 묵으라고 이래 싸이께,

　　"아나 묵어라. 아나 묵어라."

카이께 항문에서 인자 방구로 꼈던 모양이라. 학 하이께, 피식 하이께, 한단 말이 뭐라 카노,

"안 뚜겁다(뜨겁다) 불지 말고 무라. 안 뚜굽다 불지 말고 무라." [조사자 웃음]

옛날에 그런 이야기가 있더라고. 안 뚜굽다 불지 말고 무라.

이상하게 들리는 까마귀 소리

자료코드 : 04_21_FOT_20100428_PKS_KKI_0011
조사장소 : 부산광역시 강서구 천가동 8통(천성동 서중마을) 1018번지 김기일 자택
조사일시 : 2010.4.28
조 사 자 : 박경수, 정규식, 정혜란
제 보 자 : 김기일, 남, 82세
구연상황 : 제보자는 다음 이야기가 생각이 났는지 바로 이야기를 시작했다.
줄 거 리 : 옛날에 옥이네가 밭을 매고 있었다. 까마귀가 지나가다 '옥이네 옥이네'라고 하며 지나갔다. 옥이네가 까마귀가 자기 이름을 부르는 것에 화가 나서 까마귀를 쫓아냈다. 하루는 까마귀가 봄이 되어 먹을 것이 없어 바닷가를 돌다가 홍합을 보았다. 홍합이 입을 벌린 모습이 빨갛게 맛이 있어 보여 쪼아 먹으려는데, 홍합이 그만 입을 다물어버렸다. 까마귀가 근근이 부리를 빼고 산으로 날아갔다. 어떤 처녀가 산에서 나무를 하다 잠시 누워있는데 까마귀가 지나가다 바다에서 보았던 입 벌린 홍합 모습이 보여, '또 물래, 또 물래'하며 지나갔다.

까마귀는 옛날에 그 그런 게 있어.

까마귀는 이 동네에서도 그런 이야기를 누가 했는데, 이 동네 옥어네라고(옥이네라고) 있어예. 옥어네라고 있는데, 옥어네가 밭을 매이께 까마귀가 옆에 와서 우는 기가 자, [동의를 구하듯이] 옛날에는 옥어네 옥어네 안 카요. 옥어네 카고 뭐 자야네 카고 [동의를 구하듯이] 뭐 이라 안 하요.

'옥어네, 옥어네' 울거든. 고이 인자 까마구 기국, 가마이 밭을 매다보이지 이름을 자꾸 '옥어네 옥어네' 하고 우이께, 매 화가 나가지고 가서 마일나서(일어나서) 마 후찼다(쫓아냈다).

후찼부고 나이, 갔다 오더만은 또 '옥어네, 옥어네' 카고 또 우는 기라. 그래 그런 영리한 까마구가 낼로 우째 옥어네라고 아노 말이야.

아노 캤는데, 그 영리한 까마귀가 봄이 되가 묵울 기 없어가 바닷가로 이래 가이께, 바닷가 담치, 알지요? 홍합이라고. 홍합이 이래 물이 나모 입을 벌기요(벌려요). 입을 벌기는데, [여학생 조사자를 보고] 이해를 하소. [조사자 웃음] 입을 벌기는데, 이거 담치가 입을 벌기고 하모 똑 여자 뭐같이 생겼다 안 카요.

그래서 그거로 인자 빨가이(빨갛게) 해가 맛이 있어 보이는 기라. 입을 가 쪼사가 묵울라고 한께, 담치가 딱 오무라 들어뿌는 기라. 오무라 입을 몬 빼가지고 근근이가(근근이, 겨우) 뺐어.

빼가지고 인자, '아 까마귀는 산중에 사라 카는 까마귀지, 바닷가에 가라 카는 까마귀가 아닌가' 싶어서 산중으로 훌훌 날아가니까, 그때 봄철인가 무울 게 없어가 그랬겠지.

봄철인가 요새는 다 뺀티 좋은 게 있지만, 옛날에는 거 여자들 앉으몬 벌어지가 오줌 누는 그런 거 입을 땐데, 그래 산중에 가이께 여자가, 처녀가 가서 나무를 해러 갔다가 하도 마음도 뒤숭숭해서 누부가(누워서) 있으니까 [아래쪽을 가리키며] 이게 떡 벌기(벌려) 있었던 모양이라.

까마구가 지내가매 한단 말이가 '또 물래, 또 물래' 카고, [조사자 웃음] 착각을 해가지고, 담친가 그긴가 몰라가 [조사자 웃음] 착각해 '또 물래, 또 물래' 카고 지내갔다 안 카요.

사돈끼리 소를 바꿔 타고 간 사연

자료코드 : 04_21_FOT_20100428_PKS_KKI_0012
조사장소 : 부산광역시 강서구 천가동 8통(천성동 서중마을) 1018번지 김기일 자택
조사일시 : 2010.4.28
조 사 자 : 박경수, 정규식, 정혜란
제 보 자 : 김기일, 남, 82세
구연상황 : 조사자가 옛날에 사돈끼리 소를 바꿔 타고 간 이야기가 있더라고 하며 이야
　　　　　기를 유도하자, 제보자는 그런 이야기가 있다며 다음 이야기를 했다.
줄 거 리 : 옛날에 소를 팔기 위해 나온 사돈끼리 장에서 만나 술을 마셨다. 해가 저물
　　　　　고 술에 취해서 소를 타고 집으로 가는데, 소를 바꿔 타고 가게 되었다. 아침
　　　　　에 잠을 자고 일어났더니 시집간 딸이 마당을 쓸고 있었다. 그때서야 소를 바
　　　　　꿔 타고 온 사실을 알게 되었다.

옛날에는 사돈끼리 장에만 되모 제일 반갑다 카거든.

"아이고, 사돈 장에 왔소?"

카고 그러는데, 사돈끼리 장에 가가 만내가지고,

"아이고, 사돈 장에 왔십니꺼?"

"그래. 사돈도 장에 왔어? 나는 소 팔러."

"나도 소 팔러 왔심더."

그래가 마 소는 놔놓고 둘이서 매놓고 술로 한 잔 두 잔 묵다가 보니까
마 술이 취해가지고, 소는 몬 팔고, 저녁에 해가 지가 돌아오는 판인데,
요새는 인자 다 몰고 댕기지만 옛날에는 소를 타고 댕깄던 모냥이지.

소를 바까(바꿔) 탔던 모양이라. 술이 취해가 소를 바까 타놓이께, 소는
저거 집을 알고 다 바까 갔는 기라.

그래가 바깥 마구에다 소를 후쳐 여놓고 잤는데, 자고 아침에 일나니
까, 문을 여이께, 저거 딸, 어지(어제) 아래가 시집간 딸이가 마당을 썰고
(쓸고) 있거든.

그래 마당을 씨는 딸이가 방을 보이께 저거 시아바이가 있어얄게 저거

친정아바이가 있는 기라.

"아부지, 우짠 일입니꺼?"

카이께,

"야야, 마 나는 이래 됐건냥 우리 집은 우째 됐는공 모르겠다. [일동 웃음] 나는 이래 됐건만은 우리 집은 우째 됐는강 모르겠다."

그래 소를 바까 타가지고.

꿈 이야기 안 한 덕분에 행운을 얻은 머슴

자료코드 : 04_21_FOT_20100428_PKS_KKI_0013
조사장소 : 부산광역시 강서구 천가동 8통(천성동 서중마을) 1018번지 김기일 자택
조사일시 : 2010.4.28
조 사 자 : 박경수, 정규식, 정혜란
제 보 자 : 김기일, 남, 82세
구연상황 : 조사자가 꿈 이야기는 나중에 해야 된다고 하는 이야기가 있더라고 하며 이 야기를 유도하자, 제보자가 다음 이야기를 했다.
줄 거 리 : 옛날 머슴끼리 모이면 어제 있었던 일을 서로 이야기했다. 어떤 머슴이 전날 밤에 멋진 꿈을 꾸었다고 하고는, 어떤 꿈인지 말하라고 해도 말하지 않았다. 다른 머슴들에게 맞고 집으로 오니, 주인이 왜 맞고 왔는지 물었다. 주인이 사정을 듣고 머슴에게 자신에게만 꿈을 이야기하라고 했으나 듣지 않았다. 주 인이 머슴을 창고에 가두었다. 창고에 갇힌 머슴이 주인이 준 밥을 먹으려고 하는데 족제비가 와서 밥을 뺏어 먹었다. 그 족제비를 잡아 죽였는데, 다른 족제비가 이상한 풀을 가져와서 비비더니 그 족제비를 살려서 갔다. 이런 일 이 또 있었는데, 머슴이 이상한 풀을 가져온 족제비를 죽여 풀을 빼앗았다. 그후 어느 정승집 딸이 급사하여 용한 의원을 구하자, 이 머슴이 풀을 가져 가서 족제비가 한 대로 하여 그 딸을 살리고 그 집의 사위가 되었다. 대국에 서도 공주가 급사하여 이 머슴이 가서 같은 방법으로 공주를 살려서 공주와 혼인을 했다. 그때서야 꿈 이야기를 했다. 한 다리는 해에 걸치고 다른 다리 는 달에 걸쳐 잠을 자는 꿈이었는데, 이제 모든 것을 이루었다고 했다.

그래 꿈 이야긴데, 그래 꿈을 꾸기로 참 멋진 꿈을 꿋어. 꿨는데, 그래 저그꺼정 모이가 낮에 모이몬 머슴끼리 모이가,

"어지는(어제는) 니가 머슨 어떤 꿈을 꾸었노?"

"니는 어지는 뭐 했노?"

마 서로 모임을 하는데,

"나는 어지는 무슨 일을 했고, 언(어제) 지녁에는 어떤 꿈을 꿨고 마, 언 저녁에는 어데 가서 새끼를 꼬았고, 어데 가서 신을 삼았고."

하는데,

"언 저녁에는 꿈을 꾸이께 [강조하여] 참- 이상한 멋진 꿈을 꿨다."

이기라.

"무슨 꿈을 꿨노?"

카이께,

"아이고, 꿈 이야기 몬 하겠다 이기라. 너거한테 꿈 이야기는 좋은 꿈은 못 한다 카더라. 안 한다."

그래 머슴들이 모이가 마 팼어 그만. 그 패가지고 인자 그래가 맞고 나무도 못 하고, 나무 하다 그래가지고, 집에 왔는데, 그래 주인이 물으이께,

"들고 들와가 니 와 이라노?"

카이께,

"그래 머슴들이 패서 이래 왔십니더. 아무데 아무거시 머슴하고 아무거시 머슴하고 날로 때리가 패서 이래가 맞고 왔십니더."

카더래.

"그래 뭣 때민에 때리더노?"

카이께,

"내가 꿈을 꿨는데, 꿈 이야기로 안 한다꼬 패더라."

이기라.

"그래 무슨 꿈을 꿨노?"

카이께,

"아이, 꿈 이야기는 몬 하겠다."

이기라.

"와 꿈 이야기로, 그래 머슴들한테는 그래 내한테는 해야 할 거 아니가."

"안 된다 이기라. 몬 하겠다."

카이, 그래 그래 꿈 이야길 안 했더마는 그 길로 우쨌냐 하모 그 주인이 인자 잡아 옇, [집에 전화가 와서 부인이 통화를 하자 잠시 이야기를 중단했다가] 그래 요새 겉으모 옛날에는 뭐 그 이리 그거하지만 옛날에는 좀 잘 사는 집에는 뭐 이래 뭐 창고에다 가두는 갑대.

"창고에다 여가 잡아 옇서, 저놈을 묶어 놔라."

이래 묶어 놨는데,

"바른 말 하도록 꿈 이야기 하도록까지 묶어 놔라."

묶어놨는데, 그래 창고에 묶어 놓고 있으이께, 그래, 그래도 살릴라고 인자 밥을 쪼깨금(조금씩) 줬던 모양이지.

밥을, 주먹밥을 쪼깨끔 주고 이라이께, 밥 묵어 묵을라고 밥을 딱 거머쥐고 있으이까 쪽제비가 오더만은 밥을 탁 털어 무뿌는 기라. 그라이께 그래 이상하다 싶어가 밥을 쪽제비한테 앳기고(뺏기고) 그래 털어가주 물고 가뿌서로 앳기고, 내일도 올랑가 싶어가 들고 있으이께 또 쪽제비가 왔는 기라.

그래가 쪽제비로 인자 잡았어. 잡아가 뚜디리 잡아가지고 쥑이가지고(죽여가지고) 옆에 놔났는데, 그 안날 보니까, [잠시 통화 내용을 부인에게 물으며 대화함]그래가지고 놔났더만은 또 옆에 쪽제비가 한 마리 오더만은 얄궂은 풀로 가 오더만은 이래 이래 [손으로 새끼 꼬는 흉내를 내며] 하더만은 살리가 가는 기라.

(조사자 : 어 그 옆에 쪽제비가.) 딴 쪽제비가 풀로 뜯어가 오더만은 그

풀로 가지고 쪽제비한테 이래이래 하더만은 살리가 가는 기라. '그 이상하다.' 싶어가지고, 그래 그 풀이 무슨 풀인고, 그 풀로 또 알아야 되겠는데, 그래 그 안날은 인자 있으니까 또 쪽제비가 또 밥을 털러 왔는 기라.

그래가 옆에 쥑이났는데, 또 쥑이놓고 있으이께 또 쪽제비가 풀로 물고 와 살리 가. 갈라고 풀로 물고 완(왔는) 걸로, 풀 물고 완 쪽제비로 때려가 인자 풀로 뺏들았는 기라.

뺏들어 놓고 나서 있었는데, 그래가지고 그 그날 그해 그때 어느 큰 정승의 집에서 딸이 죽었다고 이래가이 딸로 살리, 딸이 뭐 죽었는데, 언 저녁에 급하게 죽었는데,

"이거는 용한 의사가 있으모 살린다."

고 이래가지고 뭐 그래 했는데,

"그래 내가 살릴 수가 있다."

그래가지고 그 사람 불러내가 가본께, 쪽지비 하는 식으로 딱 그랬는 기라. 방을 하니까 딸이 살아났는 기라.

그래 살아나가지고, 그래 인자 그 집에서 전부 그 처자로 뺏기놓고 자기가 똑 쪽지비 하는 식으로 해노니까, 그 처자가 지 몸 다 뵈이고 핸 때민에 그 사람을 남편을 삼아가, 그 집 사우로 삼아가 사는데, 그 대국에서 또 그런 일이 있었는 기라.

큰 대국에서 큰 임금의 딸인가, 이런 데서 있어가 그가 아무거시가 죽은 사람을 살렸다 카더라 이래가 그 사람이 거 불리 갔어.

불리가(불려가서) 이 역시 그렇게 해가지고 그 사람을 살렸어. 여자를 살리고 난께 거게서도 인자 대국에서도 남자를 보내기 싫어가지고 그만 안 보내고 그 그 뭐꼬 공주하고 살리, 같이 살기 됐는데, 그때사 인자 꿈꾼 이야기를 하는 기라.

"내가 꿈을 꿨는데 한 다리는 달에다, 해로 발로 걸치고 잤고, 한 다리는 달에다 걸치고 잤다."

이기라.

"한 다리는 달에다 발로 걸치고, 한 다리는 해에다 발로 걸치고 잤는데, 인자는 내가 다 했다."

이기라.

함안 읍내 문칠네 복과 석숭장제 복

자료코드 : 04_21_FOT_20100428_PKS_KKI_0014
조사장소 : 부산광역시 강서구 천가동 8통(천성동 서중마을) 1018번지 김기일 자택
조사일시 : 2010.4.28
조 사 자 : 박경수, 정규식, 정혜란
제 보 자 : 김기일, 남, 82세
구연상황 : 조사자가 함안의 문칠네 이야기는 무엇이냐고 물어보자 제보자가 요새도 문
칠네 복이라는 말을 한다면서 이 말이 나온 유래를 이야기했다. 처음에는 이
야기가 잘 생각이 나지 않는 듯 한참을 머뭇거리다 다시 이야기를 시작했다.
줄 거 리 : 함안 문칠네는 복이 없기로 유명하다. 반면에 석숭장질은 복이 많았다. 어떤
여자가 아비를 모르는 아이를 지나가는 원두막에서 낳았다. 이 아이가 석숭인
데, 사람들이 불쌍하다고 돈과 물건을 던져 주었다. 석숭은 그것을 다른 사람
에게 빌려주니, 그에게 돈을 빌려간 사람은 모두 잘 되었다. 돈을 빌려간 사
람이 돈을 많이 갚아주니 큰 부자가 되었다.
함안 읍네 문칠네는 나무를 두 짐을 해놓아도 한 짐이 없어졌다. 하루는 나뭇
짐 속에 들어가 있었다. 하늘에서 줄이 내려와 나뭇짐을 가져 갔다. 그곳에
가니 복 주머니들이 달려 있었다. 나의 복은 어느 것이냐고 묻자 너의 복 주
머니는 없다고 했다. 가난하게 사는 것을 사정하니 석숭장질의 복을 조금 줄
테니 곧 다시 돌려주어야 한다고 했다. 함양 읍내 문칠네는 그렇게 복이 없었
다. 요즈음 젊은 사람들도 일이 잘 되지 않으면 문칠네 복이라는 말을 한다.

문칠네 복이 좁쌀 두 개도 몬 포개 묵고 산다는 게 문칠네 복이라 안
카요. 제일 복이 없는 사람을 문칠네 복이라고. 제일 복이 없는, 하여튼
고스톱 치가 한 분도 못 이기모 '내는 문칠네 복이다.'고.

문칠네라는 제일 못 살았는데, (조사자 : 함안 사람인 모양이죠?) 어.

함안에 문칠네라 카는 사램이, 그래 거기가 문칠네 복이라 카는 기가, [잠시 생각하며] 그기가 옛날에 문칠네가. 엉 옛날에 그 석순장질이라대. 석순, 이름이 석순인가? 석순, 석순장질이라 하대.

석순장질이라 카는 사램이 어째 석순장질이라 캤나 하모, 요새 겉으모 여자가 어느 남잔곤(남자인가) 모르게 고마 우째가 애가 들었는 기라.

애가 들었는데 길로 가다가 요새 겉으모 그거 원두막겉이 있는 막이 있었는데. 요새는 전부 인자 다 길이 고속도로 뚤피가(뚫려서) 좋지마는 옛날에는 이래 마 길로 오래 걸어야 집이 우쩌다 나타나고 안 이라요. 그 런데 원두막 겉은 데는 거 가다가 애가 놓기 됐어. 그래 낳았는데, 그 애 가 다 지내, 사람이 지내가다가 여자가 거서 애를 놓으니까 불상타고 젊 은 여자가 거서 애를 놓이. 전부 지내가다가 옷도 떤지(던져) 놓고 덮어 놓고 가고, 어떤 사람은 돈 있는 사람은 돈도 한 잎 떤져 놓고 가고 이랬 는데.

그래 누가 이우지서(이웃에서) 그 여자를 더버다가(데려다가) 구원을 해 가지고 인자 이래 했는데, 그 돈 떤지난 구로 넘을 채줬더만은(빌려 주었 더니만) 그것도 마 채간 사람은 다 잘 돼. 그래도 마 채간 사람은 전부 잘 되니까 백원 채가모 이백원도 가오고, 이백원 채가모 사백원도 가오고, 마 돈을 갖다 주이까 자꾸 마 이래 불어나니까, 그 그이 돈 있는 사람도 그 돈 채와 가는 기라.

장사 할라 카고 사업 할라 카몬, 채만 오모 잘 되고 이래서, 그래서 그 랬는데, 그래가지고 그 사램이 그래 잘 되가 큰 부자가 석순장제가 사는 부자가 되뿠는데.

함안 읍내 문칠네가 나무를 해다가 이래 동개놓으모 두, 오늘 한 짐 하 고, 저녁답에 한 짐 더해 쟁기 놓으모 자고 나면 한 짐빽이 없어.

한 짐은 다른 데 달아올라 갔부. 달애갔부고 안 그라몬 도둑이 가갔부고(가져가 버리고). 두 짐 해놓으모 한 짐은 어델로 누가 가(가져) 가도 가져가뿌고 없고, 똑 한 짐밖에 안 되고, 한 짐 해가 밥 해 묵고 나면 없고. 딱 문칠네, 함안 읍내 문칠네 복이 그래 복이 없다는 기 함안 읍내 문칠넨데.

문칠네가 그렇게 살다 보니까 '이 이상하단 말이야. 그래서 내가 이게 우애서(어떻게 해서) 나무로 두 짐 해모 한 짐은 없노.' 이래가 그날 저녁, 나무를 해놓고 나무 속에 드가 잤는 기라, 문철이가.

자이께, 하늘에서 줄이 내리가 나무로 들고 하늘로 올라가뺐는 기라. 그래 그거로 인자 한데 하늘에 나무로 달아 올렸는데, 그거로 몰랐는데 올라가 끌러보이 사람이 나와.

그래서 거 가보이께 전부 복을 달아 놨는데, 보이 복들이 마 크이, 이런 큰 함배기같은 두룸박이 겉은 복이 있고 쪼매는 좁쌀낱 같은 복이 있고 콩낱같은 복이 있고 이란데, 큰 복이 있더라 이기라.

"그 복이 누, 저 복은 누구, 내 복은 어떤 복입니까?"

물으이께,

"니 복은 복이 없다."

이기라. [조사자 웃음]

"니 복은 달아맨 데가 없다 이기라. 그래 큰 복 저거는?"

물어보이,

"문철네 복이다 이기라. [말을 바꾸어] 아 뭐꼬 함안에 저승장대 복이다."

이기라. 석숭장재 복인데,

"그래 내가 이렇게 이렇게 몬 살아서 이래서 그했다."

하니까,

"저 석순장재 복을 쪼깨이 띠 줄끼니까 그걸로 가 살다가 쪼깨이 살거던 그 복을 니가 다부(도로) 우리가 다부 받아 올 기다."

그래 쪼깨이 띠 주더라 이기야.

그래 함안 읍내 문칠네가 그래 못 살았다요. 그래 함안 읍내 문칠네가
복도 없더라요. 딴 데, 딴 사람 복은 작으나따나 있는데, 그 사람 복덩거
리가 없더래요.

그래서 함안 읍내 문칠내 복이라 카는 즉, 요새는 어데 젊은 사람도 그
라는데, (조사자 : 요즘 사람들은 그 말을 모르지예.) 어? 문칠네 복이라
카는데. (조사자 : 아, 그래예.) 요새도 문칠네 복이라 카는데. 젊은 사람도
어장 하다가 안 되도, 하- 난 문칠네 복이다 카고.

돈 욕심에 아들(남편)을 죽인 어머니와 부인

자료코드 : 04_21_FOT_20100428_PKS_KKI_0015
조사장소 : 부산광역시 강서구 천가동 8통(천성동 서중마을) 1018번지 김기일 자택
조사일시 : 2010.4.28
조 사 자 : 박경수, 정규식, 정혜란
제 보 자 : 김기일, 남, 82세
구연상황 : 조사자가 제보자에게 옛날에 욕심이 많은 고부 이야기를 했던데, 무슨 이야
　　　　　기냐고 물어보자 제보자가 다음 이야기를 했다.
줄 거 리 : 옛날에 아들과 며느리 어머니 셋이서 살고 있었다. 아들이 돈을 벌기 위해
　　　　　나가서 고부끼리 살았다. 아들이 돈을 벌어서 몇 년 만에 집에 찾아왔는데,
　　　　　아무도 없어서 마루에 잠시 누워 있다가 잠이 들었다. 그 사이 며느리가 들일
　　　　　을 끝내고 와서 보니 누가 자고 있는데 옆에는 돈 보따리가 있었다. 어머니와
　　　　　작당하여 그 사람을 부엌에서 죽이고 나무 밑에 묻어뒀는데, 나중에 알고 보
　　　　　니 그들이 죽인 사람이 아들이었다.

마 옛날에 말하기로, 아들하고 메느리하고 엄마하고 서이가 사다가 아
들이 돈 벌러 가고, 고부간에 둘이 살았는데, 아들이 돈 벌러 갔다 돈을
좀 벌어가지고, 그래 인자 집을 찾아 왔어.

몇 년만에 찾아왔는데, 찾아와서 돈을 보따리로 마루에 갖다 놓고 이래

그 여름이든가 마루에 누눴는데(누웠는데) 잠이 들어 자뻤어.

자이께 저거 마누라가 먼첨(먼저) 들에 가 일하다가 와보니까, 누가 자고 있는데, 그 옆에 보따리가 있던데 보이까 돈이라. 돈 보따리라.

그래 뒤에 보이께 저검매가(자기 엄마가) 오더라고. 와서로 그래,

"야야, 저 사람이 눈고?"

카이께,

"모르겠는데, 어무이 저 사람 자는데 옆에 보이소. 보따리 안에 전부 돈입니더."

그래 둘이서 의논을 해가지고 부엌에 끄고 드가가지고 부엌에서 직있는(죽였는) 기라. 직이가 나무 밑에다가 묻어놨는데, 그래가 묻어놓고 있으니까 저녁에 이우지서(이웃에서) 찾아 옸는데,

"아무거시 안 왔나?"

카고,

"그래 우리 아들이 여어 돈 벌러 가고 안 왔는데."

"오늘 왔는데, 집에 왔는데 와 안 왔다 캅니까?"

그래 나무 밑에 꺼내 보이 저거 아들이라.

돈에 욕심에 지가 아들로 직있어(죽였어).

속병을 고친다며 못된 짓을 한 감 장사

자료코드 : 04_21_FOT_20100428_PKS_KKI_0016
조사장소 : 부산광역시 강서구 천가동 8통(천성동 서중마을) 1018번지 김기일 자택
조사일시 : 2010.4.28
조 사 자 : 박경수, 정규식, 정혜란
제 보 자 : 김기일, 남, 82세
구연상황 : 조사자가 제보자가 앞에서 한 음담패설도 좋다고 하면서, 그런 이야기가 있
　　　　　으면 더 해달라고 부탁하자, 제보자가 이야기를 한 김에 하겠다며 하며 다음

이야기를 했다.

줄 거 리 : 옛날 산중에 부모와 딸이 살았다. 하루는 큰집에 제사가 있어 딸을 혼자 두고 제사를 지내러 가다 길에서 감 장사를 만났다. 감 장사에게 집에 우리 딸만 있으니까 그 쪽에는 가지 말라고 부탁했다. 감 장사는 그 말을 듣지 않고 그 집에 가서 딸에게 밥을 얻어먹고 잠까지 잤다. 그러면서 딸에게 너의 부모님이 너에게 속병이 있다고 하면서 나에게 고쳐주라고 했다며, 그곳에 손을 넣어 나쁜 짓을 했다. 그곳에서 물이 나오자 감 장사가 속병이 있었기 때문에 나오는 것이라 말했다. 딸은 아무것도 모르고 부모가 오자, 감 장사가 와서 내 속병을 고쳐주고 갔다고 말했다.

옛날에는 집이 다 이래 산중에 한 채씩 이래 사는데. 그래 사는데, 그 딸로 과연한(과년한) 딸로 놔놓고(놓아 놓고) 세 식구가 이래 사다가, 그날 저녁에는 저거 큰집에 지사가(제사가) 들어가지고 제사 지내러 간다고 가는데, 저거 딸만 산중에 인자 홈차(혼자) 놔두고 가는데, 그 뭐꼬 감 장사가 바지개(발채, 짐을 싣기 위하여 지게에 얹는 소쿠리 모양의 물건) 지게를 지고 가을에 감을 팔러 오는 기라.

감을 팔러 왔는데, 그래 '감 사소. 감 사소.' 애고(외치고) 가이께, 그 가는 두 부부간이 한다는 말이,

"그 아무데 거게는(그곳에는) 가지 마라. 우리가 딸뱂이 없다. 우리는 오늘 제사 지내러 간다."

카이께네, 그래 그 집을 마 찾아 갔는 기라.

(조사자 : 아하, 감 장사가?)

가가지고, 그래 인자 그 집에서 밥을 얻어묵고, 그날 저녁 자게 됐는데,

"그 오늘 너거 아부지하고 너검마하고 큰집에 지사 지내러 갔어, 그래 니한테가 자고 니가 뱅이(병이) 있다 카는데, 그 뱅을 좀 내가 보라 카더라."

그래가 인자 그래가 같이 뱅을 본다고 인자 잤는데, 자다 보니까 그래 뱅을 보는데, 그 마 바리(바로) 자고 뱅을 봤이민(보았으면) 될 긴데, 거기

에다 손을 너가 막 주무리고 했던 모양이지.

(청중 : 아이구! 젊은 사람 있는데.) [일동 웃음]

그라이게 거기서 이래 뭐 물이 났던가, 그래가,

"봐라. 이리 나쁜 물이, 남자 물인가 여자 물인가 몰라도, 이리 나쁜 물이 안에 드가가지고 그래서 니가 이랬다."

카이, 그래가 인자 그이 뒤에 그래놓고, 그 사람은 갔부고, 감골 아저씨는 갔부고, 저거 아부지하고 저거 엄매가 왔는데,

"엄마, 아부지 보소. 이거 당신네들이 말이지, 내 속에 뱅을 이래 여놓고 말이지, 뱅도 안 갈쳐주고, 이래 감골 아저씨가 와서러 내 뱅을 이래 고치놓고 안 갔나 말이야." [일동 웃음]

옹달샘 물맛보다 더 좋은 것

자료코드 : 04_21_FOT_20100428_PKS_KKI_0017
조사장소 : 부산광역시 강서구 천가동 8통(천성동 서중마을) 1018번지 김기일 자택
조사일시 : 2010.4.28
조 사 자 : 박경수, 정규식, 정혜란
제 보 자 : 김기일, 남, 82세
구연상황 : 조사자가 재미있는 음담도 좋다고 하자 제보자는 이런 이야기도 있다고 하면서 다음 이야기를 했다.
줄 거 리 : 옹달샘에서 물을 마시려면 뒤에서 누가 잡아줘야 물을 마신다. 남자가 먼저 물을 마시고 여자가 물을 마시는데, 남자가 뒤에서 잡아주다 재미를 보았다. 물맛이 좋으냐고 묻자, 물맛보다 그것 맛이 더 좋다고 했다.

그걸 옛날에 그런 게 안 있소.

그래 이래 질로(길로) 가몬 옹당샘이가 있는데, 물로 묵울라 카모 뒤에서 다부(도로) 잡아줘야 엎드리가 물로 묵는 기라. 옹달샘이 물로 엎디리가 빨아묵고 그러는데.

그래 뒤에서, 물로 묵으몬 뒤에서 이래 안고 잡아주모 허리로 꽉 잡아주고 엎디리가 물로 빨아묵고.

그런데 인자 그 인자 남자는 그래 묵고 나서, 여자가 무울 차렌데, 그래 인자 이래 묵고 있으이께 남자가 뒤에 잡고 있으이, 여름이던가 그래 뭐 묵다 보니까, 뭐쯤 뒤에서 뭐 재미가 있거든. [조사자 웃음]

"물맛이 좋나?"

이라니께,

"하이고, 물맛보다 꼬리맛이 좋다." [조사자 웃음]

물맛보다 꼬리맛이 좋다 카더라 캐.

말 천 마리를 구해 묘 쓰고 발복한 막내아들

자료코드 : 04_21_FOT_20100428_PKS_KKI_0001
조사장소 : 부산광역시 강서구 천가동 8통(천성동 서중마을) 1018번지 김기일 자택
조사일시 : 2010.4.28
조 사 자 : 박경수, 정규식, 정혜란
제 보 자 : 김기일, 남, 82세
구연상황 : 조사자가 묘터 잘 써서 발복한 이야기에 대해 해달라고 부탁하자 제보자가 다음 이야기를 했다.
줄 거 리 : 옛날 아들을 셋 둔 집안에 아버지가 돌아가셨다. 묘 터를 잘 보지 못하는 아들들은 마침 지나가는 도사에게 좋은 묘 터를 알려달라고 했다. 도사는 아들 셋 중에 똑똑한 아들이 누구인지 알기 위해 좋은 묘 터를 알려줬다. 그런데 그 묘 터는 말을 천 마리 구해서 매어놓아야 발복하는 터라고 했다. 막내아들이 자신이 말 천 마리를 구해서 매놓을 테니 도사에게 출상하는 날 구경이나 오라고 말했다. 출상하는 날 도사가 와 보니, 막내아들이 그 사이 말 천 마리를 매어놓은 그림을 종이에 그려서 온 산에 뿌려두고 묘를 썼다. 도사는 똑똑한 아들이 막내아들이라는 사실을 알게 되었다. 막내아들 집안은 훗날 삼정승 육판서를 지냈다고 한다.

옛날에 아들이 서인데, 저거 아부지가 초상이 났는데, 그래 어느 도사가 지내가다 보이까, 그 집에 보이께 쪼금 똑똑한 놈이 있어.

똑똑한 놈이 있겠는데, 어느 놈이 똑똑, 자식이 서인데, 어느 놈이 똑똑하는공 모르겠는 기라.

분명히 아들은 서인데, 똑똑한 놈이 어는 놈인고 모르겠는데, 똑똑한 놈 골루기(고르기) 위해서, 찾기 위해서, 그래 인자 저거 아버지가 죽어 모터로(묘터로) 볼 긴데, 모터를 못 쓰가 그래싸이께, 도사가 지내가, 그 도사가 저녁을 묵고 한다는 얘기가,

"모터는 [강조하며] 좋은 데가 있는데, 내 그 모에 거게는 아무나 모실 때가 아이다. 말로 천 마리로 매야 땅을 굴리고, 땅을 굴리고 천 마리를 매야 발복을 하고 큰 부자가 되고 잘 된다. 그런데 말로 천 마리로 우째 구해 매꿀꼬 너거가?"

"그라모 그거는 걱정하지 마이소. 말 천 마리 내가 구해야지 도사님이 구핼 거 아이다 아입니꺼. 그래 내가 말 천 마리 구해가 매고 모시낄께(모실 것이니까) 그거 걱정 하지 말고, 그래 메칠 날 우리가 출상을 하겠심니더. 그날 구갱만(구경만) 오이소."

'그래 말 천 마리로 우째 맬낀고?' 싶어가 구경 하러 그날 와보니까, 그래 작은놈이 말 천 마리로 구해다 맬라 캔 놈이, 그날 사흘만에 말 천 마리로 기렀는(그렸는) 기라.

조우를(종이를) 구해가 말 천 마리로 기리가지고 온 산에 말로 막 흐쳐(흩어) 뿌리놔놓고 그래 모를 씨고 있는 기라.

도사도 그런 생각을 못 했는데, [감탄하듯이] 아! 그, 그래 그 사람이 그런 생각을 핸 기, '아, 이놈은 잘 될 놈이다.' 그래가지고 그 사람이 뭐 삼정승 육판서 했다는 그런 말이 났대예.

(조사자 : 아, 제일 막내이가?) 응, 제일 막내이가. 지혜가. 도사 지도(자기도) 그런 생각을 못 했다 이기라.

파리를 훈련시킨 아기장수

자료코드 : 04_21_FOT_20100428_PKS_KKI_0019
조사장소 : 부산광역시 강서구 천가동 8통(천성동 서중마을) 1018번지 김기일 자택
조사일시 : 2010.4.28
조 사 자 : 박경수, 정규식, 정혜란
제 보 자 : 김기일, 남, 82세
구연상황 : 조사자가 가덕도에 장사 이야기가 많이 있는 것 같다고 하면서 이야기를 유
도하자 제보자가 다음 이야기를 했다. 이 이야기를 끝으로 제보자에 대한 설
화 조사를 마쳤다.
줄 거 리 : 옛날 가덕도에서 이씨 집안에 아기가 태어났다. 아기는 태어난 지 사흘만에
파리를 잡아서 훈련시켰다. 이 사실을 관청에 말하자 아이를 죽이려고 했다.
아이를 돌로 눌러 죽이려고 했는데, 아이가 숨을 쉬니까 돌이 움직였다.

옛날에 거기 거짓말 참말이 옛날에 안 있었소. 있었는데, 옛날에는 여
기 가덕에 이씨네 집안에 그래 뭐 아를 나놓고 사흘만에 드가이, 아가 뭐
파리로 불러놓고 파리도 훈련시키더라고 그런 말이 있었는데.

그랬는데 그 그래서 그 아를 고마 저그만(자기들만) 알고 있었으면 될
긴데, 관에다(관청에다) 이야기를 해가지고, 왜정 때가 돼가지고 그거를
관에 잡아다가 저 뭐 우리, 내가, 우리가 듣고 있기로는 가덕 넘어가몬 큰
이리 뭐꼬 그거 돌산이 있어예.

돌산에 그게 가서러 돌깨장을(돌을 깨는 사람을) 했는데, 돌깨장은 돌
로 갖다가 막 쌓아서 직일라고(죽이려고) 돌로 갖다 놔놓이 아가 숨을 쉬
이까 돌이 끄떡끄떡 하더라고.

그런 말이 있대.

나쁜 말버릇을 고친 며느리

자료코드 : 04_21_FOT_20100203_PKS_KET_0001

조사장소 : 부산광역시 강서구 천가동 9통(천성동 남중마을) 남중할머니회관
조사일시 : 2010.2.3
조 사 자 : 박경수, 정규식, 박지희, 오소현
제 보 자 : 김을태, 여, 84세
구연상황 : 조사자가 며느리 방귀 뀌는 이야기나 효부 이야기 등은 아시는 것이 없느냐
고 묻자 제보자가 한참을 생각하더니만 이 이야기를 해 주었다.
줄 거 리 : 말이 공손하지 못한 며느리가 있었는데, 시아버지에게 꾸지람을 들었다. 그
후 어느 날 며느리가 시아버지에게 말하길, "소씨가 꺼적씨를 뒤집어쓰고 골
목길로 가시고, 개씨도 따라가셔서 짖고 있습니다."라고 말하는 것이었다. 그
런 후부터 며느리의 말씨가 공손하게 고쳐졌다.

메느리를 떡 봤거든. 메느리 떡 봤는데, 메느리가 시아바이한테 말로
해도 말이 다시 뻔뻔하니 말이 공손시런 말이 없어서로 그래,

"며느리."

"예."

"우째 그래 말도 그러치 그거 하노."

"예."

그래 한문은 이제 소가 밤에 뛰서 마구서 뛰 가이꺼네, 메느리가 머이
봤던 모양이라. 메누리가,

"아부이예."

"와?"

"소씨가 꺼적씨를 딮이(덮어) 쓰고 골목질로 가시고 개씨로 가시고 공
공씨를 찾습니다."

카더라 커대. 어찌기 말이 귀특하든지 나와보이꺼네, 소가 거적지를(거
적을) 참 딮이 쓰고 골목길로 가이께네 개가 꽁꽁 짖거든. 그래 인자 메느
리가 말이 그때 시작해서로 시아바시한테 말이 참 공손하이 하더래요.

맷돌에 눌려서 죽은 아기장수

자료코드 : 04_21_FOT_20100203_PKS_KJB_0001

조사장소 : 부산광역시 강서구 천가동 1통(동선동 동선마을) 동선마을회관

조사일시 : 2010.2.3

조 사 자 : 박경수, 정유원

제 보 자 : 김재봉, 남, 78세

구연상황 : 조사자가 이 마을에 전해 오는 전설이 없느냐고 하면서 이야기를 유도했다. 이때 제보자가 나서서 가덕도에 전해지는 이야기라며 했다. 청중들이 조용히 들었다.

줄 거 리 : 옛날 가덕도에 장사가 많이 났다. 천씨 집안에 아이가 태어났는데, 애를 눕혀놓고 물을 길러 갔다. 물을 길어 오니 방 안에 아이가 없었다. 아이가 천장에 붙어서 파리를 잡고 있었다. 이 사실이 알려지면 안 되니까 맷돌로 아이를 눌러서 죽였다. 그러자 그 집에서 용마가 울면서 서쪽 하늘로 올라갔다. 가덕도에 장사가 많이 난다는 사실을 안 왜놈들이 가덕도 연화봉의 혈을 끊었다.

그냥 이거는 우리는 아직까지 확실한 그런 거는, (조사자 : 몰라도.) 예, 그래 옛날에 이야기하는 것이, 그래 가덕도라는 이거를 원래 일, 제 일 그러이까 조선이제, 제 일 봉화대라 하는 기 연대봉을 갖다 말하는 기거든.

그래서 연대봉을 갖다 제 일 봉화대라. 거게 대해서 옛날에 이야기가 좀 우떻게 됐다 카는 기 나만(나이 많은) 사람 했고.

그래 여게 뭐 원래 보면은, 여게 원래 천씨, 옛날에 여게가 보면은 저 왜놈들이 들와가지고 요게 지리를 끊었다는 거라.

요 가덕도에서러 인재들이 옛날에는, 그래 옛날에 어른들이 보면은 이 뼈대가 굵고 키도 크고 여 장사들이 많이 났어요.

옛날에 보면은, 그래 우리 집안에서도 보면은 인자 그 뭐 참 장사라 소리 듣고. 그 옛날에 사람이 못들 정도 성을 쌓고, 그런게 현재까지도 있고. 그래 이기 우리 집안에서도 나고. 요게 원래 천씨 집안이 옛날에 여 보면은, 그래 그거 왜놈들이 맥을 끊었다.

그러께네 천씨 집안에서로 애를 낳았는데, 낳았는데, 그래 인자 그 당

시에 뭐 이리 인자, 그래서 그때 옛날에 못 먹고 사니께 인자 뭐 어짤 겁니까? 그 뭐 세일이라 카모 인자 이후로는 노동을 해야 되고 농사도 지야 되고.

그래 옛날에는 전부 이 물을 질어다(길어다) 묵고 이라기 때문에, 그래 애를 넙히나 놓고 저 물을 질어가지고 집에 오니께 있던 애가 없어요. 그래서 보니께 이 천당에('천정에'를 잘못 말했다.) 그래이께 그 붙어가지고 포리를 갖다 전부, 옛날에는 포리가 많았을 거 아입니까, 그래 작동해 갔다는 그런 전설이 있고.

(조사자 : 파리?) 그러이까 파리지. (조사자 : 파리를. 천정에 붙어가지고) 그래이께 그 포리고 인자 쫓고, 어린애가 일어나가지고. 그래 그런 전설이 있어요.

그래가 맷돌을 눌리가지고 그 애를, 왜정시대는 그 그런, 만약에 숨킸다가는 그 어른이 당는 것 아입니까, 이래서러 애를 맷돌을 뭐 눌러서 직있다는 그런 전설이 있는데, 여게 그러이께 이 산이, 그러이께 여기에, 그러이까 꿈에, 그래 요쪽 요쪽 산이죠, 요 요쪽이라요.

서쪽인데, 남해 남서 이래 카는데, 요쪽으로 그러이께 용마가, 그 어린 애를 직이고 나니께, 용마가 울고 서로 날라가더라 캐, 그 집에서로.

본인은 용마를 못봤는데, 그래 이웃 사람이 누가 동네에서 그것도 그걸 했겠죠. 그래 용마가 울맨서로 서로 날라서 나갔다는.

그래 인자 그때, 그기 인자 우째 됐노 하모, 그기 왜놈들이 알고 그 인자 지리로 갖다가 인자 그걸로 해가지고 그 지리를 완전 끊었다. 그래 여기가 장사가 났다는, 애들이 보모 그기 어떤 장사겠제.

(조사자 : 그렇지요. 옛날에는 그 저 장사가 아주 나면은 왜 뭐 겨드랑 밑에 날개가 나고.) 천장에 붙었다가 땅에 내렸다가. (조사자 : 잘못하모 또 역적이 된다 캐가지고 미리 죽이고 그랬는데.) 그래 그런 전설이 있고. (조사자 : 예예. 아이구 할아버지 좋은 이야기 들었습니다.)

귀신에게 홀린 처녀

자료코드 : 04_21_FOT_20100127_PKS_KJH_0001
조사장소 : 부산광역시 강서구 녹산동 성산마을 녹성노인정
조사일시 : 2010.1.27
조 사 자 : 박경수, 정규식, 박지희, 오소현
제 보 자 : 김종해, 남, 80세
구연상황 : 김종해 제보자가 말하던 중 다른 주민 분이 다른 이야기를 해서 이야기가
          잠시 끊겼다가 다시 시작했다. 한참 시끄러운 분위기 속에서 제보자가 자진해
          서 이 이야기를 시작했다.
줄 거 리 : 지금으로부터 60~70년 전 마을 밭·논 근처는 전부 묘터였다. 하루는 마을
          사람 중 한 처녀가 일 끝날 시간이 지나도 집에 돌아오지 않았다. 그래서 집
          안 식구들이 온 동네를 찾아다니다 자신의 집 바로 뒤 소나무 밑에 그 처녀
          가 머리가 깎여 넘어져 있었다. 다음 날, 소나무 끝에 그녀의 머리가 걸려 있
          고 나무 밑에 녹슨 가위가 있었다. 그녀는 얼마 전까지 살아있었다.

그 명지에 그때는 마을 논밭 있는 그 근처에 전부 다 묘터였습니다. 묘
터였는데, 이분에 시가에 바로 집 뒤에 이분에 바로 시가 집 뒤에 보면
소나무가 몇 그루 서 있습니다.

그런데 기물 거 하는데, 그 그때는 우리가 어릴 때였으니까, 아주 어릴
때였으니까, 지금으로부터 60~70년 가까이 그리 가까이 되겠네, 70년쯤
됐는데 김을 하는 사람집인데.

그 집에 어른들이 상당하게 완고한데 그 집에 처녀가 김을 씻고 널고
하는데, 밤에 일을 하는데 그 처녀가 없어져버렸어요.

그래서 '일하는 아가 어데갔노?' 온 식구가 찾아도 없고 나중에는 온 동
네사람을 동원해서 그 처녀를 찾았는데, 이 양반 시가에, 그 시가가 있습
니다. 그 시가에 바로 뒤에 소나무가 몇 그루 서 있는데 그 소나무 밑에
그 처녀가 넘어져 있어요. 그래 보니 머리가 하 다 깎였어예.

머리가 없어. 그때 처녀들은 머리를 다 길게 했는데, 그러니 다 사람들
이 놀래가 그때 뭐 병원에 간다 하는 생각 못하고 집에 와서 뭐 물도 떠

믹이고 이래가지고 근근이 살렸는데, 안날(다음 날) 아침에 가니 그 소나무 밑에 녹슬은 가위가 있고 그 머리가 그 소나무 끝에 걸리가 있더라. (청중 2 : 아이구 무시라.)

그래가지고 소나무 끝에 걸려 있었는데, 그 사람이 금시로 죽을 것 같았는데 어 얼마 전까지 살았습니다. 그 김동조 저거 누붑니다. (청중 1 : 그렇다 카대.) (청중2 : 아이구 그런 일이 있었구나.)

귀신에게 홀린 어부

자료코드 : 04_21_FOT_20100127_PKS_KJH_0002
조사장소 : 부산광역시 강서구 녹산동 성산마을 녹성노인정
조사일시 : 2010.1.27
조 사 자 : 박경수, 정규식, 박지희, 오소현
제 보 자 : 김종해, 남, 80세
구연상황 : 제보자가 먼저 구연한 이야기가 끝이 나자 조사 분위기가 좋았다. 조사자가 제보자에게 이야기를 잘한다며 이야기를 하나 더 해달라고 요청하자 이 이야기를 시작했다.
줄 거 리 : 배를 타는 김소동이라는 사람이 밤이 되어도 집에 돌아오지 않았다. 그래서 가족 들이 찾아 나섰는데 바다 벌에 쓰러져 있었다. 그는 누군가가 같이 가자 해서 따라 갔다고 말했는데, 주위 발자국을 보니 한 사람의 발자국만 있을 뿐 다른 이의 발자국은 없었다.

(조사자 : 할배 이야기 재미나게 잘하시네. 할배, 그런 이야기 하나 더 해주십시오.)

소동이라고 작은댁이라고 살았는데, 그 분도 그때만 하더래도 그 지금처럼 그 규모가 크지 않고 자그마한 거룻배로 가지고 고기를 잡으러 다니고 이랬는데.

저녁 때 사람이 들올 것으로 보았는데 안 들어와가지고 밤이 되도 안

들어오고. 그래보니까 그 객사가 있습니다. 바로 마을 뒤에. 근데 배는 와 있는데 사람이 없어서 어떻게 됐는고 싶어서 찾아도 없고, 온 동네사람들이 등불 횃불을 들고 바닷가 쪽으로 쭉 나가니까 사람이 고개만 들고 전부 다 뻘구더기에 그냥 처백히(처박혀) 있어.

그래 사람을 건져내가 살았는데, 건져내가지고 물어보니, 누가 같이 가자 해서 따라 갔는데, 따라 갔는데, 그 사람 발자국만 있고 다른 발자국이 없었어예.

그니깐 그 마 정신이 부실해서 그렇겠지만은 그런 일도 있었어예. 옛날에는 그런 일이 허다히 있었습니다. (청중 : 옛날에는 해치도 마이 나왔다.) 그래 마 믿거나 말거납니다.

두문마을의 유래

자료코드 : 04_21_FOT_20100203_PKS_PDY_0001
조사장소 : 부산광역시 강서구 천가동 7통(천성동 두문마을) 두문마을회관
조사일시 : 2010.2.3
조 사 자 : 박경수, 정규식, 박지희, 오소현
제 보 자 : 박동윤, 남, 75세
구연상황 : 조사자가 마을 이름에 대해서 묻자 처음에는 할머니가 구연하려고 하자 박동윤 할아버지가 알려주시겠다고 하면서 구연을 해주었다.
줄 거 리 : 두문마을의 옛 이름은 '머거리'인데 그것을 한문식으로 고쳐 두문(두문)마을이 되었다. 예전에 천성과 웅동이 하나의 행정 구역이어서 원님이 한 분이었다. 천성에서 주로 거처하던 원님이 웅동에 자주 건너갔는데 바로 이곳 머거리에서 배를 타고 갔다. 거기에서 마을 이름이 유래되었다.

이게가, 이게가 이기 옛날에 요면은 그 뭐고 아이고. 이름이, 뭐 할라 하몬 잊어뿠다. 거 원님, 고을 원님, 여 웅동에를 웅천이라 하는데 하고 진해 하는 데가 있어. (조사자 : 진해?) 요 천성 요게. 요하고 천성하고 요

게 '머거리'라는 데는 요게 사는 사람이 원님을 싣고 웅천까지 건네 주는 기라.

그래서 이 요 머거리라. 머거린데 그걸 갖다가 곤치가지고 말 두(斗)자 글월 문(文)자 그래 '두문'이거든.

근데 그 이기 요개가 옛날에는 이 고을 원, 이게 살은 사람, 이 집은 이게 처음 몇 채 안돼. (조사자 : 원래 몇 분 안 살았네예.) 안 살고. 그런데 인제 원님은 천성에서 있는 기라.

와 옛날에 고을 원님. 그러면은 통성을 갖다가 지금겉으몬 군수잖아. 그 직책에 보면은. 원님이라는 거는 군수 직책이거든. 그러면 이기 가덕하고 웅동하고 통합을 ○○에 혼자서 하는 기라. 그래가 요게서 그때 뭐 배가 있나. 저어서 건니주고 싣고 오고 이렇게.

파리로 변한 아기장수를 죽인 부모

자료코드 : 04_21_FOT_20100428_PKS_PYI_0001
조사장소 : 부산광역시 강서구 천가동 8통(천성동 서중마을) 서중할머니경로당
조사일시 : 2010.4.28
조 사 자 : 박경수, 정규식, 정혜란
제 보 자 : 박연이, 여, 86세
구연상황 : 조사자가 옛날에 가덕도에 아기장사가 태어났다고 하는 이야기가 있더라고
          하자, 제보자가 그런 이야기를 들은 적이 있다고 하며 다음 이야기를 했다.
줄 거 리 : 옛날에 장사가 태어났다. 아기를 방 안에 눕혀두고 가면 사람이 없을 때 파
          리로도 변하기도 하고 거미로 변하기도 했다. 방 밖에서 그 장면을 몰래 본
          부모가 걱정을 하며 파리로 변한 아이를 죽였다.

옛날에, 옛날에 장사가 났는데, 이기 아로 쪼깨는 걸 눕히(눕혀) 놓고 나면은 바깥에서 적 엄매 적 아배가 나가서 아가 우짜는가 싶어 디다(들여다) 보면은 퍼래이가(파리가) 됐다가 거미가 됐다가 아가 없더래요.

그래 사람 소리가 나며는 아가 있는 거야. 그래가지고 그 아를 인자 저거 부모들이, '저거 안되겠다고. 아무래도 무슨 일이 있다.'고 해가지고, 그 아를 직이고 나이 포래이라고 포래이를 딱 때리 직이고 나이께네, 피가 한강이 됐뻐더란다. 그래 그 아가 죽었다네요.

(청중 : 옛날에 여게 장사 났다 안 카든가요. 장사 났단 말이 있대.) 예, 그랬답니다.

(조사자 : 그래 그 뭐 이래 애가 거미로 변하고.) 예. 아, 아가 사람만 바깥에 나가고 없으며는, 아는 둥치는 없고, 포랭이가 됐다 거무가 됐다가 마, 이게 붙었다 저게 붙었다 그렇더라 안 합니까. 예.

(조사자 : 그거 모르고, 모르고 파리를 죽있는데.) 예. 파리를 직인 게 아를 직인 거야. 세상 밑에 그런 기 어데 있겠습니까. 그지요? 진짜 날라 댕기는 그 인간이 됐을 건데.

저승 갔다 와서 적선하여 잘된 사람

자료코드 : 04_21_FOT_20100428_PKS_PYI_0002
조사장소 : 부산광역시 강서구 천가동 8통(천성동 서중마을) 서중할머니경로당
조사일시 : 2010.4.28
조 사 자 : 박경수, 정규식, 정혜란
제 보 자 : 박연이, 여, 86세
구연상황 : 조사자가 저승 갔다 온 사람 이야기를 들은 적이 없느냐고 물어보자, 제보자가 그런 이야기를 들어 보았다고 하며 다음 이야기를 했다.
줄 거 리 : 옛날에 공장을 몇 개 가지고 있는 사장이 갑자기 죽었다. 죽어 저승을 갔더니 다른 고방은 꽉 차 있는데, 자기 고방은 비어 있었다. 저승사자가 이승에서는 잘 살았지만, 이승에서 인심을 잃었기 때문에 저승에서는 가진 것이 하나도 없다는 말을 했다. 그리고 저승 와서도 잘 살고 싶으면, 아무개 골짜기에서 방아품을 팔면서 사는 아무개를 찾아가 도와주라는 말을 했다. 그리고 누군가 다리에서 미는 바람에 정신을 차려보니, 이미 염을 다한 상태에서 다

시 이승으로 돌아오게 되었다. 사장은 꿈에서 본 대로 아무개 골짜기로 찾아 갔더니, 한 끼 식사도 제대로 못하지만 지나가는 행인들에게 물을 끓여주고 죽을 대접하고 있었다. 이 모습을 본 사장은 그 사람들을 데리고 자기 집으로 데려와서 잘 지내게 했다. 그 뒤 두 집안 모두 잘 먹고 잘 살았다.

그 인자 저승 갔다 완(온) 거는, 이 중년에 부부가 인자 이야기를 하는데, 나도 들었지.

그 사람들이 이런 사업을 하더랍니다. 공장을 몇 개를 하는데, 딸만 낳았어. 딸만 마이 낳아가 있는데, 서인가 너인가, 서이로 낳았는데, 그마 너무 잘 살았는 거요. 너무 잘 살았는데, 고마 각중에 그 남자가, 사장이 죽었는 거요.

죽어서 인자 그 뭐 사장이니까 한 일주일 그렇게 초상을 안 치겠습니까? 그래놓고 있는데 저승을 떡 가니까너, 예 저승 대왕이 사자가 덕고(데리고) 댕기면서,

"너, 이승에서 뭐하고 왔느냐?"

그럼 고방을 쭉 이렇게 지이났는데, 고방을 자꾸 뵈주더랍니다(보여주더랍니다).

"요거는 아무 데 누끼고(누구 것이고) 요거는 누끼고."

총총하이 다 딱 재이가(쌓여) 있는데, 제일 끝에 가이 그 사람 고방이 비(비어) 있더랍니다.

"요거는 자네 고방인데, 이승서는 너가 잘 살아도, 지금 저승 오면 니고방이 비있네. 너무 인심을 잃어서 갈라묵은 일이 없어, 지는 부자라도. 그러니까 지금 니가 살라 하면은, 지금 겉으모 저 용심 골짝에 그런데 인자 아주 자석도 많고 못 묵고 살아서, 방아품 들어묵고 사는데, 그래 쫌 더 살라카모, 아무데 골짝에 가면은 아주 지금 때거리도(끼니도) 없고 사는 사램이 이렇게 고방이 재있다. 그러니까 그 사람들로 찾아가서, 니를 보내주거들랑 찾아가가지고 그 사람들을 덥어다가(데려다가) 이렇게 잘

해주민은 니가 더 살 거다."

그러더랍니다. 그래 어데 그석에다가 다리 이래 섰는데 확 밀어뼸는데, 그래 깨이졌대요.

그래 딱 묶어놔서 사람을 염을 다해놨는데, 소리가 나니까 인자 모두 머 상주들이 들어와가지고 잘락잘락 다 했더랍니다. 그래 터자가지고 깨나디만은 삼 일로 지내고 나이,

"날로 덕고(데리고) 어디로 가자."

카더라 캐요.

"내 가자 하는 대로 가자."

그래서 인자 지금 걸으면 신구걸은 걸로 타고, 옛날걸으모 신구로 타고 얼쭉(거의) 그 골짜기로 가가지고 인자 산을 헤매서 그로(그곳으로) 갔는데, 꿈에 봔 그대로 갔더랍니다.

가이께네 진짜 머스마가 소도룩하이 해가지고 못 묵고 살아서 방아품을 들어다가 묵고, 칠로(칡을) 파다가 찧어서 묵고 그래 사는데, 그 골짜기에 있으이 사람들이 이렇게 마이(많이) 오는 거요. 지금 말하자면 그 용심골 걸은 그런데 살고 있으이까.

그 사람들 보면은 물이라도 한 그릇, 그 사람들로 끓이 믹이고, 방아품을 들어도 인자 죽이라도 한 그릇 그 사람들 믹이서 보내고, 저거 새끼들은 굶기도. 그리 핸 기 저승 가이 고방이 꽉- 채이가 있더랍니다. 그래서 그 사람을 덥어다가(데려다가), 그 사람들 그 아들캉 덥어다가 잘 믹이고 잘 하민은 살 길이 생길 것이다 카더랍니다.

그래 가보이 영판 그 죽어서 그 봔 그 자리더라 캐요. 그래가 와가지고, 인자 다부(도로) 가가지고, 거 저거 집에 실고 내려 왔답니다. 함부래 겁을 내가 얼그럭철그럭 가나놔놓으니(가 놓으니), 부자가 가놔놓으니 놀래가지고 붙잡으로, 관에서 붙잡으러 왔나 싶어 안 갈라 하더랍니다. 안 갈라 카는 거로,

"그기 아이니까 내 따라 가자고. 우리 집에 가서 기궁도(구경도) 좀 하고 가자고."

그래가 머스마 서이 하고 공구댈 신고 와서, 겁이 나서 몬 드가겠더랍니더. 그 집에 들어갈라 카이 으리으리해서 신도 마 못 벗었더랍니더. 축담이라 카는 데도 발로 벗고 못 가겠더라고 안 하요.

그런데 축담에도 고마 신고 올라오라 하더래요. 그래 드가가지고 가이 모욕을(목욕을) 싹 씻기가지고, 아 어른 없이 씻겨가지고, 음식을 해서 한 사날(사나흘) 믹이서 그렇게 인자 가되, 그 집 아들들로 자석을 삼았는 거요. 삼아가지고,

"그 다 내삐리고 내려 온나. 그라모 우리가 집을 줘서, 그라모 이 집 아들으는 저거 딸하고 큰딸하고 인자 사우를 삼아가, 데릴사우로 삼아가지고, 하고 공장을 주꾸마(주마)."

그래가지고 그 살림을 붙잡아가 그 사람도 잘 살고 다 잘 살더랍니다. 예.

그래서 우리 세상 사람, 이 이야기가 '너무 욕심 부리지 마라' 하는 거 안 않습니까? 그렇죠?

귀신 말을 엿듣고 아이 병을 낫게 한 사람

자료코드 : 04_21_FOT_20100428_PKS_PYI_0003
조사장소 : 부산광역시 강서구 천가동 8통(천성동 서중마을) 서중할머니경로당
조사일시 : 2010.4.28
조 사 자 : 박경수, 정규식, 정혜란
제 보 자 : 박연이, 여, 86세
구연상황 : 제보자가 앞의 이야기를 끝내자 조사자가 이야기를 잘 한다며 재미있는 이야기 한 편을 더 구술해 줄 것을 부탁했다. 그러자 제보자가 다음 이야기를 생각하고는 구술을 했다.

줄 거 리 : 옛날에 과객 한 사람이 길을 가다 어두워지고 비도 오자 움막 밑으로 피해 있었다. 그런데 그 과객 위에서 귀신 둘이 이야기를 하는데, 아무개 집에 아이가 아파서 대접도 잘 못 받았다는 이야기를 하면서 그 아이가 낫는 방도도 말을 했다. 밑에서 조용히 그 이야기를 들은 과객이 다음날 해가 뜨자마자 그 마을로 가서 아무개 집을 찾아갔다. 아이를 고쳐주러 왔다고 이야기를 하자 온갖 음식 대접을 받았다. 음식을 먹으면서 귀신한테 들은 방도를 말해주고 그대로 실행해서 아이의 병을 낫게 했다.

옛날에 들어보면, 지금은 과객이 안 댕기도, 옛날 사람은 신채기(신짝) 짊어지고 머 글 쪼깨 알면은 과객이라고 뭐 짊어지고 안 댕깁디꺼?

그거 짊어지는 거, 그거는 어중간한 과객이거든요. 그럼 아무 곳이라도 가서 제법 양반이라고 이렇게 인자 하던 그런 사람들이라.

그 한분은 한 사람이 인자 가덕같은 데서 넘어오면, 천성을 넘어오는데, 고마 해가 지고 어둡아서, 비가 짤잘 와싸서 못 넘어오고 오다가 보니까 막이 한 개 있어요.

예, 옛날에는 인자 돼지 울막이 안 있었습니까. 그 돼지 울막이라고 거기 인자 피해서, 비를 피해 들어갔는데, 함매나(하마나, 이제나 저제나) 비가 그칠랑가, 함매나 비가 그칠랑가 해도 도저히 안 그치.

그래 밤중에나 됐께, 어데서,

"아무것이."

카이까, 머리 위에서,

"어이."

카거든.

"어이, 그 저 이 사람아, 오늘 저역에 내 입장일인데, 친구 그 저 술이나 한 잔 먹구로 내 따라 가자."

이라거든.

"어, 안 되네. 우리 집에 가든, 질로 가든 해인이 지금 집에 쉬고 있어서 안 되네. 못 가네. 비아놓고 갈 수가 있는가. 그 자네 혼자 갔다 온나."

이라더라 캐. 그래 쪼금 있으니까 오더만은,

"아무거시."

이래.

"어이, 어쨌노. 온(오늘) 저녁에 대접 잘 받았나."

카이,

"아이 이 사람아, 대접이고 뭐시고간에 가이 구링이 잡아 두리두리 세리나서, 어찌 보굴이(화가) 나는지 물이 쩔쩔 끓는데도 손지 머스마로 미트러옇고(밀어서 넣고) 왔는데 큰일났네.

거 거 아무데 골짜기 가몬 솔거쳉이가 있는데, 그거로 뜯어다가 톡톡 뚜디리가지고 몱은 오줌에다가 담상담상 적싸서(적셔서) 붙이모 낫을낀데(나을 것인데), 이 내 보굴이 나서 밀어여놓고 오기는 왔는데 기가 차네."

카거든. 아, 들어보이 마 이기 다 들었는 거요, 그 사람. 그래 인자 날이 새서 보이까 채봉이라. 염장 채봉해난 데라, 옛날. 그 밑에서 들앉아서 그 소릴 들었는 거요.

그래 인자 그 동네로 내리 가가지고, 오늘 밤에 이 동네, 거기 점쟁이, 거짓말 점쟁이야, 어이. 내리 가가지고,

"아이고, 오늘 밤 이 마을에 그 입자리, 아버지 입자리 지낸 집이 없느냐?"

이래 물으니까,

"아이고, 아무 집이 있다고."

"아이고, 그 집에 내쫌 데부(데려다) 달라."

"와 그러냐."

이러카이,

"그집이 지금 아가 물에 데있을 긴데, 내가 가서 그 아를 낫아주야 된다 카거든."

"그라몬 가자고."

그 사람들이 덥어다(데려다) 주는데, 가이 아가 할락(홀랑) 벗거지가(벗거져) 있더래요.

(조사자 : 아, 물에 디가지고.) 물에 디이가지고. 마 온 곤구가(식구가) 디다보고 야단이라. 이라는데,

"아이구, 지금 이 사람이 곤치주러(고쳐주려고), 아 낫아주러(낫게 해주려고) 이렇게 가다가 의사가 둘어왔다."

카이, 칙사대접을 하고, 그 뭐 제사 지낸 임석캉(음식하고) 갖다 믹이고 이라는데, 묵으면서 하는 말이,

"그 아무데 거 골짜기 가며는 솔고챙이가 있으이 쫌 뜯어오라."

이라거든. 그리고 오줌을 할매나 누나, 오줌을 누라 캐. 그래 인제 톡톡톡톡 뚜디리가지고 아를 눕히놓고 할딱 뺏기놓고, 그놈을 맑은 오줌에다 담상담상 적사서(적셔서) 딱딱 붙이이, 띠며는 곱아지고 띠면은 곱아지고, 귀신이 핸 일이 되노 그렇더래요.

그 아를 낫아놓고 나이, 돈은 돈대로 주고 잘 묵고. 그 거짓말 점쟁이가 영판 귀신이 씌어주서(씌워 주어서) 아도 낫우고(낫게 하고).

(조사자 : 그 솔부챙이가 솔까지?) 아입니다. (청중 : 저 담배 이파리겉은, 잎은 담배잎겉습니다.) (조사자 : 담배잎같은.) 예. 예. 그런 잎사구 요런데, 냇가 가면 있습니다. (청중 : 옛날에 다 그런 거 붙이쌌다.) 그 옛날에는 약이 없으이 그런 거로 가 했거든요.

해치에게 홀려서 고생한 사람

자료코드 : 04_21_FOT_20100127_PKS_BIS_0001
조사장소 : 부산광역시 강서구 녹산동 성산마을 녹성노인정
조사일시 : 2010.1.27
조 사 자 : 박경수, 정규식, 박지희, 오소현

제 보 자 : 변임순, 여, 73세
구연상황 : 조사자가 예전에 이 지역에서 조사를 할 때는 바다 도깨비 이야기를 들었던
　　　　　적이 있다면서 '해치 이야기' 구연을 유도했다. 그러자 변임순 제보자가 직접
　　　　　경험한 일이라고 하면서 이 이야기를 해주었다.
줄 거 리 : 부부가 고기잡이를 하고 있었다. 저 멀리 이야기 소리가 들려서 사람인가 보
　　　　　다 했는데 알고 봤더니 그것은 해치 배였다.

　우리 영감 할마이 그 바닥에(바다에) 근 이십 몇 년, 이십 한 오 년 근
삼십 년 바닥에 만날 고기 잡으러 간다고 갔는데, 바랄동메 이쪽에 밑쪽
에 요 앞에 여다가, 인자 저 칠월 달에 그 꾸무자(곰장어) 주난 잡는다고
쫙 나가지고. 지금 어데고 하면 저 저 저 녹산 수문터 고 안있는교 우리
막 잡으러 가면 그서 거 밑에꺼정 나아가 이래 올라왔는데, 나아가 올라
서 인자 요 와서러 쪼깨 배에서 쪼깨 눕우자고 인자 물이 나쁘면 배가 엎
히서 안 되거든. 맞장배 돼노이께네.

　그래 인자 일나서 가는데, 그날 딱 물기가 막 차는 기라. 와 날짜를 안
잊었뿟나 하면은 칠월 칠석날이라. 딱 이래가지고 인자 보니께 저 내가
자고 일나서 저 물알로 보이께네, 아 수문터 있는데 거 시퍼런 불이 버쩍
버쩍 이래 쌌는 기라.

　'아 저거 해치 불인데 오늘 지녁에 고요하이 날씨도 운치도 꽉 차이' 이
래 감서 그래가지고 인자 버쩍버쩍 이래 쌌든데 마 그래도 마 암 소리도
안하고, 인자 이래 자꾸 그때는 인자 지금은 불이 있지만 그때만 해도 옛
날되노이께네, 등 그거 그 안에 호롱불 옇어가지고 그래 우리 영감은 노
를 젓고 나는 살살살 이래 가는데, 영판 이바구 소리가 지금 우리 바아(방
에) 앉은 요런 이바구 소리 예 그래도 그거를 무서움을 탔으몬 마 굉장하
지도 안 했을긴데.

　그래 이리이리 자꾸 이리이리 가이께네, '이상하다 사람이 곁에서 이래
있으몬 배가 마주칠 긴데' 아마도 그때는 저 후릿배 막 잡아 땡기는 그거

더러 방빼기 있었거든.

'이상하다 사람이 마주칠 긴데 안 마주친다' 싶어서 그래도 사람이라고 내 잡는 괴기만(고기반) 막 자꾸 막 이래 줄로 삼으면서 간다. 가이께네, 아 수문터 인자 밑에 그 다가 가이께네, 아이구 인자 들으이께네 말이 후이 없어

'아이고 우짜고 이게 뭣이다' 싶어서러 '아 이기 해치다' 싶어서 나중에 자세히 들으이께네, 벌로 들을 때는 이게 사람 소린데, 난중에 들으이께네 말도 [도깨비의 소리를 흉내 내며] '어밀레어벌레' 마 어데예. 말이 후에 없고 이렇대. '아이고 인제 해치는 해친데 큰일났다' 싶어. 지금 겉으몬 뭐 전기불이 좋아서 확 삐촤도(비추어도) 요새같은 것도 없고 그런 것도 없고. 그래가지고 이래 하는데.

아이고 그래가 인제 몇 바쿠를 돌고 인제 이래 다부(도로) 자리 올라와야 되는데, 몇 바쿠 돌고 내려갈 딴에보이 마 물이 무단이 마 파도가 막 쐬- 해가지고 우리 배로 덮칠라고. 마 고요한데 마 물 나불이 마 내 귀에 들리는데 쐬~하는 기라.

'아이고 우짜고 배에 물 덮치겠다' 싶어. 그래고 돌아가지고 마 정신이 바짝, 아 등이 허떡 넘어갈라 카는 기라. 그래 딱 잡았다 아이가. 등이 허떡 딱 잡고 이래가 그때 인자 혼을 빼는 기라.

아이고 그래마 정신이 바짝 해가 '아이고 요게 해치네 해치' 그래 인자 올라와가지고

"해치 소리 아이든교?"

하이께네,

"맞다. 나도 니 놀래까 싶어서."

우리 영감이,

"불이 넘어가는데 니 놀래까 싶어서 말로 못했다."

(청중 : 그때 담배로 한 대 피왔으몬.)

보지 보고 성내는 사람 처음 봤다

자료코드 : 04_21_FOT_20100428_PKS_LNI_0001
조사장소 : 부산광역시 강서구 천가동 8통(천성동 서중마을) 서중할머니경로당
조사일시 : 2010.1.27
조 사 자 : 박경수, 정규식, 정혜란
제 보 자 : 이녹일, 여, 86세
구연상황 : 조사자가 청중들의 이야기를 유도하기 위해 알고 있는 설화 한 편을 이야기
하고는 누가 이야기 값으로 하나 해달라고 하자, 제보자가 이야기를 한 편 하
겠다고 하면서 다음 이야기를 했다.
줄 거 리 : 형과 동생이 들에 일하고 돌아오니, 형수가 속옷 가랑이를 벌리고 누워 자고
있었다. 형이 형수의 볼썽사나운 모습을 보고 화가 나서 야단을 쳤다. 그러자
동생이 "보지 보고 성내는 사람 처음 보았다."고 했다.

형님하고(형님하고) 동생하고 들에 갔다가 오이께네, 저거 형수가 [웃으
며] 턱 속옷 가랭이로(가랑이로) 이래가 누우자고 있거든. 그거로 다 빼놓
고 있거든.

그라카네 저거 형님이 본께네, 저거 형수가 그래 있으이, 얼매나 보골
이(화가, 보골은 허파의 방언) 나겠노 마. 야단을 치이께네, 저거 동생이
하는 말이,

"형님, 보지 보고 성내는 사람 처음 봤다."

카더란다. [일동 웃음] 저거 형님이 보이까 그래 있으이 기가 안 차나
그제. 저거 할마이 이래가 속옷 가랑이 이래가 눕우자고 있으이. 그래가
슬슬 덮어주면서 야단을 치이꺼내, 동생이 그라더란다.

"보지 보고 성내는 사람 처음 봤다."

호랑이가 잠을 자고 간 범여섬

자료코드 : 04_21_FOT_20100203_PKS_LCY_0001

조사장소 : 부산광역시 강서구 천가동 9통(천성동 남중마을) 남중할머니회관
조사일시 : 2010.2.3
조 사 자 : 박경수, 정규식, 박지희, 오소현
제 보 자 : 이차연, 여, 75세
구연상황 : 마을 사람들이 연대봉 산신령을 이야기 하던 중에 갑자기 이 이야기를 꺼냈
다. 남중마을 앞의 작은 섬인 범여섬에 관한 지명유래담이다.
줄 거 리 : 범이 연대산에 들어왔는데, 산신령이 "여기 너가 먹을 건 없다 가거라."라고
말했다. 이때 물러난 범이 하룻밤 섬에서 자고 가게 되었는데, 그곳을 '범여'
라 했다.

그러이꺼네 여게서러 돼지가 헤(헤엄쳐) 나가다가, 그 범여 거 가가 하
룻밤 자고 갔다고. 그거로 범여, 범여라고..

(조사자 : 돼지가 쫓겨가가지고 그거 자고 갔다고예?) 범도 여게 와가지
고 자기 호식을 할 만한 산신령님의 미래 자제 호식할 사람 없이이(없으
니) 나가라 캐가 범이 헤 가다가 섬에 가가지고 하룻밤 자고 갔다고 해서
그 섬을 범여라고 지었어요.

(청중 1 : 범여 있어요.) (청중 2 : 그러니까 범여, 범여 하는갑다.) (조사
자 : 아 범이 여기 와서 산신령님이 잡아무울 때가 없어서.)

우리 연대산에 둘왔거든(들어 왔거든). 범이 둘왔는데, 이곳 산중 도사
님이 한단 말이가,

"니는 여게 니 밥그릇이 없다 니는 가거라."

이래나이 가다가 인자 범여라 카는데 하룻밤 잘때 그때 저 생기고 범
여이 됐기로 범여이라 카지 저게가. 말로 그래 해줘야 말도 듣기가 좋지.
(조사자 : 범영이라 하네.) 예. 섬이 범영입니다.

아이를 업은 형상의 할매바위

자료코드 : 04_21_FOT_20100203_PKS_LCY_0002

조사장소 : 부산광역시 강서구 천가동 9통(천성동 남중마을) 남중할머니회관
조사일시 : 2010.2.3
조 사 자 : 박경수, 정규식, 박지희, 오소현
제 보 자 : 이차연, 여, 75세
구연상황 : 마을 사람들이 범여 이야기 하던 중에 갑자기 아이 업은 돌 이야기를 꺼냈
　　　　　다. 그러자 제보자가 이 이야기를 시작했다.
줄 거 리 : 지금은 없지만, 예전에 갈미섬에 할머니가 손주를 업고 있는 모습의 바위가
　　　　　있었다. 마을에 처음 온 사람은 반드시 그 바위에 가서 절을 해야 재수가 좋
　　　　　다고 한다.

갈미섬에 큰 갈미 가면은 바위가 예, 바위가 할매하고 손주로 업고 있
는 바위가 있는데, 거게 갈미섬에 처음 가는 사람은 반드시 거가 절로 해
야. (조사자 : 아 그 바위가 할매가 손주를 업고 있는.) 업고 있는 바윈데,
[서로 이야기를 하느라 잠시 이야기를 알아들을 수 없음] 거게가 아 업은
바위, 아 업은 데라 카거든요.

　(조사자 : 아이 업은 돌, 아 업은 돌.) (청중 : 저도 처음 가가지고 절했
다.) 아 거 처음 간 사람은 다 절해. 그런데 거 참 좋아요. 마 천연기물인
데 좋는데, 저 그러이게 매미 태풍 때 그거를 누가 그 돌로 딱 띠가 갔어.
(청중 1 : 갔다 하더라. 화해 갔단 말이 있더라.) (조사자 : 아 그 돌이 갔다
고예? 아 그럼 그 돌이 어디 갔을가요? 지가 걸어서.) 아니 인자 누가 돌
로 띠갔다고 말이 있는데, (청중 1 : 큰 갈미에 샘이 앞에 거 큰 바우다.
화해갖고 아 업은 돌도 지금 화해갖고 이랬다 카더라.) (청중 2 : 저 저 매
미 전복돼 기해갖고 바다 밑에 넘어갔다 카더라.) 돌이 없어졌어예.

　(조사자 : 그럼 그 아 업은 돌을 와 사람들이 거 가몬 절을 하고 이래
기도를 하고 이라는데예?) (청중 3 : 거기 가서 절을 해야 재수가 좋아갖
고.) (조사자 : 아, 아를 못밴 사람이 절을 하몬 아를 배고 그런 건 아이고
예, 그냥 바우가 이제 처음 왔으니까 잘봐 주이소.) 예. 인자 처음 할머이
오이꺼네 잘봐 주이소.

비 오는 날의 용오름

자료코드 : 04_21_MPN_20100127_PKS_BIS_0001
조사장소 : 부산광역시 강서구 녹산동 성산마을 녹성노인정
조사일시 : 2010.1.27
조 사 자 : 박경수, 정규식, 박지희, 오소현
제 보 자 : 변임순, 여, 73세
구연상황 : 조사자가 용 이야기를 해달라고 요구하자 제보자가 이 이야기를 했다.
줄 거 리 : 조국 해방된 이후 논산에서 제보자가 실제 겪은 일이다. 제보자는 우물에 물
　　　　　뜨러갔다가 전봇대만한 뱀이 하늘로 올라가는 것을 보았다.

　우리는 봤어예. 논산서 봤어예. 논산서. 저가 일본서 나와가지고, 해방
돼 나와가지고 저기 논산을 갔거든. 논산서 봤어예.

　요런 수문다리가 거 있는데 인자 여름에 저 저 밥을 물라(먹을라) 카면,
옛날에는 냉장고 물이 없은께, 주전자 들고 인자 저저 물 질러(길러) 간다
카이께네, 갑자기 마 구름이 마 금시로 가더마는 마 '뚜뚜뚜뚜' 널찌는데
예, 하늘에서 뭣이 마 끓는 소리가 나는 기라. 보글보글 물 끓는 소리가
나는 기라.

　막 용 올라간다고 과암을(고함을) 지르고 모두 용 봐도 과음을 지르는
데, 저 전봇대만 하데예.

　공중에 떴는데 큰 전봇대만 한데 마 막 뱀이라 마. 이게 보니께네 마
저 올라간다고 과암을 치는데 막 구불데이 쳤는데 저 큰 전봇대만 하데.

　그런데 구름이 밑을 딱 떠받쳐가지고 금ㅡ시 어디로 올라 가뿌는지 금
시 마. 그러는데 우리 엄마도, 우리 엄마도 우리 엄마도 저저 수 밑에 그
래 저 한번 봤다 카대. 근데 내가 용 올라가는 거 봤다 카몬 절대 거짓말

이라 칸다. 누가 거 믿겠습니꺼?

못갈 장가 이야기

자료코드 : 04_21_MPN_20100203_PKS_SJS_0001
조사장소 : 부산광역시 강서구 천가동 9통(천성동 남중마을) 남중할머니회관
조사일시 : 2010.2.3
조 사 자 : 박경수, 정규식, 박지희, 오소현
제 보 자 : 신정순, 여, 89세
구연상황 : 조사가의 며느리 이야기에 대한 구연을 유도하니 신정순 제보자가 이 이야기 시작했다. 서사민요 <못갈 장가 노래>의 중요한 내용을 이야기로 구술한 것이다.
줄 거 리 : 처녀 총각이 궁합도 보지 않고 결혼하기로 했는데 처녀가 먼저 죽고 말았다. 그런데 처녀가 죽었다고 해도 총각은 장가가려던 집에 찾아갔다. 장모가 반갑게 맞으며 잠이나 자고 가라고 했지만 총각은 그냥 돌아가 버렸다.

처이 총각이 시집 갈라꼬. 책력도 보고 인자 그 뭣이고 궁합도 보고 봉채가 나갔는데, 나갔는데 딸이 아파가 죽었거든. 결혼도 안 하고 죽었는데.

근데 인자 자기 여자 친구가 죽어다이꺼네 장개 올 남자 친구가 처갓집을 왔어. 처갓집에 장개도 안 한 처갓집을 왔어. 오니께네, 장모가 하는 말이가,

"사우 사우 내 사우야 완(온) 걸음에 이왕지사 완 걸음에 발치잠이나 자거라."

이러니껜 인자 사우가 하는 말이

"자면 자고 말면 말지 발치잠은 안 잘라."

캄서,

"내 줄라꼬 지은 밥은 성북제나 지내주라."

캄서 그래가 그 사우가 돌아서 갔담니더.

부정을 타서 다시 지낸 연대봉의 제

자료코드 : 04_21_MPN_20100203_PKS_SJS_0002
조사장소 : 부산광역시 강서구 천가동 9통(천성동 남중마을) 남중할머니회관
조사일시 : 2010.2.3
조 사 자 : 박경수, 정규식, 박지희, 오소현
제 보 자 : 신정순, 여, 89세
구연상황 : 조사자가 남중마을의 뒤에 있는 연대봉에 관한 전설을 유도하자 제보자가 이 이야기를 해 주었다.
줄 거 리 : 옛날, 제보자의 시삼촌이 섣달 그믐날 밤 연대봉에 올라가서 제를 지냈다. 한번은 외손녀를 데리고 제를 지내고 내려오는데, 외손녀가 제사 지내던 곳을 설거지하고 뼈를 가져오겠다고 말했다. 외손녀가 설거지를 하고 내려오는데 갑자기 뒤에 무엇이 따라온다고 소리를 쳤다. 시삼촌은 그러자 아무 말도 하지 않고 그녀를 데리고 다시 산에 올라가 제를 지냈다. 그런 다음에는 아무 일이 없었다.

우리 시삼촌이가, 제로 저 연대봉 옛날에는 섣달 그믐날 밤에 산에 올라가서 제 지내거든.

눌로 덕고(데리고) 갔나 쿠모, 야 우에 주영수라고, 저저 국수 저거 우리 상사 아주버이 큰누부 아들로 조카라고, 집안 외손지지. 들고 인자, 그날 그믐날 밤에 제 지내러 올라갔는데.

가가지고 제로 지내고 가몬 그 가서 다 목욕하고, 얼매나 정신을 주야, 목욕하고 제로 채려나놓고. 딱 그 제 지낼 때는 이래 둘이 제일 깨끗한 사람 둘이 가가지고 지내는데 절대 그릇 이런 것도 앗아 주는 것도 말없이 고마 앗아 주고. 이 시장 보러 가몬 마수크 해가지고 그때는. 안달에 갔습니더, 갔는데, 주영수 그 집안 외손녀라고 카클타꼬(깨끗하다고) 이래가지고 덕고 갔는데, 가가지고 제로 인자 지내고 내려오는데 요 배나무골

만치 내려오는데, 가가 하는 하는 말이가, 제 지냄서로 전부 다 인자 설거지 가지고 내리올라꼬 이라는데,

"삐땅구는 우리 돼지를 갖다줄라꼬."

야가 이래 말 하더란다, 주영수가 이라더란다. 그래놓고 설거지 해가지고 내러오는데,

"와이고 할배 내 뒤에 뭐 따라온다."

카이, 외손주이고 집안 외손주가 되노이,

"할배 내 뒤에 뭐 따라 온다."

꼬. 막 아가 막막 막 할배한테 머리를 끌어안고 아가 막 발광을 하더란다.

그래가 할배는, 우리 시삼촌은 암말도 안 하고 이래가지고 가를 다부(도로) 덕고 올라가가지고, 그 자리로 다부 덕고 올라가가지고, 새로 목욕하고 새로 제도 지냈지.

아 거 말도 안 하고. 그래가지고 인자 이래 하는데 그래 하고 내려오이 께네 아무치도 안 하더란다. 그만치 연대봉 산신령이 영험 있다고 그래.

타박네 노래 / 모심기 노래

자료코드 : 04_21_FOS_20100203_PKS_KKA_0001
조사장소 : 부산광역시 강서구 천가동 3통(성북동 선창마을) 선창경로당
조사일시 : 2010.2.3
조 사 자 : 박경수, 정유원
제 보 자 : 강경애, 여, 74세
구연상황 : 조사자는 제보자에게 모심기를 할 때 "타박타박" 하며 부르는 노래가 있지
않느냐고 하며 노래를 유도하자, 제보자가 아는 노래인지 부르기 시작했다.
그러나 한 소절을 부르고는 가사를 기억하지 못해 중단했다. 조사자가 "우리
엄마"라고 사설을 이야기하자 그것을 받아서 조금 더 부르고는 더 이상 부르
지 못하고 말았다.

타박타박 타박머리~ 해다진데 어딜가요
우리엄마 산소등에~ 젖묵으러 내가가요

진도아리랑

자료코드 : 04_21_FOS_20100203_PKS_KSS_0001
조사장소 : 부산광역시 강서구 천가동 10통(대항동 대항마을) 대항경로당
조사일시 : 2010.2.3
조 사 자 : 박경수, 정규식, 박지희, 오소현
제 보 자 : 강순선, 여, 74세
구연상황 : 조사자의 구연 유도에 의해 이 노래를 구연하였다. 청중들과 함께 박수를 치
면서 즐겁게 노래를 불렀다.

동경이 얼마나 좋아
꽃같은 나를두고 연락선 타느냐

아리아리랑 스리스리랑 아라리가 났네

아리랑 음음음 아라리가 났네

모심기 노래(1)

자료코드 : 04_21_FOS_20100127_PKS_KCS_0001
조사장소 : 부산광역시 강서구 녹산동 본녹산마을 녹산노인정
조사일시 : 2010.1.27
조 사 자 : 박경수, 정규식, 박지희, 오소현
제 보 자 : 권차순, 여, 79세
구연상황 : 조사자가 <모심기 노래>를 불러 달라고 하자 권차순 할머니가 다른 할머니
께 노래를 생각해 보라고 하고는 자신이 이 노래를 불러 주었다.

모야모야 노랑모야 니운제커서 열매열래

이달크고 저달크고 칠팔월에 열매열래

삼삼기 노래

자료코드 : 04_21_FOS_20100127_PKS_KCS_0002
조사장소 : 부산광역시 강서구 녹산동 본녹산마을 녹산노인정
조사일시 : 2010.1.27
조 사 자 : 박경수, 정규식, 박지희, 오소현
제 보 자 : 권차순, 여, 79세
구연상황 : 조사자가 예전에 베 짤 때 불렀던 노래를 구연해 달라고 하자 제보자가 이
노래를 구연해 주었다.

이삼삼아 옷해입고

무추사에 올고사리

밤이슬맞아 춤을추네

모심기 노래(2)

자료코드 : 04_21_FOS_20100127_PKS_KCS_0003
조사장소 : 부산광역시 강서구 녹산동 본녹산마을 녹산노인정
조사일시 : 2010.1.27
조 사 자 : 박경수, 정규식, 박지희, 오소현
제 보 자 : 권차순, 여, 79세
구연상황 : 다른 제보자들의 <모심기 노래> 구연이 이어지자 제보자도 이 노래를 구연
　　　　　해 주었다.

낭창낭창 배로(벼랑)끝에 무정하다 울오랍아

나도죽어 남자되어 처자곤석을(권속을) 심길라네(섬길라네)

양산도

자료코드 : 04_21_FOS_20100127_PKS_KCS_0004
조사장소 : 부산광역시 강서구 녹산동 본녹산마을 녹산노인정
조사일시 : 2010.1.27
조 사 자 : 박경수, 정규식, 박지희, 오소현
제 보 자 : 권차순, 여, 79세
구연상황 : 조사자가 <창부타령>, <청춘가> 등도 구연해 달라고 하자 제보자가 이 노
　　　　　래를 불렀다. 구연 도중 청중이 웃자 웃지 말라고 하면서 계속 구연하였다.

니가죽고 내가살면 열녀가 되~나~

한강수 깊은물에 풍빠져 죽고

어헤이요오~

내가잘나 니가잘나 그누구가 잘~나~

은전지와 부리백전 지잘나~

니언제 커서러 내낭군될래

야야처녀야 그말을 말아라

이삼년만 더크면은 내낭군된다

보리타작 노래 / 옹혜야

자료코드 : 04_21_FOS_20100127_PKS_KCS_0005
조사장소 : 부산광역시 강서구 녹산동 본녹산마을 녹산노인정
조사일시 : 2010.1.27
조 사 자 : 박경수, 정규식, 박지희, 오소현
제 보 자 : 권차순, 여, 79세
구연상황 : 노래판의 분위기가 즐겁게 무르익자 권차순 제보자가 이 노래를 불렀다. 제보
자의 자발적 구연으로 이루어졌다. 노래는 보리타작을 할 때 부르는 <옹혜
야>이지만 제보자는 이 노래를 외설적인 가사로 불렀다.

옹혜야
형수씨도 내손만 바래고
지수씨도 내손만 바래고
아부지는 낫보리 썰고(신고)
어머니는 보리싹 줍고
형님은 보릿대 지러가고
어쩔시고 옹혜야
어쩔시고 옹혜야

가덕팔경가

자료코드 : 04_21_FOS_20100428_PKS_KKI_0001
조사장소 : 부산광역시 강서구 천가동 8통(천성동 서중마을) 김기일 자택
조사일시 : 2010.4.28
조 사 자 : 박경수, 정규식, 정혜란

제 보 자 : 김기일, 남, 82세

구연상황 : 조사자가 서중할머니경로당에서 민요 조사를 잘 했다고 하면서 조사자에게 옛날이야기를 듣고 싶다고 말했다. 그러자 제보자는 그곳에서 가덕팔경가를 하더냐고 물어보았다. 조사자가 그 노래를 들었다고 하면서도 제보자의 노래도 들어보고 싶다고 하자 조사자에게 들려주려고 준비를 했는지 바로 다음 노래를 불렀다.

에~ 가덕도 연대봉은 섬안에 조종산이오

천성갑 천수대-는~ 도중에(섬중에) 맹승지라(명승지라)

에헤야 좋구나 좋다 기화자 좋구나 좋네

맹선에(명산(名山)에) 가덕섬은~ 자-랑이로구나

에~ 새바지3) 개월떼고 해마다 풍년이고

동두말 등댓-불은 뱃길을 가르-킨다

에헤-

(조사자 : 내나 그러 에헤야구먼.)

에~ 새바지 하포장은4) 전선에 유맹하고(유명하고)

눌차리 석가-맛은(석화맛은)~ 세계에 미명이라

에~ 삼신도 늘어져서 거제를 이원하고

갈미봉 해안-에는~ 생복이 생산일세

에헤야 좋구나 좋다 기화자 좋구나 좋네

맹선에 가덕섬은~ 자-랑이로-구나

---

3) 대항동에 속한 자연마을인 새바지 갯마을을 말한다.

4) 하포장은 새바지에서 고개를 넘어가면 나오는 포구인 외양포를 일컫는 것으로 보인다.

모심기 노래(1)

자료코드 : 04_21_FOS_20100127_PKS_KDL_0001
조사장소 : 부산광역시 강서구 녹산동 본녹산마을 녹산노인정
조사일시 : 2010.1.27
조 사 자 : 박경수, 정규식, 박지희, 오소현
제 보 자 : 김동림, 여, 79세
구연상황 : 조사자의 구연 유도에 의해 다른 청중들이 <모심기 노래>를 구연하자 김동
림 제보자도 이 노래를 구연하였다. 구연 도중 가사를 정확히 기억하지 못해
잠시 쉬었다가 재차 구연하였다.

(땀북)[5]땀북 밀수지비 사우야상에 다오르네
할마년은 어데로가고

뭐라 카노? 잊아뿠다.

우리할멈은 어디가고

모심기 노래(2)

자료코드 : 04_21_FOS_20100127_PKS_KDL_0002
조사장소 : 부산광역시 강서구 녹산동 본녹산마을 녹산노인정
조사일시 : 2010.1.27
조 사 자 : 박경수, 정규식, 박지희, 오소현
제 보 자 : 김동림, 여, 79세
구연상황 : 조사자의 구연 유도로 앞의 노래에 이어 구연해 주었다.

우리야부모 산소등에 솔을심어서 영화로다

(청중 : 2절이다 지랄.)

---

5) 녹음되지 않은 부분임.

서마지기 이논빼미 모를심어서 영화로세

청춘가(1)

자료코드 : 04_21_FOS_20100127_PKS_KDL_0003
조사장소 : 부산광역시 강서구 녹산동 본녹산마을 녹산노인정
조사일시 : 2010.1.27
조 사 자 : 박경수, 정규식, 박지희, 오소현
제 보 자 : 김동림, 여, 79세
구연상황 : 조사자의 구연 유도로 부른 것이다.

　　　이팔 청춘에~ 소연아(소년의) 몸되어~
　　　무명의 학문을~ 닦으라 봅시다~

청춘가(2)

자료코드 : 04_21_FOS_20100127_PKS_KDL_0004
조사장소 : 부산광역시 강서구 녹산동 본녹산마을 녹산노인정
조사일시 : 2010.1.27
조 사 자 : 박경수, 정규식, 박지희, 오소현
제 보 자 : 김동림, 여, 79세
구연상황 : 조사자가 <청춘가> 한 곡을 더 해 달라고 하자 이 노래를 불러 주었다.

　　　청천 하늘에~ 잔별도 많고요~
　　　우리네 살림살이~ 말도나 많구나~

베짜기 노래

자료코드 : 04_21_FOS_20100127_PKS_KDL_0005
조사장소 : 부산광역시 강서구 녹산동 본녹산마을 녹산노인정
조사일시 : 2010.1.27
조 사 자 : 박경수, 정규식, 박지희, 오소현
제 보 자 : 김동림, 여, 79세
구연상황 : 조사자가 예전에 베 짤 때 부르던 노래를 불러 달라고 하자 이 노래를 구연
해 주었다.

베틀에 수심만 지노라

낮에짜면 일광단이요

밤에짜면 월광단이라

일광단월광단 다짜놓고

서방님의 와이샤스나 지어나볼까

쌍가락지 노래(1)

자료코드 : 04_21_FOS_20100127_PKS_KDL_0006
조사장소 : 부산광역시 강서구 녹산동 본녹산마을 녹산노인정
조사일시 : 2010.1.27
조 사 자 : 박경수, 정규식, 박지희, 오소현
제 보 자 : 김동림, 여, 79세
구연상황 : 조사자의 구연 유도에 의해 구연하였으나, 셋째 행부터 다른 노래의 사설을
이어서 불렀다. 청중들은 조용히 경청하였다.

쌍금쌍금 쌍가락지

호작질로 닦아내어

양친부모 모시다가

천년만년 살고지라

수숫개야 수만개야
만리팽풍(만리병풍) 울오랍아

아리랑

자료코드 : 04_21_FOS_20100127_PKS_KDL_0007
조사장소 : 부산광역시 강서구 녹산동 본녹산마을 녹산노인정
조사일시 : 2010.1.27
조 사 자 : 박경수, 정규식, 박지희, 오소현
제 보 자 : 김동림, 여, 79세
구연상황 : 조사자의 구연 유도로 구연하였다. 조사자가 <아리랑>이나 <도라지 타령>
을 불러 달라고 하자 이 노래를 구연하였다.

아리랑 아리랑 아라리요
아리랑 고개로 넘어간다
나를 버리고 가시는님은
십리도 못가서 발병난다

진도아리랑

자료코드 : 04_21_FOS_20100127_PKS_KDL_0008
조사장소 : 부산광역시 강서구 녹산동 본녹산마을 녹산노인정
조사일시 : 2010.1.27
조 사 자 : 박경수, 정규식, 박지희, 오소현
제 보 자 : 김동림, 여, 79세
구연상황 : 앞의 <아리랑>을 구연하고 난 뒤 이어서 <진도아리랑>의 곡조로 바꾸어 다
시 구연하였다.

아리아리랑 쓰리쓰리랑 아라리가 났네

아리랑 고개로 날넘기주소

나를 버리고 가시는님은

십리도 못가서 발병난다

　아리아리랑 쓰리쓰리랑 아라리가낫네

　아리랑 고개로 날넘기주소

노랫가락(1)

자료코드 : 04_21_FOS_20100127_PKS_KDL_0009

조사장소 : 부산광역시 강서구 녹산동 본녹산마을 녹산노인정

조사일시 : 2010.1.27

조 사 자 : 박경수, 정규식, 박지희, 오소현

제 보 자 : 김동림, 여, 79세

구연상황 : 구연자가 자발적으로 이 노래를 구연해 주었다. 가사의 내용을 정확히 파악
하기 어려웠다.

에~헤

달아 뚜렷한달아 임의사창에 비친달아

님홀로 계시나더냐 어떤부랑자 품어나더냐

냇물아 부아나도다　님의에게로 사상절단

에~헤

노랫가락(2)

자료코드 : 04_21_FOS_20100127_PKS_KDL_0010

조사장소 : 부산광역시 강서구 녹산동 본녹산마을 녹산노인정

조사일시 : 2010.1.27

조 사 자 : 박경수, 정규식, 박지희, 오소현

제 보 자 : 김동림, 여, 79세
구연상황 : 앞의 <노랫가락>에 이어 제보자가 자발적으로 구연하였다.

에~헤
꽃같이 고우난님은 열매같이도 맺아놓고
가지가지 받았던정은 뿌리같이도 깊이들어
그낳게 열매가열어

쌍가락지 노래(2)

자료코드 : 04_21_FOS_20100127_PKS_KDL_0012
조사장소 : 부산광역시 강서구 녹산동 본녹산마을 녹산노인정
조사일시 : 2010.1.27
조 사 자 : 박경수, 정규식, 박지희, 오소현
제 보 자 : 김동림, 여, 79세
구연상황 : 제보자는 앞에서 부른 <쌍가락지 노래>를 제대로 부르지 못했다고 생각했는
지, 갑자기 생각나는 노래 가사를 부르기 시작했다.

그처자 자는방에
숨소리가 둘일래라
홍돌박시 오랍시요
거짓말씀 말아주소
남풍이 들이부니
풍지떠는 소리래라

수숫개야 수만개야
만리팽풍 울아배야
임에일성 가시거든
앞산에도 묻지말고

뒷산에도 묻지말고

연대밭밑에 묻어주소

연대꽃이 피시거든

날마내께 돌아보고

눈물한쌍 지이주소

모심기 노래

자료코드 : 04_21_FOS_20100128_PKS_KSD_0001
조사장소 : 부산광역시 강서구 명지동 사취등마을 사취등노인정
조사일시 : 2010.1.28
조 사 자 : 박경수, 정규식, 박지희, 오소현
제 보 자 : 김두리, 여, 78세
구연상황 : 제보자는 화투를 치면서 구연을 해 주었다. 앞에서 메기는 소리만 하고 받는
소리는 하지 못했다.

물끼는청청 헐어놓고 주인양반은 어데갔노

모심기 노래(1)

자료코드 : 04_21_FOS_20100127_PKS_KDY_0001
조사장소 : 부산광역시 강서구 녹산동 본녹산마을 녹산노인정
조사일시 : 2010.1.27
조 사 자 : 박경수, 정규식, 박지희, 오소현
제 보 자 : 김두임, 여, 81세
구연상황 : 조사자의 구연 유도에 의해 이 노래를 구연하였다. 구연 도중 받는 소리에
대한 설명을 하면서 제보자가 직접 받는 소리까지 하면서 구연하였다.

서마지기 논빼미가 모를숨가서6) 영화로다

받는 거는 또 이라거든.

우리야부모님 산소등에 솔을숨가서 영화로다

팔모야 깎아서

자료코드 : 04_21_FOS_20100127_PKS_KDY_0002
조사장소 : 부산광역시 강서구 녹산동 본녹산마을 녹산노인정
조사일시 : 2010.1.27
조 사 자 : 박경수, 정규식, 박지희, 오소현
제 보 자 : 김두임, 여, 81세
구연상황 : 조자사가 <노랫가락>, <창부타령>, <청춘가> 등을 불러 달라고 하자 김두
임 제보자가 이 노래를 불러 주었다.

팔모야 깎아서 유리잔에
나오가 앉아서 잔질하네

뽕 따는 노래

자료코드 : 04_21_FOS_20100127_PKS_KDY_0003
조사장소 : 부산광역시 강서구 녹산동 본녹산마을 녹산노인정
조사일시 : 2010.1.27
조 사 자 : 박경수, 정규식, 박지희, 오소현
제 보 자 : 김두임, 여, 81세
구연상황 : 제보자가 자발적 이 노래를 구연하였다. 이 노래는 <모심기 노래>로 부르기
도 한다.

머리도좋고 실한처녀 줄뽕낭게 들앉았네

---

6) '모를 심어서'의 의미인 듯.

줄뽕날뽕 내따주면 백년은혜를 맺고살래

강원도 아리랑

자료코드 : 04_21_FOS_20100127_PKS_KDY_0004
조사장소 : 부산광역시 강서구 녹산동 본녹산마을 녹산노인정
조사일시 : 2010.1.27
조 사 자 : 박경수, 정규식, 박지희, 오소현
제 보 자 : 김두임, 여, 81세
구연상황 : 조사자의 구연 유도로 구연하였다. 노래는 <정선아리랑> 곡조로 부른 것이다.

　　아리아리 쓰리쓰리 아라리요
　　아리아리 고개를 넘어간다
　　청춘은 뜬구름 비실로가고
　　아까온 뜬배는 임실로간다
　　　아리아리 쓰리쓰리 아라리오
　　　아리아리 고개를 넘어간다

밀양아리랑

자료코드 : 04_21_FOS_20100127_PKS_KDY_0005
조사장소 : 부산광역시 강서구 녹산동 본녹산마을 녹산노인정
조사일시 : 2010.1.27
조 사 자 : 박경수, 정규식, 박지희, 오소현
제 보 자 : 김두임, 여, 81세
구연상황 : 조사자의 구연 유도로 구연하였다.

　　니가죽고 내가살면 열녀가 되~나
　　한강수 깊은물에 폭빠져 죽ー지

모심기 노래(2)

자료코드 : 04_21_FOS_20100127_PKS_KDY_0006
조사장소 : 부산광역시 강서구 녹산동 본녹산마을 녹산노인정
조사일시 : 2010.1.27
조 사 자 : 박경수, 정규식, 박지희, 오소현
제 보 자 : 김두임, 여, 81세
구연상황 : 조사자의 구연 유도로 제보자가 부른 것이다.

　　동해동산 돋은해는 서에서산에 마주치고
　　우리도얼른 집에가서 울언니캉(우리 언니와) 마주설래

염불가

자료코드 : 04_21_FOS_20100127_PKS_KDY_0007
조사장소 : 부산광역시 강서구 녹산동 본녹산마을 녹산노인정
조사일시 : 2010.1.27
조 사 자 : 박경수, 정규식, 박지희, 오소현
제 보 자 : 김두임, 여, 81세
구연상황 : 다른 노래를 다 구연하고 불경 노래를 해 보겠다고 하면서 이 노래를 구연
　　　　　 하였다.

　　정구압 진언은
　　수리수리 마수리
　　수수리 사바하
　　오방래 안지시진은
　　나무삼만다 보타나
　　옴도로도로지미 사바하
　　나무삼만다 보타나
　　옴도로도로지미 사바하

애경계 무삼심심민모범

백천만금 만조

아금문경 덕수지

원애열애지신은 개법장지름

옴아라나 아라바

옴아라나 아라바

옴아라나 아라바

임 그리는 노래

자료코드 : 04_21_FOS_20100203_PKS_KMB_0001

조사장소 : 부산광역시 강서구 천가동 3통(성북동 선창마을) 선창경로당

조사일시 : 2010.2.3

조 사 자 : 박경수, 정유원

제 보 자 : 김말분, 여, 80세

구연상황 : 조사자가 제보자에게 옛날 노래를 한 번 해보라고 권유하자 다음 노래를 했
다. 노래를 다 듣고 조사자가 이것이 무슨 노래인지 묻자, 제보자가 이 노래
에 대한 설명을 붙였다. 과부가 예쁜 동정과 고름을 달아 비단옷을 만들어 놓
고 아침 서리를 맞춰 다리미로 잘 다려서 입자고 하니 몸의 때가 묻고 개어
놓자니 주름이 진다고 하며, 님을 아무리 기다려도 오지 않아서 부르는 노래
라고 했다. 청중들은 조용히 제보자의 노래를 들었다. 노래를 다 듣고는 잘
부른다며 모두 감탄을 했다.

서울에서 내린비단 금값에 샀더니야

조생교 바느질에 일만군 짓을달아

동해꽃을 동정을 달고 비단고름 설피달아

아척서리 사뜩맞춰 언대리이 뺨을맞차[7]

---

7) 아침 서리를 잔뜩 맞추어 언다리미로 뺨을 맞추어.

입자하니 몸베모속 개자하니 살이져요[8]

핫베맞차 걸어놓고 가니라 임이오나

임은 아무데도 못오신가

아기 어르는 노래 / 은자동아 금자동아

자료코드 : 04_21_FOS_20100203_PKS_KMB_0002
조사장소 : 부산광역시 강서구 천가동 3통(성북동 선창마을) 선창경로당
조사일시 : 2010.2.3
조 사 자 : 박경수, 정유원
제 보 자 : 김말분, 여, 80세
구연상황 : 조사자가 애기를 어르거나 재우는 노래를 불러 달라고 하자, 제보자는 옛날
에 그런 노래를 불렀지만 지금은 손자도 없어서 안 부른다고 했다. 그리고 나
이가 들어 다 잊어버리고 모른다고 했다. 조사자가 배게를 건네주며 아기라고
생각하고 흔들면서 한 번 불러보라고 거듭 요청하자 마지못해 다음 노래를
불렀다. 청중들이 박수를 치며 박자를 맞추어주면서 흥을 돋우었다.

은자동아 금자동아

만첩청산에 보배동아

은을준들 너를사나

금을준들 너를사나

어화둥둥 내사랑아

천지끝에는 싸래기요

옹고전(옹기전)에는 마내기요

어아둥둥 내사랑아

---

8) 입자 하니 몸 때 묻고 개자 하니 살, 즉 주름이 져요

아기 재우는 노래 / 자장가

자료코드 : 04_21_FOS_20100203_PKS_KMB_0003
조사장소 : 부산광역시 강서구 천가동 3통(성북동 선창마을) 선창경로당
조사일시 : 2010.2.3
조 사 자 : 박경수, 정유원
제 보 자 : 김말분, 여, 80세
구연상황 : 제보자가 애기 어르는 노래를 부른 다음, 조사자가 애기 재우는 자장가도 불러 보라고 권유했다. 그러자 다음 자장가를 애기를 재우는 시늉을 하며 불렀는데, 노래를 부르다 기억이 잘 나지 않는다고 하며 중단하고 말았다.

　　자장자장 우리아기 잘도잔다
　　자장자장 우리애기 잘도잔다
　　수숫개야 수만개야
　　빨리팽풍 울아베야

　　또 와 그것도 생각이 안 나노?

아리랑(1)

자료코드 : 04_21_FOS_20100203_PKS_KMB_0004
조사장소 : 부산광역시 강서구 천가동 3통(성북동 선창마을) 선창경로당
조사일시 : 2010.2.3
조 사 자 : 박경수, 정유원
제보자 1 : 김말분, 여, 80세
제보자 2 : 강경애, 여, 74세
구연상황 : 조사자가 여기서 아리랑은 어떻게 부르느냐고 하자 김말분 제보자가 다음 아리랑을 불렀다. 김말분 제보자가 한 곡을 부르고 잠시 멈춘 사이 강경애 제보자가 다음 노래를 이어서 불렀다. 아리랑 후렴은 두 사람이 같이 불렀다.

제보자 1 아−리랑~ 아−리랑 아라리요~

아리랑 고개로 넘-어간다

나를 버리고 가시는님은~

십리도 못가서 발뱅이난다

　아-리랑~ 아-리랑 아라리요~

　아리랑 고개고개로 넘-어간다

제보자 2 아리랑 고개는 열두나 고개

　우러님 고개는 당고개요

　　아-리랑~ 아-리랑 아라리요~

　　아리랑 고개를 넘-어간다

아리랑(2)

자료코드 : 04_21_FOS_20100203_PKS_KMB_0005
조사장소 : 부산광역시 강서구 천가동 3통(성북동 선창마을) 선창경로당
조사일시 : 2010.2.3
조 사 자 : 박경수, 정유원
제 보 자 : 김말분, 여, 80세
구연상황 : 제보자는 앞의 아리랑을 부르고 다음 아리랑이 또 생각났는지 불렀다. 노래
　　　　 는 본조아리랑으로 불렀으나 사설과 여음을 보면 밀양아리랑이 습합되어 있
　　　　 는 형태를 보여준다.

　아리아리랑 쓰리쓰리랑 아-라-리요~

　아리랑 고개고개로 넘어간다

　니-가 잘나서 천하일색이냐~

　내눈에 어두워서 환장이로다~

가덕도 노래

자료코드 : 04_21_FOS_20100203_PKS_KMO_0001
조사장소 : 부산광역시 강서구 천가동 1통(동선동 동선마을) 동선마을회관
조사일시 : 2010.2.3
조 사 자 : 박경수, 정유원
제 보 자 : 김명옥, 여, 81세
구연상황 : 제보자는 가덕섬 노래를 한다고 하며 다음 노래를 불렀다. 창부타령 곡조에
따라 노래를 가창했다.

섬아섬아~ 가덕섬아 잿통같이도 잠긴섬아

쇠통이나 잠겼으몬 열고닫고 하실낀데

섬중에 같이가요 요도보동에 없구~나

얼씨구씨구씨구~ 기화자 좋네~ 아니아니 놀고서 못하리라

청춘가

자료코드 : 04_21_FOS_20100203_PKS_KMO_0002
조사장소 : 부산광역시 강서구 천가동 1통(동선동 동선마을) 동선마을회관
조사일시 : 2010.2.3
조 사 자 : 박경수, 정유원
제 보 자 : 김명옥, 여, 81세
구연상황 : 제보자는 앞의 노래를 창부타령 곡으로 부른 후, 다음 백발가도 자진하여 같
은 곡조로 불렀다.

새끼야 백발을~ 쓸고지(쓸 곳이) 있어도~오

사람의 백발은~ 쓸곳이 없노라~

놉시더 놉시더~이요 저절만9) 놉시더~

늙고 뱅이드니~ 못노리나 되노라~

---

9) "젊어서만"의 뜻으로 부른 듯함.

시절 한탄가

자료코드 : 04_21_FOS_20100203_PKS_KMO_0003

조사장소 : 부산광역시 강서구 천가동 1통(동선동 동선마을) 동선마을회관

조사일시 : 2010.2.3

조 사 자 : 박경수, 정유원

제 보 자 : 김명옥, 여, 81세

구연상황 : 제보자는 창부타령 곡조로 가덕섬 노래를 한 후에 다음 노래가 생각났는지
계속 창부타령 곡조로 노래를 불렀다. 세월의 무상함을 노래한 시절 한탄가라
할 수 있다. 제보자는 사설을 잘 기억할 뿐만 아니라 목청도 좋았다.

저건니- 접산이요~ 하도 맹산인가~

오동지 섣달에~에 함박꽃 피노라~

우리부모- 나설적에 죽신나물을(죽순나물을) 여나드니

그죽신이 왕대되여 왕대끝에 학이앉아

학은점점- 젊어나가고 나의부모는 다늙었네

명사십리- 해동화야 꽃진다잎진다 설워마라

맹년삼월~ 춘삼월에 꽃도피-고 잎도피고

때찾고- 철을찾아 만풀잎-이 다피는데

한번갔-던 우리중생 철찾을줄을 모르더라

얼씨구씨구 지화자 좋다~ 아니놀고~ 못하리라

모찌기 노래 / 모심기 노래(1)

자료코드 : 04_21_FOS_20100203_PKS_KMO_0004

조사장소 : 부산광역시 강서구 천가동 1통(동선동 동선마을) 동선마을회관

조사일시 : 2010.2.3

조 사 자 : 박경수, 정유원

제 보 자 : 김명옥, 여, 81세

구연상황 : 조사자가 모찌기 노래부터 모심기 노래까지 해보자고 하면서 노래를 유도했
다. 그러자 제보자가 먼저 모찌기 노래의 앞소리를 불렀다. 앞소리에 맞게 뒷
소리를 넣지 않고 바로 모심기 노래의 저녁소리를 불렀다. 청중들도 모두 아
는 노래여서 그런지 따라서 불렀다. 그런데 모를 심고 일어서면서 부르는
"이~후후후~" 여음을 제보자가 스스로 넣기도 했다.

04_21_FOS_20100203_PKS_KMO_0004_s01 〈모찌기 노래〉

한-강-수라~ 모-를-부-여~ 모찌내기도 난감-하네~ 이~후후후~

04_21_FOS_20100203_PKS_KMO_0004_s02 〈모심기 노래〉

해다-졌네~ 해-다-졌네~ 저산넘에서 해다-졌네~ 이~후후후~
방긋방긋 웃는애기~ 못다보고서 해다졌네~

04_21_FOS_20100203_PKS_KMO_0004_s03 〈모찌기 노래〉

놀리라~ 놀리라~ 호미손-으로 놀리라~
놀린다고~ 놀리도~ 주인네논에는 아니드-네~ 이~후후후~

모심기 노래(2)

자료코드 : 04_21_FOS_20100203_PKS_KMO_0005
조사장소 : 부산광역시 강서구 천가동 1통(동선동 동선마을) 동선마을회관
조사일시 : 2010.2.3
조 사 자 : 박경수, 정유원
제 보 자 : 김명옥, 여, 81세
구연상황 : 제보자는 먼저 부른 모심기 노래에 이어 다음 노래가 생각났는지 자진하여
노래를 불렀다. 청중들도 모두 아는 노래여서 그런지 제보자의 노래를 따라서
불렀다. "이논떼기"를 부를 때는 다른 청중들은 "이논빼미"라고 불렀다.

서-마-지-기~ 이-논-떼-기~ 반달같~이도 내려가네~
니가~무슨 반-달-이-냐~ 초승달이가 반달-이지~

모심기 노래(3)

자료코드 : 04_21_FOS_20100203_PKS_KMO_0006
조사장소 : 부산광역시 강서구 천가동 1통(동선동 동선마을) 동선마을회관
조사일시 : 2010.2.3
조 사 자 : 박경수, 정유원
제 보 자 : 김명옥, 여, 81세
구연상황 : 제보자는 계속 모심기 노래를 불렀다. 다음 <첩 노래>도 앞의 노래에 이어
　　　　　서 바로 생각해내고는 자진하여 부른 것이다.

　　　등-넘-에다 첩을두고~ 첩의야-집에도 놀러갔-네~

　　　그첩~은~은 무슨-첩-고~ 밤에가고도 낮에가-노~

　　　밤에~가-면 자-러가-고~ 낮에가-는거 놀러가-네 이-후후후~

노랫가락(1) / 그네 노래

자료코드 : 04_21_FOS_20100203_PKS_KMO_0007
조사장소 : 부산광역시 강서구 천가동 1통(동선동 동선마을) 동선마을회관
조사일시 : 2010.2.3
조 사 자 : 박경수, 정유원
제 보 자 : 김명옥, 여, 81세
구연상황 : 조사자가 모심기 노래를 그만 부르고, 노래판의 흥을 돋우기 위해 노랫가락
　　　　　이나 창부타령 등을 불러도 좋다고 하자, 제보자가 다음 노랫가락을 불렀다.

　　　수천당- 세모연당에~ 오색당사실 그네를매-자~

　　　임이타면 내가나밀고~ 니가타면은 임이민다-

　　　그님아 줄매지마라~ 줄떨어지-면은 정떨어진-다

노랫가락(2) / 나비 노래

자료코드 : 04_21_FOS_20100203_PKS_KMO_0008

조사장소 : 부산광역시 강서구 천가동 1통(동선동 동선마을) 동선마을회관

조사일시 : 2010.2.3

조 사 자 : 박경수, 정유원

제 보 자 : 김명옥, 여, 81세

구연상황 : 제보자는 앞의 <그네 노래>를 노랫가락으로 부른 후, 계속 노랫가락으로 다음 노래를 불렀다.

　　　나-비야 청산을가자 호랑나비야 단둘이가~자-

　　　가다가 저무나거든10) 꽃밭속으리 잠자고가자

　　　꽃에서 피배여하거든11) 잎에서라도 지치하자12)

백구타령

자료코드 : 04_21_FOS_20100203_PKS_KMO_0009

조사장소 : 부산광역시 강서구 천가동 1통(동선동 동선마을) 동선마을회관

조사일시 : 2010.2.3

조 사 자 : 박경수, 정유원

제 보 자 : 김명옥, 여, 81세

구연상황 : 제보자는 다시 창부타령 곡조로 백구타령을 불렀다. 조사자와 청중이 박수를 치며 박자를 맞추어 주었다.

　　　아니~ 아~니 노지를 못하리라

　　　아니- 소지를 못하리라

　　　백구야~ 백구야 날지를 마라

---

12) 저물거든.

13) 꽃밭 속으로.

14) 흔히 "푸대접하거든"으로 부르는 사설을 이렇게 불렀다.

15) "자고 가자"의 뜻으로 보임.

너를 잡으러 여기왔다

청-산-이 하도밝아 너를쫒아 내안가네

나물묵고 물을마시고 폴을베고(팔을 베고) 누웠으니

대장부- 살림살이가 이만하면 만족하지

양산도

자료코드 : 04_21_FOS_20100203_PKS_KMO_0010
조사장소 : 부산광역시 강서구 천가동 1통(동선동 동선마을) 동선마을회관
조사일시 : 2010.2.3
조 사 자 : 박경수, 정유원
제 보 자 : 김명옥, 여, 81세
구연상황 : 조사자가 양산도를 한번 해보라고 하자, 제보자는 바로 생각이 났는지 다음
노래를 불렀다. 제보자는 점점 흥을 내어 노래를 했다.

이헤~두-여~

가는님~ 허리를 아더담상 안~고~

죽이라 살리라 사상결단이~라~

에야라 놓-여라 당기 두여라 아니 못노리~라~

열놈이 잡아땡기도 나는 놀아-보~자~

에야라~ 나여라 떵기 디여라 당기 두여라 아니 못노리~라~

어늘놈이 내잡아땡기도 나는 놀아-보~자~

에에~이~요~

양산읍내 물레방아 물을안고 도올~고~

시계선창 큰아기 나를안고- 돈~다~

에야라~ 나여라 그리도 못노리~라~

총각댕기가 속쓸려바지도 나는 놀아-보~자~

모심기 노래(4)

자료코드 : 04_21_FOS_20100203_PKS_KMO_0011
조사장소 : 부산광역시 강서구 천가동 1통(동선동 동선마을) 동선마을회관
조사일시 : 2010.2.3
조 사 자 : 박경수, 정유원
제 보 자 : 김명옥, 여, 81세
구연상황 : 조사자는 이제 마지막으로 '둥지 소리'를 하나만 더 듣고 마치자고 하면서
　　　　　 제보자를 부추겼다. 제보자가 마지막이라며 부른 노래이다.

　　　땀-북~땀-북~ 밀-수-제-비~ 사우야상에도 다올랐네~
　　　할망-년은 어-데-가-고~ 딸을동자로 심었던고~

모심기 노래

자료코드 : 04_21_FOS_20100203_PKS_KBY_0001
조사장소 : 부산광역시 강서구 천가동 7통(천성동 두문마을) 두문마을회관
조사일시 : 2010.2.3
조 사 자 : 박경수, 정규식, 박지희, 오소현
제 보 자 : 김복연, 여, 76세
구연상황 : 조사자가 <모심기 노래>를 구연해 달라고 하자 이 노래를 구연해 주었다.
　　　　　 예전에는 잘 불렀는데 지금은 잘 못한다고 하면서 수줍게 노래를 불렀다.

　　　서마지기 이논배미 반달같이도 넘어가네
　　　니가무슨 반달이냐 초승달이 반달이지

　　　해다지고 저문날에 일로행상이 지나가네

　　　오늘낮에 점슴반찬 무슨자반이 올랐는고
　　　전라도라 고성청어 두룸두룸이 올랐구나

잠자리 잡는 노래

자료코드 : 04_21_FOS_20100203_PKS_KBY_0002
조사장소 : 부산광역시 강서구 천가동 7통(천성동 두문마을) 두문마을회관
조사일시 : 2010.2.3
조 사 자 : 박경수, 정규식, 박지희, 오소현
제 보 자 : 김복연, 여, 76세
구연상황 : 조사자가 어릴 적 잠자리를 잡을 때 불렀던 노래를 해달라고 하자 이 노래
　　　　　를 불렀다.

　　잘래비 꽁꽁
　　앉은자리 앉아라
　　먼데가면 붙는다

창부타령

자료코드 : 04_21_FOS_20100203_PKS_KBY_0003
조사장소 : 부산광역시 강서구 천가동 7통(천성동 두문마을) 두문마을회관
조사일시 : 2010.2.3
조 사 자 : 박경수, 정규식, 박지희, 오소현
제 보 자 : 김복연, 여, 76세
구연상황 : 조사자가 <청춘가>를 한 곡 해달라고 하자 제보자가 창부타령 곡조로 이 노
　　　　　래를 구연하였다. 박수를 치면서 흥겹게 불러 주었다.

　　꽃아꽃아 곱운꽃아　높은봉에 앉지마라
　　행운이 재촉하면 반만피고서 슬퍼진다
　　필적에는 곱게피고 질적에는 슬퍼지네

　　맹사십리 해당화야 너꽃진다고 설워마라
　　맹년삼월 춘삼월에 꽃도피고 잎이금만
　　우리같은 불쌍한인생은 한번아차 실수되어

북망산천을 가신다면 움도싹도 아니나고

젊은청춘에 놀아보세

태평가

자료코드 : 04_21_FOS_20100203_PKS_KBY_0004

조사장소 : 부산광역시 강서구 천가동 1통(천성동 두문마을) 두문마을회관

조사일시 : 2010.2.3

조 사 자 : 박경수, 정규식, 박지희, 오소현

제 보 자 : 김복연, 여, 76세

구연상황 : 제보자는 앞의 노래에 이어 <태평가>라고 하면서 이 노래를 구연해 주었다. 혼자서 박수를 치면서 즐겁게 구연하였다.

울도담도 없는집에

맹지베13)짜는 저처자야

맹지벨랑 그만두고

고개나살금 들어보소

옥당목 중우적삼 연분홍치마

삼각산 봄바람에 자주댕기

범나비 앉아서 춤을추네

늴리리야 늴리리야 니나노~

얼싸 좋다 얼씨구나 좋다

벌나비는 이리저리 펄펄

꽃을 찾아서 날아든다

청사초롱에 불밝혀라

잊었던 낭군이 다시오네

---

13) '명주베'의 의미인 듯.

다리 세기 노래

자료코드 : 04_21_FOS_20100203_PKS_KBY_0005
조사장소 : 부산광역시 강서구 천가동 7통(천성동 두문마을) 두문마을회관
조사일시 : 2010.2.3
조 사 자 : 박경수, 정규식, 박지희, 오소현
제 보 자 : 김복연, 여, 76세
구연상황 : 조사자의 구연 유도에 따라 이 노래를 구연하였다. 조사자와 직접 다리를 엇
갈려 놓은 상태에서 노래를 구연해 주었다.

이거리 저거리 갓거리
천도맹근 또맹건
도래미줌치 장독간
짝바리 회양건
머구밭에 덕서리
동지섣달 대서리

파랑새요

자료코드 : 04_21_FOS_20100203_PKS_KBY_0006
조사장소 : 부산광역시 강서구 천가동 7통(천성동 두문마을) 두문마을회관
조사일시 : 2010.2.3
조 사 자 : 박경수, 정규식, 박지희, 오소현
제 보 자 : 김복연, 여, 76세
구연상황 : 조사자의 구연 유도에 따라 다음 <파랑새요>를 불러 주었다.

새야새야 파랑새야
녹두밭에 앉지마라
녹두꽃이 떨어지면
청포장사 울고가네

창부타령

자료코드 : 04_21_FOS_20100203_PKS_KBY_0001
조사장소 : 부산광역시 강서구 천가동 10통(대항동 대항마을) 대항경로당
조사일시 : 2010.2.3
조 사 자 : 박경수, 정규식, 박지희, 오소현
제 보 자 : 김복의, 여, 74세
구연상황 : 조사자가 <청춘가>나 <창부타령>, <노랫가락> 등을 불러 달라고 하자 이
        노래를 불러 주었다.

아니 놀지를 못하리라

저기가는 저할마시 이삼을 미나리깡에

돌을 주어서 던졌더니

날보라고 던진돌이 처녀야 홀목에 맞았구나

훌쩍훌쩍 우는소리 대장부 간장을 녹히더라

　얼씨구 절씨구 아니아니 놀지는 못하리라

진도아리랑

자료코드 : 04_21_FOS_20100203_PKS_KBY_0002
조사장소 : 부산광역시 강서구 천가동 10통(대항동 대항마을) 대항경로당
조사일시 : 2010.2.3
조 사 자 : 박경수, 정규식, 박지희, 오소현
제 보 자 : 김복의, 여, 74세
구연상황 : 강순선 할머니의 <진도아리랑> 가창이 끝나자 김복의 할머니가 이 노래를
        불러 주었다. 박수를 치면서 즐겁게 불러 주었다.

천하일색이더냐

내눈이 어둡아서 환장병이 들었든가

　아리아리랑 스리스리랑 아라리가 났네에에에

아리랑 꾸웅꿍 아라리가 났네

우연한 사랑끝에 열매가 맺어서
잠안든 처녀는 내가 원수로구나
　아리아리랑 스리스리랑 아라리가 났네에에에
　아리랑 꾸웅꿍 아라리가 났네

가덕도 노래

자료코드 : 04_21_FOS_20100203_PKS_KBY_0003
조사장소 : 부산광역시 강서구 천가동 10통(대항동 대항마을) 대항경로당
조사일시 : 2010.2.3
조 사 자 : 박경수, 정규식, 박지희, 오소현
제 보 자 : 김복의, 여, 74세
구연상황 : 제보자가 가덕도의 명물에 대한 자랑을 하다가 이 노래를 구연하였다. 창가
　　　　　곡조로 부른 노래이다. 예전에는 가덕도가 살기 좋았다고 했다.

가덕도에 명산물은 대구와 숭어
가덕도는 작아도 우리힘은 크구나
에헤야 데헤야 우리도 가덕도
가덕도에 생산물은 대구와 미역

다리 세기 노래

자료코드 : 04_21_FOS_20100203_PKS_KBY_0004
조사장소 : 부산광역시 강서구 천가동 대항마을 대항경로당
조사일시 : 2010.2.3
조 사 자 : 박경수, 정규식, 박지희, 오소현

제 보 자 : 김복의, 여, 74세
구연상황 : 조사자의 구연 유도에 의해 이 노래를 불렀다.

　　　강남 삼십놈
　　　방 구 낏 다
　　　뿅

잠자리 잡는 노래

자료코드 : 04_21_FOS_20100203_PKS_KBY_0005
조사장소 : 부산광역시 강서구 천가동 10통(대항동 대항마을) 대항경로당
조사일시 : 2010.2.3
조 사 자 : 박경수, 정규식, 박지희, 오소현
제 보 자 : 김복의, 여, 74세
구연상황 : 조사자의 구연 유도에 의해 이 노래를 불렀다.

　　　자리자리 꽁꽁
　　　붙은자리 붙어라
　　　멀리가면 니죽는다

아기 재우는 노래(1)

자료코드 : 04_21_FOS_20100203_PKS_KBS_0001
조사장소 : 부산광역시 강서구 천가동 10통(대항동 대항마을) 대항경로당
조사일시 : 2010.2.3
조 사 자 : 박경수, 정규식, 박지희, 오소현
제 보 자 : 김분선, 여, 75세
구연상황 : 구연자의 구연 유도에 따라 불렀다. 못한다고 하면서 짧게 구연하였다.

자라자라 어기여차

자라자라 자라자라

자라자라 내새끼야

잘도잔다 내애기야

자랑자랑 내애기야

잘도잔다 내애기

뱃노래

자료코드 : 04_21_FOS_20100203_PKS_KBS_0002

조사장소 : 부산광역시 강서구 천가동 10통(대항동 대항마을) 대항경로당

조사일시 : 2010.2.3

조 사 자 : 박경수, 정규식, 박지희, 오소현

제 보 자 : 김분선, 여, 75세

구연상황 : 조사자가 예전에 바다에 나가서 고기 잡을 때 부르던 노래나 배를 저을 때

불렀던 노래를 구연해 달라고 하자 이 노래를 불러 주었다. 노를 젓는 동작을

하면서 불러 주었다.

어기여차 허이허이

잘도간다 허이허이

어서가자 허이간다

자라자라 허이허이

잘도간다 허이허이

다리 세기 노래

자료코드 : 04_21_FOS_20100203_PKS_KBS_0003

조사장소 : 부산광역시 강서구 천가동 10통(대항동 대항마을) 대항경로당
조사일시 : 2010.2.3
조 사 자 : 박경수, 정규식, 박지희, 오소현
제 보 자 : 김분선, 여, 75세
구연상황 : 조사자가 <다리세기 노래>를 구연해 달라고 하자 김복의 할머니가 구연해
　　　　　주었고 이어서 김분선 제보자가 이 노래를 구연하였다.

　　　한덩거리 두덩거리
　　　쪼록쪼록 담사
　　　능금 다래 아리 어름

아기 재우는 노래(2)

자료코드 : 04_21_FOS_20100203_PKS_KBS_0004
조사장소 : 부산광역시 강서구 천가동 10통(대항동 대항마을) 대항경로당
조사일시 : 2010.2.3
조 사 자 : 박경수, 정규식, 박지희, 오소현
제 보 자 : 김분선, 여, 75세
구연상황 : 조사자의 구연 유도로 이 노래를 불러 주었다. 구연 도중 가사를 정확히 기
　　　　　억하지 못해 잠시 멈췄다가 다시 부르기도 하였다.

　　　멍멍개야 짓지마라
　　　우리아기 눕어자면
　　　잘도잔다 잘도잔다
　　　멍멍개야 짓지마라
　　　꼬꼬닭아 우지마라
　　　자랑자랑 내자석아

가덕도 노래

자료코드 : 04_21_FOS_20100203_PKS_KET_0001
조사장소 : 부산광역시 강서구 천가동 9통(천성동 남중마을) 남중할머니회관
조사일시 : 2010.2.3
조 사 자 : 박경수, 정규식, 박지희, 오소현
제 보 자 : 김을태, 여, 84세
구연상황 : 조사자의 유도로 제보자가 가덕섬 노래를 말로 읊었다. 조사자가 노래로 해
　　　　　달라 하자 제보자가 노래로 부른 후에 "미역이 마이 난다꼬 연년이 풍년이더
　　　　　래요"라는 말을 했다.

　　가덕도 연대산은 섬안에 조종사요
　　에헤요 데헤요

뭐라 카더노? 내사 그것도 모르겠다.

　　천성에 천수대는 세계로 알으피요
　　에헤요 데헤요

그러카고 또. 인자 함목에 대항에.

　　대항의 합수장은 연년이 풍년이요

각설이 타령

자료코드 : 04_21_FOS_20100203_PKS_KET_0002
조사장소 : 부산광역시 강서구 천가동 9통(천성동 남중마을) 남중할머니회관
조사일시 : 2010.2.3
조 사 자 : 박경수, 정규식, 박지희, 오소현
제 보 자 : 김을태, 여, 84세
구연상황 : 다른 제보자가 노래를 한 후 흥에 겨워 제보자가 스스로 노래를 하였다. 다
　　　　　같이 박수를 치면서 노래를 들었다.

에~ 씨구씨구씨구씨구 들어간다

일자나 한자 들고보니

일월이송송 개송송~

밤중새별이 완전하다

보이소. 각설이 타롱 이거로 하몬 돈이 나와야 되는데, 아무따나 하는데가 아입니더. 참말입니더. (청중 1 : 맞다. 맞다.) 예. 이런데 이 각설이 타령 이것도 참. (청중 1 : 돈을 안 가와서 우짜꼬.) (청중 2 : 돈이 나오는데, 나와야 되는데. 나올 장면이 있고 안 나올 장면이 있고.) 아 그렇는교.

일선에 가신 우리낭군

돌아오기만 기다리요

이자로 한자 들고보니

이승만씨 대통령

아래살은이가 부대통령

삼자로 한자 들고보니

삼천만 전민군들

남한일대로 쳐드간다

사자로 한자 들고보니

사천칠백 팔십삼년

안주구경도 쳐드간다

오자로 한자 들고보니

오동나무 수풀속~

괴뢰군들이 쳐드가고

육자로 한자나 들고보니

육이오사변 정세만~

거리신세가 내가됐네

칠자로 한자 들고보니

칠밖에 포소리가

남한앞으로 늘어졌네

팔자로 한자 들고보니

팔다리없는 상이군인

목발이군대로 들어갔네

구자로 한자 들고보니

군대생활 구년만에

무등병비 왠말이냐

장자로 한자 들고보니

우리나라 장교들이

일선에가서 처드갔네

어허 품바나 각설아

각설이가 망해도

부채한장은 남았네

다 했어 이제.

남녀연정요

자료코드 : 04_21_FOS_20100203_PKS_KET_0003

조사장소 : 부산광역시 강서구 천가동 9통(천성동 남중마을) 남중할머니회관

조사일시 : 2010.2.3

조 사 자 : 박경수, 정규식, 박지희, 오소현

제 보 자 : 김을태, 여, 84세

구연상황 : 제보자가 자연스럽게 이 노래를 구연하였다. 노래를 구연할 때, 꺾기를 많이 하

면서 불렀다. 노래를 다 구연하자 청중들에게 박수를 치라고 말하기도 하였다.

밀양삼당 궁노숲에 연밥따는 저처녀야
연밥줄밥은 내따줄구마 내품안에 잠들거라
잠들기는 어렵운데 잠시잠깐 못자겠네
얼씨구나 좋네 지화자 좋네
어떻게도 좋은지 모르겠네

모심기 노래(1)

자료코드 : 04_21_FOS_20100203_PKS_KET_0004
조사장소 : 부산광역시 강서구 천가동 9통(천성동 남중마을) 남중할머니회관
조사일시 : 2010.2.3
조 사 자 : 박경수, 정규식, 박지희, 오소현
제 보 자 : 김을태, 여, 84세
구연상황 : 조사자가 <모심기 노래>를 해달라고 하자 제보자는 이 노래를 불러 주었다.
구연을 마친 후, 노래의 내용에 대해 '그러니까 아무렇게나 지 손이 물에 빠
졌는데 수영버들이 손에 금지더라 그래 수영버들이 올라오소 그랬어.'라고 설
명해 주었다.

남창남창 베루끝에 무정하다 울오랍아
나도야죽어 남자가되어 처자곤석 심기볼래
울오래비 날살리나 우리올케 날살리나
버들버들 수양버들 수양버들이 날살린다

화투타령

자료코드 : 04_21_FOS_20100203_PKS_KET_0005

조사장소 : 부산광역시 강서구 천가동 9통(천성동 남중마을) 남중할머니회관
조사일시 : 2010.2.3
조 사 자 : 박경수, 정규식, 박지희, 오소현
제 보 자 : 김을태, 여, 84세
구연상황 : 조사자가 <화투 타령>을 해달라고 부탁하자 이 노래를 불러 주었다. 청중들
　　　　　 이 모두 박수를 치는 가운데 흥겹게 가창하였다.

　　　　에아보자 에아보자14)

　　　　하토한모로15) 에아보자

　　　　정월솔가지 속속한마음

　　　　이월메조에 맺어놓고

　　　　삼월사쿠라 산란한마음

　　　　사월흑싸리 헐어난고

　　　　오월난초 나비되어

　　　　육월목단에 춤을추네

　　　　칠월홍돼지 홀로누워

　　　　팔월공산에 달이떴다

　　　　구월국화 굳은잎이

　　　　시월단풍에 떨어졌네

　　　　오동이십이 많다해도

　　　　섣달비삼십 당할소냐

　　　　얼씨구나 좋네 지화자 좋네

　　　　지화바람에 손잘씨고

　　　　백수건달이 날울린다

───────────────

14) ‘외어보자’의 의미인 듯.
15) ‘화투 한 모’의 의미인 듯.

모심기 노래(2)

자료코드 : 04_21_FOS_20100203_PKS_KET_0006
조사장소 : 부산광역시 강서구 천가동 9통(천성동 남중마을) 남중할머니회관
조사일시 : 2010.2.3
조 사 자 : 박경수, 정규식, 박지희, 오소현
제 보 자 : 김을태, 여, 84세
구연상황 : 조사자가 예전에 모심기를 할 때 불렀던 노래를 불러 달라고 하였더니 제보
자가 이 노래를 불러 주었다. 노래의 중간에 조사자가 할머니의 목청이 아주
좋다고 하자 제보자는 두 번째 노래를 연이어 구연하였다.

모야모야 노란모야 언제커서 열매열네
이달크고 훗달크고 그훗달에는 열매열래

물꼬청청 헐어놓고 주인네양반 어데갔소
문오야전복을 애아놓고~ 첩오야집에 놀러갔네~

창부타령

자료코드 : 04_21_FOS_20100203_PKS_KET_0007
조사장소 : 부산광역시 강서구 천가동 9통(천성동 남중마을) 남중할머니회관
조사일시 : 2010.2.3
조 사 자 : 박경수, 정규식, 박지희, 오소현
제 보 자 : 김을태, 여, 84세
구연상황 : 조사자가 다른 노래들로 해달라고 하자 청중들이 '한 자리 하소'라고 하면서
서로 미루고 있는 동안 김을태 제보자가 이 노래를 불렀다.

아~
서울이라 한골못에 금붕어노는 구경가자
금붕어잡아 회쳐놓고 그냥군불러서 술부어라

모심기 노래(3)

자료코드 : 04_21_FOS_20100203_PKS_KET_0008
조사장소 : 부산광역시 강서구 천가동 9통(천성동 남중마을) 남중할머니회관
조사일시 : 2010.2.3
조 사 자 : 박경수, 정규식, 박지희, 오소현
제 보 자 : 김을태, 여, 84세
구연상황 : 제보자가 먼저 <모심기 노래>를 불러 보겠다며 이 노래를 불렀다. 구연 도
중에 받아 주는 부분을 잘 모르겠다고 하면서 말로 설명하면서 구연하였다.

아침이슬 참이슬에 우리동서 옥동아야

받아주는 거는 또 모르겠다. 이가 첨의(처음) 노래거든. 이기 또 받아
주는 노래가 있거든.

덕이씰 찬바람에 불똥꺾는 저처녀야
누간장을 녹힐라고 그래이뿌기 잘생깄노
나도나면 여자되어 남자간장을 녹힙니다

(청중 : 아이구 잘합니더.)

한되한섬
모를부어 잔나락이 절반이다
등넘에 첩을두고 첩의자식이 절반이네

이것도 등지거든. 이거는 받아주는 기고. 첨어이(처음) 하는 거는 인자
초등 하는 기거든. 그런 거기 다 이런 기 있소.

양산도

자료코드 : 04_21_FOS_20100203_PKS_KET_0009
조사장소 : 부산광역시 강서구 천가동 9통(천성동 남중마을) 남중할머니회관
조사일시 : 2010.2.3
조 사 자 : 박경수, 정규식, 박지희, 오소현
제 보 자 : 김을태, 여, 84세
구연상황 : 조사자가 다른 청중과 이야기를 하던 중 김을태 제보자가 이 노래를 구연하
였다. 청중들과 함께 박수를 치면서 구연하였다.

에헤헤이여~
우러님 사시는 금복저기저나
밤중에 보아도 댕기야다만
얼하나 누워라 내못노리다
열에열놈이 끝바라져도 내못노리라

모심기 노래(4)

자료코드 : 04_21_FOS_20100203_PKS_KET_0010
조사장소 : 부산광역시 강서구 천가동 9통(천성동 남중마을) 남중할머니회관
조사일시 : 2010.2.3
조 사 자 : 박경수, 정규식, 박지희, 오소현
제 보 자 : 김을태, 여, 84세
구연상황 : 조사자의 유도에 따라 가창하였다. 메기는 노래를 부른 후, "이는 받아주는
기다"라고 하면서 노래에 대해 설명하였다.

잎피다넙었다 방초야낭게 김수룽새가 앉아운다
아가야아가야 그말말어 이내야간장이 다타구나

모심기 노래(5)

자료코드 : 04_21_FOS_20100203_PKS_KET_0011
조사장소 : 부산광역시 강서구 천가동 9통(천성동 남중마을) 남중할머니회관
조사일시 : 2010.2.3
조 사 자 : 박경수, 정규식, 박지희, 오소현
제 보 자 : 김을태, 여, 84세
구연상황 : 김을태 제보자가 앞의 <모심기 노래>를 마친 후, "두나 안 했나?"라고 하니
　　　　　 청중들이 또 해보라고 하자 바로 이 노래를 연이어 가창 하였다.

　　알금삼삼 곱운독에 술을해서 금청주네
　　팔모로깎았다 유리잔에 나비앉아서 잔질한다

백발가

자료코드 : 04_21_FOS_20100127_PKS_KHY_0001
조사장소 : 부산광역시 강서구 녹산동 본녹산마을 녹산노인정
조사일시 : 2010.1.27
조 사 자 : 박경수, 정규식, 박지희, 오소현
제 보 자 : 김호연, 여, 84세
구연상황 : 조사자가 구연을 유도하자 제보자가 이 노래를 구연하였다. 청중들과 함께
　　　　　 박수를 치면서 흥겹게 구연하였다. 구연 도중 "아이고 답답해라"라고 말하기
　　　　　 도 하였다.

　　이팔청춘 소년들아 백발보고 웃지마라
　　나도어제 청춘이더니 오늘백발이 더웃을래

　아이고 답답해라.

　　노세노세 젊어서놀아 늙고병들면 못노나니

창부타령

자료코드 : 04_21_FOS_20100127_PKS_KHY_0002
조사장소 : 부산광역시 강서구 녹산동 본녹산마을 녹산노인정
조사일시 : 2010.1.27
조 사 자 : 박경수, 정규식, 박지희, 오소현
제 보 자 : 김호연, 여, 84세
구연상황 : 조사자가 <창부타령>이나 <청춘가>를 불러 달라고 하자 이 노래를 불러 주
         었다.

아니~아니 노지를 못하리라

아니~ 서지를 못하리라

해가지고 저문날에 옷갈아입고 어데가요

첩의집을 가실라면은 나의한말씀 듣고가소

첩의집은 꽃밭이요 나의집은 연못이라

꽃과나비는 봄한철이요 물과고기는 사시장철

초한가(1)

자료코드 : 04_21_FOS_20100428_PKS_PYI_0001
조사장소 : 부산광역시 강서구 천가동 8통(천성동 서중마을) 서중할머니경로당
조사일시 : 2010.4.28
조 사 자 : 박경수, 정규식, 정혜란
제 보 자 : 박연이, 여, 86세
구연상황 : 조사자가 제보자에게 노래를 잘 한다는 소문을 듣고 왔다며 한 곡 해 달라
         고 했다. 제보자는 갑자기 노래를 해 달라 하니 어떤 곡을 해야 할지 모르겠
         다며 잠시 생각을 한 후에 초한가나 불러봐야겠다며 이 노래를 불렀다. 창부
         타령 곡조로 불렀는데, 이를 육자배기 가락으로 부르기도 한다고 했다. 실제
         여러 노래를 부른 후에 육자배기로 초한가를 다시 불렀다.

초패-왕은 초를장천

열-평상두 쉴곳이없고
길이쉬둥 하릴없네
칼을집-고 일어나니
사-뱅이16) 초가로다
오해오해 내가간들
낸들일을 어이하리-
오부에 채극하야
상부난님이 흩어지니
남산밑에 장찬밭은
어느장부가 갈아줄까
최-후에 맑은술은
어느님-이 맛을볼꼬
우리야~ 장군님이 떠날적에
주문에다 손길을 잡고
청춘소연을 두고갈때-
맹년구월이 돌아오면은
금수-같~이 맺었던언약
밤중안에도 잊을손가-
은황천 병마천마
전천만천17) 수심이야
수심수심 많은곳에
어이나 갈꼬도 수심이야-
어린아기가 아비를불러
어미내간장18) 다녹는다

---

16) 사면이.
17) "전전반측(輾轉反側)"을 이렇게 불렀다.

얼씨구나 좋다 기화자 좋네

기화자 바람에 다팔아옇고

백수건-달이 되었구나-

창부타령(1)

자료코드 : 04_21_FOS_20100428_PKS_PYI_0002

조사장소 : 부산광역시 강서구 천가동 8통(천성동 서중마을) 서중할머니경로당

조사일시 : 2010.4.28

조 사 자 : 박경수, 정규식, 정혜란

제 보 자 : 박연이, 여, 86세

구연상황 : 청중이 <창부타령> 한 번 해 보라며 제보자에게 요청하자 제보자가 이 노래
를 불렀다. 제보자가 노래하는 동안 청중들은 계속 박수를 쳤고, 어깨를 한
번씩 흔들기도 하며 손짓으로 덩실덩실 거리며 노래를 불렀다.

혼자사는 우연수야 누워나자는 백년수야

백년수 베개너매 우연한꽃이 피었구나

후여난담장 백화중에 날아나드는 범나부야

맹화를주까19) 국화를주까 국화맹화도 내사싫고

이다지 저다지 양다지안에 잠들은 큰아기만 나를주소

　얼씨구나 좋다 기화자 좋네 아니 노지를 못하리라

신경산 범나부가 태벽산으로20) 유랑간다

태벽산 왕거무줄에 어이나 걸려서 죽기됐네

거봐라 청년아 날살리라

---

18) 어미 애간장.

19) 명화를 줄까.

20) 태백산으로.

의사마다 병곤치면은 북망아산천이 어데있소
여자마다 유부녀라면 기생될이가 누가있소
　얼씨구나 좋다 기화자 좋네 아니 노지를 못하리라

남산밑에 남대롱아²¹⁾ 서산아밑에는 서처녀야
오만한그루 다비어도 소승아대랑 비지마라
올키와²²⁾ 내년을키와 낚숫대를 휘어잡아
서처녀 복판에다가 떤졌더니
낚으면은 연분이오 못낚으면은 상사로다
상사영사 고를매자 곱으두룩만 살아보소
　얼씨구나 좋다 기화자 좋네 아니 노지를 못하리라

노랫가락

자료코드 : 04_21_FOS_20100428_PKS_PYI_0003
조사장소 : 부산광역시 강서구 천가동 8통(천성동 서중마을) 서중할머니경로당
조사일시 : 2010.4.28
조 사 자 : 박경수, 정규식, 정혜란
제 보 자 : 박연이, 여, 86세
구연상황 : 제보자가 어떤 노래를 할지 잠시 생각을 한 후에 다음 노래를 갑자기 시작
　　　　　했다.

저~기~설 채전밭에~ 불똥끊는 저큰아가
누간~장을 녹힐라고~ 저래나곱-게도 잘생깄노~
아무~람사 여자되-어~ 군자야간-장을 못녹히-리~

---

21) 남도령아.
22) 올해 키워.

사위 노래

자료코드 : 04_21_FOS_20100428_PKS_PYI_0004
조사장소 : 부산광역시 강서구 천가동 8통(천성동 서중마을) 서중할머니경로당
조사일시 : 2010.4.28
조 사 자 : 박경수, 정규식, 정혜란
제 보 자 : 박연이, 여, 86세
구연상황 : 조사자가 못갈 장가 노래 등 아는 노래를 불러 달라고 요청하자, 제보자가
처음에는 부르기를 잠시 주저했으나 곧 "예전에는 참 많이 불렀다."고 하며
다음 노래를 불렀다. 창부타령 곡조로 부른 것이다.

내딸죽-은 내사우야 울고갈길을 왜왔느냐~

이왕지사 완걸음에 발치잠이나 자고가소

죽었으면은 영죽었지 발치잠 자기는 내사싫소

　얼씨구 좋다~ 기화자 좋네 아니 노지를 못하리라-

취선가(醉船歌)

자료코드 : 04_21_FOS_20100428_PKS_PYI_0005
조사장소 : 부산광역시 강서구 천가동 8통(천성동 서중마을) 서중할머니경로당
조사일시 : 2010.4.28
조 사 자 : 박경수, 정규식, 정혜란
제 보 자 : 박연이, 여, 86세
구연상황 : 제보자는 앞의 <사위 노래>를 부른 후에 다음 노래가 생각났는지 바로 이어
서 노래를 불렀다. 계속 창부타령 곡으로 부른 노래이다.

탁주일병 배를모아 정종아 강에다 띄아놓고

배는둥실 한국선이오 사공은 지지리도 약질이라

언제야 이몸을 하승을(환생을) 하야 저배를 타고도 유랑갈꼬야

얼씨구나 좋다 기화자 좋네 아니 노지를 못하리라

진도아리랑

자료코드 : 04_21_FOS_20100428_PKS_PYI_0006
조사장소 : 부산광역시 강서구 천가동 8통(천성동 서중마을) 서중할머니경로당
조사일시 : 2010.4.28
조 사 자 : 박경수, 정규식, 정혜란
제보자 1 : 박연이, 여, 86세
제보자 2 : 이녹일, 여, 86세
제보자 3 : 배귀순, 여, 75세
구연상황 : 박연이 제보자가 '전라도 끙끙 노래'를 해보겠다고 한 다음 노래를 시작했다.
　　　　　노래를 하던 중에 청중들도 합세해서 같이 아리랑을 불렀다. 그리고 후반부에
　　　　　서 이녹일과 배귀순이 나서서 계속 아리랑을 이어서 불렀다.

제보자 1　아리아리랑 스리스리랑 아라리가 났네~에헤

　　　　　아리랑 응응응응 아라리가 났네-

　　　　　아리랑 고개는 열두나 고긴데

　　　　　정든님 고개고개는 단고개로구남

　　　　　　아리아리랑 스리스리랑 아라리가 났네~에헤

　　　　　　아리랑 응응응응 아라리가 났네

　　　　　날다려 가거라 나를모셔 가소

　　　　　정많이 들은낭군아 나를다리 가소야

　　　　　　아리아리랑 스리스리랑 아라리가 났네~에헤

　　　　　　아리랑 응응응응 아라리가 났네~

　　　　　날좀보소야 날좀보소 나를조금 보소

　　　　　동지섣달 꽃본듯이 나를조금 보소야

　　　　　　아리아리랑 스리스리랑 아라리가 났네~에헤

　　　　　　아리랑 응응응응 아라리가 났네

청천- 하늘에는 잔별도 많고요
이내야 가슴속에는 수심도 많당
　　아리아리랑 스리스리랑 아라리가 났네~에헤
　　아리랑 응응응응 아라리가 났네

신작로야 길이넓어서 길가기 좋고
전깃불이 밝아서 임을보기 좋다
　　아리아리랑 스리스리랑 아라리가 났네~에헤
　　아리랑 응응응응 아라리가 났구나

돈돈만 알았지 사람모르는 저잡놈
언제나 죽어서 돈벼락을 맞을래
　　아리아리랑 스리스리랑 아라리가 났네~에헤
　　아리랑 응응응응 아라리가 났네

정든님 오시는데 인사를 못해
행주치마 입에물고 빙긋이 웃어
　　아리아리랑 스리스리랑 아라리가 났네~에헤
　　아리랑 응응응응 아라리가 났네

한바당 유소는 지해심해를 놀고요
우리집에 저방아기는 젖줄심을 논다
　　아리아리랑 스리스리랑 아라리가 났네~에헤
　　아리랑 응응응응 아라리가 났네

아저건니야 저산이야[23) 계룡맹산인가
밤중에 보아도 서기만번쩍 난다

---

23) 저 건너 저 산이야.

아리아리랑 스리스리랑 아라리가 났네~에헤
아리랑 응응응응 아라리가 났구나

제보자 2 아침에 우는새는 배가고파 울고
저녁에 우는새는 임이그리워 운다
아리아리랑 스리스리랑 아라리가 났네~에헤
아리랑 응응응응 아라리가 났네

날쪼금 보세요 날쪼금 보소
동지섣달 꽃본듯이 날쪼금 보소
아리아리랑 스리스리랑 아라리가 났네~에헤
아리랑 응응응응 아라리가 났네

제보자 1 아리랑 고개는 열두나고개
정든님 고개고개는 단고개로구나
아리아리랑 스리스리랑 아라리가 났네~에헤
아리랑 응응응응 아라리가 났네

제보자 2 아리랑 고개다 주막집을 짓고
정든님 오두룩만 기다린다
아리아리랑 스리스리랑 아라리가 났네~에헤
아리랑 *끙끙끙* 아라리가 났네

제보자 3 신작로 복판에 솥떼우는 영감쟁이
임이야 정떨어진데는 떼울수가 없나요
아리아리랑 스리스리랑 아라리가 났네~에헤
아리랑 응응응 아라리가 났네

우연히 내마음 산란하여

달뜨는 바닷가에 산보를 갔네

　아리아리랑 스리스리랑 아라리가 났네~에헤

　아리랑 끙끙끙 아라리가 났네

제보자 2 청천아 하늘에는 잔밸도 많고

우리야 가슴속에는 희망도 많다

　아리아리랑 스리스리랑 아라리가 났네~에헤

　아리랑 끙끙끙 아라리가 났네

산천초목은 젊어서 오고

우리야 청춘은 늙어서 간다

　아리아리랑 스리스리랑 아라리가 났네~에헤

　아리랑 끙끙끙 아라리가 났네

청춘가(1)

자료코드 : 04_21_FOS_20100428_PKS_PYI_0007
조사장소 : 부산광역시 강서구 천가동 8통(천성동 서중마을) 서중할머니경로당
조사일시 : 2010.4.28
조 사 자 : 박경수, 정규식, 정혜란
제 보 자 : 박연이, 여, 86세
구연상황 : 조사자가 상사 노래도 예전에 많이 불렀지 않느냐고 하며 노래를 유도하자, 제보자가 다음 노래를 불렀다. <청춘가> 곡으로 불렀다.

산이~ 높아야~ 골도나 깊지요~

조그마한 여자속이- 좋~다 얼마나 깊으리까-

높은봉 상봉에 외로이선 나무야~

날가야 같이도 어~허 외로이 섰구나~

창부타령(2)

자료코드 : 04_21_FOS_20100428_PKS_PYI_0008
조사장소 : 부산광역시 강서구 천가동 8통(천성동 서중마을) 서중할머니경로당
조사일시 : 2010.4.28
조 사 자 : 박경수, 정규식, 정혜란
제 보 자 : 박연이, 여, 86세
구연상황 : 앞의 <청춘가>를 부르다가 바로 이어서 <창부타령> 곡으로 바꾸어 부른 것이다.

높은산에는 눈날리고 낮은산에는 비를날려

녹수청청 흐르는물에 배차씻는24) 저큰아가

누구간장을 녹힐라고 그래나 곱게도 잘생깄노야

아무람사 여자몸매는 군자야 간장으로 못녹히리

　얼씨구나 좋구나 기화자 좋네 아니 노지를 못하리라

돈 타령

자료코드 : 04_21_FOS_20100428_PKS_PYI_0009
조사장소 : 부산광역시 강서구 천가동 8통(천성동 서중마을) 서중할머니경로당
조사일시 : 2010.4.28
조 사 자 : 박경수, 정규식, 정혜란
제 보 자 : 박연이, 여, 86세
구연상황 : 조사자가 제보자가 과거에 부른 노래 돈 타령을 불러보라고 부탁하자, 제보자는 요새도 돈타령 많이 한다는 우스갯소리를 하고 난 뒤 바로 다음 노래를

---

24) 배추 씻는.

불렀다.

돈-돈돈 돈봐-라야
　돈-돈돈 돈보-소요
시버적하니 십원짜리요
　돈-돈돈 돈봐-라
얼그럭철그럭 원전이후여
　돈-돈돈 돈봐-라
잘난사람은 못난돈
　돈-돈돈 돈봐-라
못난사람은 잘난돈
　돈-돈돈 돈봐-라
어깨넘에도 천박한돈
　돈-돈돈 돈봐-라
돈-돈돈 돈봐-라아
아 바삐도 온다던돈이
　돈-돈돈 돈봐-라
언제 돌아서 오실란고
　돈-돈돈 돈봐-라

탕건 노래

자료코드 : 04_21_FOS_20100428_PKS_PYI_0009
조사장소 : 부산광역시 강서구 천가동 8통(천성동 서중마을) 서중할머니경로당
조사일시 : 2010.4.28
조 사 자 : 박경수, 정규식, 정혜란
제 보 자 : 박연이, 여, 86세

구연상황 : 조사자가 예전에 길쌈을 했느냐고 물어보자, 제보자와 청중들이 탕건을 많이
　　　　　 만들었다고 대답했다. 그러자 조사자가 탕건을 만들면서 부른 노래는 누가 할
　　　　　 줄 아느냐고 물어보자, 제보자가 다음 노래를 불렀다.

저게~가–는 저구름에~ 눈들었–나 비들었–나

눈도–비도 아니들고~ 소리명–창 임들었네~

도라지 타령

자료코드 : 04_21_FOS_20100428_PKS_PYI_0010
조사장소 : 부산광역시 강서구 천가동 8통(천성동 서중마을) 서중할머니경로당
조사일시 : 2010.4.28
조 사 자 : 박경수, 정규식, 정혜란
제 보 자 : 박연이, 여, 86세
구연상황 : 제보자가 탕건하면서 많은 노래를 불렀다고 하면서, 다음 노래도 탕건 만들
　　　　　 면서 불렀던 노래라고 했다.

도라지 도라지 도라~지

심심– 산천에 백도라지

어데– 날때가 없어서~

양다리 복판에도 니가났노

한두– 뿌리만 캐여도~여

바구미 반석만 되노~라

　에헤~요 에헤~요 에야라 난다

　지화자자 좋~다

　니가 내간장을 스리슬슬 다녹힌다~

의암이 노래

자료코드 : 04_21_FOS_20100428_PKS_PYI_0011
조사장소 : 부산광역시 강서구 천가동 8통(천성동 서중마을) 서중할머니경로당
조사일시 : 2010.4.28
조 사 자 : 박경수, 정규식, 정혜란
제 보 자 : 박연이, 여, 86세
구연상황 : 조사자가 진주남강요는 부르지 않았느냐고 물어보자, 제보자가 진주남강요는
모르지만 다음 노래는 불렀다고 했다. <창부타령> 곡조로 부른 것이다.

진주기상 의앰이가[25] 우리야 조선을 사궐라꼬[26]
왜장춘향[27] 목을안고 진주야 남강에 떨어졌네
　　얼시구 절씨구 기화자 좋다 아니 놀고서 무엇하리야

신세타령요

자료코드 : 04_21_FOS_20100428_PKS_PYI_0012
조사장소 : 부산광역시 강서구 천가동 8통(천성동 서중마을) 서중할머니경로당
조사일시 : 2010.4.28
조 사 자 : 박경수, 정규식, 정혜란
제 보 자 : 박연이, 여, 86세
구연상황 : 앞의 노래가 끝나고, 제보자는 잠시 쉰 뒤에 다음 노래를 불렀다. 노래를 부
른 다음 "내가 이것을 하는 것이 지장입니다."라고 했다. 자신의 신세를 타령
조로 부른 노래이다.

우짜다가 왜늙었노야 원통하고도 애닲구나
너날적에 나도나고 내날적에 너도난데

---

25) 진주기생 의앰이가.
26) 사궐라고. 흔히 "살릴라고"라고 부르는데, 이렇게 불렀다.
27) 왜장을 '춘향'이라 하는 오류를 보였다. 제보자의 습관적 노래 표현에 의한 것으로 보
인다. 청중 중에 '춘향'을 '청장'이라 해야 한다고 말을 곁들였다. '왜장 가등청정'을
줄이면 '왜장청정'이라 해야 옳다.

어떤새는 밤에울고 어떤새는 낮에우노

우짜다가 내팔자야 무당년이 되었는고

내가 이거 하는 게가 지장입니다.

인생허무가

자료코드 : 04_21_FOS_20100428_PKS_PYI_0013
조사장소 : 부산광역시 강서구 천가동 8통(천성동 서중마을) 서중할머니경로당
조사일시 : 2010.4.28
조 사 자 : 박경수, 정규식, 정혜란
제 보 자 : 박연이, 여, 86세
구연상황 : 제보자는 긴 노래를 구연한 후, 음료수로 목을 축이며 여담을 했다. 그 후,
갑자기 다음 노래를 시작했다. 노래를 다 부른 후에, 초한가를 이 노래 다음
에 부른다고 했다.

백만장자 부자라도

털고나면은 그만이고

삼천갑자 동방석이도

하루일기를 지못봐여

지죽을 날짜로 몰랐구나

우리겉은 인생들이

요렇게 저렇게 사시다가

아차한변 죽어지면

우리죽어 무덤우에

논을칠지 밭을칠지

소분가를 모르구나

초한가(2)

자료코드 : 04_21_FOS_20100428_PKS_PYI_0014
조사장소 : 부산광역시 강서구 천가동 8통(천성동 서중마을) 서중할머니경로당
조사일시 : 2010.4.28
조 사 자 : 박경수, 정규식, 정혜란
제 보 자 : 박연이, 여, 86세
구연상황 : 제보자는 앞서 창부타령 곡조로 부른 바 있는 초한가를 육자배기조로도 부
　　　　　를 수 있다고 하며, 다음과 같이 육자배기 가락으로 노래를 한 번 더 불렀다.

　　　　초패왕은 초를장천

　　　　열평상두 쉴곳없고

　　　　길이쉬도 하릴없네

　　　　칼을씻고 일어나니

　　　　사-뱅이28) 초가로다

　　　　우애우애 내가간들

　　　　낸들일을 어이하리여

　　　　오부에 채극하야

　　　　상부님이 흩어지니

　　　　남산밑에 장찬-밭은

　　　　어느-장부 갈아줄까

　　　　최후에 맑은술은

　　　　어느님-이 맛을볼까

　　　　우리낭군 떠날적에

　　　　주문에 손길잡고

　　　　청-춘소연을 두고갈때

　　　　맹년구월이 돌아오면

---

28) 사방이.

금수-같이 맺은언약

밤중-안에 잊을손가

은왕천 병마천아

전천만천29) 수심이야

수심수심 많은~곳에

어-이갈고 수심이야

어린아기 아비불러

어미-간장 다녹는다

청춘가(2)

자료코드 : 04_21_FOS_20100428_PKS_PYI_0015
조사장소 : 부산광역시 강서구 천가동 8통(천성동 서중마을) 서중할머니경로당
조사일시 : 2010.4.28
조 사 자 : 박경수, 정규식, 정혜란
제 보 자 : 박연이, 여, 86세
구연상황 : 제보자는 계속해서 노래를 부르는 것이 힘에 부치는 듯해 보였지만, 그러나
곧 다음 노래를 불렀다.

아깝다 내청춘아~ 장가도 못가고~

오전짜리 미륵구장사30) 좋~다 청춘만 늙는다~

보다가 가거라~ 자다가 가시요~오

저달이 지고지도록 어-어허이 노다가 가시오

저달이 지고서~ 어둡기 되면은

---

29) "전전반측(輾轉反側)"을 이렇게 불렀다.
30) "미륵구"는 밀크(milk)의 일본식 발음. 미륵구라 하면 밀크 카라멜을 말함.

선사야 초롱에도 좋~다 불밝히주마~

이팔이 청춘에~ 소년만 되고요~오
문맹에 학문을 닦아나 봅시다~

사다가 사다가~ 못살기 되거든~
야마도 공장으로 좋~다 실풀러나 가보자~

가덕팔경가

자료코드 : 04_21_FOS_20100428_PKS_PYI_0016
조사장소 : 부산광역시 강서구 천가동 8통(천성동 서중마을) 서중할머니경로당
조사일시 : 2010.4.28
조 사 자 : 박경수, 정규식, 정혜란
제 보 자 : 박연이, 여, 86세
구연상황 : 제보자는 눌차봉 이야기를 하던 중에 가덕팔경가가 있다고 하면서 다음 노
래를 불렀다. 가덕도의 경치와 특산물을 자랑하는 사설을 독특하게 창부타령
곡으로 불렀다.

눌차에 물침봉으는 가닥에31) 무모이요32)
가닥에 무모이는33) 연대산이 제일이라
천성마을 천수대는 섬중에는 맹산이오
동도마을 등댓불은 뱃길을 아르키고
삼신도 해안에는 생복이 생산이라
눌차에 석화맛은 세계에 제일이요
새바지 개월이되몬34) 대구가 조종이라

---

31) 가덕에.
32) 부모이요.
33) 부모는.

대항에 함포장에는 세계에 제일이요

얼씨구나 좋다 기화자 좋네 아니 노지를 못하리라

모심기 노래

자료코드 : 04_21_FOS_20100428_PKS_BKS_0001

조사장소 : 부산광역시 강서구 천가동 8통(천성동 서중마을) 서중할머니경로당

조사일시 : 2010.4.28

조 사 자 : 박경수, 정규식, 정혜란

제 보 자 : 배귀순, 여, 75세

구연상황 : 조사자의 요청에 제보자는 청중들에게 같이 하자고 말을 하고는 다음 노래
를 불렀다.

해다짔네~ 양산읍~네 해다짔네~

방긋~방긋 웃는애기~ 몬따야보고도 해다짔네~

좋다~ [일동 박수]

양산도

자료코드 : 04_21_FOS_20100428_PKS_BKS_0002

조사장소 : 부산광역시 강서구 천가동 8통(천성동 서중마을) 서중할머니경로당

조사일시 : 2010.4.28

조 사 자 : 박경수, 정규식, 정혜란

제 보 자 : 배귀순, 여, 75세

구연상황 : 제보자가 양산도 할 수 있다며 이 노래를 불렀다. 후렴구를 부를 때에 앉
아서 어깨춤을 추다가 나중에는 일어서서 춤을 추며 노래를 불렀다. 청중들도
모두 신이 나서 박수를 치며 장단을 맞추어 주었다.

---

34) 겨울이 되면.

에헤~이요~

양산읍내 물레방아 물을안고 돌~고~

뒷집에 큰아기는 나를안고 돈~다~

　어라옹당당 당당당당 당기당당당~ 당~당~

　디딩디딩딩기야 디딩디딩딩딩

에헤~이요~

가노라~ 가노라 내돌아 간~다~

아들딸을 버리삐고 내가돌아 간~다~

밀양아리랑

자료코드 : 04_21_FOS_20100428_PKS_BKS_0003
조사장소 : 부산광역시 강서구 천가동 8통(천성동 서중마을) 서중할머니경로당
조사일시 : 2010.4.28
조 사 자 : 박경수, 정규식, 정혜란
제 보 자 : 배귀순, 여, 75세
구연상황 : 조사자가 이 지역은 밀양이 가까운데 <밀양 아리랑>은 부르지 않느냐고 물
　　　　　어보자, 청중 한 사람이 <밀양 아리랑> 앞 소절을 조금 불렀다. 그러자 제보
　　　　　자가 나서서 그게 <밀양 아리랑>이냐며 다음 노래를 불렀다. 제보자가 신명
　　　　　을 내어 부르자 청중들도 박수를 치며 호응했다.

아리아리랑 스리스리랑35) 아라리가 낫네~

아리랑 고개로 내넘어간다─

저건니~ 저산이 맹산이던가~36)

오동지야 설한풍에도 함박꽃이 핀다~

---

35) 이 부분까지 제보자가 불렀으나 녹음 실수로 녹음되지 않았다.
36) 저 건너 저 산이 명산이던가.

아리아리랑 스리스리랑 아라리가 낫네~

아리랑 고개로 넘어간다

울오빠 장가는 후맹년에 가고~

서마지기 논팔아서 날치아주소~[37]

아리아리랑 스리스리랑 아라리가 낫네~

아리랑 고개로 넘어간다

조게가는 저놈의계집아 자뿌라지거라[38]

이리배끼 주는듯이 살푼안아보자[39]

아리아리랑 스리스리랑 아라리가 낫네~

아리랑 고개로 넘어간다

부산시내 잘날라꼬 영도다리 생겼나~

우리가덕도 잘날라꼬 연대산이 생긴다~

아리아리랑 스리스리랑 아라리가 낫네~

아리랑 고개로 넘어간다

범벅타령

자료코드 : 04_21_FOS_20100203_PKS_BIH_0001
조사장소 : 부산광역시 강서구 천가동 3통(성북동 선창마을) 선창경로당
조사일시 : 2010.2.3
조 사 자 : 박경수, 정유원
제 보 자 : 배임희, 여, 79세
구연상황 : 선창경로당에서 만난 강경애 씨가 <범벅타령>과 <징거미타령> 등 민요를
잘 하는 사람이 있다고 하여 조사자 일행을 안내하여 제보자의 집을 갔다. 조

---

37) 나를 치워 주소 즉, 나를 시집 보내 주소.
38) 넘어지거라.
39) 이런 정도로 주는 듯이 살짝 안아보자.

사자 일행과 제보자, 그리고 강경애 씨가 집 안방에서 자리를 잡고 조사를 시작했다. 조사자가 제보자에게 마이크를 주며 제보자가 잘 한다고 들은 <범벅타령>을 한번 해보라고 부탁하자, 처음에는 어색해 하다가 이내 마이크를 잡고 노래를 불렀다. 그런데 처음 몇 소절을 부르다 노래가 잘 안 된다고 하며 잠시 멈추었으나 강경애 씨의 권유로 다시 노래를 기억하여 불렀다.

신기보~자 신기보자
범벅대롱을 신기보자
일년열두달
과년에 엿었던
삼백육십일 범북이요

하이구 안 된다. 안 되는데. (청중 : 해라 고마.)

정월달에는 찰떡범벅
섣달에는 흰떡범벅
이월달에는 씨라기범벅
삼월달에는 쑥범벅 (청중 : 좋~다.)
사월달에는 느타리범벅
오월달에는 수리범벅
유월달에는 밀떡범벅
칠월달에는 귀리범벅
팔월달 범벅은 꿀떡범벅
구월달에는 수시범벅 [웃음]
동짓달에는 동지범벅
섣달에는 흰떡범벅
정월달 범벅은 찰떡범벅
범벅이야 범북이야

일년열두달 범북이야

그래 한다.

징거미타령

자료코드 : 04_21_FOS_20100203_PKS_BIH_0002
조사장소 : 부산광역시 강서구 천가동 3통(성북동 선창마을) 선창경로당
조사일시 : 2010.2.3
조 사 자 : 박경수, 정유원
제 보 자 : 배임희, 여, 79세
구연상황 : 제보자가 <범벅타령>을 부른 후, 조사자가 "진짜 듣기 귀한 노래인데"라고
하면서 <징거미타령>을 해볼 것을 부탁했다. 제보자는 다 잊어버려서 잘 될
지 모르겠다고 하며 노래를 불렀다. 그런데 노래를 부르다 순서가 잘못되었다
고 하면서 다시 불렀다. 다시 노래를 부르는 중에도 순서에 맞게 제대로 하는
지 조사자와 청중에게 확인하면서 불렀다. 옆에서 강경애 씨가 손뼉을 치며
장단을 맞추어 주다가 제보자가 순서를 잡아주기고 했다.

아따 이놈아 징검아 내돈석냥 내-라
아따 이놈아 징검아 니돈석냥 주꾸마

[웃으며] 그래 하거든. (청중 : 그래 해라.)

내머릴랑 비어서 장구막에다 팔아도 니돈석냥 주꾸마
내머릴랑 끊어서 달비전에다 팔아도 니돈석냥 주꾸마
어따 이놈아 징검아 내돈석냥 내-라
아따 이놈아 징검아 니돈석냥 주꾸마
내몸띨랑 비어서 장구막에다 팔아도 니돈석냥 주꾸마
내뱃구녕을 떼어서 시계전에다 팔아도 니돈석냥 주꾸마
내창살랑 내어서 오색춘에다 팔아도 니돈석냥 주꾸마

아따 이놈아 징검아 니돈석냥 주꾸마
내다릴랑 비어서 꽹이전에다 팔아도 니돈석냥 주꾸마
내팔을 끊어서 까꾸리전에다 팔아도 니돈석냥 주꾸마 [웃음]
내붕알을 비어서 망태전에다 팔아도 니돈석냥 주꾸마
내자질랑 비어서 방망이전에다 팔아도 니돈석냥 주꾸마

[일동 웃음] 이 참 창피스럽아서. 옛날에 우수개 함서 이리. (조사자 : 내 밑구녕을 팔아서 맞아 그제.) 예, 내 밑구녕을.

내밑구녕을 빼어서 꽂감전에다 팔아도 니돈석냥 주꾸마

[일동 웃음] 그래 한다. (조사자 : 아 맞입니다.) (청중 : 내코를 비어서 꼴뚜기전에.) 그래가 할매 할낀데 봐라. (조사자 : 아 잘 하시네.) 인자 오래된게 절차대로 내려가야 될낀데 마.

내콧구녕을 빼어서 꿀둑전에다 팔아도 니돈석냥 주꾸마
내새를 빼어서 포리채전에다 팔아도 니돈석냥 주꾸마
내이빨랑 빼어서 톱전에다 팔아도 니돈석냥 주꾸마

[웃으며] 다 했다 이제. (조사자 : 아이구 잘 했어요. 아이구 내 눈을.) 아, 내눈을 빼어서 구실 생깄다.

내눈을 빼서서 구실전에다 팔아도 니돈석냥 주꾸마

그러이 인자 마, 아, 아.

내귀를 비어서 통싯가에다 팔아도 니돈석냥 주꾸마
내눈을 빼어서 구실전에다 팔아도 니돈석냥 주꾸마

이기 이래 나왔는데, 나가 많애논께 먼저 할 거 난중 하고 마 정신이 없다.

(조사자 : 그라모 안자 처음부터 다시 한 번 해볼까요? 안자 처음부터 다시 딱 불렀으이카네, 처음부터 다시 쫙 생각나는 대로. 인자 눈, 눈, 코, 입, 귀.) 맞다. 그래 해야 되는데. (조사자 : 눈, 코, 입, 귀, 몸띠이, 다리, 팔, 안제 요게 요거. [웃음] 뱃구녕. 처음부터 다시 한분 더 해보입시더.) 아이구 이이.

어따 이놈아 징검아 내돈석냥 내-라
아따 이놈아 징검아 니돈석냥 주꾸마
내머릴랑 비어서 달비전에다 팔아도 니돈석냥 주꾸마
내귀를 비어서 통신간에다 팔아도 니돈석냥 주꾸마
내눈을 빼어서 구실전에다 팔아도 니돈석냥 주꾸마
내새를 빼어서 파리채전에다 팔아도 니돈석냥 주꾸마
내코를 빼어서 꿀둑전에다 팔아도 니돈석냥 주꾸마
아따 이놈아 징검아 니돈석냥 주꾸마
내대가릴랑 비어서 장구막에다 팔아도 니돈석냥 주꾸마
내폴을 끊어서 까꾸리전에다 팔아도 니돈석냥 주꾸마

아 마지이 또 잘 못했네. (조사자 : 괜찮아예. 다시.) 저 여 머리를 하겠네. (청중 : 했다. 했나? 인자 뭐 하고 말았노? (조사자 : 팔하고 뱃구녕 다리.) 아.

내뱃구녕을 떼어서 시계전에다 팔아도 니돈석냥 주꾸마
하따 이놈아 징검아 내돈석냥 내-라
내창살랑 꿰어서 새끼전에다 팔아도 니돈석냥 주꾸마
아따 이놈아 징검아
내몸띨랑 비어서 장군전에다 팔아도 니돈석냥 주꾸마

아따 이놈아 징검아

내다릴랑 비어서 꽹이전에다 팔아도 니돈석냥 주꾸마

내 까꾸리 안 했제? (조사자 : 손.) 손 했나? (조사자 : 손 했어요.) 아아
했고.

내자질랑 비어서 방망이전에다 팔아도 니돈석냥 주꾸마

내붕알랑 비어서 망태전에다 팔아도 니돈석냥 주꾸마

아다 이놈아 징검아 내돈석냥 내라

[웃음] (청중 : 내밑구녕을 팔아도 곶감전에. 내밑구녕을 팔아도.) [알았
다는 듯이] 아아.

내밑구녕을 빼어서 꽂감전에다 팔아도 니돈석냥 주꾸마

안자 다 했제.

진주난봉가

자료코드 : 04_21_FOS_20100203_PKS_BIH_0003
조사장소 : 부산광역시 강서구 천가동 3통(성북동 선창마을) 선창경로당
조사일시 : 2010.2.3
조 사 자 : 박경수, 정유원
제 보 자 : 배임희, 여, 79세
구연상황 : 제보자가 <징거미타령>을 다 부른 후에 조사자가 진주남강 노래를 한번 해
보라고 하자, "아이구 이거 되나 안 된다"고 하며 노래 부르기를 주저했다.
조사자와 강경애 씨의 거듭 노래를 요청하면서 이 선창에서 최고라고 하며
부추기자 마지못해 하며 다음 노래를 불렀다. 노래를 다 부르고 나서는 가사
를 이야기하듯이 다시 읊었다.

울도담도 없는집에
시접삼년을 살고나니
시어마님이 하는말씀
야야아가 메늘아가
진주낭군님을 볼라거든
진주남강을 빨래가게
흰빨래는 희기씻고
검은빨래는 검게씻고
올도락돌도락 씻으니께
난데없는 말재죽소리
얼거럭철거럭 나와서러
옆눈으로 걷어보니
못본듯이 지내가네
집이라고 돌아오니
시어마님이 하는말쌈
야야아가 메눌아가
작은방으로 상해가라
작은방문을 열고보니
첩의기생을 옆에두고
오색가지 술을부어
권주가노래를 하는구나
허이야 그꼴이 뵈기싫어
아룻방을 뛰어가서
석자세치 명주수건
폭을 잘라서 죽었구나
아가아가 아들아가

작은방을 니오니라
작은방을 뛰어와서
문고리를 잡고보니
폭을잘라서 죽었구나
원수로구나 원수로구나
첩의야기생이 원수로다
아이구답답 내신세야
이일감당을 어이할꼬

  그러더란다 신랑이. 신랑이 옛날에 과게 가가지고 옴서 좋은 각씨를 한
개 덱고(데리고) 왔던 기라. 덱고 오면서 그 말을 태왔던 모양이지. 그래
둘이 가가지고 오색가지 술을 붓고 권주가 노래를 하고 놀고 있더라.
  그래 메누리 인자 본댁이 인자 빨래를 씻었다 가본께네 그 지경이 되
이께, '에라이 빌어물것 내 목 짜르고 내 죽어뿌고 말란다. 니 이런 짓을
하나.' 이래 됐는 기라.
  그래 이 사람은 신랑은 뭐 하러 갔노 카모 과게 하거 간 기다. 여서 서
울로 과게 하러, 그래 과게 하고 오면서 각시 하나 덕고 왔는 기라.
  그래 그런 노래가 있어.

모찌기 노래

자료코드 : 04_21_FOS_20100203_PKS_BIH_0004
조사장소 : 부산광역시 강서구 천가동 3통(성북동 선창마을) 선창경로당
조사일시 : 2010.2.3
조 사 자 : 박경수, 정유원
제 보 자 : 배임희, 여, 79세
구연상황 : 조사자가 창민요를 마치고 '등지 소리'를 들어보자고 한 후 모찌기 노래부터

해보자고 하니 제보자가 바로 다음 노래를 불렀다. 제보자는 앞소리를 한 후, 다음에는 뒷소리를 한다고 하면서 앞소리와 뒷소리를 구분하여 하나씩 천천히 불렀다.

한강~수에다~ 모를부어~어 모찌기-가 난감하-네
하늘에다~ 목화를심어~ 목화따-기가 난감하-네

모심기 노래

자료코드 : 04_21_FOS_20100203_PKS_BIH_0005
조사장소 : 부산광역시 강서구 천가동 3통(성북동 선창마을) 선창경로당
조사일시 : 2010.2.3
조 사 자 : 박경수, 정유원
제 보 자 : 배임희, 여, 79세
구연상황 : 제보자는 조사자의 유도에 따라 모찌기 노래를 부른 후 다음 모심기 노래를 불렀다. 역시 앞소리와 뒷소리를 구분하여 하나씩 천천히 불렀다. 조사자의 유도에 따라 하나씩 생각나는 대로 부른 것이다.

서마~지기 이논빼미~ 반달같-이도 떠나가-네
니가~무슨 반달이냐~ 초승달-이 반달이지-

석노꽃은 장개를 가고 찔레꽃은 상각가네 이래 한다. 받는 거는 모르겠다. (조사자 : 씨종자 받으러, 씨종자 뭐 뭐라 하지 마라) 아아, 그게 맞다. 아 씨종자를 바래 간다 그래 했다. 하이구 다 잊아뿄네. (조사자 : 늦어오네 늦어오네 점심참이 늦어오네 점심 때 노래 뭐 있는교?) 점심 때 노래? 예.

점슴아~ 실었다- 또복바래~ 어데-마-침 오시는공
오늘~낮우에 점심반찬~ 마리야반-석 올랐다네

이러 카고. 예. 이벙저벙 건니다가 칠대걸려서 못온다네 덜 이래도 하

고 그래 합니더. (조사자 : 아이구 할무이 잘하신다. 고 저녁소리 안자 골골마다 연기나네 뭐 고거 저녁소리.) 에헤 얄궂이라.

　　해다~지고 저문날에~헤 우리야할맘은 어데갔노
　　방방골골이 연기나네~ 우리야할맘은 어디로갔노

그래 저거 할맘 죽었던 모양이지예. 그래 생각나서. 그래. 또 있어요. (조사자 : 다풀다풀 타박머리.) 야.

　　다풀다풀 따박머리~ 해다진데 어데가노
　　우리엄마 산소등에 젖먹으로 내가간다

　　알송~달송~ 유자줌치~ 끈을달-아 서른대자

그라모 받는 거는.

　　니가~무슨~ 염치있노~ 끈을달-아 서른대자

그래는 거 원했다고 그런거라. (조사자 : 아 그래 줌치 노래.) 예. 등개 그래. (조사자 : 등개? 예 여게는 등개라 그럽니까? 등개 소리라 그럽니까 등지 소리라 그럽니까?) 등지라. 모 숭구면서 등지 하는 거. (조사자 : 등지, 등지. 등지 소리.) 야.

모심기 노래

자료코드 : 04_21_FOS_20100128_PKS_BJS_0001
조사장소 : 부산광역시 강서구 명지동 진목마을 진목경로당
조사일시 : 2010.1.28
조 사 자 : 박경수, 정규식, 박지희, 오소현
제 보 자 : 배재순, 여, 81세

구연상황 : 조사자의 구연 유도로 구연하였다. <모심기 노래>로 시작했는데, 끝에 가서
는 창부타령 곡조로 불렀다.

해다지고 저문날에 옷갈아입고 어데가요
첩의방은 꽃밭이고 나의방은 연못이라
꽃과나비는 봄한철이고 연못의금붕어는 사철이요
얼씨구 좋다 절씨구 좋다 아니 노지는 못하리라
물기청청 헐어놓고 주인네양반은 어데갔노

아리랑

자료코드 : 04_21_FOS_20100128_PKS_BJS_0002
조사장소 : 부산광역시 강서구 명지동 진목마을 진목경로당
조사일시 : 2010.1.28
조 사 자 : 박경수, 정규식, 박지희, 오소현
제 보 자 : 배재순, 여, 81세
구연상황 : 조사자의 구연 유도로 이 노래를 구연하였다. 박수를 치면서 흥겹게 구연하
였다.

아리랑 아리랑 아라리요
아리랑 고개를 넘어간다
나를 버리고 가시는님은
십리도 못가서 발뱅이난다

청천하늘에 잔별도 많고
요내야 가심에 수심도많다
　아리랑 아리랑 아라리요
　아리랑 고개 넘어간다

나를 버리고 가시는님은

십리도 못가서 발병이난다

도라지 타령

자료코드 : 04_21_FOS_20100128_PKS_BJS_0003
조사장소 : 부산광역시 강서구 명지동 진목마을 진목경로당
조사일시 : 2010.1.28
조 사 자 : 박경수, 정규식, 박지희, 오소현
제 보 자 : 배재순, 여, 81세
구연상황 : <아리랑>의 구연에 이어 청중들과 함께 박수를 치면서 즐겁게 가창하였다.

도라지 도라지 백도라지

심심 산천에 백도라지

한두 뿌리만 캐어도

대바구니 반실만 대노라

어혜야 데혜야 어혜야

이야라 난다 지화자 좋다

니가 내간장 스리살살 다녹인다

화투타령

자료코드 : 04_21_FOS_20100128_PKS_BJS_0004
조사장소 : 부산광역시 강서구 명지동 진목마을 진목경로당
조사일시 : 2010.1.28
조 사 자 : 박경수, 정규식, 박지희, 오소현
제 보 자 : 배재순, 여, 81세
구연상황 : 조사자 구연 유도에 의해 구연되었다.

심기보자[40] 심기보자

화투한모를 심기보자

정월솔아 속속한마음

이월매조라 맺아놓고

삼월사쿠라 산란한마음

사월흑싸리 어리안고

오월난초 나는나비

유월목단에 춤잘추고

칠월홍돼지 홀로늙고

팔월공산 달밝은데

구월국화 굳어진마음

시월단풍에 떨어지고

오동추야 달밝은데

임의생각이 절로난다

얼씨구나 절씨구나

아니 놀지는 못하리라

시절이 아니모 가절일세

쌍가락지 노래

자료코드 : 04_21_FOS_20100128_PKS_BJS_0005

조사장소 : 부산광역시 강서구 명지동 진목마을 진목경로당

조사일시 : 2010.1.28

조 사 자 : 박경수, 정규식, 박지희, 오소현

제 보 자 : 배재순, 여, 81세

---

40) "섬겨 보자"나 "헤어 보자"의 뜻으로 보임.

구연상황 : 조사자가 더 아는 노래가 없느냐고 하자 제보자가 이 노래를 구연해 주었다.
일명 '쌍가락지 노래'라 하는 것이다.

쌍금쌍금 쌍가락지
주색질에 놋가락지
먼데보니 처잘래라
곁에보이 달일래라

모심기 노래

자료코드 : 04_21_FOS_20100128_PKS_SJJ_0001
조사장소 : 부산광역시 강서구 명지동 진목마을 진목경로당
조사일시 : 2010.1.28
조 사 자 : 박경수, 정규식, 박지희, 오소현
제 보 자 : 서정자, 여, 68세
구연상황 : 김정애 할머니의 구연에 이어, 조사자의 구연 유도에 따라 <모심기 노래>를
구연해 주었다. 구연 도중에 가사가 기억이 나지 않는 듯 잠시 머뭇거리다가
계속 구연해 주었다. 두 번째와 세 번째 부른 노래는 다른 제보자가 부른 다
음 조사자의 유도로 중간 중간 부른 것이다.

낭창낭창 베루끝에 무정하다 저오랍아
나도커서 남자되어 여자봉양 내할라요

오늘낮에 점심반찬 무슨고기가 올랐는고
동해야바다에 펄떡뛰는 고등어자반이 올랐더라

(뜸북)41)뜸북 수지비아 사우야판에 다올랐네
우리할맘 어데가고 딸의동냥 시킸는고

---

41) 녹음이 되지 않은 부분임.

오리오리 개오리야

자료코드 : 04_21_FOS_20100203_PKS_SJS_0001
조사장소 : 부산광역시 강서구 천가동 9통(천성동 남중마을) 남중할머니회관
조사일시 : 2010.2.3
조 사 자 : 박경수, 정규식, 박지희, 오소현
제 보 자 : 신정순, 여, 89세
구연상황 : 제보자가 자연스럽게 이 노래를 가창하였다. 주위의 청중들은 박수를 치면서
'좋다~', '잘한다'라는 추임새를 넣어 주었다. 흥겹게 구연하였다.

오리오리 개오리야
대동강은 어데두고
두물강에 니가갔노
두물강도 내강이요
대동강도 내강이요

장구 노래

자료코드 : 04_21_FOS_20100203_PKS_SJS_0002
조사장소 : 부산광역시 강서구 천가동 9통(천성동 남중마을) 남중할머니회관
조사일시 : 2010.2.3
조 사 자 : 박경수, 정규식, 박지희, 오소현
제 보 자 : 신정순, 여, 89세
구연상황 : 청중들이 이런저런 이야기를 나누어 구연현장이 시끄러웠는데 제보자가 이
노래를 구연하였다. 혼자서 손으로 무릎을 치면서 장단을 맞춰가면서 구연하
였다. 짧게 구연한 후, 노래의 뒷부분은 다 잊어버렸다고 했다.

사철가지 열쇠는
아프라꼬 때리느냐
사랑에 장구열쇠

감정말고 들어보소

뱃노래

자료코드 : 04_21_FOS_20100127_PKS_YDJ_0001
조사장소 : 부산광역시 강서구 녹산동 성산마을 녹성노인정
조사일시 : 2010.1.27
조 사 자 : 박경수, 정규식, 박지희, 오소현
제 보 자 : 유덕자, 여, 74세
구연상황 : 조사자가 고기잡이 할 때 불렀던 노래를 해달라고 구연을 유도하자 제보자
들이 이 노래를 불렀다. 청중들과 함께 박수를 치면서 즐겁게 구연하였다. 제
보자는 처음에 노래를 못한다고 하다가 계속 구연하였다. 청중들과 함께 구연
하여 가사를 정확히 알 수 없는 부분이 있었다.

에야노 야노야 에야라
어스럼달 야노 어기여차 뱃놀이가잔다

어스럼 달밤에 개고리 우는소리
시집갔던 처녀가 바람이 났구나
　　에야라 야노야 에에라 야노
　　어기여차 뱃놀이 가잔다

니가죽고 내가살면 열녀가 되느냐
한강수 깊은물에 풍빠져 죽겠다
　　에야노 야노야 에야노 야노
　　어기여차 뱃놀이 가잔다

언니는 좋겠네 언니는 좋겠네
아저씨가 코가커서 언니는 좋겠네

창부타령

자료코드 : 04_21_FOS_20100127_PKS_YDJ_0002
조사장소 : 부산광역시 강서구 녹산동 성산마을 녹성노인정
조사일시 : 2010.1.27
조 사 자 : 박경수, 정규식, 박지희, 오소현
제 보 자 : 유덕자, 여, 74세
구연상황 : 조사자가 <청춘가>나 <창부타령>을 불러 달라고 하자 이 노래를 불러 주었
다. 청중들과 함께 박수를 치면서 가창하였다. 청중들은 제보자가 노래를 잘
한다고 구연 도중에 '좋다'라는 추임새를 여러 번 넣었다.

사랑앞에 피는국화 풀잎에 우는인생
오심이름은 뱃길되니 공개한나가 아니더라
양조간이 간절한데 소리소리만 숙신이다
　얼씨구 좋다 저얼씨구 아니 놀지를 못하리라

유리창문 창문열고 침재기하는 저처녀야
잠자리는 속것만두고 고개살푼만 들어보소
오곡무접저고리 연분홍치마 살다마다 자주사장댕기[42)]
범나부한쌍에 춤을춘다

창부타령

자료코드 : 04_21_FOS_20100203_PKS_YTK_0001
조사장소 : 부산광역시 강서구 천가동 11통(눌차동 내눌마을) 내눌경로당
조사일시 : 2010.2.3
조 사 자 : 박경수, 정유원
제 보 자 : 윤토금, 여, 80세
구연상황 : 조사자가 옛날 노래를 불러보라고 하자 제보자는 오래된 유행가를 계속 불렀

---

42) '자주색 댕기'의 뜻임 듯함.

다. 조사자가 노랫가락 한 곡을 하니 다음 <창부타령>을 했다. 그러나 다시 옛날 유행가를 불러서 더 이상의 민요 조사를 할 수 없었다.

아니~아니 아니노지는 못하리라~

하늘과같이 높은사랑~ 하해와같이도 깊었던사랑

칠년대왕(칠년대한) 가물음에 빗발겉이도 반건사람[43]

황금같은 양귀비요 이도랑~은 춘향이라~

일년삼백 육십일에 하루만 못봐도 못살겠네

모심기 노래

자료코드 : 04_21_FOS_20100128_PKS_LKY_0001
조사장소 : 부산광역시 강서구 명지동 사취등마을 사취등노인정
조사일시 : 2010.1.28
조 사 자 : 박경수, 정규식, 박지희, 오소현
제 보 자 : 이금연, 여, 81세
구연상황 : 조사자가 <모심기 노래>를 구연해 달라고 하자 제보자가 이 노래를 불러 주었다. 이금연 제보자도 화투를 치면서 구연을 해 주었다.

모야모야 노랑모야 언제커서 열매열래

이달크고 저달크고 훗달크고 열매연다

모심기 노래

자료코드 : 04_21_FOS_20100428_PKS_LNI_0001
조사장소 : 부산광역시 강서구 천가동 8통(천성동 서중마을) 서중할머니경로당
조사일시 : 2010.4.28

---

43) "칠년대한 가뭄에 빗발같이도 반긴 사랑"이라고 불러야 하는데, 발음이 정확하지 않았다.

조 사 자 : 박경수, 정규식, 정혜란
제 보 자 : 이녹일, 여, 86세
구연상황 : 조사자가 이 마을에서도 예전에 농사를 짓지 않았냐고 물어보면서 모심기
노래를 불러달라고 요청했다. 그러자 제보자가 모심기 노래를 7편이나 연이
어 불렀다. 제보자가 노래를 부르는 동안 청중들도 아는 사설이 나오면 따라
서 함께 불렀다. 노래를 부르던 중에 배귀임 할머니는 직접 모 심는 흉내를
내며 노래를 따라 부르기도 했다.

찾어-가자~ 찾어가자~ 첩의야방-을 찾어가자-
첩의-방은 꽃밭이요~ 이내-몸은 연못이-라
꽃과나비는 봄한철이요~ 연못에-잉어는 사시절이라- 이후후후~

한강에다 모를부어~ 모쩌내기도 난감하-네~
하늘에다 목화심어~ 목화야따-기도 난감하네- 이후후후~

서마지기 이논빼미~ 반달걸-이도 심어가네-
니가-무슨 반달이냐~ 초승달-이 반달이지- 이후후후~

물꼬야-청청 헐어놓고 주인양-반은 어데갔소~
등넘-에다 첩을두고~ 첩의야-방에 놀러갔소-

무슨여러 첩이건데 밤에가-고 낮에가노-
낮으-로는 놀러가고~ 밤으로~는 자러가요- 이후후후~

해다-지고 저문날에~ 산골마장(산골마다) 연기나네-
우리엄마- 어데가고~ 연기낼-줄 모르는가- 에-호호호호호

땀북땀북 밀수지비 사우야상-에~ 다올랐네-
우리-할망- 어디가고~ [잠시 멈추었다가] 사우야상에 다올랐노

도라지 타령

자료코드 : 04_21_FOS_20100428_PKS_LNI_0002
조사장소 : 부산광역시 강서구 천가동 8통(천성동 서중마을) 서중할머니경로당
조사일시 : 2010.4.28
조 사 자 : 박경수, 정규식, 정혜란
제 보 자 : 이녹일, 여, 86세
구연상황 : 조사자가 산에 나물을 캐면서 불렀던 노래를 물어보자 청중들이 <도라지 타
령>을 불렀다고 말했다. 조사자가 제보자에게 어떻게 불렀는지 한번 불러 달
라고 부탁하자, 제보자가 다음 노래를 불렀다. 제보자가 앞부분 사설을 시작
한 이후에는 청중들도 같이 불렀다.

도라지 도라지 도라~지-
심심- 산천에 백도라지-
한두- 뿌리만 캐여~도~
대바구니가 철~철 넘노라-
　에헤이요 에헤이요 에헤-이요
　에야라 난-다 지화자자 좋~다
　니가 내간장 스리살살 다녹인다-

도라지 캐러~ 간다-고~
요펑계 조펑계 하더~니-
총각낭군 무덤에~ 삼오제(삼우제) 지내러 간다-네
　에헤요 에헤요 에헤이요
　에야라 난-다 지화자자 좋~다
　니가 내간장 스리살살 다녹인다-

사발가

자료코드 : 04_21_FOS_20100428_PKS_LNI_0003
조사장소 : 부산광역시 강서구 천가동 8통(천성동 서중마을) 서중할머니경로당
조사일시 : 2010.4.28
조 사 자 : 박경수, 정규식, 정혜란
제 보 자 : 이녹일, 여, 86세
구연상황 : 제보자가 <도라지 타령>을 부른 후 바로 이어서 다음 <사발가>를 불렀다.
　　　　　청중들이 박수를 치며 따라 불렀다.

　　석탄-백탄 타는~데~ 연기만 폴~폴 나구요

　　요내-간장 타는~데~ 연기도 짐~도 안난~다

양산도

자료코드 : 04_21_FOS_20100428_PKS_LNI_0004
조사장소 : 부산광역시 강서구 천가동 8통(천성동 서중마을) 서중할머니경로당
조사일시 : 2010.4.28
조 사 자 : 박경수, 정규식, 정혜란
제 보 자 : 이녹일, 여, 86세
구연상황 : 배귀임 할머니가 <양산도>를 부른 후, 제보자도 다음 <양산도> 노래가 생
　　　　　각났는지 바로 부르기 시작했다. 배귀순 할머니도 제보자와 함께 불렀다.

　　꽃이- 좋아도 춘추단절이~오~

　　처녀가 고와도 이십세미만이~라-

　　에에에에히-요~

　　옥단풍 중우적삼 첫물이 좋~고~

　　처녀야 총각은 첫날밤이 좋~네~

쌍가락지 노래

자료코드 : 04_21_FOS_20100428_PKS_LNI_0005
조사장소 : 부산광역시 강서구 천가동 8통(천성동 서중마을) 서중할머니경로당
조사일시 : 2010.4.28
조 사 자 : 박경수, 정규식, 정혜란
제 보 자 : 이녹일, 여, 86세
구연상황 : 박연이 할머니가 앞부분 사설을 하다가 기억이 다 나지 않는지 힘들다고 못
하겠다고 하자 이 제보자가 다시 노래를 시작했다. 구연 중에 가사가 정확히
기억나지 않는 부분이 있자 청중들이 함께 불러 주었다.

쌍금쌍금 쌍가락지

호작질을 닦아내어

먼데보니 달일래라

젙에보니 처잘래라

그처자 자는방에

숨소리가 둘일래라

옹돌바씨 오라버니

거짓말씀 말아주이서

남풍이 디리불어

풍지떠는 소리로다

가덕팔경가

자료코드 : 04_21_FOS_20100428_PKS_LNI_0006
조사장소 : 부산광역시 강서구 천가동 8통(천성동 서중마을) 서중할머니경로당
조사일시 : 2010.4.28
조 사 자 : 박경수, 정규식, 정혜란
제 보 자 : 이녹일, 여, 86세

구연상황 : 박연이 할머니가 불렀던 <가덕팔경가>와는 다른 곡조로 제보자가 다음 노래를 불렀다.

에~

가덕도 연대봉은 섬안에 조종산이오

천성리 천수-대는~ 섬안에 유맹지라(유명지라)-

　　에헤야 좋구나 좋다 기화자 좋구나 좋다

　　명산에 가덕섬은~ 자-랑이로구나

에~

세마지 등댓불은 뱃길을 가르키고

갈미섬 태안-에는~ 전북이(전복이) 생산이라

　　에헤야 좋구나 좋다 기화자 좋구나 좋다

　　명선에 가덕섬은~ 자-랑이로구나

창부타령

자료코드 : 04_21_FOS_20100128_PKS_LSB_0001

조사장소 : 부산광역시 강서구 명지동 사취등마을 사취등노인정

조사일시 : 2010.1.28

조 사 자 : 박경수, 정규식, 박지희, 오소현

제 보 자 : 이상분, 여, 88세

구연상황 : 조사자가 <창부타령>이나 <노랫가락>도 좋으니 불러달라고 하자 이 노래를 불러 주었다. 이상분 제보자도 화투를 치면서 이 노래를 구연해 주었다.

얼씨구나 절씨구나　 아니 노지를 못하리라

하늘과같이 높은사랑 하해와같이 깊은사랑

도라지 타령

자료코드 : 04_21_FOS_20100128_PKS_LSB_0002
조사장소 : 부산광역시 강서구 명지동 사취등마을 사취등노인정
조사일시 : 2010.1.28
조 사 자 : 박경수, 정규식, 박지희, 오소현
제 보 자 : 이상분, 여, 88세
구연상황 : 조사자가 <아리랑>이나 <도라지 타령>을 불러 달라고 하자 제보자들이 이
　　　　　노래를 구연해 주었다. 화투 패를 손에 쥐고서 이 노래를 불러 주었다. 다른
　　　　　청중들도 함께 구연했다.

심심 산천에 백도라지
한두 뿌리만 캐여도
바구니 반상만 되노라
　에헤이요 에헤이요 에헤요
　에야라 난다 지화자 좋다
　니가 내간장 스리슬슬이 다녹인다

아리랑

자료코드 : 04_21_FOS_20100128_PKS_LSB_0003
조사장소 : 부산광역시 강서구 명지동 사취등마을 사취등노인정
조사일시 : 2010.1.28
조 사 자 : 박경수, 정규식, 박지희, 오소현
제 보 자 : 이상분, 여, 88세
구연상황 : 앞의 <도라지 타령>에 이어 이 노래를 구연해 주었다.

아리랑 아리랑 아라리요
아리랑 고개로 넘어간다
나를 버리고 가시는님은

십리도 못가서 발병난다

아리랑 아리랑 아라리요

야단 맞는 노래

자료코드 : 04_21_FOS_20100128_PKS_LSB_0004
조사장소 : 부산광역시 강서구 명지동 사취등마을 사취등노인정
조사일시 : 2010.1.28
조 사 자 : 박경수, 정규식, 박지희, 오소현
제 보 자 : 이상분, 여, 88세
구연상황 : 앞의 노래에 이어 이 노래를 구연하였다. 여전히 화투 패를 손에 쥐고 노래
를 구연하였다. 노래의 앞부분은 청둥들도 같이 구연해 주었다. 빠른 소리로
불러서 가사를 알아듣기 어렵다.

대한짐 짐을지고

밀양고개로 넘어가네

밀양넘이 날쳤네

마누라한테 ○○신고

엄마한테 편지한데

에-고놈 잘맞았다

동생한테 배잘○○

청춘가

자료코드 : 04_21_FOS_20100128_PKS_LSB_0005
조사장소 : 부산광역시 강서구 명지동 사취등마을 사취등노인정
조사일시 : 2010.1.28
조 사 자 : 박경수, 정규식, 박지희, 오소현

제 보 자 : 이상분, 여, 88세

구연상황 : 조사자가 <청춘가>를 불러 달라고 하자 이 노래를 구연해 주었다.

청천 하늘에 잔별도 많고요

요내 가슴에~ 잔수심 많구나

노랫가락 / 그네 노래

자료코드 : 04_21_FOS_20100127_PKS_LSD_0001

조사장소 : 부산광역시 강서구 녹산동 성산마을 녹성노인정

조사일시 : 2010.1.27

조 사 자 : 박경수, 정규식, 박지희, 오소현

제 보 자 : 이순덕, 여, 73세

구연상황 : 다른 제보자의 노래를 듣고 있던 제보자가 노래가 기억 난는지 갑자기 이
노래를 구연해 주었다. 다른 청중들과 박수를 치면서 흥겹게 구연하였다.

세모진낭게 오색가지에 그네를매여

님이타며는 내가나밀고 내가타면은 니가밀ㅡ어

님아님아 줄밀지마라 줄떨어지면은 정떨어진다

쓸쓸이 장에 갔다

자료코드 : 04_21_FOS_20100127_PKS_LJJ_0001

조사장소 : 부산광역시 강서구 녹산동 본녹산마을 녹산노인정

조사일시 : 2010.1.27

조 사 자 : 박경수, 정규식, 박지희, 오소현

제 보 자 : 이정자, 여, 82세

구연상황 : 김두임 제보자의 <모심기 노래>의 구연이 끝나자 이정자 제보자가 이 노래
를 구연하였다. 자신의 이름을 넣어 유희요로 부른 것이다.

쓸쓸이 장에갔다 오거들랑 만내서
앞집에 감자정자 뒷집에 유자정자
얼씨구 그정자 잘도논다

모심기 노래(1)

자료코드 : 04_21_FOS_20100127_PKS_LJJ_0002
조사장소 : 부산광역시 강서구 녹산동 본녹산마을 녹산노인정
조사일시 : 2010.1.27
조 사 자 : 박경수, 정규식, 박지희, 오소현
제 보 자 : 이정자, 여, 82세
구연상황 : 조사자가 다른 청중들에게 <모심기 노래>를 구연해 달라고 말하던 중 이정
자 제보자가 이 노래를 구연하였다. 제보자가 혼자서 박수를 치며 가창하였
다. 두 번째 부른 노래는 제보자가 가사를 지어서 부른 것으로 보인다.

낭창낭창 베리끝에 무정하다 울오랍아
나도죽어서 남자가되어 처자곤석을 심기보세(섬겨보세)

서울이라 남기없어 숲을지내서 다리놓네
그다리를 건너가면은 줄줄콩콩 소리나네

팔모야까까닥 유리잔에 나부한쌍이 잔질하네

서울이라 왕대밭에 금비둘기가 알을놓네
그알하나를 주었으면 금년과게를 내할거로

달이 뜨네

자료코드 : 04_21_FOS_20100127_PKS_LJJ_0003

조사장소 : 부산광역시 강서구 녹산동 본녹산마을 녹산노인정

조사일시 : 2010.1.27

조 사 자 : 박경수, 정규식, 박지희, 오소현

제 보 자 : 이정자, 여, 82세

구연상황 : 조사자가 다른 청중들과 이야기를 나누고 있던 중 제보자가 이 노래를 갑자기 가창하였다.

> 달이뜨네 달이뜨네 베갯모에 달이뜨네
> 달이뜨나 달이뜨나 싫은님을 어찌하리

청천의 가수야

자료코드 : 04_21_FOS_20100127_PKS_LJJ_0004

조사장소 : 부산광역시 강서구 녹산동 본녹산마을 녹산노인정

조사일시 : 2010.1.27

조 사 자 : 박경수, 정규식, 박지희, 오소현

제 보 자 : 이정자, 여, 82세

구연상황 : 앞의 노래를 구연한 후 다음 노래를 불렀다. 청중들은 제보자의 노래를 들으며 매우 즐거워하였다. 제보자 혼자 박수를 치면서 큰소리로 가창하였다. 노래를 부른 후 무슨 노래라고 물으니 자신의 이름을 붙여 '정자 노래'라고 했다.

> 청천의 가수야 누를보고 늙었노
> 아개짱 자개짱 지개짱 동창
> 세살마까지 너를보고 늙었네

모심기 노래(2)

자료코드 : 04_21_FOS_20100127_PKS_LJJ_0005

조사장소 : 부산광역시 강서구 녹산동 본녹산마을 녹산노인정

조사일시 : 2010.1.27
조 사 자 : 박경수, 정규식, 박지희, 오소현
제 보 자 : 이정자, 여, 82세
구연상황 : 앞의 노래에 이어 이 노래를 구연하였다. 여러 편의 <모심기 노래>를 연속
적으로 구연하였다.

해다진데 어디가노
우리야부모님 산소등에 젓묵으러 내가가네

모시적삼 안섶안네 함박꽃이 생깄구나
저봉지한쌍 딸라하니 호랑소리가 절로나네

꽃은꺾어서 머리에꽂고 잎은따서 입에물고
산에올라 들구경하니 가는선부님 질몬가네

동지섣달 진진밤에 첩의생각이 절로나네

벽두에 모를부어 모찌기도 남감하네
팔월에 목화를숨거 목화따기도 난감하네

등넘에다 첩을두니 기상첩이 반일래라
한재한서 모를부어 참나락이 반일래라

저게가는 저구름아 눈실었나 비실었나

머 또 모르겠네.

눈도비도 아니쓸고 소리명창 내들었네

목화 따는 노래

자료코드 : 04_21_FOS_20100127_PKS_LJJ_0006
조사장소 : 부산광역시 강서구 녹산동 본녹산마을 녹산노인정
조사일시 : 2010.1.27
조 사 자 : 박경수, 정규식, 박지희, 오소현
제 보 자 : 이정자, 여, 82세
구연상황 : 앞의 노래에 이어 자연스럽게 제보자가 부른 것이다.

사리지고(사래 길고) 강넓은밭에
목화따는 저처녀야
혼차따기 심심한데
너랑나랑 둘이따자
혼자따나 둘이따나
목화따기는 일반이요
목화꽃이 늘어지면
도청군에서 호출오고
우리인생도 늘어지면
공동묘지서 호출온다

삼 삼기 노래

자료코드 : 04_21_FOS_20100127_PKS_LJJ_0007
조사장소 : 부산광역시 강서구 녹산동 본녹산마을 녹산노인정
조사일시 : 2010.1.27
조 사 자 : 박경수, 정규식, 박지희, 오소현
제 보 자 : 이정자, 여, 82세
구연상황 : 앞의 노래에 이어 조사자의 유도에 따라 제보자가 부른 것이다.

이삼삼아 옷해입고

무추산에 구경가자

무추산에 올고사리

밤이슬맞아 춤을추네

아기 어르는 노래

자료코드 : 04_21_FOS_20100127_PKS_LJJ_0008
조사장소 : 부산광역시 강서구 녹산동 본녹산마을 녹산노인정
조사일시 : 2010.1.27
조 사 자 : 박경수, 정규식, 박지희, 오소현
제 보 자 : 이정자, 여, 82세
구연상황 : 조사자의 구연 유도에 의해 이 노래를 불렀다. 구연 도중 가사가 기억나지
　　　　　않아 잠시 멈췄다가 구연하였다.

불매불매 불매야

이불매가 누불맨고

경상도 안동땅에

아기 재우는 노래 / 자장가

자료코드 : 04_21_FOS_20100127_PKS_LJJ_0009
조사장소 : 부산광역시 강서구 녹산동 본녹산마을 녹산노인정
조사일시 : 2010.1.27
조 사 자 : 박경수, 정규식, 박지희, 오소현
제 보 자 : 이정자, 여, 82세
구연상황 : 조사자의 구연 유도에 의해 제보자가 부른 것이다.

자장자장 자장개야

앞집개도 짖지말고

꼬꼬달도(꼬꼬닭도) 우지마라

우리애기 잘도잔다

모심기 노래(3)

자료코드 : 04_21_FOS_20100127_PKS_LJJ_0010

조사장소 : 부산광역시 강서구 녹산동 본녹산마을 녹산노인정

조사일시 : 2010.1.27

조 사 자 : 박경수, 정규식, 박지희, 오소현

제 보 자 : 이정자, 여, 82세

구연상황 : 다른 청중들이 <창부타령>, <청춘가> 등을 구연한 후에 제보자가 이 노래
를 구연하였다. 구연 도중 가사를 기억하지 못해 잠시 멈췄다가 다시 가사를
기억하여 가창하였다.

포름포름 봄배차는 밤이슬오기만 기다리고

옥안에갇힌 춘향이는 이도령오기만 기다리네

물꼬야청청 헐어놓고 주인네양반은 어디갔노

문어야전복 오리들고(오려 들고) 첩의야방에 놀러갔네

모심기 노래

자료코드 : 04_21_FOS_20100127_PKS_LHJ_0001

조사장소 : 부산광역시 강서구 녹산동 성산마을 녹성노인정

조사일시 : 2010.1.27

조 사 자 : 박경수, 정규식, 박지희, 오소현

제 보 자 : 이훈자, 여, 71세

구연상황 : 제보자 이훈자 씨가 노래를 시작하여 앞소리를 하고 다른 청중이 받는 소리
를 했다.

모야모야 노랑모야 니언제커서 열매열래
이달크고 훗달커서 칠팔월에 열매열지

물꼬나청청 헐어놓고 주인네양반 어디가노
문에야전복 손에들고 첩의집에 놀러간다

전라도라 왕대밭에 금비둘키 알을낳네
그알하나 주었으면 금년과게를 내할거로

모심기 노래

자료코드 : 04_21_FOS_20100127_PKS_YYS_0001
조사장소 : 부산광역시 강서구 녹산동 본녹산마을 녹산노인정
조사일시 : 2010.1.27
조 사 자 : 박경수, 정규식, 박지희, 오소현
제 보 자 : 임양순, 여, 80세
구연상황 : 조사자의 구연 유도에 의해 제보자가 부른 것이다.

서마지기 논빼미에 반달만치 남았구나
저기무슨 반달이고 초승그믐달이 반달이지

염불가

자료코드 : 04_21_FOS_20100127_PKS_JSL_0001
조사장소 : 부산광역시 강서구 녹산동 본녹산마을 녹산노인정
조사일시 : 2010.1.27
조 사 자 : 박경수, 정규식, 박지희, 오소현
제 보 자 : 정순이, 여, 74세
구연상황 : 김동임 할머니의 <염불가>에 이어 제보자가 부른 것이다.

천년자리 만년자리

내치수에 맞는자리

황금을 뿌린자리

발보살이 닦은자리

이내일신 갈적에는

좋은날 좋은시에

자는잠에 인도하소서

나무아미타불

나무아미타불

나~ 무~ 아~ 미~ 타~ 불

다리 세기 노래

자료코드 : 04_21_FOS_20100203_PKS_HDN_0001
조사장소 : 부산광역시 강서구 천가동 10통(대항동 대항마을) 대항경로당
조사일시 : 2010.2.3
조 사 자 : 박경수, 정규식, 박지희, 오소현
제 보 자 : 허덕님, 여, 86세
구연상황 : 다른 청중들이 <다리 세기 노래>를 하나씩 하자 제보자도 이 노래를 불렀다.

한호래이 두호래이

삼새끼 사호래이

육년 강아지

팔대 장승

고도래 만원에 뱅자

잠자리 잡는 노래

자료코드 : 04_21_FOS_20100203_PKS_HDN_0002
조사장소 : 부산광역시 강서구 천가동 10통(대항동 대항마을) 대항경로당
조사일시 : 2010.2.3
조 사 자 : 박경수, 정규식, 박지희, 오소현
제 보 자 : 허덕님, 여, 86세
구연상황 : 김복의 할머니가 <잠자리 잡는 노래>를 부르자 제보자도 이 노래를 구연하
였다.

뱅자리 꽁꽁

붙은자리 붙어라

먼데가면 니죽는다

2. 북구

■ 조사마을

부산광역시 북구 구포1동

조사일시 : 2010.1.21
조 사 자 : 박경수, 정규식, 박지희, 오소현

　구포동(龜浦洞)의 옛 지명에 관해서는 여러 가지 설이 있다. 구(龜)를 갑우 또는 거뵈로 보아 '거뵈개'라는 설과 구(龜)를 검(神)으로 해석하여 '굿개'라는 설이 있다. 또한 정인보는 가야(伽倻)란 반도의 가운데를 흐르는 낙동강에 붙여진 강물 이름을 의용(依用)한 것이라고 한다. 이 물줄기는 반도의 동서(東西) 중간을 뚫고 흘러내리므로 "갑우내"라고 부르던 것이 "갑우"는 곧 정중의 뜻으로 지금의 "가운"의 원래 말이며 가야는 곧 갑우내를 한자로 표기한 것이다. 그리고 구포를 굿개로 보는 견해는 고대의 제사인 굿을 하는 나루란 뜻이다. 따라서 구포는 굿개이니 옛날 제사가 행해지던 장소의 하나로 상정될 수 있다. 또한 『양산군지』(1899)에 나와 있는 구포에 관한 기록을 보면, 감동진 일명 구포라고 하여 구포를 감동나루라고 불러 왔음을 알 수 있는데, 감동(甘東)이란 신의 뜻이므로 구포라는 말과 같은 것이다.

　구포는 동래부, 양산군, 동래군 그리고 부산부 등으로 행정영역이 이속되는 현상이 심하였다. 『동래부지』(1740)에 서면과 사천면에는 구포의 지명이 기록되어 있지 않은 것으로 보아 동래부의 영역이 아닌 것으로 보인다. 한말(1896~1904년)에는 양산군 좌이면에 구포리라는 행정명이 기록되어 있다. 1904년 말부터는 동래부 계서면 구포리로 되었다가, 1906년에는 동래부 좌이면 구포리로, 1910년에 부산부에 편입되었다. 1914년 부산부가 부산부와 동래군으로 조정되면서 동래군 구포면 구포리가 되었다. 1943년 구포면이 구포읍으로 승격되었고, 1963년 정부 직할시 승격

구포1동 구포당산경로당

구포1동 구포1동할머니경로당

과 함께 행정구역이 개편되면서 부산진구 구포출장소 구포동이 되었다. 이후 인구의 증가로 1979년 구포1,2동으로 분동되고, 1994년 구포3동이 분동되어 오늘에 이르고 있다. 자연마을로는 구남마을, 구명마을, 구포리마을, 대리마을이 있었다.

제보자 일행이 이곳을 방문한 날은 2010년 1월 21일(목)이었다. 구포1동 주민센터를 직접 방문하여 노인들이 많이 모인 곳을 문의하자 이곳을 알려주었다. 구포동할머니경로당은 큰 도로변에 위치한 현대식 건물의 1층에 위치해 있었다. 조사자 일행이 방문하자 노인회 회장을 비롯한 14명의 할머니들이 있었다.

박지조(여, 85세), 양인화(여, 85세), 함인자(여, 80세) 제보자들로부터 <모심기 노래>, <쾌지나 칭칭나네>, <창부타령>, <진도아리랑> 등의 민요를 조사하였다. 특히 양인화 제보자가 민요 11편을 제공해주었다. 이곳 역시 설화의 구연을 유도하였으나 한 편도 조사하지 못했다. 1시 20분경에 조사를 시작하여 3시경에 마무리하였다. 조사를 마치고는 구포당산경로당으로 향했다.

구포동할머니경로당의 조사를 마친 후 바로 이곳을 찾아 갔다. 구포당산경로당은 구포당산나무 바로 옆에 위치하고 있다. 이 경로당은 구포지역에서 가장 큰 경로당으로 할머니 방과 할아버지 방으로 나눠져 있었다. 경로당에는 할아버지와 할머니들이 상당히 많이 있었다. 당산나무에 관한 전설을 기대하고 조사를 시작했으나 이에 관한 자료는 나오지 않았다.

조사자 일행이 방문하자 할아버지들은 막걸리를 마시거나 화투를 치고 있었으며, 할머니들은 텔레비전을 시청하고 있었다. 그런데 경로당에 어울리지 않게 젊어 보이는 사람(대략 50대 중반)들이 둘이 있었는데 조사자 일행의 방문을 달가워하지 않는 눈치였다. 그러면서 "이야기나 몇 개 해주어 빨리 보내라."고 말하기도 하였다.

김수연(여, 82세), 김영숙(여, 77세), 이복순(여 79세), 정제임(여, 87세)

등의 제보자들로부터 <양산도>, <창부타령>, <도라지 타령> 등의 민요와 <사람과 사귀면 온갖 물건을 가져다주는 도깨비>, <담이 약한 사람을 홀리는 여우> 등의 설화를 조사할 수 있었다. 조사는 오후 3시 경부터 시작하여 오후 5시경에 마쳤다.

부산광역시 북구 화명2동

조사일시 : 2010.1.23
조 사 자 : 박경수, 정규식, 박지희, 오소현

화명동(華明洞)은 금정산 계곡에서 낙동강 강변에 자리잡고 있는 오랜 역사를 이어온 동네이다. 화명천(華明川)은 일명 대천천이라고 부른다. 낙동강 하류에 위치한 지형적 조건에서 대천마을의 이름도 생겨난 것이다. 화명동이란 이름이 언제부터 유래한 것인지는 알 수 없다. 다만 이곳에 삼국시대 초기에 해당하는 고분군이 있는 것으로 보아 마을이 고대부터 있었다고 보아야 할 것이다. 화명동에는 화명이란 마을 이름은 없으며, 화잠(華岑)이 가장 가까운 이름으로 불렸다. 조선시대나 최근세의 기록에는 양산군 또는 동래군의 좌면 또는 좌이면(左耳面) 화잠리(華岑里)로 나와 있다. 1936년 행정구역 개편 때 동래군 좌이면에서 부산시로 편입되었다. 화명동은 북쪽부터 대천(大川)·와석(臥石)마을 또는 화잠(華岑)·용당(龍堂)·수정(水亭)마을의 4개의 자연마을로 형성되어 있다. 이곳은 대천천이 흐르는 곳으로 예전에는 논농사를 많이 지었던 곳이지만, 최근에는 주택지로 개발되어 아파트들이 많이 건설되었다.

조사자 일행이 화명코오롱아파트 노인정을 찾은 날은 2010년 1월 23일 (토)이다. 화명2동주민센터에 문의한 결과 화명동의 아파트 단지 내 노인정에 가면 어른들이 많이 계신다고 하여 이곳을 찾았다. 조사자 일행은 오전 11시 경에 모여 화명동에 갔으나 노인정을 찾기가 어려웠다. 아파트

화명2동 화명그린아파트노인정

화명2동 화명동코오롱아파트노인정

단지 내의 작은 건물에 위치하고 있어 쉽게 눈에 띠지 않았기 때문이다. 12시 경에 노인정을 찾아 조사를 진행할 수 있었다.

조사자 일행이 노인정 안으로 들어서자 할머니들이 고구마, 과자 등의 간식거리를 먹고 있었다. 텔레비전을 보거나 화투를 치는 분들도 있었다. 김수정(여, 88세), 김춘자(여, 74세) 등의 제보자들로부터 <모심기 노래>, <청춘가> 등의 민요를 조사할 수 있었다. 조사자가 설화 구연을 유도했으나 "그런 것은 예전에 알았는데 지금은 다 잊어버렸다."고 하면서 구연을 하지 않았다. 조사는 약 2시간 30분가량 지속되었다. 오후 2시 30분에 조사를 마쳤다.

화명2동주민센터에서 노인정 회장의 전화번호를 문의한 후, 회장과 연락을 하여 노인정을 방문하였다. 오후 4시 경에 화명그린아파트 노인정에 도착하였다. 이 노인정 역시 할아버지들은 아무도 없고 할머니들만 있었다. 문정선(여, 80세), 임필순(여, 79세) 제보자들로부터 <모심기 노래>, <아기 어르는 노래> 등의 민요를 조사하였다. 특히 문정선 제보자는 <모심기 노래>를 아주 잘 불렀다. 이곳에서도 설화는 조사하지 못하였다. 제보자들이 설화는 잘 모른다고 하면서 이야기하기를 꺼렸다. 조사는 대략 1시간 30분가량 지속되어 5시 30분경에 조사를 마쳤다.

▌제보자

김수연, 여, 1929년생

주 소 지 : 부산광역시 북구 구포1동
제보일시 : 2010.1.21
조 사 자 : 박경수, 정규식, 박지희, 오소현

김수연은 1929년 기사생으로 뱀띠다. 김
해에서 태어났으며 택호는 없다고 했다. 본
관은 김해이며 18세에 결혼하여 2남 2녀의
자녀를 두었다. 자녀들은 부산과 김해 등지
에서 생활하고 있다고 한다. 현재는 큰 아들
과 구포에서 살고 있다. 예전에는 농사를 상
당히 많이 지었는데 지금은 아무 일도 하지
않고 있다고 했다. 학교는 다니지 못했다.
김수연 제보자는 장구도 잘 치고 북도 잘 치며 춤도 잘 추었다. 구포당산
경로당에서 무슨 행사가 있으면 김수연 제보자가 장구를 도맡아 칠 정도
로 장구를 다루는 솜씨가 탁월하였다. 조사자가 조사를 한 이 날에도 제
보자는 장구를 놓지 않고 많은 노래를 장구의 장단에 맞춰가면서 구연하
였다.

제공 자료 목록
04_21_FOS_20100121_PKS_KSY_0001 양산도(1)
04_21_FOS_20100121_PKS_KSY_0002 노랫가락
04_21_FOS_20100121_PKS_KSY_0003 청춘가
04_21_FOS_20100121_PKS_KSY_0004 큰애기 노래
04_21_FOS_20100121_PKS_KSY_0005 창부타령(1)
04_21_FOS_20100121_PKS_KSY_0006 양산도(2)

김수정, 여, 1923년생

주 소 지 : 부산광역시 북구 화명2동
제보일시 : 2010.1.21
조 사 자 : 박경수, 정규식, 박지희, 오소현

김수정은 1923년 계해생으로 돼지띠이다.
경상북도 상주에서 태어났으며 택호는 상주
댁이다. 18세에 결혼하여 2남 3녀의 자녀를
두었으며 남편은 50년 전 작고했다. 학교는
초등학교를 졸업하였다고 한다. 제보자가
부산광역시 북구 화명2동에 살게 된 지는 4
년 정도 됐고 들려준 노래는 친구들과 놀면
서 부르던 노래라고 했다. 제보자가 제공한
자료는 4편의 민요이다. 연세가 많아서인지 가창하는 도중에 숨을 자주
쉬었으며 가사를 기억하지 못해 중간중간 말로 설명하면서 구연하였다.

제공 자료 목록
04_21_FOS_20100123_PKS_KSJ_0001 달 노래 / 달아달아 밝은 달아
04_21_FOS_20100123_PKS_KSJ_0002 베틀 노래
04_21_FOS_20100123_PKS_KSJ_0003 모심기 노래
04_21_FOS_20100123_PKS_KSJ_0004 백발가

김영숙, 여, 1934년생

주 소 지 : 부산광역시 북구 구포1동
제보일시 : 2010.1.21
조 사 자 : 박경수, 정규식, 박지희, 오소현

김영숙은 1934년 갑술생으로 개띠이다. 경상남도 합천군 삼가면에서 태어났으며 20세에 결혼했다고 한다. 본관은 김해이며 택호는 합천댁이다. 남편은 오래 전에 작고했으며 지금은 혼자 살고 있다고 했다. 자녀는 2남 2녀를 두었는데 부산, 양산, 김해 등지에 살고 있다고 한다. 학력은 초등학교 중퇴이다.

제보자는 김수연 제보자와 정제임 제보자의 구연 중간 중간에 끼어들면서 노래를 불러 주었다. 제공한 자료는 민요 2편이다. 목소리가 아주 맑았으며 구연을 할 때, 장구 소리에 맞춰 춤을 추기도 했다.

제공 자료 목록
04_21_FOS_20100121_PKS_KYS_0001 도라지 타령
04_21_FOS_20100121_PKS_KYS_0002 밀양아리랑

김춘자, 여, 1937년생

주 소 지 : 부산광역시 북구 화명2동
제보일시 : 2010.1.21
조 사 자 : 박경수, 정규식, 박지희, 오소현

김춘자는 1937년 정축생으로 소띠이다. 부산광역시 북구 화명동에서 태어났다. 특별한 택호는 없다. 학교는 다니지 못했으며 20세에 결혼했다. 남편은 30년 전에 작고했고, 1남 2녀의 자녀가 있다. 자녀들은 모두 부산에 거주하고 있으며 지금은 큰아들과

함께 지내고 있다고 했다.

제공한 자료는 <청춘가>와 <아리랑>이다. 이들 노래는 어릴 때 자연스레 듣고 배운 것이라고 했다.

제공 자료 목록
04_21_FOS_20100123_PKS_KCJ_0001 청춘가
04_21_FOS_20100123_PKS_KCJ_0002 아리랑

문정선, 여, 1931년생

주 소 지 : 부산광역시 북구 화명2동
제보일시 : 2010.1.21
조 사 자 : 박경수, 정규식, 박지희, 오소현

문정선은 1931년 신미생으로 양띠이다. 경상남도 사천시 연촌리에서 태어났으며 택호는 연촌댁이다. 17세에 결혼하여 4남 4녀를 두었다. 자녀들은 모두 객지에 나가 살고 현재는 막내 아들과 함께 살고 있다. 남편은 85세이며 현재 함께 살고 있다. 학력은 초등학교 졸업이며, 과거에는 농사를 주로 지었다고 했다. 노래를 부를 때 목소리가 가늘며 떨렸으며, 웃음이 많은 편이었다. 막내아들의 손자를 봐 주기 위해 북구 화명2동으로 와서 살게 되었다고 했다.

제보자는 예전에 농사를 많이 지었다고 했다. <모심기 노래>를 여러 편 제공해 주었다. 노래를 부를 때 눈을 지그시 감는 버릇이 있었다. 목소리가 곱고 차분하였다. 특히 <모심기 노래>를 구연할 때, 받는 사람이 없어 노래를 제대로 구연할 수 없다고 하면서 아쉬워하였다.

제공 자료 목록
04_21_FOS_20100123_PKS_MJS_0001 모심기 노래
04_21_FOS_20100123_PKS_MJS_0002 모찌기 노래
04_21_FOS_20100123_PKS_MJS_0003 아기 어르는 노래 / 불매소리
04_21_FOS_20100123_PKS_MJS_0004 아기 재우는 노래 / 자장가

박지조, 여, 1926년생

주 소 지 : 부산광역시 북구 구포1동
제보일시 : 2010.1.21
조 사 자 : 박경수, 정규식, 박지희, 오소현

　박지조는 1926년 병인생으로 호랑이띠다.
경상남도 밀양에서 태어났으며 택호는 밀양
댁이다. 19세에 결혼하여 2남 3녀를 두었으
며 남편은 32년 전에 작고했다. 자녀들은
부산, 김해 등지에서 살고 있으며, 현재 큰
아들과 함께 구포에 거주하고 있다. 학력은
초등학교 졸업이다. 구포1동에 산 지는 10
년 정도 되었다고 한다.
　제보자가 제공한 자료는 <모심기 노래> 2편이다. 흥을 내어 박수를
치면서 적극적으로 노래를 불렀다.

제공 자료 목록
04_21_FOS_20100121_PKS_PJJ_0001 모심기 노래

서인숙, 여, 1935년생

주 소 지 : 부산광역시 북구 화명2동
제보일시 : 2010.1.23

조 사 자 : 박경수, 정규식, 박지희, 오소현

서인숙은 1935년 을해생으로 돼지띠다. 전라북도 고창군에서 태어났으며 택호는 남해댁이라고 불린다. 학교는 다니지 못했고, 17세에 결혼했다. 남편은 10살 연상이며, 2남 3녀의 자녀가 있다. 제보자는 현재 남편과 딸과 함께 화명2동에서 살고 있다. 이곳에서 산 지는 13년이 되었다고 한다.

제공한 자료는 민요 4편이다. 목청이 맑고 고왔다. 구연을 하던 도중에 자주 웃었으며, 박수를 치면서 구연했다.

제공 자료 목록

04_21_FOS_20100123_PKS_SIS_0001 도라지 타령
04_21_FOS_20100123_PKS_SIS_0002 청춘가
04_21_FOS_20100123_PKS_SIS_0003 아기 재우는 노래 / 자장가
04_21_MFS_20100123_PKS_SIS_0001 뽕 따러 가세

심순남, 여, 1932년생

주 소 지 : 부산광역시 북구 화명2동
제보일시 : 2010.1.23
조 사 자 : 박경수, 정규식, 박지희, 오소현

심순남은 1932년 임신생으로 원숭이띠이다. 부산광역시 북구 화명2동에서 태어났고 택호는 진산댁이다. 학교는 물금초등학교를 다녔고, 16세에 결혼했다. 남편은 20년 전 작고했고, 3남 2녀의 자녀가 있다.

제보자가 우리에게 들려준 노래는 젊은

시절 즐겨 부르던 것이라고 했다. 제공한 자료는 민요 3편이다. 구연 도
중 가사를 잘 기억하지 못하여 말로 설명하기도 했다.

제공 자료 목록
04_21_FOS_20100123_JKS_SSN_0001 창부타령
04_21_FOS_20100123_JKS_SSN_0002 달 노래 / 달아달아 밝은 달아
04_21_FOS_20100123_JKS_SSN_0003 모심기 노래

양인화, 여, 1926년생

주 소 지 : 부산광역시 북구 구포1동
제보일시 : 2010.1.23
조 사 자 : 박경수, 정규식, 박지희, 오소현

양인화는 1926년 병인생으로 호랑이띠다.
부산광역시 북구 화명동에서 태어났으며 택
호는 없다. 17세에 결혼하여 2남 1녀를 두
었다. 남편은 48년 전에 작고했다. 학력은
초등학교 졸업이다. 주로 농사를 지으면서
생활해 왔으며 현재는 특별히 하는 일이 없
다고 한다.

제보자는 다른 할머니들과 어울리며 노래
를 불러 주었다. 사투리를 많이 쓰고 목소리가 탁하다. 많은 자료를 제공
해 주었는데 이 노래들은 모두 어릴 적 불렀던 것이라 한다. 예전에는 더
많은 노래를 알았는데 요즘엔 부르지 않아 다 잊어버렸다고 했다. 제공한
자료는 <모심기 노래>, <쾌지나 칭칭나네> 등 민요 10편이다. 노래를
아주 잘 불렀으며 신명나게 구연하였다.

제공 자료 목록

04_21_FOS_20100121_PKS_YIH_0001 모심기 노래

04_21_FOS_20100121_PKS_YIH_0002 쾌지나 칭칭나네

04_21_FOS_20100121_PKS_YIH_0003 창부타령

04_21_FOS_20100121_PKS_YIH_0004 밀양아리랑

04_21_FOS_20100121_PKS_YIH_0005 화투타령

04_21_FOS_20100121_PKS_YIH_0006 달 노래 / 달아달아 밝은 달아

04_21_FOS_20100121_PKS_YIH_0007 아기 어르는 노래

04_21_FOS_20100121_PKS_YIH_0008 아기 재우는 노래(1)

04_21_FOS_20100121_PKS_YIH_0009 파랑새요

04_21_FOS_20100121_PKS_YIH_0010 아기 재우는 노래(2)

이복순, 여, 1932년생

주 소 지 : 부산광역시 북구 구포1동

제보일시 : 2010.1.23

조 사 자 : 박경수, 정규식, 박지희, 오소현

이복순은 1932년 임신생으로 원숭이띠이다. 부산광역시 북구 구포1동에서 태어나 계속해서 이곳에서 생활했다고 한다. 특별한 택호는 없다. 20세에 결혼하여 1남 2녀의 자녀를 두었다. 자녀들은 부산, 경주 등지에서 살고 있으며, 제보자는 현재 구포에서 혼자 생활하고 있다고 했다. 남편 분은 20여 년 전에 작고했다. 학력은 초등학교 중퇴이며 젊었을 때는 농사를 주로 지었다고 했다.

제보자가 구연한 노래는 어릴 적 불렀던 것이며, 이야기들은 직접 경험하거나 어른들에게 들은 것이라고 했다. 제공한 자료는 4편의 민요와 도

깨비와 여우 설화 2편이다. 특히 설화를 구연할 때는 자신이 직접 경험한 일이라고 하면서 매우 진지하게 이야기를 해 주었다.

제공 자료 목록
04_21_FOT_20100121_PKS_LBS_0001 온갖 물건을 갖다 주는 도깨비
04_21_MPN_20100121_PKS_LBS_0001 사람을 홀리는 여우
04_21_FOS_20100121_PKS_LBS_0001 모심기 노래
04_21_FOS_20100121_PKS_LBS_0002 닐니리야
04_21_FOS_20100121_PKS_LBS_0003 너냥 나냥

임필순, 여, 1932년생

주 소 지 : 부산광역시 북구 화명2동
제보일시 : 2010.1.23
조 사 자 : 박경수, 정규식, 박지희, 오소현

임필순은 1932년 임신생으로 원숭이띠이 다. 경상남도 합천군에서 태어나 성장하다 가 이후 경상남도 산청군 정곡마을로 이사 를 가서 살았다. 택호는 정동댁이다. 18세에 결혼하여 3남 2녀의 자녀를 두었는데 자녀 들은 부산, 진주, 창원 등지에 거주하고 있 다고 했다. 주로 농사를 하면서 살았으며 학 력은 무학이다. 남편은 12년 전에 작고했으  며 현재는 큰아들과 함께 살고 있다. 현 거주지인 화명2동은 제보자가 60 세가 되던 해부터 살게 되었다고 한다.

제보자가 제공한 자료는 <모심기 노래> 1편이다. 문정선 제보자가 <모심기 노래>를 계속 구연하던 중 조용히 듣고 있다가 갑자기 생각이 나는 노래를 불러준 것이다.

04_21_FOS_20100123_PKS_IPS_0001 모심기 노래

정제임, 여, 1924년생

주 소 지 : 부산광역시 북구 구포1동
제보일시 : 2010.1.23
조 사 자 : 박경수, 정규식, 박지희, 오소현

　정제임은 1924년 임자생으로 쥐띠이다.
경상남도 김해시에서 태어났으며 본관은 동
래이다. 택호는 없으며 17세에 결혼하여 농
사를 지으면서 생활해 왔다고 했다. 자녀는
1남 1녀를 두었으며 부산과 울산에 거주하
고 있으며, 남편은 약 20년 전에 작고했다.
학력은 초등학교 중퇴이다. 제보자는 김수
연 제보자와 함께 구포 당산경로당에서 장
구를 제일 잘 친다고 했다. 조사를 한 이날에서 김수연 제보자와 번갈아
가면서 장구를 쳤다.

　제보자가 제공한 자료는 민요 8편이다. 장구를 치면서 구연을 하여 정
확한 가사를 알기 어려운 노래들이 있었다. 제보자는 장구 치기를 좋아한
다고 하면서 신나게 춤을 추면서 적극적으로 조사에 응해 주었다.

제공 자료 목록
04_21_FOS_20100121_PKS_JJI_0001 창부타령(1)
04_21_FOS_20100121_PKS_JJI_0002 창부타령(2)
04_21_FOS_20100121_PKS_JJI_0003 양산도(1)
04_21_FOS_20100121_PKS_JJI_0004 청춘가
04_21_FOS_20100121_PKS_JJI_0005 창부타령(3)
04_21_FOS_20100121_PKS_JJI_0006 양산도(2)

04_21_FOS_20100121_PKS_JJI_0007 뱃노래
04_21_MFS_20100121_PKS_JJI_0001 가을바람 찬바람에

함민자, 여, 1931년생

주 소 지 : 부산광역시 북구 구포1동
제보일시 : 2010.1.23
조 사 자 : 박경수, 정규식, 박지희, 오소현

함민자는 1931년 신미생으로 양띠이다.
부산광역시 북구 구포에서 태어났으며 택호
는 없다. 구포에서 태어나 서울로 이사를 갔
다가 다시 김해로 옮겨 살았으며 이후 다시
구포로 돌아와 현재까지 살고 있다고 한다.
17세에 결혼하여 1남 4녀를 두었는데, 자녀
들은 서울, 부산 등지에 거주하고 있으며 현
재 구포에는 큰딸과 함께 살고 있다. 학교는
다니지 않았으며 농사와 장사를 하면서 살았다고 했다.

제보자가 제공한 자료는 <모심기 노래>, <아기 어르는 노래(불매소
리)> 등 민요 3편이다. 잔잔한 목소리로 노래를 불렀으며, 조사에 적극적
으로 응해 주었다.

제공 자료 목록
04_21_FOS_20100121_PKS_HMJ_0001 모심기 노래 (1)
04_21_FOS_20100121_PKS_HMJ_0002 아기 어르는 노래 / 불매소리
04_21_FOS_20100121_PKS_HMJ_0003 모심기 노래 (2)

온갖 물건을 갖다 주는 도깨비

자료코드 : 04_21_FOT_20100121_PKS_LBS_0001
조사장소 : 부산광역시 북구 구포1동 구포당산경로당
조사일시 : 2010.1.21
조 사 자 : 박경수, 정규식, 박지희, 오소현
제 보 자 : 이복순, 여, 79세
구연상황 : 조사자가 제보자에게 도깨비이야기도 괜찮다고 이야기를 유도하였다.
줄 거 리 : 사람이 도깨비와 사귀면, 도깨비가 온갖 것들을 잡아서 사귄 사람의 집 사립
　　　　문에 걸어 두었다.

　옛날에 진짜 참말로 이거는 진짜 전한 일인데. 우리 외삼촌이 장심이 억수로 세다고. 함안이거든 고향이. 그런데 토채비하고 진짜 상대를 해.

　보로 물꼬가 터졌는데 아무리 마카도(막아도) 안 되더마는, 그 토깨비 거기 물꼬를 마카논께네 거기 생전에(결코) 안 꺼지는 거라. 그래 안 꺼지고.

　그래 그 옆에 또랑(도랑, 개울)가 살았는데. 자고 나면 대문에 있제 저 저 대로 갖고 이리 엮어갖고 핸 대문 있제, 그따가다 뱀이가 잡아다 끼놓고, 또 저저 고기도 잡아 끼놓고 온갖 걸 다 갖다 놓는 기라. 도채비를 갖다 놓는 기라. 토채비를 세기모(사귀면) 그런 기라 인자. (청중 : 와아.) 그래 갔다 나 놓고는, 그전에는 자(字)거든. 자 자를 불렀거든.

　"연이! 연이!"

　부르는 기라. 저기 또 왔다쿰시로 말 안하고 있다가 아적에(아침에) 나 가보면 고만 달아 놓고 마 갔부고 없고 이런 기라.

　세기노모(사귀어 놓으면) 온갖 거 다 갖다 주는 기라 뭐 깨구리도 잡아

걸어 놓고 대 그따다가 사래문에다가(사립문에다). 어어어. 우리 함안에 살았거든요. 어 거기 안 터져.

(조사자 : 그런 도채비가 있으면 부자되겠는데요 금방.) 아니. 세기모 부자되고 몬 세기모 안 돼. 세기모 부자되는 기라. 그런 기.

사람을 홀리는 여우

자료코드 : 04_21_MPN_20100121_PKS_LBS_0001
조사장소 : 부산광역시 북구 구포1동 구포당산경로당
조사일시 : 2010.1.21
조 사 자 : 박경수, 정규식, 박지희, 오소현
제 보 자 : 이복순, 여, 79세
구연상황 : 제보자가 먼저 여우 이야기는 할 수 있다고 하며 이야기를 해 주었다.
줄 거 리 : 담이 약한 사람이 있었다. 예전에 밤마다 혼자 다니면 무엇인가가 뒤를 따라
오면서 발꿈치를 물었다.

　장심이 약한 사람 있제. 산에 갔다가, 장심 약한 사람 우리 외숙모가,
외삼촌이 별미가(별명이) 면장이거든 통통하이 억수로 간판이 좋은데, 장
심이 없는 기라. 해만 지면 못 나가는 기라. 뒤에 뭐 따라싸서. 발꿈치를
까치까치 따라사서. 그런데 우리 외숙모는 또 여자라도 억수로 장심이 센
기라.

　할라고 따라가몬 아무것도 없어. 할라고 있이모 또 없이모 고마 마 또
시잡는 기라. 그래갖고 밤에 못 나가 그거는 확실해. 그거는. 지금은 없지
마는 옛날에는 그런 거는 맞아요.

　(조사자 : 여시가 씌서 그런깁니까?)

　야신가 뭣인고 모르겠다. 헛것인가 야신가 그거는 모르겠고, 발꿈치로
까끔까끔 물어띧는(물어 뜯는) 기라, 발꿈치로.

양산도(1)

자료코드 : 04_21_FOS_20100121_PKS_KSY_0001
조사장소 : 부산광역시 북구 구포1동 구포당산경로당
조사일시 : 2010.1.21
조 사 자 : 박경수, 정규식, 박지희, 오소현
제보자 1 : 김수연, 여, 82세
제보자 2 : 정제임, 여, 87세
구연상황 : 조사자가 옛날 노래를 불러 달라고 하자 김수연 제보자가 장구를 잡고 치면
서 노래를 구연하였다. 노래 중간에 힘들어서 못 부르겠다고 하면서 쉬었다가
구연하기도 하였다. 중간에 정제임 제보자가 노래를 이어서 구연하였다. 중간
에 이야기판이 있다가 다시 제보자가 <양산도>를 불렀다. 이때는 일어나 장
구를 치고 춤을 추면서 노래를 가창했다. 장구 소리 때문에 가사를 정확히 알
아 듣기 어려운 부분도 있었다.

제보자 1 에헤에헤이요~~

남산봉황이 죽지를 물~고

저건너 수풀로 돌아든~다

　　에어라 디여라

에헤에헤이요~~

천백성 잘나가비 논밭을 사아니~

신작로야 복판에 다들어 가안~다

아이구! 안 되겠다. 땀이 나서 숨을 못 쉬겠다. 나만 자꾸 시키지 말고
딴 사람도 시켜.

제보자 2 에헤에헤이요~~

노자는 친구는 수만명되~고
잠자자 친구가 하나로~다
　이야라 놓어라 아니나 못놓겠~네
　능지를 하여도 나는 못놓겠~다

(청중 : 좋다.)

시구야 떫어도 막걸 리가 좋고
몽딩이를 맞아도 낭군이 좋~다
　이야라 당당당 둥게 두어라
　그래도 못노니~라
　죽었다 캐사도 나는 못놓니라

제보자 1 에헤헤이요~~
가는님 허리를 휘여잡고 가~고
가느니 못가느니 낙루를 한~다
　에여라 둥게둥게 둥게 디어라
　너는 못놓겄네 능지를 하여도 못놓으리로다

바람이 불어서 씨러진 나무
눈비가 온다고 일어나~나
　에여라 디여라 내가 못노리로구나
　능지를 하여도 내가 못놓으노나

바람이 불어도 바람분다는데
동남풍 디리야불어 바람많이 불어서
　에여라 둥게 디여라
　아니나 못놓으리겠~네~

장구열쇠 건드리면 군소리가 나~고

시어마니 건드리면 잔소리가 난~다

나가 놀아라 어니 못놓겄네

쥐었던 홀목을 내가벌써 잊겠~나

　에여라 당당 둥게 디여라

　그대로 못놓겄~네

노랫가락

자료코드 : 04_21_FOS_20100121_PKS_KSY_0002

조사장소 : 부산광역시 북구 구포1동 구포당산경로당

조사일시 : 2010.1.21

조 사 자 : 박경수, 정규식, 박지희, 오소현

제 보 자 : 김수연, 여, 82세

구연상황 : 제보자가 앞의 노래에 이어 노랫가락 곡조로 분위기를 바꾸어 계속해서 구연
　　　　　하였다. 여전히 장구를 치고 춤을 추면서 구연하였다.

배고파 주는밥상 돌도많고 늬도많고

니많고 돌많은밥은 임이없는 탓이로다

임아임아 무정한임아

청춘가

자료코드 : 04_21_FOS_20100121_PKS_KSY_0003

조사장소 : 부산광역시 북구 구포1동 구포당산경로당

조사일시 : 2010.1.21

조 사 자 : 박경수, 정규식, 박지희, 오소현

제 보 자 : 김수연, 여, 82세

구연상황 : 제보자가 앞의 노래에 이어 청춘가 곡조로 이 노래를 구연하였다. 제보자는
　　　　　장구치기를 잠 시 멈춘 후 자리에 앉아서 구연하였다. 청중들과 함께 박수를
　　　　　치면서 장단을 맞췄다.

　　　신작로 복판에~ 솥떼우는 영감아~

　　　정떨어진거~ 못떼워 주느냐

　　　솥떨어진 것은 기와로 떼우고~

　　　정떨어진것은 좋~다 솥떫어진 것은 무쇠로 떼운다

큰애기 노래

자료코드 : 04_21_FOS_20100121_PKS_KSY_0004
조사장소 : 부산광역시 북구 구포동 구포당산경로당
조사일시 : 2010.1.21
조 사 자 : 박경수, 정규식, 박지희, 오소현
제 보 자 : 김수연, 여, 82세
구연상황 : 제보자가 앞의 노래에 이어 자연스럽게 이 노래를 창부타령 곡조로 구연하였
　　　　　다. 제보자는 자리에 앉아 박수를 치면서 장단을 맞췄다.

　　　배꽃일레 배꽃일레 큰아기야 손수건이 배꽃일레

　　　배꽃같은 손수건밑에 거울같은동 눈매보소

　　　누구간장 녹히야자고 저리도 곱기나 치장한다

창부타령(1)

자료코드 : 04_21_FOS_20100121_PKS_KSY_0005
조사장소 : 부산광역시 북구 구포1동 구포당산경로당
조사일시 : 2010.1.21
조 사 자 : 박경수, 정규식, 박지희, 오소현

제 보 자 : 김수연, 여, 82세

구연상황 : 제보자가 앞의 노래에 이어 구연하였다. 조사자의 특별한 요구 사항이 없었지 만 제보자가 자연스럽게 구연하였다.

억수장마 비끓는날에 우비없이도 살았건만

이팔청춘 젊은몸이 낭군이없다고 못살겠나

얼씨구나~ 저얼씨구 아니노지는 못하리라

양산도(2)

자료코드 : 04_21_FOS_20100121_PKS_KSY_0006

조사장소 : 부산광역시 북구 구포동 구포당산경로당

조사일시 : 2010.1.21

조 사 자 : 박경수, 정규식, 박지희, 오소현

제 보 자 : 김수연, 여, 82세

구연상황 : 앞의 노래에 이어서 이 노래를 구연하였다. 제보자가 다시 장구를 잡고 <양 산도>를 불렀다. 장구를 서서 치지는 않고 앉아서 쳤다.

에에~~이여~

간다 못간다 얼마나 울~어

연지등 ○○○ ○○○ 했~나

　　에헤라~~ 둥게둥게라 아니나놓지 못놀겠네

　　연기를 하여도 아니나 못놓으리라

담장은 높아서 좋~고

술집에 아주머니 고와서 좋~다

징글장글 징글장글 북장구 소리

어데어데 울대각시 어깨춤을 춘다

에헤야 놀어라 아니나 못놓겠네

쥐었든 홀목은 놓을수가 있~나

창부타령(2)

자료코드 : 04_21_FOS_20100121_PKS_KSY_0007
조사장소 : 부산광역시 북구 구포동 구포당산경로당
조사일시 : 2010.1.21
조 사 자 : 박경수, 정규식, 박지희, 오소현
제 보 자 : 김수연, 여, 82세
구연상황 : 제보자가 앞의 노래에 이어 다시 창부타령 곡조로 바꾸어 이 노래를 불렀다.
　　　　　 제보자는 계속 앉아서 장구를 치고 어깨춤을 추면서 노래를 불렀다.

배꽃같은 흰나비는 부모님의몽상을 입었든가

소복단장 곱기야하고 장다리밭으로 날아든다

달 노래 / 달아달아 밝은 달아

자료코드 : 04_21_FOS_20100123_PKS_KSJ_0001
조사장소 : 부산광역시 북구 화명2동 코오롱아파트경로당
조사일시 : 2010.1.23
조 사 자 : 박경수, 정규식, 박지희, 오소현
제 보 자 : 김수정, 여, 88세
구연상황 : 조사자가 제보자에게 <모심기 노래>를 불러 달라고 하니 그런 것은 잘 모른
　　　　　 다고 하면서 이 노래를 구연하였다. 제보자 혼자 박수를 치며 노래를 불렀다.
　　　　　 제보자의 구연이 끝나자 청중들이 이 노래를 처음부터 다시 기억하며 불렀다.

달아달아 밝은달아

이토박이(이태백이) 노던달아

저기저기 저달속에

계수나무 박히소다

옥토그로(옥도끼로) 찍어서러

금도끼로 따듬아서

초이산가(초가삼칸) 집을지어

양친부모 모시다가

천년만년 살고싶네

베틀 노래

자료코드 : 04_21_FOS_20100123_PKS_KSJ_0002
조사장소 : 부산광역시 북구 화명2동 코오롱아파트경로당
조사일시 : 2010.1.23
조 사 자 : 박경수, 정규식, 박지희, 오소현
제 보 자 : 김수정, 여, 88세
구연상황 : 제보자는 연세가 많아 구연을 하던 중 가사를 기억하지 못하여 멈추기도 하고, 노래 중간에 호흡을 가다듬기 위해 잠시 쉬기도 하였다. 가사의 내용을 설명하기도 하다가 잘 모르겠다고 하며 더듬거렸다. 발음이 정확하지 않아 가사를 정확히 알아 듣기가 힘들었다. 노래의 끝부분에서 힘들어 못하겠다고 하면서 구연을 마무리하였다.

물레야 돌아가라~

바랑바랑 잣다가~

바랑바랑 잣다가~

구울이를 내다지고~

도토마리 응애하고~

얼경절경 이래해가지고~

도토머리 올리놓고

허리띠를 매가지고~

허리띠를 베를탈까

이리짤가 저리짤가

덜컥덜컥 짜가지고~

잉애틀은 태각태각 돌아가고

잉앳대는 빼각빼각 소리를하고

내려갔다 올라갔다~

내려갔다 올라갔다~

모심기 노래

자료코드 : 04_21_FOS_20100123_PKS_KSJ_0003
조사장소 : 부산광역시 북구 화명2동 코오롱아파트경로당
조사일시 : 2010.1.23
조 사 자 : 박경수, 정규식, 박지희, 오소현
제 보 자 : 김수정, 여, 88세
구연상황 : 조사자가 다른 청중들과 이야기를 나누고 있는데 김수정 제보자가 갑자기
이 노래를 구연하였다. 옛날에 모심기할 때 불렀던 노래라고 하면서 불렀으나
가사의 토막토막을 기억한 것에 제보자가 가사를 지어 불렀다. 실제 부르는
<모심기 노래>와 거리가 있다.

우리군사들 일잘한다 여게꽂고 저게꽂고

우리군사들 잘도한다 얼싸좋다

여게꽂고 저게꽂고 우리양반 눈에도꽂고

여게꽂고 저게꽂고 우리양반 눈에도꽂고

우리군사들 잘도한다 얼싸좋다

백발가

자료코드 : 04_21_FOS_20100123_PKS_KSJ_0004
조사장소 : 부산광역시 북구 화명2동 코오롱아파트경로당
조사일시 : 2010.1.23
조 사 자 : 박경수, 정규식, 박지희, 오소현
제 보 자 : 김수정, 여, 88세
구연상황 : 제보자는 <모심기 노래>가 끝나자 이어서 이 노래를 구연하였다. 제보자와
          청중들이 모두 박수를 치면서 구연하였다. 다른 노래와 마찬가지로 노래를 부
          르던 중 가사를 기억하지 못해 구연을 멈추었다.

이팔청춘 소년들아

백발보고 웃지마라

어지날로 이팔이지

오는날로 백발됐네

한심하고 어이없다

도라지 타령

자료코드 : 04_21_FOS_20100121_PKS_KYS_0001
조사장소 : 부산광역시 북구 구포1동 구포당산경로당
조사일시 : 2010.1.21
조 사 자 : 박경수, 정규식, 박지희, 오소현
제 보 자 : 김영숙, 여, 77세
구연상황 : 제보자가 장구를 치면서 노래를 하다가 자연스럽게 <도라지 타령>을 구연하
          였다. 다른 청중들과 어깨춤을 추면서 흥겹게 구연하였다.

도라지 도라지 도라지

심심 산천에 백도라지

한두 뿌리만 캐여도

대바구니 반실만 넘노라
에헤야 에헤야 에헤야
어야라 난다 지화자 좋다
니가 내간장을 스리살살 다녹힌다.

밀양아리랑

자료코드 : 04_21_FOS_20100121_PKS_KYS_0002
조사장소 : 부산광역시 북구 구포동 구포당산경로당
조사일시 : 2010.1.21
조 사 자 : 박경수, 정규식, 박지희, 오소현
제 보 자 : 김영숙, 여, 77세
구연상황 : 제보자는 도라지 타령의 구연이 끝나자 연이어 밀양 아리랑을 불렀다. 제보자
는 장구 치고 북도 치면서 덩실덩실 춤도 추었다.

날좀보소 날좀보소 날좀보소
동지섣달 꽃본듯이 날좀보소
　아리아리랑 스리스리랑 아라리가낫네
　아리랑 고개로 날넘기주소

정든님이 오시는데 인사를못해
행주치마 입에물고 입만방긋
　아리아리랑 스리스리랑 아라리가낫네
　아리랑 고개로 날넘기주소

바람이 불어서 씨러진나무
눈비가 온다고 일어나나
　아리아리랑 스리스리랑 아라리가 낫네

아리랑 고개를 날넘기주소

와이리좋노 와이리좋노 와이리좋노
동지섣달 꽃본듯이 날넘겨주소

청춘가

자료코드 : 04_21_FOS_20100123_PKS_KCJ_0001
조사장소 : 부산광역시 북구 화명2동 코오롱아파트경로당
조사일시 : 2010.1.23
조 사 자 : 박경수, 정규식, 박지희, 오소현
제 보 자 : 김춘자, 여, 74세
구연상황 : 조사자가 <노랫가락>이나 <창부타령> 등도 좋다고 하니 이 노래를 구연해
　　　　　주었다. 제보자의 음성이 아주 고왔으며 청중들의 호응이 대단했다. 제보자는
　　　　　<청춘가>를 부르다가 가사를 더 기억하지 못해서 그만두고, 새로 노랫가락
　　　　　곡조로 노래를 불렀다. 제보자 혼자 박수를 치면서 구연하였다.

높이뜬 히꼬끼44)~ 우런님 실고서
경선아45) 시나루 좋~다 유람을 갑시다

칠선 바다에~ 윤선이 실고서~
울언님 술잔에 좋~다 옥동자도

이 꺼꿀로 갔빘다. (청중 : 새로 해봐라.)

가던 범나비야 조선땅에다 꽃을두고
들들이나 못오실망정 일년에 한번썩 다녀가소~

---

44) ひこうき. 비행기
45) 경성(京成)아.

아리랑

자료코드 : 04_21_FOS_20100123_PKS_KCJ_0002
조사장소 : 부산광역시 북구 화명2동 코오롱아파트경로당
조사일시 : 2010.1.23
조 사 자 : 박경수, 정규식, 박지희, 오소현
제 보 자 : 김춘자, 여, 74세
구연상황 : 조사자가 <아리랑>이나 <도라지 타령> 등도 구연해 달라고 하자 제보자가
　　　　　노래를 시작했다. 청중들은 박수를 치면서 함께 노래하였다.

아리랑 아리랑 아라리요
아리랑 고개를 넘어간다
나를 버리고 가시는님은
십리도 못가서 발병난다
　아리랑 아리랑 아라리요
　아리랑 고개를 넘어간다

아리랑 아리랑 아라리요
아리랑 고개를 넘어간다
나를 버리고 가시는님은
십리도 못가서 발병난다
　아리랑 아리랑 아라리요
　아리랑 고개고개를 날이겨주소

무정 세월아 오고가지마라
아까운 내청춘 다늙어진다
　아리랑 아리랑 아라리요
　아리랑 고개를 넘어간다

청천하늘에 잔별도 많고

요네야 가슴에 불씨도 많다

　아리랑 아리랑 아라리요

　아리랑 고개고개를 넘어간다

모심기 노래

자료코드 : 04_21_FOS_20100123_PKS_MJS_0001

조사장소 : 부산광역시 북구 화명2동 화명그린아파트인정

조사일시 : 2010.1.23

조 사 자 : 박경수, 정규식, 박지희, 오소현

제 보 자 : 문정선, 여, 80세

구연상황 : 조사자가 <모심기 노래>를 불러 달라고 하자 제보자가 이 노래를 불렀다.
주고받기식의 노래인데 혼자서 구연하였다. 가사를 정확히 알 수 없는 부분이
있다. 제보자는 예전에는 아주 길게 구연했는데 농사를 짓지 않으니 노래 부
를 일이 없어 잘 기억이 나지 않는다고 했다. 그래도 <모심기 노래>를 박수
를 치면서 여러 편을 연이어 불렀다. 청중들이 잘 부른다며 중간중간 추임새
를 넣어 주었다.

　(오늘해가) 다졌는가 골골마다 연기나네

또 받는 노래는.

　울언님에가 어디를가고 동자할줄 모르이는고

　다폴다폴 다박머리에 해다진데 어데가노
　울어머니야 산소등에 젖먹으로 내가가요

　이논에다가 모를심어 금실금실 영화이로다
　어린자식을 갓을씨와서 부귀영화 볼것이네

　모야모야 노랑모야 네언제커서 열매열래

구세월이라 닥쳐오면 나락열고 쌀될라네

아래웃논에 모꾼들아 춘삼월이 어느때고
울언님네가 길떠나갈때 춘삼월로 오마이더라

글쿠고 가더마 다시 안 온다.

이고개저고개 양산고개 점심고리 넘나드네

안자 점심 이고 간다.

야야이동무야 한양가자 나도야점심 다되였네

오늘낮에야 점심반찬에 무슨고기 올랐는고
삼천포야도 판장안에 독조구46)가 올라있다네

모찌기 노래

자료코드 : 04_21_FOS_20100123_PKS_MJS_0002
조사장소 : 부산광역시 북구 화명2동 화명그린아파트인정
조사일시 : 2010.1.23
조 사 자 : 박경수, 정규식, 박지희, 오소현
제 보 자 : 문정선, 여, 80세
구연상황 : 제보자가 앞의 노래를 구연한 후, 청중들과 조사자가 박수를 치면서 잘 한다
고 하자 제보자는 "모 찌까 또"라고 하면서 이 노래를 불러 주었다.

들어내세 들어내세 이모판을 들어내세
에와이내세도 에와서내세 이모판을 에와이내세

---

46) '조기'의 의미인 듯.

아기 어르는 노래 / 불매소리

자료코드 : 04_21_FOS_20100123_PKS_MJS_0003
조사장소 : 부산광역시 북구 화명2동 화명그린아파트인정
조사일시 : 2010.1.23
조 사 자 : 박경수, 정규식, 박지희, 오소현
제 보 자 : 문정선, 여, 80세
구연상황 : 제보자가 <모심기 노래>를 다 구연한 후, 조사자가 다른 노래들은 아는 것
이 없느냐고 묻자 이제 없다고 하였다. 다시 제보자가 예전에 아기 어를 때
불렀던 노래를 아는지 묻자 이 노래를 구연하였다. 가사의 내용 일부를 정확
히 구연하지 못해 말로 설명을 해 주기도 했다.

어디갔다 네왔더네
하늘에서 떨어졌나
땅에서 솟아났나
불매불매 불매야
서울갔다 오맨서
밤한톨이 주어갖고
새앙쥐가 다까먹고
한톨이가 남았구나
껍질라큰 애비주고
보늬라큰 애미주고
알을라큰 니랑내랑 갈라묵자

아기 재우는 노래 / 자장가

자료코드 : 04_21_FOS_20100123_PKS_MJS_0004
조사장소 : 부산광역시 북구 화명2동 화명그린아파트인정
조사일시 : 2010.1.23

조 사 자 : 박경수, 정규식, 박지희, 오소현
제 보 자 : 문정선, 여, 80세
구연상황 : 제보자가 <불매소리>를 구연한 후, 조사자가 예전에 불렀던 <자장가>도 좋으니 불러 달라고 했다. 제보자가 한참 생각하다가 이 노래를 구연해 주었다.

꼬꼬닭아 울지마라
멍멍개야 울지마라
우리아기 잘도잔다
자장자장 자장자장

모심기 노래(1)

자료코드 : 04_21_FOS_20100121_PKS_PJJ_0001
조사장소 : 부산광역시 북구 구포1동 구포1동할머니경로당
조사일시 : 2010.1.21
조 사 자 : 박경수, 정규식, 박지희, 오소현
제 보 자 : 박지조, 여, 85세
구연상황 : 조사자가 <모심기 노래>를 불러 달라고 하자 이 노래를 불렀다. 처음에는 모른다고 하다가 다른 청중들이 권유하자 구연하였다. 제보자와 청중들이 다 함께 박수를 치면 흥겹게 <모심기 노래>를 부르기 시작했다.

이산저산 양산중에 슬피우는 두견새야
우리집은 어데두고 양산중에 슬피우노

모심기 노래(2)

자료코드 : 04_21_FOS_20100121_PKS_PJJ_0002
조사장소 : 부산광역시 북구 구포1동 구포1동할머니경로당

조사일시 : 2010.1.21
조 사 자 : 박경수, 정규식, 박지희, 오소현
제 보 자 : 박지조, 여, 85세
구연상황 : 제보자가 앞의 노래를 구연하고 난 뒤 조사자가 다른 노래도 불러달라고 하
자 이어서 이 노래를 구연하였다. 요즘엔 <모심기 노래>를 잘 부르지 않아
기억을 못한다고 했다. 중간에 양인화 제보자가 잘 부른다고 추임새를 넣기도
하였다. 다른 청중은 빈 그릇을 두드리며 박자를 맞추기도 하였다.

모야모야 노랑모야 니운제커서 한상할래(환생할래)

이달커고 저달커고 구시월에만 (한승할래)[47]

도라지 타령

자료코드 : 04_21_FOS_20100123_PKS_SIS_0001
조사장소 : 부산광역시 북구 화명2동 코오롱아파트경로당
조사일시 : 2010.1.23
조 사 자 : 박경수, 정규식, 박지희, 오소현
제 보 자 : 서인숙, 여, 76세
구연상황 : 조사자가 <아리랑>이나 <도라지 타령>도 좋으니 불러 달라고 하자 이 노래
를 구연하였다. 제보자를 중심으로 다른 청중들과 함께 구연하였다.

도라지 도라지 백도라지

심심 산천에 백도라지

한두 뿌리만 캐여도

대바구리 반찬만 되노라

에헤용 에헤용 에헤헤용~

어이야 난다 지화자가 좋다

내가 내간장 스리살살 다녹힌다~

---

47) 녹음이 되지 않은 부분임.

청춘가

자료코드 : 04_21_FOS_20100123_PKS_SIS_0002
조사장소 : 부산광역시 북구 화명2동 코오롱아파트경로당
조사일시 : 2010.1.23
조 사 자 : 박경수, 정규식, 박지희, 오소현
제 보 자 : 서인숙, 여, 76세
구연상황 : 조사자가 <노랫가락이>나 <창부타령>도 불러달라고 하자 제보자가 이 노
　　　　　래를 불렀다. 제보자 혼자 박수를 치면서 노래를 불렀다. 제보자가 갑자기 노
　　　　　래를 부르는 바람에 노래의 앞부분이 녹음되지 않았다.

　　（　　）48) 동창에~ 궂은비 오고서
　　예배당 동창에~ 임의생각 나는구나

아기 재우는 노래 / 자장가

자료코드 : 04_21_FOS_20100123_PKS_SIS_0003
조사장소 : 부산광역시 북구 화명2동 코오롱아파트경로당
조사일시 : 2010.1.23
조 사 자 : 박경수, 정규식, 박지희, 오소현
제 보 자 : 서인숙, 여, 76세
구연상황 : 조사자가 다른 제보자에게 자장가 가운데 아는 것이 있느냐고 하자 모른다고
　　　　　했다. 제보자가 자신이 할 수 있다고 하면서 이 노래를 불렀다.

　　자장자장 잘도잔다
　　우리애기 잘도잔다
　　뒷집개야 짖지마라
　　앞집개도 짖지마라
　　우리애기 잘도잔다

---

48) 녹음이 되지 않은 부분임.

창부타령

자료코드 : 04_21_FOS_20100123_PKS_SSN_0001
조사장소 : 부산광역시 북구 화명2동 코오롱아파트경로당
조사일시 : 2010.1.23
조 사 자 : 박경수, 정규식, 박지희, 오소현
제 보 자 : 심순남, 여, 78세
구연상황 : 조사자가 제보자에게 <청춘가>를 불러 달라고 하자 이 노래를 불렀다. 제보
　　　　　자가 박수를 치면서 흥겹게 구연하였다. 노래를 마친 뒤, 예전에는 잘 불렀는
　　　　　데 요즘엔 안 불러서 잘 모르겠다고 하였다.

　　노세 놀아 늙어병들면 못노나니
　　화무는 십일홍이요 달도차면은 기우나니
　　인생일장 춘망(춘몽)인데 아니나 노지를 못하리다

　　좋다.

달 노래 / 달아달아 밝은달아

자료코드 : 04_21_FOS_20100123_PKS_SSN_0002
조사장소 : 부산광역시 북구 화명2동 코오롱아파트경로당
조사일시 : 2010.1.23
조 사 자 : 박경수, 정규식, 박지희, 오소현
제 보 자 : 심순남, 여, 78세
구연상황 : 다른 청중들이 이런저런 이야기를 하던 중 제보자가 자진해서 이 노래를 구
　　　　　연하였다.

　　달아달아 밝은달아
　　이타백이 노던달아
　　저기저기 저달속에
　　계수나무 백혔으니

은도끼로 찍어내어

금도끼로 따돔어서

초가삼칸 집을지어

양친부모 모시다가

철년말년 살고지아

모심기 노래

자료코드 : 04_21_FOS_20100123_PKS_SSN_0003
조사장소 : 부산광역시 북구 화명2동 코오롱아파트경로당
조사일시 : 2010.1.23
조 사 자 : 박경수, 정규식, 박지희, 오소현
제 보 자 : 심순남, 여, 78세
구연상황 : 조사자가 <모심기 노래>를 불러 달라고 하자 제보자가 이 노래를 구연하였
      는데 구연 중에 가사가 기억나지 않아 구연을 멈춰서 가사를 다시 기억하다
      가 노래를 이어 불렀다. 제보자는 구연 중에 가사를 다 잊어버렸다고 말하기
      도 했다.

(낭창낭창)[49] 베리끝에 무정하다 울오랍아

나도죽어서 남자가되어서 처자곤석을 걸리보자

옛날소리 다 잊어뿠다. 또 뭣이 있노?

저청마리 끝에 무정하다 울오바야

나도죽어서 남자가되어 처자곤석을 섬기보자

---

49) 녹음이 되지 않은 부분을 조사자가 유추하여 작성한 부분임.

모심기 노래

자료코드 : 04_21_FOS_20100121_PKS_YIH_0001
조사장소 : 부산광역시 북구 구포1동 구포1동할머니경로당
조사일시 : 2010.1.21
조 사 자 : 박경수, 정규식, 박지희, 오소현
제 보 자 : 양인화, 여, 85세
구연상황 : 조사자가 <모심기 노래>를 불러달라고 하자 제보자가 이 노래를 불렀다. 제
         보자와 청중들이 모두 박수를 치면서 구연하였다.

오늘낮에 점심반찬 무슨고기가 올랐더노
전라도라 독산조기 마리마리가 올랐더라

쾌지나 칭칭나네

자료코드 : 04_21_FOS_20100121_PKS_YIH_0002
조사장소 : 부산광역시 북구 구포1동 구포1동할머니경로당
조사일시 : 2010.1.21
조 사 자 : 박경수, 정규식, 박지희, 오소현
제 보 자 : 양인화, 여, 85세
구연상황 : 제보자가 <모심기 노래>를 구연한 뒤 조사자가 다른 노래를 구연해 달라고
         하자 <쾌지나 칭칭나네>를 짧게 구연한 후 다시 처음부터 불러야 하겠다고
         했다. 제보자가 흥이 나서 어깨춤을 추면서 즐겁게 구연하였다.

쾌지나 칭칭나네
이산저산 넘어가네
  쾌지나 칭칭나네
꽃이피면 화천이고
잎이피면 청산리라
  치지나 칭칭나네

알가는데 워낭소리

우리형님은 어데가고

고초당초를 모르당가

　치지나 칭칭나네

포름포름 봄배추는

밤이슬오기만 기다리고

　쾌지나 칭칭나네

옥에갇힌 춘향이는

날오기만 기다린다

이산저산 넘어가네

우리부모 늙어마는

　쾌지나 꽁꽁나네

창부타령

자료코드 : 04_21_FOS_20100121_PKS_YIH_0003

조사장소 : 부산광역시 북구 구포1동 구포1동할머니경로당

조사일시 : 2010.1.21

조 사 자 : 박경수, 정규식, 박지희, 오소현

제 보 자 : 양인화, 여, 85세

구연상황 : 제보자는 <쾌지나 칭칭나네>가 끝나자 <창부타령>을 이어서 불렀다. 빈 그
　　　　　릇을 두드리며 박자를 맞추면서 신나게 구연하였다.

아니노지를 못하리로다

해다지고 저무신날에 옷갓을입어서나 어데가요

첩의집은 꽃밭이되고 나의집은 연못이라

꽃과나비는 봄한철이요 무어신고 모르겠구나[50]

얼씨구나 절씨구나 아니 노지를 못하리라

밀양아리랑

자료코드 : 04_21_FOS_20100121_PKS_YIH_0004
조사장소 : 부산광역시 북구 구포1동 구포1동할머니경로당
조사일시 : 2010.1.21
조 사 자 : 박경수, 정규식, 박지희, 오소현
제 보 자 : 양인화, 여, 85세
구연상황 : 조사자가 <아리랑>을 불러 달라고 하자 제보자가 이 노래를 구연하였다. 청
중들과 함께 신나게 노래를 불렀다.

니가 잘나서 일색이더냐
십리도 못가서 발병이난다
　아리아리랑 스리스리랑 아리리가났네
　아리랑 고개를 돌려나보자

화투타령

자료코드 : 04_21_FOS_20100121_PKS_YIH_0005
조사장소 : 부산광역시 북구 구포1동 구포1동할머니경로당
조사일시 : 2010.1.21
조 사 자 : 박경수, 정규식, 박지희, 오소현
제 보 자 : 양인화, 여, 85세
구연상황 : 조사자가 화투 타령을 불러 달라고 하자 이 노래를 구연하였다. 제보자는 빈
그릇을 두드리며 박자를 맞추었다.

아니 노지를 못하리라

---

50) 가사를 기억하지 못해 말을 얼버무리며 이렇게 불렀다.

정월솔가지 속석인마음

이월매조에 맺어놓고

삼월사쿠라 산란한마음

사월흑사리 허사로다

오월난초 나비가되어

유월목단에 뚝떨어진다

팔월이라 한가윗날

달도좋고 물도좋더라

구월국화 굳었던마음

시월단풍에 다떨어진다

오동추야 달밝은데

아니 노지를 못하리라

달 노래 / 달아달아 밝은 달아

자료코드 : 04_21_FOS_20100121_PKS_YIH_0006

조사장소 : 부산광역시 북구 구포1동 구포1동할머니경로당

조사일시 : 2010.1.21

조 사 자 : 박경수, 정규식, 박지희, 오소현

제 보 자 : 양인화, 여, 85세

구연상황 : 제보자는 <화투타령>을 부른 후에 이어서 <달 노래>를 구연하였다.

달아달아 밝은달아

이태백이 놀던달아

저기저기 저달속에

계수나무 박힌달아

옥도끼를 찍어내고

금도끼를 다듬어서

초가삼간 집을지어

천년만년 살고싶어

천년만년 살고싶다

아기 어르는 노래

자료코드 : 04_21_FOS_20100121_PKS_YIH_0007
조사장소 : 부산광역시 북구 구포1동 구포1동할머니경로당
조사일시 : 2010.1.21
조 사 자 : 박경수, 정규식, 박지희, 오소현
제 보 자 : 양인화, 여, 85세
구연상황 : 조사자의 유도에 따라 제보자가 이 노래를 구연하였다.

왈강달강 서울가서

밤을한되 얻어다가

챗둑안에 옇어나니

머리깍은 새앙쥐가

나미들미 다까묵어

다문하나 남은거로

껍데기는 애비주고

고늬는 에미주고

알키는 니캉내캉 갈라먹자

아기 재우는 노래(1)

자료코드 : 04_21_FOS_20100121_PKS_YIH_0008

조사장소 : 부산광역시 북구 구포1동 구포1동할머니경로당
조사일시 : 2010.1.21
조 사 자 : 박경수, 정규식, 박지희, 오소현
제 보 자 : 양인화, 여, 85세
구연상황 : <아기 어루는 노래>가 끝난 뒤 조사자가 예전에 아기 재울 때 불렀던 노래
　　　　　를 불러 달라고 하자 제보자가 이 노래를 불렀다. 제보자는 빈 그릇을 두드리
　　　　　며 박자를 맞췄다.

　　우리애기 잘도잔다
　　껌둥개야 짓지마라
　　니가울면 내가울고
　　내가울면 니가운다

파랑새요

자료코드 : 04_21_FOS_20100121_PKS_YIH_0009
조사장소 : 부산광역시 북구 구포1동 구포1동할머니경로당
조사일시 : 2010.1.21
조 사 자 : 박경수, 정규식, 박지희, 오소현
제 보 자 : 양인화, 여, 85세
구연상황 : 조사자가 제보자에게 구연을 유도하자 청중들과 함께 이 노래를 불렀다.

　　새야새야 파랑새야
　　녹디꽃에 앉지마라
　　녹디꽃이 떨어지면
　　청푸장사가 울고간다

아기 재우는 노래(2)

자료코드 : 04_21_FOS_20100121_PKS_YIH_0010
조사장소 : 부산광역시 북구 구포1동 구포1동할머니경로당
조사일시 : 2010.1.21
조 사 자 : 박경수, 정규식, 박지희, 오소현
제 보 자 : 양인화, 여, 85세
구연상황 : 앞의 노래에 이어 조사자가 구연을 계속 유도하자 제보자가 다른 청중들과
함께 이 노래를 불렀다.

쥐는쥐는 궁게자고
새는새는 낭게자고
우리같은 아야들은
엄마품에 잠을잔다
어제왔던 새악시는
신랑품에 잠을자고

그란다.

모심기 노래

자료코드 : 04_21_FOS_20100121_PKS_LBS_0001
조사장소 : 부산광역시 북구 구포1동 구포당산경로당
조사일시 : 2010.1.21
조 사 자 : 박경수, 정규식, 박지희, 오소현
제 보 자 : 이복순, 여, 79세
구연상황 : 조사자가 제보자에게 이야기 외에 <모심기 노래>도 불러 달라고 하자 제보
자가 기억나는 대로 부른 것이다. 마지막 노래를 부를 때는 가사를 잊어버려
제대로 구연하지 못했다.

모야모야 니운제커서 열매열래

이달크고 저달크고 칠팔월에 열매열래

땀박땀박 수접이는(수제비는) 사오상에(사위 상에) 다올랐네
우리할맘 어디가고~ 딸에동자로 시깄는가

낭청낭청 베락 끝에(벼랑 끝에) 무정하던 울오랍아

우리 또 하모 남자가 되어, 안 된다. 군자 해야 말이 안 된다.

닐니리야

자료코드 : 04_21_FOS_20100121_PKS_LBS_0002
조사장소 : 부산광역시 북구 구포1동 구포당산경로당
조사일시 : 2010.1.21
조 사 자 : 박경수, 정규식, 박지희, 오소현
제 보 자 : 이복순, 여, 79세
구연상황 : <모심기 노래>의 구연이 끝난 뒤, 조사자가 부를 수 있는 다른 노래는 없느
냐고 묻자 제보자가 이 노래를 구연하였다. 제보자는 다른 청중들과 박수를
치면서 구연하였다.

닐리리야 닐리리야 니나노
얼싸 좋고 얼씨구나 좋다
범나비는 이리저리 폴폴
꽃을 찾아서 날아든다

너냥 나냥

자료코드 : 04_21_FOS_20100121_PKS_LBS_0003
조사장소 : 부산광역시 북구 구포1동 구포당산경로당

조사일시 : 2010.1.21

조 사 자 : 박경수, 정규식, 박지희, 오소현

제 보 자 : 이복순, 여, 79세

구연상황 : 제보자가 먼저 이 노래를 부르자 다른 청중들도 함께 불렀다. 제보자는 장구를 치고 춤을 추면서 구연하였다.

너냥나냥 두리둥실 놀고요

낮이낮이나 밤이밤이나 참사랑이로~구나

아침에 우는새는 배가고파 울고요

저녁에 우는새는 임을잃어 운다

　너냥내냥 두리둥실 놀구요

　낮이낮이나 밤이밤이나 참사랑이로구~나

모심기 노래

자료코드 : 04_21_FOS_20100123_PKS_IPS_0001

조사장소 : 부산광역시 북구 화명2동 화명그린아파트노인정

조사일시 : 2010.1.23

조 사 자 : 박경수, 정규식, 박지희, 오소현

제 보 자 : 임필순, 여, 79세

구연상황 : 조사자가 예전에 농사지을 때 불렀던 <모심기 노래>를 불러 달라고 하자 제보자가 이 노래를 구연하였다. 제보자는 예전에는 많이 불렀던 것이라 잘 기억 했는데 지금은 다 알지도 못한다고 하면서 구연하였다. 제보자는 다른 노래도 부르고 싶은 듯 했으나 기억이 나지 않는다고 안타까워했다.

서마지기 논빼미에 반달겉이 내나가네[51]

니가무슨 반달이냐 초승달도 반달이지

---

51) '남아가네'의 의미인 듯.

창부타령(1)

자료코드 : 04_21_FOS_20100121_PKS_JJI_0001
조사장소 : 부산광역시 북구 구포1동 구포당산경로당
조사일시 : 2010.1.21
조 사 자 : 박경수, 정규식, 박지희, 오소현
제 보 자 : 정제임, 여, 87세
구연상황 : 조사자가 예전에 불렀던 전통 민요를 구연해 달라고 하자 제보자가 이 노래
를 구연하였다. 박수를 치면서 박자를 맞춰가면서 구연하였다.

삼천갑자 동방석이도 죽어지면은 허사되고
만구호걸 진씨왕도 죽어지면 허사로다
이팔청춘 젊었을덕에 근심걱정 다버리고
마음대로만 놀아보자

창부타령(2)

자료코드 : 04_21_FOS_20100121_PKS_JJI_0002
조사장소 : 부산광역시 북구 구포1동 구포당산경로당
조사일시 : 2010.1.21
조 사 자 : 박경수, 정규식, 박지희, 오소현
제 보 자 : 정제임, 여, 87세
구연상황 : 제보자가 앞의 노래를 구연한 뒤, 장구를 한 번 쳐보겠다고 하면서 장구를 치
면서 이 노래를 구연하였다. 장구 소리 때문에 노래의 가사를 정확히 알기 어
려웠다.

장지장지 사장개야 너를 찾아서 사장개야
너와나와 만났더니 장다리 밭으로 날라가네

양산도(1)

자료코드 : 04_21_FOS_20100121_PKS_JJI_0003
조사장소 : 부산광역시 북구 구포1동 구포당산경로당
조사일시 : 2010.1.21
조 사 자 : 박경수, 정규식, 박지희, 오소현
제 보 자 : 정제임, 여, 87세
구연상황 : 제보자가 앞의 노래에 이어 장구를 치면서 흥겹게 구연하였다. 장구 소리 때문에 가사를 알기 어려웠다.

    에헤에헤~요
    시고떫어도 막걸리가 좋~고
    언니가 좋고 ○○○○ 좋~다

청춘가

자료코드 : 04_21_FOS_20100121_PKS_JJI_0004
조사장소 : 부산광역시 북구 구포1동 구포당산경로당
조사일시 : 2010.1.21
조 사 자 : 박경수, 정규식, 박지희, 오소현
제 보 자 : 정제임, 여, 87세
구연상황 : 제보자가 장구를 치면서 계속 구연하다가 힘이 들어 잠깐 쉬었다가 하자고 하면서 자리에 이 노래를 앉아서 구연을 하였다.

    우리집 몽딩이52)여~ 거물장 하여도~
    나오는 신명을 좋~다 가둘수 없구나~

    놀다가 갑시다~ 놀다가나 갑시다~
    이만이나 모았일 때 좋~다 놀다가나 갑시다~

---

52) '몽둥이'의 의미인 듯.

우리가야 놀면은~ 장년이 노나요~

가랑잎에 이슬같이 좋~다 잠깐이로다~

창부타령(3)

자료코드 : 04_21_FOS_20100121_PKS_JJI_0005

조사장소 : 부산광역시 북구 구포1동 구포당산경로당

조사일시 : 2010.1.21

조 사 자 : 박경수, 정규식, 박지희, 오소현

제 보 자 : 정제임, 여, 87세

구연상황 : 제보자가 앞의 노래를 구연한 후, 다시 장구를 치면서 흥겹게 이 노래를 구연
하였다. 청중들과 함께 춤을 추면서 구연하였다.

백옥같은 흰나부는 부모님의 몽상을 입었든가

소복단장 곱기야하고 장다리 밭으로 날아든다

양산도(2)

자료코드 : 04_21_FOS_20100121_PKS_JJI_0006

조사장소 : 부산광역시 북구 구포1동 구포당산경로당

조사일시 : 2010.1.21

조 사 자 : 박경수, 정규식, 박지희, 오소현

제 보 자 : 정제임, 여, 87세

구연상황 : 제보자가 앞의 노래에 이어 이 노래를 계속 구연하였다. 제보자는 여전히 장
구를 치고 춤을 추면서 구연하였다. 장구 소리 때문에 가사를 정확히 알기 어
려웠다.

에헤헤이요~

청치매 밑에다 소주병을달 고~

○○문 밤 한철로 가노라

뱃노래

자료코드 : 04_21_FOS_20100121_PKS_JJI_0007
조사장소 : 부산광역시 북구 구포1동 구포당산경로당
조사일시 : 2010.1.21
조 사 자 : 박경수, 정규식, 박지희, 오소현
제 보 자 : 정제임, 여, 87세
구연상황 : 제보자가 앞의 노래를 구연한 후, 다시 장구를 치면서 흥겹게 이 노래를 구연
하였다. 청중들이 서로 다른 가사들을 섞어가면서 불러 가사를 정확히 알기
어려웠다.

어야라나노 어기여차 뱃놀이 가간다
니가죽고 네가살면 열녀가 되느냐
한강수 깊은물에 폭빠져나 죽거나
우리집에 ○○○
　에야노 야노 어기여차 뱃놀이 가간다
　에야노 야노야 에야노 야노 어기여차
　뱃놀이를 가간다

모심기 노래(1)

자료코드 : 04_21_FOS_20100121_PKS_HMJ_0001
조사장소 : 부산광역시 북구 구포1동 구포1동할머니경로당
조사일시 : 2010.1.21
조 사 자 : 박경수, 정규식, 박지희, 오소현
제 보 자 : 함민자, 여, 80세

구연상황 : 박지조 제보자의 <모심기 노래>가 끝나자 함민자 제보자가 연이어 다시 같
은 노래를 불렀다. 박수를 치면서 구연하였다.

모야모야 노랑모야 니언제커서 환승할래
이달크고 저달크고 구시월에 환승할래

아기 어르는 노래 / 불매소리

자료코드 : 04_21_FOS_20100121_PKS_HMJ_0002
조사장소 : 부산광역시 북구 구포1동 구포1동할머니경로당
조사일시 : 2010.1.21
조 사 자 : 박경수, 정규식, 박지희, 오소현
제 보 자 : 함민자, 여, 80세
구연상황 : <모심기 노래>의 구연을 마치자 제보자가 이 노래를 구연해 주었다. 제보자
는 어릴 적 아기를 볼 때 불렀던 노래인데 요즘엔 부르지 않아 다 알지는 못
한다고 했다.

불매불매 불매야
이불매가 누불매고
정상도 대불매다
부르락 딱딱 불매야
부르락 딱딱 불매야

모심기 노래(2)

자료코드 : 04_21_FOS_20100121_PKS_HMJ_0003
조사장소 : 부산광역시 북구 구포1동 구포1동할머니경로당
조사일시 : 2010.1.21
조 사 자 : 박경수, 정규식, 박지희, 오소현

제 보 자 : 함민자, 여, 80세

구연상황 : 제보자가 <불매 노래>를 마친 뒤 다시 <모심기 노래>가 기억이 난 듯 이 노래를 구연하였다. 제보자는 빈 그릇을 두드리면서 노래를 구연하였다. 중간에 옆에 있던 청중 한 분도 함께 불렀다.

남창남창 베루끝에 무정하는 울오랍아

나도죽어서 남자가되어 처자곤석 섬길레라

뽕 따러 가세

자료코드 : 04_21_MFS_20100123_PKS_SIS_0001
조사장소 : 부산광역시 북구 화명2동 코오롱아파트경로당
조사일시 : 2010.1.23
조 사 자 : 박경수, 정규식, 박지희, 오소현
제 보 자 : 서인숙, 여, 76세
구연상황 : 제보자가 다른 청중들과 한참 담소 나누다 갑자기 자진해서 이 노래를 시작
하였다. 청중들과 제보자가 함께 박수를 치면서 구연하였다. 이 노래는 이른
바 '중년 소리'로 신민요 가락으로 부르는 노래이다.

뽕따러가세 뽕따러가요
무주화산으로 뽕따러가세
뽕도나따고 님도나보고
겸사겸사로 뽕따러가세

가을바람 찬바람에

자료코드 : 04_21_MFS_20100121_PKS_JJI_0001
조사장소 : 부산광역시 북구 구포1동 구포당산경로당
조사일시 : 2010.1.21
조 사 자 : 박경수, 정규식, 박지희, 오소현
제 보 자 : 정제임, 여, 87세
구연상황 : 제보자가 앞의 노래를 구연한 뒤 장구를 내려놓고 이 노래를 구연하였다. 청
중들과 함께 박수를 치면서 구연하였다.

가을바람53) 찬바람에

울고가는 저기러기
똑아○를 가거들랑
안맹하신 적에부적
편지일장을 전해주오
심청이 창문열고 들어가서
편지한장을 쓰가지고
창문밖에 내다보니

3. 사상구

부산광역시 사상구 모라1동

조사일시 : 2010.1.23

조 사 자 : 박경수, 박양리, 정혜란, 정다혜

모라1(毛羅1)동은 부산광역시 사상구의 북쪽에 위치한 행정 동명이다. 모라1동의 동쪽에 백양산이 있으며, 서쪽은 삼락동, 남쪽은 덕포동·괘법동, 북쪽은 북구 구포동에 접해 있다. 모라는 '마을'이라는 우리말의 고대어로서 마을이라는 고유명사가 동명으로 되었다고 한다. 조선시대에는 동래군 사상면(沙上面) 지역이었고, 1896년에 부산부에 편입되었다. 1914년에 사상면 모라리(毛羅里)라고 하였고, 1963년에 부산진구 소속으로 되었다. 1978년에 북구에 편입되었다가, 1995년에 사상구 관할로 되었다. 법정동인 모라동은 행정동인 모라1~3동으로 이루어져 있다. 2010년 9월 말 통계에 의하면, 모라1동에는 11,930세대에 남자 17,229명, 여자 16,822명으로 합계 34,051명이 거주하고 있다.

모라동 지역은 초가집이 있던 전형적인 농촌지역이었는데, 1968년에 사상지구의 저습지대를 개발하여 공업단지로 조성하면서 현대적인 도시의 모습으로 바뀌기 시작하였다. 마을을 지나는 경부선 철도의 동편 산 쪽으로 대단위 아파트단지가 형성되어 있고, 서쪽 저지대에는 공장지대가 조성되어 있다.

모라1동의 동쪽에 있는 백양산은 운수산(雲水山)이라고도 하는데, 운수사(雲水寺)로 올라가는 골짜기를 절골[寺谷]이라고 하는데, 가장 큰 골이라 하여 큰골 또는 장골이라고도 한다. 모라1동에 있는 고동바위골은 바위 밑에서 맑은 물이 솟아나고, 큰 산고동이 살고 있었기 때문에 붙여진 이름이다. 이 마을 주민들은 산고동을 신성시하여 고동바위골에서 제를 지내기도 했다고 한다. 모라동에서 구포동의 시랑골[侍郎谷]에 이르는 고개는 경사가 급하고 산길이 험하여, 소를 몰고 이 고개를 넘어가면 소가 굴러 버린다 하여 '어부랑 고개'라 하는 고개가 있다. 그리고 모라동 북쪽 지역을 '시찌메'라고 하는데, 조선시대에 조세로 낸 곡식을 서울까지 배로 운반할 때 중간에서 쉬던 곳인 수참(水站)을 일본말로 부른 것이다.

제보자 일행은 사상구청에서 소개받은 손증식(남, 77세) 제보자를 먼저 만났다. 일을 마친 뒤 점심을 먹고 있다는 제보자를 고동바위경로당 근처 옛날감자탕집에서 만날 수 있었다. 마침 식사를 거의 끝낸 제보자에게 모라동에 관한 이야기 두 편을 들을 수 있었다. 이야기를 끝내고 제보자에게 괜찮은 경로당을 물어보니 제보자가 고동바위경로당을 추천해 주었다. 잠시 길을 헤맨 다음 찾아간 그곳에는 여러 명의 노인들이 모여 있었다. 조사의 취지를 설명하자 4명의 제보자가 <모심기 노래>, <그네 노래>, <베틀 노래> 등을 불러 주었다. 모라동은 공업단지 조성과 함께 외지에서 들어온 사람들이 많아서 그런지 제보자 중에 전라도나 강원도 방언으로 구연하는 제보자가 있었다.

고동바위경로당 조사를 마치고 길 건너편에 위치한 우성아파트 노인회 사랑방을 찾아갔다. 5명의 여성 노인이 화투를 치고 있었는데, 조사의 취지를 설명하자 바로 화투판을 접고는 조사에 참여해 주었다. 모든 노인이 노래를 다 불렀는데, 주로 <다리 세기 노래>, <아기 어르는 노래>였다. <다리 세기 노래>는 직접 놀이 재현을 하면서 즐거운 분위기 속에서 불렀다. 시간이 늦어 저녁을 차려야 한다며 하나 둘 자리를 뜨는 제보자로 인해 조사를 마무리했다.

모라1동 고동바위경로당

모라1동 우성아파트 노인회사랑방

부산광역시 사상구 삼락동

조사일시 : 2010.1.23

조 사 자 : 박경수, 박양리, 정혜란, 정다혜

삼락(三樂)동은 부산광역시 사상구에 속한 마을이다. 사상구 북서쪽에 위치하고 있으며, 동쪽은 모라동·덕포동·괘법동, 남쪽은 감전동, 북쪽과 서쪽은 낙동강에 접해 있다. 삼락동은 소요리(所要里)라고도 하며, 낙동강 변에 형성된 삼각주(三角洲)에 자리를 잡고 있으므로 붙여진 이름이다.

조선시대에는 동래군 좌이면(左耳面) 지역이었고, 1896년에 부산부에 편입되었다. 1914년에 동래군 사상면(沙上面) 삼락리(三樂里)로 바뀌었고, 1963년에 부산진구 소속으로 되었다. 1978년 북구에 속했다가 1995년에 사상구 관할로 되었다.

삼락동은 법정동명과 행정동명이 같다. 사상제방 동쪽의 저습지대는 지면이 낙동강보다 낮아서 배수가 잘 되지 않는 지역이었는데, 1968년부터 이 지대를 개발하여 공업단지를 조성하기 시작하면서 삼락동 지역은 많은 변화를 하기 시작했다. 구포에서 삼락동에 걸쳐 있는 제방은 현재 시민들의 산책로로 애용되고 있다. 삼락동에서 가장 먼저 형성된 마을은 가포(駕浦)이다. 가포는 현재 주택가로 변해 옛 모습을 찾아볼 수 없으나 옛날에는 낙동강의 배가 이곳까지 들어왔다. 가포의 명칭은 가락동의 서낙동강 서쪽 강가에 있는 해포(海浦)와 같이 개[海]의 뜻에서 개포라고 부른 것이 가포로 음이 바뀐 것이다. 낙동강의 지류인 삼락동의 샛강을 유두강(流頭江)이라고 했는데, 이 강은 구포의 범방산에서 발원하여 사상 쪽으로 흘러 낙동강으로 이어졌으며, 가포나루터에서 대저동의 덕두나루터를 왕래하던 나루터가 있었다. 유두강 주위에는 유두동이라는 마을이 있었는데 현재는 삼락동에 포함되어 있다.

관내에는 북부경찰서와 소방서가 있으며, 사상공업단지에 필요한 산업도로인 낙동로(洛東路)의 준공으로 현대도시의 면모를 갖추게 되었다. 현재는 생활환경에 열악한 면이 많으나 인근에 대형 유통시설이 소재해 있으며, 광활한 둔치 개발로 무한한 개발 잠재력을 가진 동이다.

조사자 일행이 삼락동강변경로당을 방문한 날은 2010년 1월 23일(토)로, 이날 첫 조사지를 삼락동으로 결정하고 오전에 삼락동강변경로당을 찾았다. 할머니방에는 아무도 없었고, 할아버지방에 2명의 노인이 앉아 TV를 보고 있었다. 조사의 취지를 설명하기 전에 조사자 일행을 보고 건강진단을 하러 온 봉사자로 착각을 하고 반기며 혈압을 재는 것부터 하냐고 물었다. 조사자 일행이 조사의 취지를 설명하자 노인 1명은 급격히 싸늘해지며 그런 조사 안 한다며 조사자 일행을 내쫓으려 하였다. 하지만 박대근(남, 80세) 노인이 한 곡 불러주겠다고 하여 겨우 산에 나무 하러 가면서 불렀던 노래를 한 곡 듣고 경로당을 나올 수 있었다.

삼락동 삼락동강변경로당

▌제보자

경옥선, 여, 1932년생

주 소 지 : 부산광역시 사상구 모라1동
제보일시 : 2010.1.23
조 사 자 : 박경수, 박양리, 정혜란, 정다혜

경옥선은 1932년 임신생 원숭이띠로 경
상남도 하동에서 태어났다. 동네에서는 하
동댁으로 불린다. 제보자는 하동에서 계속
살다가 22~23년 전에 부산으로 내려와 지
금까지 계속 거주하고 있다. 19살 때 4살
연상의 남편과 결혼하여 슬하에 1남 1녀를
두었다. 제보자는 현재 모라2동에서 개인주
택에 거주하는데, 1층에는 아들 가족들이
살고, 2층에는 제보자가 남편과 함께 생활하고 있다고 했다. 제보자는 과
거에 공무원을 했던 할아버지를 따라 다녔으며, 당시로는 드물게 초등학
교를 졸업했다고 말했다. 특별한 종교는 없다고 했다. 성격은 매우 밝아
보였으며, 화장을 곱게 한 얼굴이 나이보다 젊게 보이게 했다.

제보자는 <다리 세기 노래>와 <주추 캐는 처녀 노래> 2편을 불렀는
데, 이들 노래를 어른들에게 들어서 알게 되었거나 젊었을 때 친구들과
놀면서 불렀던 노래라고 했다.

제공 자료 목록
04_21_FOS_20100123_PKS_KOS_0001 다리 세기 노래
04_21_FOS_20100123_PKS_KOS_0002 주추 캐는 처녀 노래

김복림, 여, 1928년생

주 소 지 : 부산광역시 사상구 모라1동
제보일시 : 2010.1.23
조 사 자 : 박경수, 박양리, 정혜란, 정다혜

김복림은 1928년 무진생 용띠이다. 본관
은 경주이다. 경남 양산에서 태어나 19세에
부산 초량으로 시집을 왔다. 4살 위의 남편
은 10년 전에 작고했으며, 남편과의 사이에
1남 1녀의 자녀를 두었다. 지금은 아들과
함께 생활하고 있으며, 딸은 서울에서 살고
있다. 제보자는 부산으로 시집을 온 다음 초
량과 가야에서 살다 남편의 병환으로 인해
김해에서 잠시 살았다. 김해에서 다시 부산으로 올 때 현재 살고 있는 사
상구 모라1동으로 왔다. 제보자는 양산초등학교를 졸업했는데, 당시에는
공부를 한 편에 속했다 한다. 그래서 그런지 곱게 화장을 한 제보자의 모
습은 지적으로 보였다. 종교는 불교라고 했다.

제보자는 민요 3편과 설화 1편을 제공했다. 민요로는 <노랫가락> 한
편을 불렀고 <화투 타령>과 다른 <노랫가락> 한 편은 읊조리듯이 했다.
설화로는 <잠자리도 모르는 바보 남편> 이야기를 웃으면서 재미있게 구
술했다. 민요는 양산에 있을 때 어른들이 부르는 것을 듣고 알게 된 것이
고, 이야기는 제보자의 외할머니에게 들어서 알게 된 것이라 했다.

제공 자료 목록
04_21_FOT_20100123_PKS_KBL_0001 잠자리도 모르는 바보 남편
04_21_FOS_20100123_PKS_KBL_0001 노랫가락 (1) / 그네 노래
04_21_FOS_20100123_PKS_KBL_0002 화투타령
04_21_FOS_20100123_PKS_KBL_0003 노랫가락 (2)

김성훈, 여, 1923년생

주 소 지 : 부산광역시 사상구 모라1동
제보일시 : 2010.1.23
조 사 자 : 박경수, 박양리, 정혜란, 정다혜

김성훈은 1923년 계해생 돼지띠로 부산
광역시 서구 대신동에서 태어났다. 88세의
나이가 믿기지 않을 정도로 정정하고 깔끔
해 보였다.

제보자는 <다리 세기 노래>를 1편 불렀
다. 다리를 펴서 다리 세는 놀이를 직접 하
면서 불렀다. 그런데 <다리 세기 노래>에
앞서 아기 어르는 노래로 <불매소리>를 잠
시 불렀으나 노래의 서두만 꺼내고 다 부르지 못해 채록하지 않았다.

제공 자료 목록
04_21_FOS_20100123_PKS_KSH_0001 다리 세기 노래

박대근, 남, 1931년생

주 소 지 : 부산광역시 사상구 삼락동
제보일시 : 2010.1.23
조 사 자 : 박경수, 박양리, 정혜란, 정다혜

박대근(朴大根)은 1931년 신미생 양띠로
경상남도 김해시 한림면에서 태어났다. 본
관은 밀양이다. 1945년 해방 이후 부산광역
시 사상구 삼락동으로 이사를 온 이후로 지
금까지 삼락동에서 생활하고 있다. 김해에

있을 때에는 농사일을 하였으나 부산에서는 목수 일을 하였다. 지금은 경로당에 나와 시간을 보내고 있다고 한다. 22살 때 9살 연하인 부인을 만나 결혼을 하여 슬하에 4남을 두었다. 중학교를 졸업한 학력을 가지고 있다.

제보자는 산에 나무를 하러 가서 불렀던 <신세타령> 1편을 불러 주었다. 그런데 청중들이 조사자 일행의 조사를 달갑게 생각하지 않고 조사를 빨리 그만두기를 바랐기 때문에 제보자도 더 이상 노래를 부르지 않았다.

제공 자료 목록
04_21_FOS_20100123_PKS_PDK_0001 신세타령 / 나무하는 노래

박만년, 여, 1922년생

주 소 지 : 부산광역시 사상구 모라1동
제보일시 : 2010.1.23
조 사 자 : 박경수, 박양리, 정혜란, 정다혜

박만년은 1922년 임술생 개띠로 경상북도 경주시 감포읍에서 태어났다. 본관은 밀양이며, 감포 출신이라서 감포댁으로 불린다. 감포에서 농사도 짓고 물질도 하였었다고 했다. 19세 되던 해 남편과 결혼하여 슬하에 2남 3녀를 두었다. 11년 전 쯤, 부산에 사는 아들 집으로 들어오게 되면서 감포를 떠났다. 남편은 1년 전에 작고하였으며, 현재 부산광역시 사상구 모라1동에 살고 있다. 제보자는 집에서 여자는 공부를 할 필요가 없다고 하여 학교 공부를 하지 못했으며, 종교는 불교라고 했다.

제보자는 <베틀 노래>, <칭칭이 소리>, <나물 캐는 노래>, <모심기 노래> 등 4편을 불렀다. 제보자는 노래 가사가 생각나면 자진하여 갑자기 노래를 불러서 조사자들을 바쁘게 했다. <모심기 노래>를 할 때는 직접 모 심는 장면을 흉내 내면서 불렀다. 제보자는 이들 노래를 젊었을 때 일하면서 직접 듣고 알게 되었다고 했다.

제공 자료 목록

04_21_FOS_20100123_PKS_PMN_0001 나물 캐는 노래
04_21_FOS_20100123_PKS_PMN_0002 베틀 노래
04_21_FOS_20100123_PKS_PMN_0003 모심기 노래
04_21_FOS_20100123_PKS_PMN_0004 칭칭이 소리

손순자, 여, 1940년생

주 소 지 : 부산광역시 사상구 모라1동
제보일시 : 2010.1.23
조 사 자 : 박경수, 박양리, 정혜란, 정다혜

손순자는 1940년 무인생 호랑이띠로 경상남도 밀양에서 태어났다. 본관은 밀양이다. 현재 나이는 71세인데, 경로당에서는 아직 어린 나이라고 웃으면서 말했다. 남편은 3년 전에 작고했다. 제보자는 결혼 후에도 계속 밀양에서 살았으며, 50년 전에 부산으로 이사를 왔다. 어려서는 가정 형편이 어려워 학교를 다니지 못했으나, 기억력이 비상하여 많은 이야기를 알고 있었다.

조사자가 조사의 취지를 이야기하자 좋은 조사를 한다며 적극적으로 조사에 임해 주었다. 조사자는 민요 1편과 설화 6편을 제공했다. 민요는

<다리 세기 노래>였으며, 설화는 도깨비 이야기 2편과 귀신 이야기 2편, 그리고 꼬부랑 할머니 이야기와 <시골 노부부의 서울 구경> 이야기였다. 제보자는 이야기를 구술할 때 '마, 또' 등의 간투사를 많이 반복하는 편이었지만, 이야기 내용에 따라 목소리의 강약을 잘 조절하여 재미있게 했다. 이야기를 재미있게 구연하여 무서운 이야기를 할 때는 목소리의 강약이 조절되었고, 재미있는 이야기를 할 때는 이야기 중에 웃음을 터뜨리면서 재미있게 구연했다. 이들 이야기는 모두 어렸을 때 들어서 알게 된 것이라 했다.

제공 자료 목록
04_21_FOT_20100123_PKS_SSJ_0001 꼬부랑 이야기
04_21_FOT_20100123_PKS_SSJ_0002 도깨비와 씨름한 사람
04_21_FOT_20100123_PKS_SSJ_0003 도깨비와 싸운 사람
04_21_MPN_20100123_PKS_SSJ_0001 처녀 귀신을 피한 사람
04_21_MPN_20100123_PKS_SSJ_0002 처녀 귀신을 태워 준 운전기사
04_21_MPN_20100123_PKS_SSJ_0003 시골 노부부의 서울 구경
04_21_FOS_20100123_PKS_SSJ_0001 다리 세기 노래

손증식, 남, 1934년생

주 소 지 : 부산광역시 사상구 모라1동
제보일시 : 2010.1.23
조 사 자 : 박경수, 박양리, 정혜란, 정다혜

　손증식(孫曾植)은 1934년 갑술생 개띠로 부산광역시 사상구 모라동에서 태어나 지금까지 거주하고 있다. 본관은 안동이다. 현재 나이는 77세인데, 26세 때 5세 연하의 부인과 결혼하여 지금까지 함께 생활하고 있다. 슬하에는 2남 4녀의 자녀를 두었다. 학력은

사상초등학교를 졸업한 것이 전부이다. 예전에는 농사를 지으며 생활하였지만 요즈음은 가끔씩 공사장의 인부로 나가 잡일을 한다고 했다. 백발에 눈썹까지 하얗게 센 모습이 인상적이었으며, 평소 중절모를 쓰고 다닌다고 했다. 전체적인 인상이 인자해 보였다. 설화를 구술할 때, 쌍시옷 발음이 제대로 되지 않았지만 발음은 대체로 또렷한 편이었다.

제보자는 2편의 설화를 제공했다. <일본인과 중국인이 살 수 없는 모라동>과 <고동바위와 여우고개> 이야기를 짤막하게 구술했다. 이들 이야기는 동네 어른들에게 들어서 알게 된 것이라고 했다.

제공 자료 목록

04_21_FOT_20100123_PKS_SJS_0001 고동바위와 여우고개
04_21_MPN_20100123_PKS_SJS_0001 일본인과 중국인이 살 수 없는 모라동

오경임, 여, 1916년생

주 소 지 : 부산광역시 사상구 모라1동
제보일시 : 2010.1.23
조 사 자 : 박경수, 박양리, 정혜란, 정다혜

오경임은 1916년 병진생 용띠로 전라남도 광양에서 태어났다. 본은 해주이다. 며느리가 반찬을 해줘서 반찬할머니라고 불린다고 했다. 19살 때 광양에 사는 남편과 결혼을 하여 슬하에 4남 1녀를 두었다. 40년 전 남편은 작고했으며, 남편의 작고 후에도 광양에서 농사를 지으며 살았다. 부산에 온 지는 33년 전으로 셋째 아들을 따라 거주지를 옮긴 것이라 했다. 다른 자녀들은 광주에서 생활하고 있다고 했다. 30년

도 넘게 부산에서 살았지만 말투는 여전히 전라도 방언의 억양을 사용하고 있었다. 제보자는 틀니도 착용하지 않았고 윗니 하나만 빠져 있었는데, 95세라는 나이가 믿기지 않아 여러 번 나이를 물어서 확인해 볼 정도로 정정했다.

제보자는 4편의 민요를 불렀는데, <베틀 노래>, <물레 노래>, <아기 어르는 노래>, 그리고 듣기 힘든 <이 노래>이다. 제보자는 이들 노래를 직접 베를 짜면서 듣고 배우거나 친정어머니가 가르쳐주어 알게 된 것들이라고 했다.

제공 자료 목록
04_21_FOS_20100123_PKS_OKI_0001 베틀 노래
04_21_FOS_20100123_PKS_OKI_0002 아기 어르는 노래
04_21_FOS_20100123_PKS_OKI_0003 이 노래
04_21_FOS_20100123_PKS_OKI_0004 물레 노래

이상순, 여, 1926년생

주 소 지 : 부산광역시 사상구 모라1동
제보일시 : 2010.1.23
조 사 자 : 박경수, 박양리, 정혜란, 정다혜

이상순은 1926년 병인생 호랑이띠로 부산광역시 사상구 모라동에서 태어났다. 본관은 경주이다. 모라동에서 태어나 지금까지 모라동을 떠나 본 적이 없는 모라 본토박이라고 했다. 그래서 동네에서 모라댁으로 불린다. 19세에 4살 위의 남편과 결혼을 하여 슬하에 5남 1녀의 자녀를 두었다. 남편은 약 12년 전에 작고했으며, 현재 제보

자는 셋째아들과 함께 모라1동 우성아파트에서 살고 있다. 다른 자녀들은 모두 객지에 나가서 살고 있다고 했다. 제보자는 초등학교를 7년 동안 다니며 배웠으며, 당시에 배운 일본어는 지금도 좀 기억하고 일본어로 된 노래도 조금 알고 있다고 했다. 예전에는 농사도 짓고 살았지만 요즘에는 그냥 쉬고 있으며 특별한 종교는 없다고 했다. 제보자는 <아기 어르는 노래 / 알강달강요> 1편을 불렀다. 이는 어렸을 때 어른들에게 듣고 친구들과 놀면서 함께 부르다가 알게 되었다고 하였다.

제공 자료 목록

04_21_FOS_20100123_PKS_LSS_0001 아기 어르는 노래 / 알강달강요

정일선, 여, 1926년생

주 소 지 : 부산광역시 사상구 모라1동
제보일시 : 2010.1.23
조 사 자 : 박경수, 박양리, 정혜란, 정다혜

정일선은 1929년 기사생 뱀띠로 경상남도 합천군 적중면 양림리에서 태어났다. 본관은 팔계이고, 택호는 중촌댁이다. 현재 나이는 82세인데, 16살의 어린 나이로 결혼을 했다. 동갑인 남편은 올해 작고했으며, 남편과의 사이에 2남 2녀를 두었다. 큰아들은 부산광역시 동래에서 거주하고 있고, 딸은 천안과 구포에서 거주하고 있다고 했으며,

제보자는 현재 막내아들과 함께 부산광역시 사상구 모라1동 우성아파트에서 생활하고 있다. 제보자는 집안 형편이 어려워 학교를 다니지 못하고 농사를 지으면서 살았으며, 결혼 후에는 남편이 공무원이어서 농사일을

많이 하지 않았다고 했다. 합천군 적중면 양림리에서 30년 전에 부산으로 와서 지금까지 살고 있다. 종교는 불교이다.

제보자는 <다리 세기 노래>를 구연했는데, 어렸을 때 친구들과 놀면서 불렀던 노래라서 아직까지 기억을 하고 있다고 했다.

제공 자료 목록

04_21_FOS_20100123_PKS_JIS_0001 다리 세기 노래

한석옥, 여, 1930년생

주 소 지 : 부산광역시 사상구 모라1동
제보일시 : 2010.1.23
조 사 자 : 박경수, 박양리, 정혜란, 정다혜

한석옥은 1930년 경오생 말띠로 강원도 강릉에서 태어났다. 본관은 청주이다. 제보자는 강릉에서 계속 살다가 3~4년 전에 부산광역시 사상구 모라2동으로 이사를 왔다. 20살 때 결혼을 하여 슬하에 1남 3녀를 두었다. 제보자는 남편이 20년 전에 작고한 뒤 현재 막내딸과 같이 살고 있고, 아들은 바로 옆 동네에서 거주하고 있다고 했다. 과거에는 채소장사를 하였으나, 나이가 들어 더 이상 장사를 하지 않는다고 했다. 제보자는 당시에 여자는 글을 배울 필요가 없다는 집안 어른들로 인해 학교 공부를 하지 못했으며, 종교는 기독교라고 했다.

제보자는 <정선아리랑>, <사발가>, <노랫가락> 등 3편을 불러 주었다. 강릉에서 오래 거주하다 부산에 온 지 얼마 되지 않았기 때문에 강원도 사투리를 많이 사용했다. 제보자는 이들 민요를 어렸을 때 어른들이

부르는 것을 듣고 알게 된 것이라고 했다.

제공 자료 목록
04_21_FOS_20100123_PKS_HSO_0001 사발가
04_21_FOS_20100123_PKS_HSO_0002 정선아리랑
04_21_FOS_20100123_PKS_HSO_0003 노랫가락

잠자리도 모르는 바보 남편

자료코드 : 04_21_FOT_20100123_PKS_KBL_0001
조사장소 : 부산광역시 사상구 모라1동 우성아파트노인회 사랑방
조사일시 : 2010.1.23
조 사 자 : 박경수, 박양리, 정혜란, 정다혜
제 보 자 : 김복림, 여, 83세
구연상황 : 다른 노인들이 하는 이야기를 듣고 있던 제보자가 이야기가 하나 생각이 났다며 바로 다음 이야기를 시작했다.
줄 거 리 : 옛날에 어떤 부잣집에 바보 아들이 하나 있었다. 아들이 바보라서 아무리 부잣집이어도 시집을 오는 처녀가 없었다. 한 가난한 집에 재산을 떼주고 딸을 데리고 왔다. 하지만 아들이 워낙 바보이다 보니 잠자리를 하는 것도 몰랐다. 부인이 나이가 차서 바보 남편과 잠자리를 하고 나니, 바보가 그것이 참 좋았다. 바보 남편이 부인을 계속 따라다니며 어제 밤에 한 것이 무엇이냐고 하며 이름을 가르쳐 달라고 했다. 부인이 '한잔'이라고 하자, 그 다음부터 한잔 달라고 하면서 부인을 쫓아다녔다. 바보 아들의 어머니가 아들이 하는 말뜻을 알아차리고, 아들에게 한잔은 잠잘 때만 하는 것이라고 말을 해주었다.

옛날에 실은 저, 대기(매우) 없는 집에 딸하고, 대기 이래 돈은 부잣집 인데, 아들이 바보 비수룸한(비슷한) 이런 사람이, 아들이 있었어. 그렇께네 인자 좋은 아가씨들 똑똑하고, 그한거는 그런데, 아만(아무리) 돈이 많애도 안 가거든, 옛날에도.

그러께는 이 집을, 대기 처이집에는 무울 기 없고, 이집 아들이 있는 집에는 대기 부자고 이랬는데, 메누리로 못 봤어.

그래 인자 대기 없는 집 딸로 갖다가 재산을 한 모금 띠주고 며느리를 데꼬 왔는 기라. 데꼬 왔는데, 이기 신랑이 아무것도 모르는 기라. 와가지고 갤혼을 해가 와 봐도, 이래놓이께, 색시가 하도 인자 나이도 차고 이래

그해 나놓으니까, 그래 인자 색시가 참 애기 놓을라고 잠자리로 했는가 봐.

그리해보이커네 이 바보 신랑이 한 번 자고 나보꺼네 대기 좋는가 봐. 그래 저 색시가 정지에 밥을 하러 나왔는데, 부엌에 밥을 하러 나와놓이 따라 와가,

"어야, 어제 핸 거 그거 머꼬 어? 어제 핸 거 그거."

자꼬 그래싸이카이 뭣이라고 이름을 갤카 줄라 카는 기라.

"어제 핸 거 그거 뭐꼬? 이름을 갤카 줄거다."

"그거는 이름도 모른다."

커이, 샘이 가도 따라와가지고,

"그거 뭐꼬? 그거 갤카 주가. 어?"

카고, 또 밥 하러 와도 또 정지에. 그래 저거 내가, 신랑 어마시가 가만히 들으이,

"저거 무슨 소리고. 저거 그거 뭐시라 카노? 뭐시라 카노?"

캐싸가지고, 그래 한 분은 또 정지에 와서 자고 나서 그러 캐서, 그래 색시가 한단 말이,

"그거는 이름이 없고 한잔이다, 한잔이다."

캤거든. 그니 한잔 소리 들었다고 질가 가도, 샘이질에[54] 가도,

"한잔 주가 응!"

부엌에 와도,

"한잔 주가 응!"

자꾸 이래 싸. 그래가 인자 시어마시가 가만 듣고 보이 '저기 무슨 소리인공?' 싶어.

그러그러 자꾸 따라 댕기 한잔 주까, 그기 한잔이라고, 이름이 한잔이라고, 하도 이름 캘카 줄라 캐서 한잔이라 캤는데, 따라 댕김에 한잔 주가

---

54) '샘에서 물 긷는 일에'의 뜻임.

한잔 주가 캐쌌더니.

그래 신랑은 바보가 되가지고 그거로 모르는데, 색시가 인자 나이도 차고 이라이꺼네 인자 그랬는가 봐. 그래가 임신이 되가지고 배가 불러 오이께, 그래 인자 시어마이가 눈치로 알아채고, 그래 그거로 '아들이 저러카는 그 소리가 그 소린갑다.' 하고, 그래 그거로 아들 입으로,

"거기 한잔이라 카는 거는 잘 직에만 그거 한잔이지, 따라댕기매 하는 소리가 아이다."

캐놓이, 그러고 그 인자 나이가 차고 인자 나로 먹고 아도 놓고 그란게, 그거로 좀 깨닫더란다.

꼬부랑 이야기

자료코드 : 04_21_FOT_20100123_PKS_SSJ_0001
조사장소 : 부산광역시 사상구 모라1동 우성아파트노인회 사랑방
조사일시 : 2010.1.23
조 사 자 : 박경수, 박양리, 정혜란, 정다혜
제 보 자 : 손순자, 여, 71세
구연상황 : 다른 제보자가 꼬부랑 이야기를 하는 것을 듣고 있더니 이렇게 해야 하는 것이라고 하면서 제보자가 나서서 하나씩 말로 구술했다. 청중 한 명이 자신도 아는 이야기인 듯 중간과 마지막 부분에 끼어들어 말하기도 했다.
줄 거 리 : 꼬부랑 할머니가 길을 가다가 꼬부랑 똥을 누자 꼬부랑 개가 와서 똥을 먹었다.

꼬꾸랑 할마시가, (청중 : 꼬꾸랑 할매.) 꼬꾸랑 길로 가다가, 꼬꾸랑 똥이 누롭아서(누고 싶어서, 마려워서), 꼬꾸랑 똥을 누이꺼네, [다시 기억하여] 아, 꼬꾸랑 할마시가, 꼬꾸랑 짝대기로 짝 지고, 꼬꾸랑 길로 가다가, 꼬꾸랑 똥이 누고짚어서, 꼬꾸랑 똥을 누이꺼네, 꼬꾸랑 개가 와가, 꼬꾸랑 [웃으며] 똥을 무이꺼네(먹으니까), 꼬꾸랑 짝대기로가 꼬꾸랑개로. (청중 : 꼬꾸랑 깽깽 꼬꾸랑 깽깽 한다 그러대.)

도깨비와 씨름한 사람

자료코드 : 04_21_FOT_20100123_PKS_SSJ_0002
조사장소 : 부산광역시 사상구 모라1동 우성아파트노인회 사랑방
조사일시 : 2010.1.23
조 사 자 : 박경수, 박양리, 정혜란, 정다혜
제 보 자 : 손순자, 여, 71세
구연상황 : 조사자가 도깨비 이야기도 좋고 호랑이 이야기도 좋으니 아는 이야기가 있
           으면 해 달라고 요청하자, 제보자가 자기 할아버지 이야기라고 하며 다음 도
           깨비 이야기를 했다.
줄 거 리 : 옛날에 한 사람이 저녁 무렵에 논에 물을 대러 갔다가 오는 길에 도깨비를 만
           났다. 도깨비가 따라오면서 계속 씨름을 하자고 했다. 밤새도록 도깨비와 씨름
           한 끝에 도깨비를 이겨서 나무에 허리끈을 풀어 묶어놓고 집으로 돌아왔다.
           다음 날 허리띠를 찾으러 가보니 도깨비는 없고 몽당 빗자루가 묶여 있었다.

날이 인자 이래 저녁답 됐는데, 논에 인자 물 대로 갔는 기라. 물 대로
갔는데, 아이고 마 물 대로 가가 인자 오이꺼네, 자꾸 뒤에서 따라오미 씨
름 한번 하자 카더라 카네. 자꾸,

"내캉 씨름을 한분 하자. 씨름 한분 하자."

그래, 우리 할배가 담이 컸는 모양이라. 그래 인자 물 대러 가께네 짝
대기는 가(가지고) 댕기잖아. 그래가 돌아보니꺼네 뭐 시근에(눈 짐작에)
키가 마 자기, 우리 할배가 큰데 마 할배캄 더 커비더라 카네.

(청중 : 헛깨비가 헛깨비.) 그래갖고 오다가 마 둘이 마 함 붙었는 기라.
그 도깨비하고 붙어가 마 밤새도록 싸우고 마 이래가 마. (청중 : 그때 술
이 좀 취했던갑다 술 한잔 먹고.) 야, 야. 그래가 마, 거 마 논에 마 마 또
거기 한번 물에 한번 쳐백히몬(처박히면) 또 우리 할배가 한번 또 처박히
고, 이래가 마 마 참 마 굉장했다 카대.

이래가 한참 마 그래 하다가, 하다가 그래 그 옷 얼매만 오이께네 나무
가 하나 있더라 카대. 그래가 마 나무에다가 마 요거로 마 독, 그 그거로
키가 팔대장 그거로 마 이 허르끈을 빼가지고 마 딱딱 홀까 매놔놓고 그

질로 집에 왔는 기라.

그래가 인자 날이, 날이 새가꼬, 내 허르끈을 찾으러 가야 되는 기라. 인자 옛날에 허르끈 뭐 형겊때기 그 허리끈 거기 되노이, 그래가 가이꺼네 세상이 몽당빗자리, 몽당빗자리 그거로 그래 야무치게 매났더라 카네.

그러꺼네 지금도 그라지마는 여자들 그 맨서 있을 직에 빗자리 겉은 거, 이런 거 못 깔고 앉잖아. 그거 맨서(menses, 생리) 피가 그런데 묻으몬 밤에 거기 둔갑을 한다.

도깨비와 싸운 사람

자료코드 : 04_21_FOT_20100123_PKS_SSJ_0003
조사장소 : 부산광역시 사상구 모라1동 우성아파트노인회 사랑방
조사일시 : 2010.1.23
조 사 자 : 박경수, 박양리, 정혜란, 정다혜
제 보 자 : 손순자, 여, 71세
구연상황 : 조사자가 또 다른 이야기가 없느냐고 물어보자, 이 제보자가 웃으면서 "그러면 내가 또 하나 해 주겠다"고 말을 하고 이 이야기를 했다.
줄 거 리 : 하루는 도랑 옆에 사는 아저씨가 술에 취해서 도깨비와 싸웠다. 도랑에서 만난 그 사람의 모습은 얄궂게 변해 있었다.

또랑이 요래 있었는데, 한 날은, 한 날 저저 눕어 자는데, 그 또랑 젙에 사는 사람이 들어보이, 마마 업! 벅! 캐사미 마,

"이기 니가 죽나 내가 죽나 보자."

캐사미, 이래서 마 얄궂더라 카네. 보이꺼네 그 바라 고 옆에 사는 그 집 아저씨라. 도깨비하고 또라(도랑) 거서 마 퍼덕득 퍼덕득 퍼덕 소리가 마 나고 마마 난리가 났더라. 그래가 마 둘이서 마 또랑에 거서 분산하더라(부산하더라) 카네.

그래가 인자 그 이웃사람이 '이 무슨 거다. 아무 캐도 그래도 수상하

다.' 싶어 나가보이꺼네 대사동 양반이라고 막 얄궂더라 카는 기라. 그래가,

"아이고, 자네가 모게 왜 요서 이래 쌓노."

카미 이래커이까네, 그래가 술이 한 잔 되가 한 잔 묵고 오다가 그래 됐는 기라.

거는 도깨비 있다 카데 거.

고동바위와 여우고개

자료코드 : 04_21_FOT_20100123_PKS_SJS_0001
조사장소 : 부산광역시 사상구 모라1동 옛날감자탕집
조사일시 : 2010.1.23
조 사 자 : 박경수, 박양리, 정혜란, 정다혜
제 보 자 : 손증식, 남, 77세
구연상황 : 제보자가 앞의 이야기를 하고 난 후에 또 해줄 이야기가 있는지 잠시 생각하는 듯 했다. 다음 이야기는 이렇게 해서 구술된 것이다. 모라동의 뒷산에 있는 고동바위와 여우고개에 관한 짤막한 지명담이다.
줄 거 리 : 옛날 모라동 뒷산 아래에 몇 집이 있는 곳에 고동같이 생긴 바위가 있었다. 이 바위를 고동바위라 했다. 이 고동바위에서 조금 더 가면 여우가 많이 나타났다는 여우고개가 있었다. 이 여우고개를 넘어 구포2동으로 갔다.

경로당인데, 요걸 왜 글나면, 고 산 밭이 이래 돼 있고, 산이 요래가 또 고동같이 생긴 고 고 집이 몇 집 있었어. 걔서(거기서) 고동바우라 캤는데, 그 위에 고서 쪼금 넘어가몬 야시고개라 하는 기 있어. (청중 : 야시고개, 네.)

야시고개를 넘어가면 야시가 그때는 많애. 많애가 마 야시가 거기 인자 어떤 거는 꽁지가 하얀 기, 요런 기 꽁지로 하얀 걸 내놓고 또 사람을 보몬 쾡 쾡한다고, 야시들이.

그래가 뭐 야시들이 인자 돌아가고. 그라모 사람들이 거 그래가 구포2동을 넘어갔지.

처녀귀신을 피한 사람

자료코드 : 04_21_MPN_20100123_PKS_SSJ_0001
조사장소 : 부산광역시 사상구 모라1동 우성아파트노인회 사랑방
조사일시 : 2010.1.23
조 사 자 : 박경수, 박양리, 정혜란, 정다혜
제 보 자 : 손순자, 여, 71세
구연상황 : 제보자는 도깨비 이야기를 구연한 후, 또 비슷한 이야기가 있다고 하며 다음
　　　　　이야기를 시작했다.
줄 거 리 : 옛날에 한 영감이 시골에서 논둑길을 오는데, 소복을 한 여인이 뒤를 따라왔
　　　　　다. 영감이 무서워 소리를 지르며 가지고 온 성냥으로 계속 불을 켜니 둑 아
　　　　　래로 사라졌다.

　우리 영감이 촌에 있을 직에, 그 인자 금동이라 카는데 거서 절로 저저
예릉꺼정 이래 댕기는, 그 도로는 도로고 또 우에 뚝이 요래 있거든, 지금
도 있어.

　그런데 그래가 그 인자 어데 갔다가 이래 오이꺼네, 뽀한 소복을 해가
자꾸 뒤에 따라오더라 카는 기라. (조사자 : 여자가?) 우리, 우리 지금 우
리 할배한테 자꾸 따라오더라 카는 기라.

　그래갖고 우리 할배가 마 소리 막 지르더라 카대. '이상하다' 싶어서.
그래가 인자 성냥을 가오미 내다(계속) 불로 킸는 기라. 이래 키고 키고
이라이께네, 그래 마 뚝 밑으로 살 내려갔부더라 카네. 뚝 밑으로, 뚝 밑
으로 내려갔부더라 하네.

　그래가 그래가 그 질로, 그 질로 지금 인자 그 그기 인자 지내오몬 아
직꺼정 무섭다 카네.

처녀귀신을 태워 준 운전기사

자료코드 : 04_21_MPN_20100123_PKS_SSJ_0002

조사장소 : 부산광역시 사상구 모라1동 우성아파트노인회 사랑방

조사일시 : 2010.1.23

조 사 자 : 박경수, 박양리, 정혜란, 정다혜

제 보 자 : 손순자, 여, 71세

구연상황 : 조사자가 이야기를 참 재미있게 한다고 부추기자, 제보자는 또 비슷한 이야 기가 있다고 하면서 다음 이야기를 했다.

줄 거 리 : 운전기사가 차를 몰고 가는데, 고갯길에서 하얀 소복 입은 여자가 차를 세웠 다. 차에 여자를 태워 가면서 뒤를 돌아보면 사람이 앉아 있고, 백미러로 보 면 보이지 않았다. 한참을 가다 그 여자가 세워 달라는 곳에서 차를 세우고 내려주었다. 여자는 잠시 기다리면 차비를 가져오겠다고 하고 집에 들어갔다. 아무리 기다려도 차비를 가져오지 않자, 운전기사가 집 안으로 들어가 보았 다. 집 주인에게 자초지종을 말하니, 그 날이 그 여자의 제삿날이었다. 운전기 사는 제사 음식을 대접 받고 차비를 두둑하게 받았다.

운전기사가, 영업하는 기사가 또 인자 차로 몰로 이래 가이꺼네, 어느 길모퉁이 이래 고개 이래 넘어가이꺼네, 뽀한 소복을 해가 차로 좀 서자 카더란다. 그래가 '이 밤중에 우짠 아가씨가 저래 거하는공?' 싶어가지고 차로 대가 싣고 갔는 기라.

분명히 실었는데, 뒤에 쑥 보이꺼네 사람이 뒤에 이래 돌아보이 있고 빽미러에 거게 비지를 안 하는 기라 거는. 비치지는 안 하는데, 또 가다가 이상해서 함 돌아보이, 그래 아무 데 가디마는,

"요 좀 시아돌라(세워 달라)."

카더란다. 그래가지고 거 떡 인자 기사가 시았는(세웠는) 기라. 시아꺼 네 처자가,

"그래 내가 안에 드가가 저 차비로 가나올낀까네 요 좀 기다리라."

카더라 카네. 그래가 이놈의꺼 처자는 그 집에 드갔는데, [힘을 주어 말 하며] 아무리 기다리도 차비 가 나오는 사램이 없는 기라.

그래가 인자 이 기사가 '이상하다', 그러니 사람이 그 돈을 받으러 가야
될 꺼 아이가. 그래 안에 드간꺼네, 안에 드간꺼네 집에 드간꺼네, 그래가,

"아이고 우예 왔는고?"

물으이꺼네, 그래,

"요 마 아가씨로 태아왔는데, 차비로, 차비로 그래 저 갖고 나올라 캐
서, 안 가 나와서 그래 내가 이란다."

그래가 그카이꺼네 주인집에서 인자 퍼뜩 인자 알아채고,

"아이고 요좀 앉으이소. 술이나 한 잔 하이소."

카맨서러 그래 이라는데, 방을 이래 드다보이까네 그 처자 사진이 딱
거 걸리가 있더라네. (청중 : 영혼이다.) 응. 그래가 그 처자 그날 인자 제
삿날이라.

그래갖고 그래 저거 엄마가, 그 집에서 차비로 톡톡하이 주더라 안
카나.

시골 노부부의 서울 구경

자료코드 : 04_21_MPN_20100123_PKS_SSJ_0003
조사장소 : 부산광역시 사상구 모라1동 우성아파트노인회 사랑방
조사일시 : 2010.1.23
조 사 자 : 박경수, 박양리, 정혜란, 정다혜
제 보 자 : 손순자, 여, 71세
구연상황 : 제보자가 조사자에게 그냥 우스개 이야기인데 괜찮느냐고 물어보았다. 조사
　　　　　자가 괜찮다고 하자 제보자가 다음 이야기를 시작했다.
줄 거 리 : 시골에 사는 노부부가 서울로 나들이를 갔다. 여관방에 들어가 누워 있는데,
　　　　　옆방에서 쪽쪽거리며 맛있게 먹는 소리가 났다. 무슨 음식을 맛있게 먹는지
　　　　　몰래 보니 두 사람이 옷을 벗고 그 짓을 하고 있었다. 영감 부부가 따라 해보
　　　　　았으나, 씻지 않은 영감 때문에 냄새가 나서 할 수가 없었다. 그래서 서울 사
　　　　　람들 입은 개 주둥이보다 못하다고 흉을 봤다. 하루는 영감 부부가 어떤 건물

을 구경하고 있으니까, 누군가 와서 몇 층까지 보았느냐고 물었다. 2층까지만 보았다고 하며, 돈을 조금만 냈다. 영감 부부는 사실 꼭대기까지 보았는데 하면서, 서울 사람들이 똑똑하다고 해도 자기보다 못하다고 흉을 보았다.

옛날에 영감 할마이 둘이서 인자 서울 나들이로 갔는 기라. 서울 구경하러 떡 갔는데, 가가 여관방을, 여관방을 하나 얻어가 둘이서 떡 눕어있으꺼네, 그저 마마 쪽쪽쪽 소리가 나고 마 얄궂거든.

옛날에는 불, 이거 애긴다고 궁게로(구멍을) 내갖고 이래 저 다마로(전구를) 이래 걸치가 이제 이 방도 이 방도 밝고, 이 방도 밝고 이랬거든. 그래가지고 마 마 마 마 어찌기 맛있기 뭐 묵는가 쪽쪽 해싸서, 그래 영감이 저저 할마이가,

"영감, 요 한번 엎디리 봐라. 저 뭐러 저렇게 맛있기 묵는고 함 보자."

그래가 [웃으며] 참 영감 지는 엎디리갖고 할마시가 이래 넘바다 보이마 둘이서 홀랑 벗고 마 서로 빨고 마 난리거든. 그래가지고, '아이고, 저렇고로 맛있는가?' 그래 인자,

"영감, 우리도 한 분 해보자."

그래가 인자 둘이서 머 촌에서 옳기 씻나. 둘이서 인자이 내리와가 홀락 벗고 그짜매꾸로(그쪽처럼) 서로 빨아보이까네 마 꿀, [웃으며] 냄시가 마 나서 도저히 안 되겠고. 그래가 그 할마시하고 영감하고,

"에이, 서울놈들 입은, 입은 주디이도 아이고, 그 개, 개 주디이카마도 (주둥이보다) 몬 하다."

카더란다. [웃음] 그 냄새 나는 거로 빤다고, 씻고 빠는 주는 모르고, 이 뭐 촌에 있다가 오이 저것도 뭐 저 머 그래놓이께네 마,

"아이고, 저 개, [웃으며] 개, 개나발카마도 못하다."

카더란다.

그래, 그래가 인자 하나 서울 구경을 한다고 이리 처다보고 이래 있으이꺼네, 어떤 사람이 떡 오디,

"보소 보소, 몇층꺼정 봤는교?"

"내 인자 이층꺼정빽이 안 봤다."

"이층꺼증 봤으몬 돈 얼마 내소."

그래 인자 얼마 줬는 기라. 주디마는 떡 방에 들어갖고,

"아이고, 서울놈들 똑똑다 캐싸도 내가 꼭대기꺼정 다 쳐다봤는데 내 2층꺼정빽이 안 봤다 캐도 모르고." [손뼉을 치며 웃음]

그래, 서울놈들 똑똑은 기 아이고, 지한, 지가 더 똑똑다 이기지. 끝까지 봤는대도 이층꺼정빽이 안 봤다 카이꺼네, 그래 돈 이층꺼정 막 본 거 빽이 안 줬다 안 카나 그래. [웃음]

일본인과 중국인이 살 수 없는 모라동

자료코드 : 04_21_MPN_20100123_PKS_SJS_0001
조사장소 : 부산광역시 사상구 모라1동 옛날감자탕집
조사일시 : 2010.1.23
조 사 자 : 박경수, 박양리, 정혜란, 정다혜
제 보 자 : 손증식, 남, 77세
구연상황 : 조사자가 모라동에는 일본인과 중국인이 살 수 없다고 하던데 왜 그런지를 물어보자, 제보자가 다음 이야기를 해주었다.
줄 거 리 : 일본 사람과 중국 사람이 모라에 들어와서 살면 죽거나 사업이 망한다. 산 형세가 그렇게 되어 있다. 따라서 일본인과 중국인은 모라에서 살지 못하고 떠나게 된다.

모라동이 생긴 이유는, 일본 사람들은 모라 내에 들오가 못 살아요. (조사자 : 왜 그래요?) 일본 사람하고 중국 사람 오몬 죽어뿌.

(조사자 : 죽어버려요? 음.)

그러면 일본인이 우리 한국에, 요 우리 요 다리, 지하철 일번 출구고, 인제 옛날에 도로 확장하기 전에 일분 사람 집이 이층에 가지고 있었는

데, 거 오가 마 이사와가 살다가 마 다 죽어뿌.

죽어뿌이까 일본 사람이 여 사상에, 덕포하고 저는 일본 사람이 살아도, 우리 모라는 일본 사람이, 또 개울 건너 삼락에는 일본 사람들이 과수원을 하고 있는데, 모라는 들오몬 죽어뿌. (조사자 : 그 왜 그런지 그건 혹시.) 그거는 머 전설이 인자 그 이 뭐 뒤에 산이 뭐 어떻고 뭐 뒤에 산이 그고.

거 또 중국 사람도 요 오가, 우리 한국 사램이 중국음식점을 해도, 중국 본토 사람들은 오모 몬 해. 몬 하고, 요 저 일동 옛날 사무실 앞에 거, 일본, 인자 중국 사람이, 진짜 중국 사람이 오가 있었는데, 오가 마 언제 죽고 아들이 안 되노이 사업하다가 딴 데로 이사가뿌.

그라고는 중국 사람도 안 되고, 일본 사람도 안 되는 동네가 우리 모라이라.

다리 세기 노래

자료코드 : 04_21_FOS_20100123_PKS_KOS_0001
조사장소 : 부산광역시 사상구 모라1동 고동바위경로당
조사일시 : 2010.1.23
조 사 자 : 박경수, 박양리, 정혜란, 정다혜
제 보 자 : 경옥선, 여, 78세
구연상황 : 조사자가 <다리 세기 노래>를 어떻게 불렀느냐고 물어보자, 제보자가 어렸을 때 놀면서 불렀던 것이라며 다음 노래를 불렀다.

이거리 저거리 갓거리
진주만주 도만주
짝발로 해양근
유다유다 전라도
경상이 먹어서
하늘에 온다 제비콩

주추 캐는 처녀 노래

자료코드 : 04_21_FOS_20100123_PKS_KOS_0002
조사장소 : 부산광역시 사상구 모라1동 고동바위경로당
조사일시 : 2010.1.23
조 사 자 : 박경수, 박양리, 정혜란, 정다혜
제 보 자 : 경옥선, 여, 78세
구연상황 : 제보자는 먼저 <다리 세기 노래>를 부른 뒤, 젊었을 때 친척 아저씨에게 배운 노래라며 다음 노래를 불렀다.

강원도라 금강산밑에 주추캐는 저처-녀야

너거집은 어디다두고 해가져도 주추만캐냐

울의집은 심심산천 안개나속에 삼간초간에 집이오

오실라면은 오십시오 가실라면은 가십시오

우리집이는 못살아도 나는좋아

노랫가락(1) / 그네 노래

자료코드 : 04_21_FOS_20100123_PKS_KBL_0001

조사장소 : 부산광역시 사상구 모라1동 우성아파트노인회 사랑방

조사일시 : 2010.1.23

조 사 자 : 박경수, 박양리, 정혜란, 정다혜

제 보 자 : 김복림, 여, 83세

구연상황 : 손순자 제보자의 노래가 끝나자마자 제보자가 바로 이 노래를 시작했다. 노랫
가락으로 부르는 일명 '그네 노래'였다. 노래 중간에 청중도 "좋다"라며 추임
새를 넣고는 함께 노래를 부르기도 했다.

수천당 세모야저낭개 가지가지다 추천을메여 (청중 : 좋다.)

임이타면 내가나밀고 임야타면은 임이민다

저임아 줄미지마라 줄떨어지면은 정떨어진다

화투타령

자료코드 : 04_21_FOS_20100123_PKS_KBL_0002

조사장소 : 부산광역시 사상구 모라1동 우성아파트노인회 사랑방

조사일시 : 2010.1.23

조 사 자 : 박경수, 박양리, 정혜란, 정다혜

제 보 자 : 김복림, 여, 83세

구연상황 : 조사자가 <화투 타령>의 앞부분 사설을 조금 부르면서 제보자에게 노래를 청하자, 제보자는 천천히 기억을 하며 읊조리듯이 구송했다. 그러나 끝부분을 모두 기억하지 못해서 확실하게 마무리를 하지 못했다.

정월솔가지[55] 솔솔한마음
이월매자에[56] 맺아놓고
삼월사꾸라에 산란한 마음
사월흑사리에 흩어지고
오월난초에 날라온나비
유월목단에 춤잘추고

나비가 날라와서 춤 잘추고, 칠월,

칠월홍돼지 홀로누워서
팔월동산에 달이뜨고
구월국화 굳었던마을
시월단풍에 흩어지고
동지섣달 서남풍에[57]

뭣이라 카고 기 있는데.

노랫가락(2)

자료코드 : 04_21_FOS_20100123_PKS_KBL_0003
조사장소 : 부산광역시 사상구 모라1동 우성아파트노인회 사랑방
조사일시 : 2010.1.23

---

55) 이 부분은 녹음이 미처 되지 않은 부분이다.
56) '이월 매조에'의 뜻임.
57) '동지섣달 설한풍에'의 뜻임.

조 사 자 : 박경수, 박양리, 정혜란, 정다혜

제 보 자 : 김복림, 여, 83세

구연상황 : 제보자가 조사자에게 가사가 정확히 기억은 나지 않지만, 이런 노래도 있다
고 하면서 한번 불러보겠다고 한 뒤 바로 다음 노래를 역시 읊조리듯이 불렀
다. 노랫가락으로 부르는 노래였다.

　나물묵고 물마시고 팔을비고 누웠으니
　대장부 살림살이 이만하면 넉넉하리

　어디 빌러 안 가고 나물 묵고 물 마시고, 부부간에 팔 비고 눕우(누워)
있으니꺼네 그 이상 더 좋은 기 없다고.

다리 세기 노래

자료코드 : 04_21_FOS_20100123_PKS_KSH_0001

조사장소 : 부산광역시 사상구 모라1동 우성아파트노인회 사랑방

조사일시 : 2010.1.23

조 사 자 : 박경수, 박양리, 정혜란, 정다혜

제 보 자 : 김성훈, 여, 88세

구연상황 : 조사자가 다리를 세며 부르는 "이거리 저거리 갓거리"를 아느냐고 물어보자,
제보자가 그 노래를 안다고 하면서 다리를 펴서 다리 세기 놀이를 하는 흉내
를 내며 다음 노래를 했다. 노래 중간에 청중이 끼어들어 같이 하기도 했다.

　이거리 저거리 갓거리
　진주맹근 도맹근
　도래김치 장두칼58)
　칠팔월에 무서리
　동지섣달 대서리

---

58) '도래주머니에 있는 장도 칼'의 뜻임.

신세타령 / 나무하는 노래

자료코드 : 04_21_FOS_20100123_PKS_PDK_0001
조사장소 : 부산광역시 사상구 삼락동 삼락동강변경로당
조사일시 : 2010.1.23
조 사 자 : 박경수, 박양리, 정혜란, 정다혜
제 보 자 : 박대근, 남, 80세
구연상황 : 조사자가 예전에 모를 심거나 나무를 하러 가면서 불렀던 노래가 있지 않느
　　　　　냐고 하며 제보자에게 노래를 유도하자, 제보자가 다음 노래를 했다. 산에 가
　　　　　서 나무를 하며 불렀던 노래라고 했다.

　　추강월백59) 달밝은밤에 벗없는 이내몸은
　　어덥침침 빈방안에 외로이도 홀로누어
　　밤은첩첩 야심투록 침불언석에60) 잠못들고
　　몸부림에 시달리어 꼬꼬닭을 울렸구나
　　오늘밤도 뜬눈으로 새벽맞이를 하였구나

나물 캐는 노래

자료코드 : 04_21_FOS_20100123_PKS_PMN_0001
조사장소 : 부산광역시 사상구 모라1동 고동바위경로당
조사일시 : 2010.1.23
조 사 자 : 박경수, 박양리, 정혜란, 정다혜
제 보 자 : 박만년, 여, 88세
구연상황 : 다른 제보자가 노래를 끝내자마자 제보자가 다음 노래를 바로 시작했다. 노
　　　　　래를 부르던 중에 조사자들이 어려서 가르쳐 줄 수 없다면서 부르기를 꺼려
　　　　　하다가 뒷부분을 조금 더 불렀으나 결국 마지막 부분은 부르지 않았다.

　　남산밑에 남대롱아(남도령아)

---

59) 이 부분은 제보자가 갑자기 노래를 부르는 바람에 녹음이 되지 않은 부분이다.
60) 침불안석(寢不安席), 즉 걱정이 많아서 편안(便安)히 자지 못함의 뜻임.

서산밑에 서처자야

나물하러 가자시나

올라가는 올고사리

내라오는 늦고사리

시복보에 [말로 빠르게] 귀로 맞차 놓고

저거둘이 사랑을 하는구나

　이거는 아들한테 이바구를 해가 안 되는데. (조사자 : 아유, 재미있는데
요. 우리가 아도 아니고, 우리가.)

여덟폭치매는 이불로삼고

허리띠는 벗아(벗어) 두통비게61)삼고

단속곳 벗아 요로삼아

저거둘이 [말로 빠르게] 사랑을 하는구나

[읊조리듯이 빠르게]

올라가는 올고사리

내려오는 늦고사리

시복보에 귀로맞차

　그 끝에는 잡소리라. 너거인테 몬 갈차 준다.

베틀 노래

자료코드 : 04_21_FOS_20100123_PKS_PMN_0002

조사장소 : 부산광역시 사상구 모라1동 고동바위경로당

---

61) 두동베개. 둘이 벨 수 있는 긴 베개.

조사일시 : 2010.1.23
조 사 자 : 박경수, 박양리, 정혜란, 정다혜
제 보 자 : 박만년, 여, 88세
구연상황 : 제보자가 앞의 노래를 부른 후, 조사자가 옛날에 베 짜거나 길쌈하면서 불렀
던 노래가 없느냐고 하자, 제보자는 다음 노래를 불렀다. 그러나 나이가 들어
사설이 잘 기억나지 않는지 제대로 부르지 못했다.

베틀놓자 베틀놓자

베틀다리는 니다리요

선녀다리는 두다리

안치널을 걸안치나

지를대로(지렛대로) 지른

눌림대는 호불애비

잉앳대는 삼형제

그베채를 사흘만에

마처(마저, 모두)씻거

옥돌에서 뚜드려서

처당씨게 한당씨

개당씨게 한당씨

임의옷을 비고나이

줌치한갑 내었구나

그줌치를 지어

허리휘청 지어다

올라가는 행상놈아

내라오는 행상놈아

그줌치 귀경할라고

서른냥이

그 전에 서른냥이 되게 돈 많앴거든.

서른냥이 지값이다

그 끝에 있구만. 다 내삐렸다.

그베채를 사흘만에
맞찼도다 맞찼도다
옥돌에다 뚜드려서
임의옷을 비어보자
처당씨게 한당씨게
대당씨개 한당씨게
줌치한갑 남았든가
줌치를 지어
허리휘청 꿰어달고
올라가는 행상놈아
내라가는 행상놈아
허리거꾸로 옇고
삼천냥이 지값이다.

그거 마이 있구만, 다 잊아뿠다.

모심기 노래

자료코드 : 04_21_FOS_20100123_PKS_PMN_0003
조사장소 : 부산광역시 사상구 모라1동 고동바위경로당
조사일시 : 2010.1.23
조 사 자 : 박경수, 박양리, 정혜란, 정다혜

제 보 자 : 박만년, 여, 88세

구연상황 : 제보자는 앞의 노래를 부르고 나서 이 노래도 해 보겠다며 부른 것이다. 가
사를 정확하게 부르지 못하자 스스로 다시 한 번 더 하겠다며 적극적으로 나
섰다. <모심기 노래>로 부른 것인데, 사설을 충분히 기억하지 못한 듯하다.

이모야뱀이야62) 모로숨거 장잎이헐피도63) 장개로다

우리야아부지 산소끝에 솔나무로숨가 장잎이허벌피도장이라

이모야뱀이야 모로숨거 장잎이헐피도 장개로다

줜네양반 어디갔는고 첩의야방에서 놀러가네

칭칭이 소리

자료코드 : 04_21_FOS_20100123_PKS_PMN_0004

조사장소 : 부산광역시 사상구 모라1동 고동바위경로당

조사일시 : 2010.1.23

조 사 자 : 박경수, 박양리, 정혜란, 정다혜

제 보 자 : 박만년, 여, 88세

구연상황 : 조사자가 "칭칭나네"를 불러달라고 부탁하자, 제보자가 마지막으로 한 번
부르겠다며 이 노래를 불렀다. 혼자서 메기고 받는 소리를 모두 불렀으며,
앞에서 불렀던 <나물 캐는 노래>와 <베틀 노래>를 다시 칭칭이 소리 장단
에 맞추어 불렀다. 그러다 다 불렀다고 하며 잠시 쉬고는 다시 노래를 기억
하여 부르는 등 몇 차례 반복했다. 청중들이 계속 박수를 치며 박자를 맞추
어 주었다.

첫달(첫닭)울어 밥을해

　　아가 칭칭나네

두회울어 밥을묵고

---

62) '이 모야 논빼미야.'의 뜻임.

63) '아무렇게나 피어도'의 뜻임.

아가 칭칭나네
　등을가면은 바람이치고
　　아가 칭칭나네
　앞울(옆을)가면은 사태가진다
　　아가 칭칭나네
　고실가몬 물이있다
　　아가 칭칭

이것 봐라. 이것밖에 모르네 봐라.

　서산밑에 서처자야
　　아가 칭칭나네
　나물하러 가자시나
　　아가 칭칭나네
　올라가는 올고사리
　　아가 칭칭나네
　너라오는(내려오는) 늦고사리
　　아가 칭칭나네
　시복보에 귀로맞차놓고
　　아가 칭칭나네
　저거둘이 사랑하네
　　아가 칭칭나네
　여덟폭치매는 이불로삼고
　　아가 칭칭나네
　허리띠는버자 두통비게(베개)에 삼고
　　아가 칭칭나네

단속곳버자 요로삼고
　아가 칭칭나네
저거둘이 사랑을해서
　아가 칭칭나네
첫달울어 밥을해야
　아가 칭칭나네
두회울어 밥을먹고
　아가 칭칭나네
시회울아[64] 짐떠난다
　아가 칭칭나네
등을가몬 바람이치고
　아가 칭칭나네
앞을가몬 사태가진다
　아가 칭칭나네
고실가몬 물이있다
　아가 칭칭나네
올라가는 올고사리
　아가 칭칭나네
내라오는 늦고사리
　아가 칭칭나네
저거둘이 십억보에
　귀로맞차 놓고
여덟폭치매는 이불로삼고
단속곳벗아(벗어) 요로삼고

---

64) '세 번 회를 울어'의 뜻임.

허리띠는접아(벗어) 두통베개삼고
저거둘이 사랑을한단다 [웃음] [청중 박수]

베틀놓자 베틀놓자
　아가 칭칭나네
앞다리는 낮이낭상 낮게놓고
　아가 칭칭나네
뒷다리는 도디동산 높게놓고
　아가 칭칭나네
지렛대로 지른양은
　아가 칭칭나네
눌림대는 호불애비
　아가 칭칭나네
잉앳대는 삼형제라
　아가 칭칭나네
용두마리 우는소리
어제아래 시집온
[말로 읊조리며] 새각시 노래하는 형객이라
베틀놓자 베틀놓자
사흘만에 맞찼던가
그베한틀 재여보니
오십다재가 짜졌는가
씸어가지고
옥돌에서 뚜드려
임의옷을 기워보자
처당씨게 한당씨게

개당씨게 한당씨기
줌치한갑 남안
저줌치를 끼어
허리휘청 끼어놓고
올라가는 행상놈아
내라오는 행상놈아
그줌치 귀경할라카모
삼천냥이 지값이다

그 끝엔 다 잊자뿟다. 됐다. 그 끝엔 …….

첫달울어 밥을했다
　아가 칭칭나네
두회울어 심발한다
　아가 칭칭나네
시회울어 짐떠난다
　아가 칭칭나네
앞으로가며는 사태가진다
　아가 칭칭나네
고실가몬 물이있 [숨이 차서 중단 후 웃음]

고실 가모 있다. 그거 마 참 몬 한다.

다리 세기 노래

자료코드 : 04_21_FOS_20100123_PKS_SSJ_0001
조사장소 : 부산광역시 사상구 모라1동 우성아파트노인회 사랑방

조사일시 : 2010.1.23

조 사 자 : 박경수, 박양리, 정혜란, 정다혜

제 보 자 : 손순자, 여, 71세

구연상황 : 다른 제보자가 다리 세기 노래를 하고 나자, 조사자가 제보자에게도 한 번 해달라고 부탁했다. 제보자는 자신의 다리를 툭툭 치면서 다음 노래를 불렀다.

이거리 저거리 갓거리

동서맹근 두맹근

짝바리 희양발

도래짐치(도래주머니) 장두칼

베틀 노래

자료코드 : 04_21_FOS_20100123_PKS_OKI_0001

조사장소 : 부산광역시 사상구 모라1동 고동바위경로당

조사일시 : 2010.1.23

조 사 자 : 박경수, 박양리, 정혜란, 정다혜

제 보 자 : 오경임, 여, 95세

구연상황 : 조사자와 청중이 제보자에게 <베틀 노래>를 불러달라고 하자, 제보자가 노래로 부르지 않고 사설을 빠르게 읊조리듯이 구연했다. 중간에 청중이 노래로 했으면 좋을 것인데 하며 아쉬워하기도 했다. 그런데 말을 매우 빨리 하여 알아듣기 어려운 부분이 많았다.

오늘도 할일없어

옥난간에 베틀놓고

금사나 짜라하고

분틀에 두른양은

천영에 부재한듯

어뿔싸 홍나들이

행이가 알을안고
패운강에 나대는듯
포대주 치는양은
북만산천 좁은골에
벽력치듯 울리는듯
옛대세 ○ ○65)
피나지나 가는질에
은하수를 빗기는듯
첫발이라 엉긴양은
동에서서 무시갠가
폭으로도 앵긴난듯
누깃대 잼긴양은
태공방 낙숫댄가
우수강에 잼긴난듯
누깃대 쟁긴양은
태공방 낙숫댄가
우수강에 잼긴난듯

거시기 저 뭐냐.

병은사침66) 채선양은
이천자 항장군
침중에 달라들어
만군사로 해치난듯

---

65) 얼버무리듯 말을 하여 알아듣기 힘들다.
66) 정확하게 알아들을 수 없다.

그 다 남자들이 진 노래다.

도투마리 휘놓는양
구시구시[67] 단풍에
바람지어 휘놓는닷
한낫백대 드는양은
이낚시 저낚시
시인정 굽어모실때
만군사로 훌치난듯
그물캐 끈끈해야
오색물을 갖춰들어
우리님의 창해를 지어보까
울아바니[68] 창해를 지어보까
우리님의 창해나 지어보세

그러고 불렀다.

아기 어르는 노래

자료코드 : 04_21_FOS_20100123_PKS_OKI_0002
조사장소 : 부산광역시 사상구 모라1동 고동바위경로당
조사일시 : 2010.1.23
조 사 자 : 박경수, 박양리, 정혜란, 정다혜
제 보 자 : 오경임, 여, 95세
구연상황 : 조사자가 모심기 노래를 알면 불러달라고 하자, 제보자는 모심기 노래는 잘
　　　　　모르고 아기 어르는 노래를 불러주겠다고 해서 읊조리듯이 구연한 것이다.

---

67) '구월시월 구월시월'을 줄여서 표현한 말.
68) '우리 오라버니'의 뜻임.

어허둥둥 내아들아
어허둥둥 내아들아
얕은산에 도토린가
짚은산에 밤탱인가
어화둥둥 내아들아

또 뭐이냐. 또, [먼저 읊조렸던 사설을 다시 읊으며 생각한 후에]

둥개둥개 내아들아
모래밭에 수박둥이
둥글둥글 잘크더라
어허둥둥 내아들아

이 노래

자료코드 : 04_21_FOS_20100123_PKS_OKI_0003
조사장소 : 부산광역시 사상구 모라1동 고동바위경로당
조사일시 : 2010.1.23
조 사 자 : 박경수, 박양리, 정혜란, 정다혜
제 보 자 : 오경임, 여, 95세
구연상황 : 제보자가 먼저 웃으며 "이 노래 한 자리 불러주까? 이 노래지 이 노래." 하며
다음 노래를 읊조리듯이 구연했다. 쉽게 들을 수 없는 해학적인 노래인데, 노
래로 불렸으면 하는 아쉬움이 컸다.

이야이야 갈강니야
니주댕이 쫑긋해도
말한자리 해봤느냐
이야이야 갈강니야

니등어리 납작해도

남의험성 천살적에[69]

돌한댕이 져봤느냐

이야이야 갈강니야

니발이 여덟이래도

수곳포시[70] 걸었느냐

이야이야 갈강니야

좋게놀자 좋게놀자

행제간에 좋게살고

친구간에 좋게살자

이야이야 갈강니야

어디가서 만내꺼나 (만났거나)

한번불에 타지몬 그만이다

그러고 노래를 불렀다.

물레 노래

자료코드 : 04_21_FOS_20100123_PKS_OKI_0004

조사장소 : 부산광역시 사상구 모라1동 고동바위경로당

조사일시 : 2010.1.23

조 사 자 : 박경수, 박양리, 정혜란, 정다혜

제 보 자 : 오경임, 여, 95세

구연상황 : 제보자가 물레 노래나 한 번 불러보겠다며 하면서 다음 노래를 불렀다. 약한
목소리로 노래를 했다.

---

69) 정확한 의미를 알기 어려웠다.
70) '살포시'의 뜻임.

물레야 자세야

어리빙빙 돌아라

넘의집 귀동자

밤이슬 맞는다

아기 어르는 노래 / 알강달강요

자료코드 : 04_21_FOS_20100123_PKS_LSS_0001

조사장소 : 부산광역시 사상구 모라1동 우성아파트노인회 사랑방

조사일시 : 2010.1.23

조 사 자 : 박경수, 박양리, 정혜란, 정다혜

제 보 자 : 이상순, 여, 85세

구연상황 : 김성훈 제보자가 아기 어르는 노래로 '불매소리'를 다 부르지 못하고 끝내자, 제보자가 이런 노래가 있다며 읊조리듯이 했다.

밤을한되 고아다가

살강밑에 옇어놨디

머리까만 새앙쥐가

오민가민71) 다까묵고

다모한개72) 남은거로

그래 하고 이랬다 우리.

다리 세기 노래

자료코드 : 04_21_FOS_20100123_PKS_JIS_0001

---

71) '오며가며'의 뜻임.

72) '다만 한 개'의 뜻임.

조사장소 : 부산광역시 사상구 모라1동 우성아파트노인회 사랑방
조사일시 : 2010.1.23
조 사 자 : 박경수, 박양리, 정혜란, 정다혜
제 보 자 : 정일선, 여, 82세
구연상황 : 조사자가 제보자에게 다리 세기 노래를 한 번 불러보라고 청하자, 제보자는 "내가 살던 곳에서는 이렇게 불렀다."고 한 후에 다음 노래를 불렀다.

이거리 저거리 갓거리
천도맹근 도맹근
도래줌치 장독칼
섬안에 등같이 꼬빡

사발가

자료코드 : 04_21_FOS_20100123_PKS_HSO_0001
조사장소 : 부산광역시 사상구 모라1동 고동바위경로당
조사일시 : 2010.1.23
조 사 자 : 박경수, 박양리, 정혜란, 정다혜
제 보 자 : 한석옥, 여, 81세
구연상황 : 청중 사이에서 이 노래가 나왔는데, 제대로 끝을 내지 못하자 제보자가 처음부터 불렀다.

석탄백탄 타는데~ 연개만포복쏙 나고-요
요내가슴 타는데~ 연기도짐도 안난다

정선아리랑

자료코드 : 04_21_FOS_20100123_PKS_HSO_0002
조사장소 : 부산광역시 사상구 모라1동 고동바위경로당

조사일시 : 2010.1.23
조 사 자 : 박경수, 박양리, 정혜란, 정다혜
제 보 자 : 한석옥, 여, 81세
구연상황 : 제보자가 앞의 노래를 부른 후 바로 다음 노래를 불렀다. 노래 중간에 청중
이 잠시 같이 부르기도 했다. 정선아리랑으로 부르는 노래인데, 사설만 부르
고 여음은 부르지 않았다.

물레야 물레야방아는 물살을안고서 비빙글배뱅글 도는데~
우리집의 저멍텅구리 날안고돌줄 모르나-

한치뒷산에 곤드레딱죽이 낮에님맘만[73] 같아도
고곳만 뜯어나 먹어도 봄살어난다

아우라지 뱃사공아 배좀건네 주게
앞남산 사래꽃 검은동박이 다쏟어진다

노랫가락

자료코드 : 04_21_FOS_20100123_PKS_HSO_0003
조사장소 : 부산광역시 사상구 모라1동 고동바위경로당
조사일시 : 2010.1.23
조 사 자 : 박경수, 박양리, 정혜란, 정다혜
제 보 자 : 한석옥, 여, 81세
구연상황 : 조사자가 그네 노래도 부른 적이 있으면 불러달라고 하자, 제보자가 바로 다
음 노래를 불렀다. 노랫가락으로 부른 것이다.

수천당 세모진낭게 높다랗게나 추천을메고~
임이뛰면 내가밀고 내가뛰면 임이나밀어
임아임아 줄살살밀어라 줄떨어지면은 정떨어진다

---

73) 낮에 님 마음만.

4. 사하구

부산광역시 사하구 다대1동

조사일시 : 2010.1.26

조 사 자 : 박경수, 정규식, 박지희, 오소현

다대동은 낙동강 하구에 자리 잡고 있어 옛날부터 국방의 요새지로 주목을 끌어 온 곳이다. 다대동에 인류가 살기 시작한 것은 5~6000년 전부터이다. 몰운대(沒雲台) 북쪽에 있는 다대포패총을 통해 신석기시대부터 사람이 살았다는 것을 알 수 있다. 다대포패총의 아래 문화층에서 기하문계(幾何文係)토기와 민무늬토기[無文土器]가 발견되고, 윗 문화층에서 회색 경질토기(硬質土器) 계통의 유물이 출토되었다. 따라서 이 두 문화는 성격이 달라 신석기시대 말기에 아래층 문화의 사람이 살다가 버리고 간 뒤에 윗층 문화의 주민이 살았던 것으로 추측된다. 토기편 이외의 유물로는 흑요석, 골각기(骨角器) 등이 있으며, 사슴뿔로 만든 칼자루도 발견되었다. 이 시대에는 어로(漁撈) 중심의 경제생활이었다. 신석기시대에 이어 청동기시대인 마제석기(磨製石器)의 유물이 발견된 것을 보면 그 시대에도 사람이 살았다는 것을 알 수 있다. 현재 다대포 북쪽 응봉산(鷹峰山)의 옛 봉수대에서 수 점의 마제석부(磨製石斧)와 석검(石劍) 등이 발견되었다.

현 성창기업 자리에 반도목재주식회사(半島木材株式會社) 공장을 건설할 때 마제석검(磨製石劍) 한 개가 출토되었는데 김해(金海) 무계리(茂溪里)와 괴정동(槐亭洞)에서 나온 석검과 동일하다. 다대포는 일본의 대마도(對馬島)와 마주 보고 있는 곳으로, 3세기경부터 일본과의 교섭이 있었고 고려 말부터 왜구의 침입이 잦았음이 일본측 문헌에 전한다. 다라진은 지금의 다대동 또는 다대포지역인 것은 분명하다.

다대포는 국방의 요새로서 조선시대에 경상좌도 7진(慶尙佐道七鎭) 가운데 가장 중요시되어 다른 진(鎭)의 2배의 병선(兵船)을 배치하였다. 뿐만 아니라 다대포첨사(多大浦僉使)와 한만국경의 만포진첨사(滿浦鎭僉使)만이 정삼품(正三品) 당상관(堂上官)의 무장이 임명되었는데, 이는 수사(水使 : 수군절도사)와 동격이었다. 이렇게 수군명장(水軍名將)들이 근무한 다대포에는 선인들의 무공(武功)을 알려 주는 많은 유적(遺蹟)이 남아 있다. 현재 법정동인 다대동은 다대1동과 다대2동의 행정동으로 나눠져 있다.

조사자 일행은 다대동 서부경로당을 찾았다. 2010년 1월 26일(화)이었다. 서부경로당은 다대1동에서 규모가 가장 큰 경로당으로 1층엔 할머니들이 2층엔 할아버지들이 사용하는 공간으로 분리되어 있었다. 조사를 한 당일에는 1층 할머니방에는 많은 할머니들이 있었지만 2층 할아버지방에는 사람들이 많지 않았다. 특히 할아버지들은 술을 마시고 있는 상황이어서 조사자의 방문을 달가워하지 않는 눈치였다. 반면 할머니들은 조사에 적극 임해 주었으며 많은 자료들을 제공해 주었다. 조연순(여, 81세), 강기점(여, 82세), 신두남(여, 92세) 등의 제보자로부터 <모심기 노래>, <화투타령>, <다리 세기 노래> 등의 민요와 <무덤을 파서 시체 옷을 훔친 여우>, <깨진 바가지를 주어야 해코지를 하지 않는 해치> 등의 설화를 조사할 수 있었다. 이들 중에 다대방아놀이를 할 때 불렀다는 <방아타령>을 조사한 것은 특기할 만하다. 이 노래는 문화재로 출품하기 위해 오래 전부터 준비한 것이라고 했다. 조사를 시작한 시간은 오후 1시 15분이었는데 조사를 마친 시간은 3시 45분경이었다.

부산광역시 사하구 당리동

조사일시 : 2010.1.25
조 사 자 : 박경수, 정규식, 황영태, 박지희

당리동(堂里洞)에는 제석골[帝釋谷]이라고 불리는 계곡이 있다. 당리동은 이 계곡에 제석단을 쌓고 기우제를 드린 데서 붙여진 이름인 듯하다. 제석골에 사당을 짓고 여신을 모신 데서 온 것이라는 속설도 있다. 지금도 이곳에는 제석사라는 절이 있고, 기우제를 위해 찾아오는 사람이 많다고 한다. 이 절 부근에서 고려시대의 목엽문와편(木葉文瓦片)이 발견되었고 그밖에 별다른 유적이나 유물이 발견된 바가 없으나 누석단(壘石壇)이 있어 민속학적인 면에서 중요시되고 있다. 제석곡이란 이름이 붙은 곳에는 대개 기우제단이 있다. 가까이에 있는 아치섬을 제석곡이라고도 하는데 여기에도 기우소가 있었다. 그 제석곡에 사당이 있어 지난날에는 여신을 모셨다고 한다. 그래서 신주를 모신 당집이 있는 곳이라 하여 당리가 되었다는 것이다.

당리동은 1914년 동래군 사하면에 편입되었다가 1942년 행정구역 확장에 따라 부산부에 편입되었다. 1957년 서구 사하출장소가 설치되었다가, 1983년 사하구의 승격으로 오늘에 이르고 있다. 자연마을로는 당리마을이 있다.

조사자 일행이 당리동을 조사한 날은 2010년 1월 25일(월)이었다. 이곳은 당리동에서 가장 오래된 경로당으로 사하구청 담당 직원의 소개로 찾아간 곳이다. 이 경로당은 낙동초등학교의 인근에 위치해 있는데, 바로 옆에 오래된 당산나무가 있어 아직도 당산제를 지낸다. 조사자가 갔을 때, 할아버지들은 경로당 밖에서 장기를 두거나 화투를 치고 있었으며 할머니들은 경로당 안에 있었다. 할아버지들에게 안으로 들어가 이야기나 노래를 해달라고 했지만 굳이 밖이 좋다고 하면서 안으로 들어가지 않으려고 했다. 그래서 할아버지들에 대한 조사는 많이 이루어지지 않았고 할머니 중심으로 조사가 진행되었다. 김남순(여, 84세), 문호연(여, 84세) 등 총 7명의 제보자들로부터 <청춘가>, <노랫가락>, <다리 세기 노래> 등의 민요와 <나물바구니를 가져다 준 호랑이>, <곶감이 무서워 도망간 호랑이> 등의 설화를 조사할 수 있었다. 조사를 시작한 때는 오전 11시경이었는데 조사를 마치자 오후 1시 정도가 되었다.

부산광역시 사하구 하단2동

조사일시 : 2010.1.25
조 사 자 : 박경수, 정규식, 황영태, 박지희

　하단동(下端洞)의 옛 마을 이름은 평림리(平林里)라고 불린 일이 있으며 하단리라고 불리기도 했다. 『동래부지』(1740)에 의하면, 동래군 사천면을 다시 상단과 하단으로 나누었는데 상단은 사상지역, 하단은 사하지역에 해당되었다. 따라서 당리·괴정리·감천리·구평리·신평리·장림리·다대리는 모두 당시 사천 즉, 하단에 속했다. 동명의 유래에 대해 구덕산이 용호몰리(용호머리)이고 거기에서 강을 향하여 괴정 뒷산줄기를 이루어 뻗은 곳이 아래몰리(아래머리)이니 아래몰리의 끝이 아래치로 불렸다는 설과 낙동강류의 맨 아래쪽이라는 뜻에서 아래치 혹은 끝치라는 데서 하단이라는 이름이 생겨났다는 설이 있다. 또 다른 설은 사천면(沙川面)은 하단(下端) 중에서 인구가 가장 번창하는 대표적인 지역이라 사천면 하단의 지명이 이곳에 붙게 되었다는 것이다.

　하단동은 1914년에 동래군 사하면에 편입되었다가 1942년 행정구역 확장에 따라 부산부에 편입되었다. 1975년에는 사하출장소에, 1983년에는 사하구에 속하게 되었다. 1992년 9월 인구의 증가로 인하여 하단1, 2동으로 분동되었다. 자연마을로는 본동마을, 시천마을, 신내마을이 있었다.

　조사자 일행이 이곳을 방문한 날은 2010년 1월 25일(월)이었다. 이곳은 조사자가 오랫 동안 살았던 곳이라 할아버지와 할머니들이 많이 모이는 곳을 잘 알고 있었다. 조사자 일행이 찾은 낙동경로당은 에덴공원의 동쪽 아래 부근에 위치해 있다. 이 경로당은 아주 오래된 곳으로, 1층은 주로 할아버지들이 거처하는 낙동경로당이며 2층은 할머니들이 거처하시는 학성경로당으로 구분되어 있었다. 조사자 일행이 방문한 날에는 1층의 낙동경로당에는 사람들이 많지 않았지만 2층 경로당에는 할머니들이 많이 있었다. 1과 2층 모두 화투를 치고 있었는데 조사자 일행이 방문하자 화투를 멈추고 조사에 응해 주었다. 1층 낙동경로당에서는 정덕순(여, 86세), 진석춘(남, 75세) 제보자로부터 이야기를 주로 조사했으며 2층 학성경로당에서는 이진옥(여, 73세), 정영순(여, 81세) 등의 제보자로부터 <청춘가>, <창부타령> 등의 민요를 조사할 수 있었다. 특히, 2층 학성경로당의 제보자들은 전통민요를 잊어버려 지금은 잘 부르지 않는다고 하면서 대중가요를 많이 구연하였다. 조사를 시작한 시간은 오후 2시이며 마친 시간은 4시 15분 경이었다.

하단2동 낙동경로당과 학성경로당

강기점, 여, 1929년생

주 소 지 : 부산광역시 사하구 다대1동
제보일시 : 2010.1.26
조 사 자 : 박경수, 정규식, 박지희, 오소현

강기점은 1929년 기사생으로 뱀띠이다.
경상남도 진해에서 태어났으며 택호는 없다.
18세에 결혼하면서부터 김해에서 농사를 지
으며 살았다고 했다. 제보자는 슬하에 3남
3녀를 두었고, 지금 함께 살고 있는 큰아들
만 빼고 모두 타지에서 생활하고 있다. 부산
시 사하구 다대1동에 산 지는 남편이 죽은
이후, 30년 정도 됐다고 했다. 학교는 다니
지 못했고 과거에는 농사를 지었지만 지금은 짓지 않는다. 제보자가 들려
준 노래는 어릴 때 자주 듣던 노래로 자연스레 알게 됐다고 한다. 제공한
자료는 <모심기 노래>, <화투타령>, <창부타령> 등 총 3편이다.

제공 자료 목록
04_21_FOS_20100126_PKS_KKJ_0001 모심기 노래
04_21_FOS_20100126_PKS_KKJ_0002 화투타령
04_21_FOS_20100126_PKS_KKJ_0003 창부타령

김남순, 여, 1927년생

주 소 지 : 부산광역시 사하구 당리동
제보일시 : 2010.1.25

조 사 자 : 박경수, 정규식, 황영태, 박지희

김남순은 1927년 정묘생으로 토끼띠이다. 전라북도 무주군 안성에서 태어나 17세에 결혼을 했다. 자녀는 2남 5녀를 두었는데 모두 부산에 살고 있다고 했다. 이가 많이 빠져 말하기가 불편하다고 했다. 예전에는 농사를 많이 지었으나 지금은 농사일을 하지 않는다고 했다. 결혼 후 부산으로 와서 현재 55년간 살고 있다.

제보자가 제공한 노래들은 주로 예전에 불렀던 것인데 지금은 부르지 않는다고 했다. 이가 좋지 않아 발음이 정확하지 않았지만 노래를 구연하려는 의지가 상당히 강했다. 다른 청중들이 그만하라고 할 정도로 구연에 적극적이었다. 제보자가 제공한 자료는 <청춘가>, <창부타령> 곡으로 불러준 여러 편이다. 제보자는 자신이 부르는 노래는 모두 '아리랑'이라고 말하기도 했다.

제공 자료 목록

04_21_FOS_20100125_PKS_KNS_0001 창부타령(1)
04_21_FOS_20100125_PKS_KNS_0002 청춘가(1)
04_21_FOS_20100125_PKS_KNS_0003 창부타령(2)
04_21_FOS_20100125_PKS_KNS_0004 청춘가(2)

김상현, 여, 1930년생

주 소 지 : 부산광역시 사하구 하단2동
제보일시 : 2010.1.25
조 사 자 : 박경수, 정규식, 황영태, 박지희

김상현은 주민등록상 1932년생으로 되어 있지만 1930년 경오생으로

말띠라고 했다. 부산광역시 천가동인 가덕
도 천성마을에서 태어났다. 본관은 김해이
며, 택호는 따로 부르지 않는다고 했다. 학
교는 초등학교를 다니다 그만 두었고, 결혼
은 21세에 했다. 남편은 할머니 연세 45세
때인 36년 전에 작고했으며 슬하에 1남 2녀
의 자녀가 있다. 아들이 1명 더 있었으나
일찍 죽었다고 했다. 종교는 불교이다. 제보

자가 부산광역시 사하구 하단2동에서 산 지는 20년 정도 됐는데, 우리에
게 들려준 노래를 알게 된 경로는 잘 모르겠다고 답했다. 제공한 자료는
<화투타령> 1편이다. 평소 화투놀이를 즐긴다고 했다.

제공 자료 목록
04_21_FOS_20100125_PKS_KSH_0001 화투타령

김성득, 여, 1924년생

주 소 지 : 부산광역시 사하구 당리동
제보일시 : 2010.1.25
조 사 자 : 박경수, 정규식, 황영태, 박지희

김성득은 1924년 갑자생으로 쥐띠이다.
부산광역시 수영에서 태어났다. 자녀는 1남
5녀를 두었는데 모두 서울에 살고 있다고
했다. 17세에 결혼하여 주로 농사를 지으면
서 생활하였다고 했다. 남편은 오래 전에 작
고하였으며 24년 전부터 사하구 당리에서
살고 있다. 학교는 다니지 않았다고 했다.

민요와 같은 노래는 잘 모르고 요즘 유행가는 몇 곡 부를 줄 안다고 했
다. 조사자가 방귀 뀌는 며느리 이야기를 유도하자 <며느리의 방귀 힘>
이야기를 구술해 주었다. 예전에는 이야기를 많이 알았는데 지금은 다 잊
어버렸다고 했다.

제공 자료 목록

04_21_FOT_20100125_PKS_KSD_0001 며느리의 방귀 힘

문호연, 여, 1927년생

주 소 지 : 부산광역시 사하구 당리동
제보일시 : 2010.1.25
조 사 자 : 박경수, 정규식, 황영태, 박지희

문호연은 1927년 정묘생으로 토끼띠다.
경상남도 진주시에서 태어나 18세에 결혼을
하면서부터 부산으로 와서 살았다고 했다.
특별한 택호는 없으나 사람들이 문씨라고
부른다고 했다. 농사를 짓지 않았으며 결혼
후 가정주부로만 살았다고 했다. 학력은 초
등학교 중퇴라고 했다. 노래를 구연할 때,
높은 음성이 특징이다.

제보자가 제공한 자료는 <노랫가락>, <다리 세기 노래> 등 민요 6편,
<호랑이에게 잡아먹힌 아이들>, <며느리의 방귀 힘> 등 설화 3편이다.

제공 자료 목록

04_21_FOT_20100125_PKS_MHY_0001 호랑이에게 잡아먹힌 아이들
04_21_FOT_20100125_PKS_MHY_0002 며느리의 방귀 힘
04_21_FOT_20100125_PKS_MHY_0003 나물바구니를 가져다 준 호랑이
04_21_FOS_20100125_PKS_MHY_0001 태평가

04_21_FOS_20100125_PKS_MHY_0002 다리 세기 노래
04_21_FOS_20100125_PKS_MHY_0003 창부타령
04_21_FOS_20100125_PKS_MHY_0004 아리랑
04_21_FOS_20100125_PKS_MHY_0005 노랫가락 / 그네 노래
04_21_FOS_20100125_PKS_MHY_0006 도라지 타령

박복선, 여, 1924년생

주 소 지 : 부산광역시 사하구 당리동
제보일시 : 2010.1.25
조 사 자 : 박경수, 정규식, 황영태, 박지희

박복선은 1924년 갑자생으로 쥐띠이다.
택호는 박씨이다. 본관은 밀양이고 결혼은
20세에 했다. 1남 5녀의 자녀를 두었는데,
모두 지방에 살고 있다. 남편은 몇 해 전에
작고했다. 과거에는 농사를 지으면서 살았
다고 했다. 하단으로 시집을 오면서 계속 부
산에서 살고 있다.

제보자는 노래를 잘 하지 못한다고 하였
다. 조사자가 당리동 당산에 관한 이야기를 해 달라고 하자 <아파트 개
발로 마을을 떠난 당산할매>를 구연해 주었다. 다른 제보자가 방귀 뀌는
며느리 이야기를 하자 제보자도 <며느리의 방귀 힘> 이야기를 구술해
주었다.

제공 자료 목록
04_21_FOT_20100125_PKS_PPS_0001 며느리의 방귀 힘
04_21_MPN_20100125_PKS_PPS_0001 아파트 개발로 마을을 떠난 당산할매

박영순, 여, 1931년생

주 소 지 : 부산광역시 사하구 다대1동
제보일시 : 2010.1.26
조 사 자 : 박경수, 정규식, 박지희, 오소현

박영순은 1931년 신미생으로 양띠이다.
부산광역시 사하구 다대포에서 태어났으며
본관은 밀양이다. 19세에 결혼하여 1명의
아들이 있다. 아들 역시 부산에 살고 있고,
남편은 30년 전 작고했다. 학교는 다니지
못했다고 한다. 제보자가 노래하는 동안 주
위가 많이 시끄러웠지만 동요 없이 끝까지
불러 주었다. 비록 목소리는 작고 가늘었지
만 구연 시 몸짓이 크고, 웃음이 많았다. 우리에게 들려 준 이야기는 아버
지에게 들은 것이라고 했다. 제보자가 제공한 자료는 민요 <쌍가락지 노
래> 1편과 설화 <며느리의 방귀 힘> 1편 등 총 2편이다.

제공 자료 목록
04_21_FOT_20100126_PKS_PYS_0001 며느리의 방귀 힘
04_21_FOS_20100126_PKS_PYS_0001 쌍가락지 노래

배삼문, 남, 1932년생

주 소 지 : 부산광역시 사하구 다대1동
제보일시 : 2010.1.26
조 사 자 : 박경수, 정규식, 박지희, 오소현

배삼문은 1932년 임신생으로 원숭이띠다. 부산광역시 사하구 다대포에
서 태어났다. 22세에 결혼하여 2남 3녀의 자녀를 두었다. 자녀들은 부산,

대구 등에서 살고 있으며, 현재 78세의 부
인과 함께 생활하고 있다. 학교는 초등학교
를 졸업했고 과거에는 농사를 지었다. 현재
는 마을 노인회 회장직을 맡고 있다.

　제보자는 귀가 잘 안 들려서 그런지 구연
시 목소리가 매우 컸고 발음이 세는 특징이
있다. 우리에게 제공한 자료는 <개를 잡아
먹으러 온 늑대>, <부모의 생명을 구한 바
리데기> 2편이다.

제공 자료 목록
04_21_FOT_20100126_PKS_BSM_0001 부모의 생명을 구한 바리데기
04_21_MPN_20100126_PKS_BSM_0001 개를 잡아먹으러 온 늑대

서말금, 여, 1930년생

주 소 지 : 부산광역시 사하구 하단2동
제보일시 : 2010.1.25
조 사 자 : 박경수, 정규식, 황영태, 박지희

　서말금은 1930년 경오생으로 말띠이다.
부산광역시 사하구 하단2동에서 태어났고,
본관은 달서다. 택호는 따로 없다. 학교는
초등학교를 다녔고 20세 때 결혼했으며 남
편은 29년 전 작고했다. 자녀들은 2남 4녀
인데, 1명은 포항에서, 나머지는 부산에서
산다고 했다. 주로 농사를 지으면서 살았는
데 지금은 특별히 하는 일이 없다고 했다.

현재 경로당 회장직을 맡고 있다.

제보자가 우리에게 들려준 노래는 <모심기 노래> 2편으로 어릴 때 듣고 배운 것이라고 했다. 노래를 부를 때, 목소리가 아주 정갈한 것이 특징이며 박수를 치면서 장단을 맞추기도 하였다.

제공 자료 목록
04_21_FOS_20100125_PKS_SMK1_0001 모심기 노래(1)
04_21_FOS_20100125_PKS_SMK1_0002 모심기 노래(2)

송순찬, 여, 1928년생

주 소 지 : 부산광역시 사하구 하단2동
제보일시 : 2010.1.25
조 사 자 : 박경수, 정규식, 황영태, 박지희

송순찬은 1928년 임신생으로 원숭이띠다. 본관은 청주이며, 김해시 진례면 다만마을에서 태어났다. 택호는 다만댁이라고 불린다. 종교는 불교이다. 17세 때 결혼하여 1남 4녀의 자녀가 있다. 제보자는 현재 7살 연상의 남편과 하단2동에서 살고 있다. 학교는 초등학교는 다니다 그만두었다. 제보자는 몸이 불편해서 많은 이야기나 노래를 들려 줄 수 없다고 했다. 예전에는 노래나 이야기를 많이 기억하고 있었지만 지금은 다 잊어버리고 아는 것이 별로 없다고 했다.

제보자가 우리에게 들려 준 이야기는 부산에서 들은 게 아니라 고향 김해에서 자연스레 듣고 배운 것이라고 했다. 제공한 자료는 제주도 민요인 <너냥 나냥> 1편이다.

04_21_FOS_20100125_PKS_SSC_0001 너냥 나냥

신두남, 여, 1919년생

주 소 지 : 부산광역시 사하구 다대1동
제보일시 : 2010.1.26
조 사 자 : 박경수, 정규식, 박지희, 오소현

　신두남은 1919년 기미생으로 양띠이다.
부산광역시 사하구 장림에서 태어났다. 22
세에 결혼하여 슬하에 2남 3녀의 자녀를 두
었다. 53년 전 남편이 작고하고 지금은 큰
아들과 함께 살고 있다. 부산광역시 사하구
다대1동에 산 지는 59년 정도가 됐다고 했
다. 과거에 고기잡이를 했었고 학교는 초등
학교 4학년까지만 다녔다. 제보자가 부른
노래는 어릴 때 학교에서 부른 노래라고 한다. 연세가 많음에도 불구하고
노래를 아주 잘 불렀다.
　제공한 자료는 <모심기 노래>, <아기 어르는 노래(불매소리)>, <아리
랑> 등 민요 6편이다.

제공 자료 목록
04_21_FOS_20100126_PKS_SDN_0001 아기 어르는 노래(1) / 금자동아 옥자동아
04_21_FOS_20100126_PKS_SDN_0002 모심기 노래(1)
04_21_FOS_20100126_PKS_SDN_0003 아기 어르는 노래(2) / 불매소리
04_21_FOS_20100126_PKS_SDN_0004 아리랑
04_21_FOS_20100126_PKS_SDN_0005 모심기 노래(2)
04_21_FOS_20100126_PKS_SDN_0006 창부타령

안봉기, 여, 1928년생

주 소 지 : 부산광역시 사하구 당리동
제보일시 : 2010.1.25
조 사 자 : 박경수, 정규식, 황영태, 박지희

안봉기는 1928년 무진생으로 용띠이다.
택호는 밀양댁이며 본관은 광주이다. 결혼
후 주로 가정주부로 살았으며 경남과 경북
을 거쳐 6년 전부터 부산에 살고 있다고 했
다. 학교는 초등학교를 다니다가 그만두었
다. 1남 2녀의 자녀를 두었는데, 김해, 울산
등지에서 살고 있다고 했다.

제보자는 다른 구연자들이 민요와 이야기
를 하는 동안 조용히 듣기만 하다가 조사자가 할머니들에게 호랑이 이야
기를 해줄 수 있느냐고 묻자 <곶감이 무서워 도망간 호랑이> 이야기를
해주었다. 구연을 시작하자 상당히 적극적으로 이야기를 진행하였다. 노
래는 잘 부르지 못한다고 하면서 다른 사람들에게 권유하기만 하였다.

제공 자료 목록
04_21_FOT_20100125_PKS_ABG_0001 곶감이 무서워 도망간 호랑이

이진옥, 여, 1933년생

주 소 지 : 부산광역시 사하구 하단2동
제보일시 : 2010.1.25
조 사 자 : 박경수, 정규식, 황영태, 박지희

이진옥은 1933년 임신생으로 닭띠이다. 부산광역시 강서구 명지에서
태어났다. 본관은 김해이고 택호는 명지댁이라고 불린다. 결혼은 20세에

했고, 남편은 10년 전 작고했다. 자녀는 1남
4녀인데, 4명의 딸은 모두 부산에 산다고
했다. 제보자는 현재 하단2동에서 아들과
살고 있다. 산 지는 20년 정도 됐다고 했다.
초등학교를 졸업했고, 종교는 불교이다.

　제보자는 민요를 많이 불러 주었는데 아
주 흥겹게 노래를 구연해 주었다. 구연을 하
면서 자주 웃기도 하며 몸짓이나 손짓 등도
적극적으로 사용하였다. 제보자가 우리에게 들려 준 노래는 동네 새댁들
과 어울리면서 듣고 배운 것이라고 한다. 제공한 자료는 <청춘가>, <모
심기 노래>, <창부타령>, <다리 세기 노래> 등이다.

제공 자료 목록
04_21_FOS_20100125_PKS_LJO_0001 창부타령(1)
04_21_FOS_20100125_PKS_LJO_0002 모심기 노래(1)
04_21_FOS_20100125_PKS_LJO_0003 방귀타령
04_21_FOS_20100125_PKS_LJO_0004 음담요
04_21_FOS_20100125_PKS_LJO_0005 창부타령(2)
04_21_FOS_20100125_PKS_LJO_0006 청춘가
04_21_FOS_20100125_PKS_LJO_0007 다리 세기 노래
04_21_FOS_20100125_PKS_LJO_0008 창부타령(3)
04_21_FOS_20100125_PKS_LJO_0009 성주풀이
04_21_FOS_20100125_PKS_LJO_0010 모심기 노래(2)
04_21_FOS_20100125_PKS_LJO_0011 창부타령(4)

전연옥, 여, 1933년생

주 소 지 : 부산광역시 사하구 당리동
제보일시 : 2010.1.25
조 사 자 : 박경수, 정규식, 황영태, 박지희

전연옥은 1933년 계유생으로 닭띠이다.
당리동에서 나고 자랐으며 지금까지 계속
살았다고 했다. 22세에 결혼을 했으며 자녀
는 2남 2녀로 모두 부산에 살고 있다고 했
다. 예전에는 장사를 하면서 생계를 유지했
으나 지금은 하지 않는다고 했다. 초등학교
를 다니다가 졸업을 하지 못하고 그만두었
다고 했다.

제보자는 구연 시 목소리가 많이 떨리는 것이 특징이며 몸도 많이 떠
는 듯 했다. 노래는 예전에 많이 알았는데 지금은 다 잊어버려 아는 것이
별로 없다고 했다. 제보자는 <청춘가>의 곡조로 부르는 여러 편의 노래
를 제공했다.

제공 자료 목록
04_21_FOS_20100125_PKS_JYO_0001 청춘가

정덕순, 여, 1925년생

주 소 지 : 부산광역시 사하구 하단2동
제보일시 : 2010.1.25
조 사 자 : 박경수, 정규식, 황영태, 박지희

정덕순은 1925년 을축생으로 소띠이다. 경상남도 의령에서 태어났다. 2
살 때부터 일본에서 살다가 21살에 한국으로 돌아왔다. 그래서 학교는 다
니지 못했다. 21살에 결혼했지만 남편은 36년 전에 작고했으며 슬하에 2
남 3녀의 자녀를 두었다. 자녀들은 부산, 대구, 울상 등에서 살고 있다.
특별한 택호는 없다고 했다. 오랫동안 농사를 지으면서 생활해 왔지만 지
금은 특별히 하는 일 없이 지낸다고 했다. 제보자는 현재 하단2동에서 큰

아들 내외와 살고 있다. 여기에서 산 지는 20년 정도 됐다고 했다.

제보자는 이야기를 할 때 잘 웃는 특징이 있었다. 목소리가 아주 걸걸했다. 이야기하는 동안 동작이 컸고, 웃음이 많았다. 귀가 조금 불편한 듯 보였다. 이야기는 어릴 적 어른들에게 들은 것이라고 했다. 제공한 자료는 <차표 파는 사람에게 엉덩이를 내준 할머니>, <세상에 믿을 사람 없다> 등 현대 도시민담에 속하는 이야기 2편이다.

제공 자료 목록

04_21_MPN_20100125_PKS_JDS_0001 차표 파는 사람에게 엉덩이를 내준 할머니
04_21_MPN_20100125_PKS_JDS_0002 세상에 믿을 사람 없다

정영순, 여, 1930년생

주 소 지 : 부산광역시 사하구 하단2동
제보일시 : 2010.1.25
조 사 자 : 박경수, 정규식, 황영태, 박지희

정영순은 1930년 경오생으로 말띠이다. 경상북도 청도군에서 태어났고 본관 역시 청송이다. 택호는 청도에서 불리던 것으로 이찬댁이라고 했다. 학교는 다니지 못했고, 16세에 결혼했다. 남편은 9년 전에 작고했고, 3남 3녀의 자녀를 두었다고 했다. 딸들은 타지에서 살고 있고, 아들들은 부산에 산

다고 했다. 주로 농사를 지으면서 살아왔으며 현재는 특별히 하는 일이 없다고 했다. 예전 농사를 지을 때는 마늘과 양파 등을 많이 재배했다고 했다. 종교는 불교이다. 안경을 끼었으며, 사진 찍는 것을 많이 부끄러워 했다. 제보자가 하단2동에서 산 지는 10년 정도 되었다고 했다. 제보자가 우리에게 들려 준 노래는 고향에서 친구들과 부르던 것이라고 했는데, <창부타령>으로 부른 여러 편의 노래와 <다리 세기 노래>이다.

제공 자료 목록
04_21_FOS_20100125_PKS_JYS_0001 창부타령(1)
04_21_FOS_20100125_PKS_JYS_0002 창부타령(2)
04_21_FOS_20100125_PKS_JYS_0003 다리 세기 노래

조연순, 여, 1930년생

주 소 지 : 부산광역시 사하구 다대1동
제보일시 : 2010.1.26
조 사 자 : 박경수, 정규식, 박지희, 오소현

조연순은 1930년에 경오생으로 말띠이다. 부산광역시 사하구 장림에서 태어났으며 택호는 장림댁이다. 20세 때 결혼 하면서부터 다대포에서 살게 되었는데, 이곳에서 산 지 62년 정도 됐다고 했다. 남편은 25년 전 작고했고, 4남 2녀의 자녀는 모두 부산에서 살고 있다. 초등학교를 졸업했으며, 과거에는 농사와 고기잡이를 했다. 현재 부산광역시 무형문화재 제7호(1987년 지정) 다대포후리소리 공연에 30년 가까이 참가하고 있다고 했다. 노래 시작 전 자기소개를 하고, 청중 모두를 박수 치며 노래에 참여하게 할 만큼 제보자의 성격은 적극적이었다. 제보자가

들려준 노래는 사하방아소리인데, 17년째 사하방아소리보존회 일을 하면서 알게 됐다고 했다.

제공한 자료는 <모심기 노래>, <방아타령> 2편이다. 특히 <방아소리>의 경우 문화재 지정을 위한 출품을 준비하고 있다고 했다. 조연순 제보자가 앞소리를 하고 다른 청중들이 뒷소리를 하면서 흥겹게 구연되었다.

제공 자료 목록

04_21_FOS_20100126_PKS_JYS_0001 모심기 노래
04_21_FOS_20100126_PKS_JYS_0002 방아소리

조정렬, 여, 1923년생

주 소 지 : 부산광역시 사하구 다대1동
제보일시 : 2010.1.26
조 사 자 : 박경수, 정규식, 박지희, 오소현

조정렬은 1923년 계해생으로 돼지띠이다. 부산광역시 강서구 천가동인 가덕도 두문마을에서 태어났으며 특별한 택호는 없다고 했다. 16세에 결혼하여 1남 1녀의 자녀를 두었는데, 모두 타지에서 생활하고 있다고 했다. 남편은 20년 전에 작고했다. 학교는 일본에서 소학교 2학년, 귀국해서 초등학교 4학년까지 다녔다고 했다. 제보자가 부산광역시 사하구 다대동에 온 지는 30년 정도 되었다고 했다. 제보자가 우리에게 들려준 이야기는 주위사람들에게 들은 것이라고 했다. 민요는 잘 부를 줄 몰라서 이야기나 해주겠다고 하면서 설화를 구연해 주었다. 제공한

자료는 <호랑이를 타고 다니는 할머니>, <해인사에 호식이 없는 이유> 등 설화 2편이다.

제공 자료 목록
04_21_FOT_20100126_PKS_JJR_0001 호랑이를 타고 다니는 할머니
04_21_FOT_20100126_PKS_JJR_0002 해인사에 호식이 없는 이유

진석춘, 남, 1935년생

주 소 지 : 부산광역시 사하구 하단2동
제보일시 : 2010.1.25
조 사 자 : 박경수, 정규식, 황영태, 박지희

진석춘(陳碩春)은 1935년 을해생으로 돼
지띠다. 경상남도 합천에서 태어났고, 본관
은 여양(驪陽)이다. 6·25 당시 제보자의 나
이는 15세였는데 최전방에서 국군에게 협조
했다고 했다. 23세 때, 3살 연하의 부인과
결혼하여 2남 1녀의 자녀를 두었다. 부인은
이씨(李氏)로 현재 72세이며 지금까지 함께
살고 있다고 했다. 고등학교를 졸업했으며

젊었을 때 공무원으로 일했다고 했다. 종교는 유교이다. 현재 살고 있는
하단2동에는 25년 정도 살았다고 했다. 제보자가 우리에게 들려 준 이야
기 3편은 어릴 때 동네 어른들에게 들은 것이라고 했다.

제공 자료 목록
04_21_FOT_20100125_PKS_JSC_0001 도깨비와 씨름한 사람
04_21_FOT_20100125_PKS_JSC_0002 마음 약한 사람을 잡아먹는 여우
04_21_MPN_20100125_PKS_JSC_0001 범 가죽 때문에 목숨을 잃은 부자(父子)

최계수, 여, 1923년생

주 소 지 : 부산광역시 사하구 다대1동
제보일시 : 2010.1.26
조 사 자 : 박경수, 정규식, 박지희, 오소현

최계수는 1923년 계해생으로 돼지띠이다.
택호는 특별한 것이 없으며 다른 할머니들
이 그냥 최씨라고 부른다고 했다. 본관은 경
주이다. 부산광역시 강서구 명지에서 태어
나 살다가 18세에 결혼을 해서, 자녀는 3남
4녀로 두었으며 각각 부산과 포항 그리고
서울에 살고 있다고 했다. 과거에는 농사를
지었으나 지금은 특별히 하는 일이 없다고
했다. 초등학교 야간을 졸업했다고 했다.

제보자가 부른 노래는 어릴 적 부르던 것으로 누구한테 배운 적은 없
다고 했다. 예전에는 노래를 많이 알았는데 지금은 다 잊어버리고 기억이
나지 않는다고 했다. 아흔이 다 되어 가는 연세인데도 아직 정정해 보였
다. 최계수 제보자가 제공한 노래는 유행가로 부르는 신민요 <노들강변>
한 편이다. 목소리도 맑고 고왔으나 노래를 잘 기억하지 못하는 듯 했다.
나이가 많아서 그런지 몸이 떨리기도 했다.

제공 자료 목록
04_21_MFS_20100125_PKS_CGS_0001 노들강변

황남순, 여, 1929년생

주 소 지 : 부산광역시 사하구 다대1동
제보일시 : 2010.1.26
조 사 자 : 박경수, 정규식, 박지희, 오소현

황남순은 1929년 기사생으로 뱀띠이다.
부산광역시 사상구 덕포동에서 태어났으며
택호는 사상댁이라고 했다. 19세에 임씨 할
아버지와 결혼하여 자녀는 3남 1녀를 두었
는데, 아들 1명이 죽었고 다른 자녀들은 타
지에 산다고 했다. 지금 사는 곳인 부산광역
시 사하구 다대1동에는 결혼하면서부터 오
게 되었다. 제보자는 초등학교를 졸업했고,
과거에 농사를 지었지만 지금은 짓지 않는다. 제보자가 우리에게 들려준
이야기는 사상에서 살 때 자연스레 들었던 것이라고 했다. 구연 시 손짓
발짓이 많았던 것이 특징이다. 제공한 자료는 <무덤을 파서 시체 옷을
훔치는 여우>, <밑 빠진 바가지를 주어야 해코지를 하지 않는 해치> 등
설화 2편이다. 특히, 해치 이야기는 조사자가 다대동 지역에서 전하는 바
다 도깨비 이야기를 해 달라고 하자 제보자가 구연한 것이다.

제공 자료 목록
04_21_FOT_20100126_PKS_HNS_0001 무덤을 파서 시체 옷을 훔친 여우
04_21_FOT_20100126_PKS_HNS_0002 밑 빠진 바가지를 주면 해코지를 하지 않는
해치

며느리의 방귀 힘

자료코드 : 04_21_FOT_20100125_PKS_KSD_0001
조사장소 : 부산광역시 사하구 당리동 당리경로당
조사일시 : 2010.1.25
조 사 자 : 박경수, 정규식, 황영태, 박지희
제 보 자 : 김성득, 여, 87세
구연상황 : 제보자는 다른 제보자들이 방귀 이야기를 하자 신이 난 듯 생각나는 대로 막
힘없이 구술했다.
줄 거 리 : 시집 온 며느리가 방귀를 못 뀌어 얼굴이 노랗게 되었다. 시부모가 방귀를 뀌
게 하자 방귀 힘에 절구통이 굴러갔다.

"와 그렇노?"

카이카네,

"아. 나는 친정에서 방구를 많이 끼다가, 방구를 몬 끼가 얼굴이 노랗
다."

카더래요. 그래갖고,

"아이구! 야야. 저, 저 방구 저 끼라."

그래,

"도구통 젙에(곁에) 가서 가만히 있으소."

카더란다. 그라까네,

방구를 끼모 도구통이 데굴데굴 구불러 갔다요. 얼마나 방구를 많이 꼈
는지.

호랑이에게 잡아먹힌 아이들

자료코드 : 04_21_FOT_20100125_PKS_MHY_0001
조사장소 : 부산광역시 사하구 당리동 당리경로당
조사일시 : 2010.1.25
조 사 자 : 박경수, 정규식, 황영태, 박지희
제 보 자 : 문호연, 여, 84세
구연상황 : 조사자가 이야기를 이끌어내기 위해 많은 소재들을 제공하자 제보자가 이야기가 생각났는지 구연을 했다. <해와 달이 된 오누이 이야기>의 뒷부분이 변형된 이야기를 구연하였다. 정확한 내용을 기억하지 못해 앞뒤의 내용이 유기적이지 않았다.
줄 거 리 : 홀어머니가 일 하러 간 사이에 호랑이가 아이들을 다 잡아 먹어 버렸다. 어머니가 집에 돌아와 보니 아이들이 한 명도 없어서 기절을 해서 죽어 버렸다.

옛날에 옛날에, 저게 아들 둘이하고 이 거스게 저게 호불애비가, 저 호불애비가 아니고 여자가 살았거든.

(조사자 : 아들 둘이 하고?) 아들 둘이 하고. 그 인자 재너매 일로 해로 가와 그 인자 거덜어주고 떡을 얻어가 오는데, 딱- 저게 아 거 자아 물라꼬.

"야야, 내가 왔다. 문 좀 열어라."

쿤께,

"손 좀 봅시다."

쿤께, 손이 아이거든.

"울 엄마 손이, 울 엄마 손이 아이요."

쿤께,

"기다. 내가 마 베를 매고 풀이 묻어서 그렇다."

그렇쿠더란다. 그래갖고,

"아이요. 아이요."

쿤께네, 그라고 인자 저 그 사람은 인자 아 그거를 자아묵고 가고 저엄매 온께네 문 열어라 쿤께네 아 하나 있어야제. 그래가 그 사람이 기절을 하고 죽었다 쿠대.

(조사자 : 아 잡아무서 기절하고 죽어뿠으예?) 아 마, 죽어뿠어 고마. 기절하고 죽었어예.

며느리의 방귀 힘

자료코드 : 04_21_FOT_20100125_PKS_MHY_0002
조사장소 : 부산광역시 사하구 당리동 당리경로당
조사일시 : 2010.1.25
조 사 자 : 박경수, 정규식, 황영태, 박지희
제 보 자 : 문호연, 여, 84세
구연상황 : 제보자는 다른 제보자의 방귀 이야기가 나오자 이 이야기가 생각이 났는지 바로 구연했다.
줄 거 리 : 방귀를 못 뀌어서 얼굴이 노랗게 된 며느리가 방귀를 뀌자 집이 날라 가버렸다.

그래 메느리가 노랑 방구가 앉아가서,

"야야, 와 그리 니가 노랗노?"

이러쿤께네,

"아부님 지가 방구를 못 꺼서 그래요. 아부님 때문에."

그러쿠더라요. 글캐서,

"아이구 야야, 방구를 끼라."

"내 방구 끼면 집이 날라가는데요, 아버님."

쿤게,

"그게 아니고 그라면, 내가 아부님 저 기둥을 꽉 잡고 있으소."

쿠더란다. 그래 있는대로 방구를 끼는데 집이 날라가뿠는 기라. [일동 웃음]

(조사자 : 그 다음이 어찌 됐습니까?) 그 다음이 집이 날라갔는데, 영감하고 메늘하고 우찌 살았는고 모르지.

나물바구니를 가져다 준 호랑이

자료코드 : 04_21_FOT_20100125_PKS_MHY_0003
조사장소 : 부산광역시 사하구 당리동 당리경로당
조사일시 : 2010.1.25
조 사 자 : 박경수, 정규식, 황영태, 박지희
제 보 자 : 문호연, 여, 84세
구연상황 : 이야기판의 분위기가 무르익자 제보자는 다른 제보자의 말을 끊고 직접 이야기했다.
줄 거 리 : 처녀가 산에서 나물을 캐다가 호랑이 새끼를 예쁘다고 쓰다듬고 있었다. 그러자 어미 호랑이가 "어흥!" 하고 소리를 내자 처녀들이 깜짝 놀라 나물바구니도 팽개치고 도망쳤다. 다음 날 일어나자 호랑이가 나물바구니를 집에다 가져다놓았다.

옛날에는 처이들이 산에 나물 캐러 갔거든. 나물 캐러 강께네. 나물 캐다 본께는 호랭이 새끼가 있는 기라. 호랭이 새끼로 예쁘다고 요요 씰어 쌌께네(쓰다듬으니까),

"으흥!"

좋다고 이러캐삤는 기라. 이렇게노이마, 나물 그릇하고 말키(모두, 다) 나놓고마 도굴도굴 구불러 가 집으로 왔는 기라.

와가 있은께네, 누 자고 난께네 나물 소꾸리하고 다 갖다 났더란다. 갖다 났더란다. 거 호랭이도 지 새끼를 좋아한께.

(청중 : 지 새끼를 좋아하니께네 범이 좋다고 우는 소리에 갖다 났다.) 하모, 그래. 그래 그랬어.

며느리의 방귀 힘

자료코드 : 04_21_FOT_20100125_PKS_PPS_0001
조사장소 : 부산광역시 사하구 당리동 당리경로당
조사일시 : 2010.1.25
조 사 자 : 박경수, 정규식, 황영태, 박지희
제 보 자 : 박복선, 여, 87세
구연상황 : 제보자가 문호연 제보자의 이야기에 이어서 바로 구연하였다.
줄 거 리 : 방귀를 뀌지 못하던 며느리가 방귀를 뀌자 집이 넘어 가버렸다. 그러자 다시
　　　　　반대 쪽에서 방귀를 뀌니 집이 똑 바로 섰다.

"이쪽에 와야 안 된다. 요요 집이 넘어간다."

이러카이,

"오오! 넘어간다. 집이 넘어간다."

카이,

"이제 단디 잡으이소."

캐놓고,

"거 이쪽 와서러 저쪽으로 가이소."

카이, 저쪽 모서리 가 잡고 서서 이 카네. 탕 이쪽 와서 끼뿌이까네 집
이 딱 바리 서더라 하대. (조사자 : 다시 저쪽에서 한 번 더 끼니까 집이
또 그대로 바로.)

많이 끼, 씨게 끼이니까 이쪽으로 넘어가거든. 넘어가이카네 이쭉을 와
서 바리 끼야 바리 설 거 아이가.

며느리의 방귀 힘

자료코드 : 04_21_FOT_20100126_PKS_PYS_0001
조사장소 : 부산광역시 사하구 다대1동 서부경로당
조사일시 : 2010.1.26

조 사 자 : 박경수, 정규식, 박지희, 오소현
제 보 자 : 박영순, 여, 80세
구연상황 : 다른 제보자가 며느리에 대한 이야기를 하자 그것을 듣고는 이런 이야기도
　　　　　 있다고 하면서 제보자가 이 이야기를 구연해 주었다.
줄 거 리 : 며느리가 방구를 끼니까 집이 한쪽으로 넘어졌다. 그러자 시부모가 방에서 가
　　　　　 서 끼라고 해서 방에서 방구를 끼니 그제야 집이 바로 섰다.

　메느리가 방구로 끼가. [웃으며] 그래 인자, 이쪽에서 방구를 끼니이카
네 집이가 일루(이쪽으로) 씨러지고 저쪽에서 방구를 끼이카네 집이 일루
씨러지고.

　"아이고! 아가 아가, 방아 가서 끼라."

　이래가지고.

　방에 가서 끼이까네 집이 딱 바리 되더라 카고. [웃음] 그래 이야기가
웃을라고 했는갑더라. 어찌 우숩운지.

부모의 생명을 구한 바리데기

자료코드 : 04_21_FOT_20100126_PKS_BSM_0002
조사장소 : 부산광역시 사하구 다대1동 서부경로당
조사일시 : 2010.1.26
조 사 자 : 박경수, 정규식, 박지희, 오소현
제 보 자 : 배삼문, 남, 79세
구연상황 : 조사자가 바리데기 이야기를 아시느냐고 묻자 제보자가 이 이야기를 구연해
　　　　　 주었다. 제보자는 이야기 도중, 이것은 이야기일 뿐이라고 거듭 강조하면서
　　　　　 구연하였다.
줄 거 리 : 일곱 번째 낳은 막내딸을 내쫓아 버리자 아버지가 병에 걸리게 된다. 이에
　　　　　 막내딸은 서천 서역국에 가면 약을 구할 수 있다는 얘기를 듣고 이것을 구하
　　　　　 러 간다. 막내딸은 도사의 도움을 받아 약인 천도복숭아를 따게 된다. 하지만
　　　　　 그곳의 누군가에게 잡혀 집에 오지 못하고 결혼을 하게 된다. 그렇게 몇 년
　　　　　 후, 막내딸이 아이 둘을 데리고 집으로 돌아오게 되는데, 그때 마침 관이 하

나 나오고 있어서 물어보니 막내딸의 아버지였다. 그래서 딸이 그 복숭아를 아버지의 몸에 대니 아버지가 살아났다.

그런데 막내이딸로 갖다가 후도차(쫓아) 내뺐어. 인자 율곱째를(일곱째를) 놓인카네 딸이라서러 마 버렸뿌라 캤어. 이 딸이 안 죽어 살았어. 넘어(남의) 집에 살았어. 살았는데.

저거 아부지가 뱅이 들어가이고 죽을 모티에(순간에) 거 인자 무슨 말을 했냐 카모,.

"서천 서역국에 약을 질어가 오며는 이 사람을 살릴 수 있다. 아, 그 할배를, 살릴, 아바를 살릴 수 있다."

그러면 서천 서역국이 어덴지 모르고 이 딸이 찾아갔는 기라. 내삐린 딸이 막내이가. 막내이가 저거 아부지를 인자 살리겠다고 찾아가가지고. 이거 이야기라 우리가 본 것도 아니고 이야긴데, 그래 찾아가가지고. 참 서천 서역국이라는 데를 갔어.

가가지고 그래가 인자 그 천도복숭이라 하는 거 그런 거 땄다 카든가, 마 이야기하는데 도사가 걸차주는(가르쳐 주는) 약을 땄어.

따가지고 그양 오지를 몬 하고 거게 사람이 사람하고 갤혼을 했어. 갤혼을 해가지고 아 둘이를 덕고(데리고) 내려왔다 갔다. 가가지고 오니까 마침 오니까 행상이 나가더라 이기라. (조사자 : 아, 상여가.) 어, 할배가 죽어가지고 나가더라. 나갔는데 나갔는데, 근데 이거 옛날이야기라 옛날이야긴데, 그래 인자 나가는데 그 죽은 행상에,

"죽은 사람이 누구요?"

이래 물었어. 딸이 그 약 지어 오는 딸이, 아 둘이 덱고 물으니까네 역시 저거 아부지더라 이기라.

그래가지고 행상 내라가지고 그 각구에(곽을) 뜯고, 뜯고 그 자기가 약 가안(가져 온) 그거로 갖다가 볼랐다 카든강 허쳤다 카든강 그거를 몸에

칠해서 입에도 옇고, 그 할배가 살아났다 카는 그런 얘기.

곶감이 무서워 도망간 호랑이

자료코드 : 04_21_FOT_20100125_PKS_ABG_0001
조사장소 : 부산광역시 사하구 당리동 당리경로당
조사일시 : 2010.1.25
조 사 자 : 박경수, 정규식, 황영태, 박지희
제 보 자 : 안봉기, 여, 83세
구연상황 : 제보자가 아는 이야기를 짤막하게 하나 한다면서 구연하였다.
줄 거 리 : 우는 아이가 호랑이 온다고 해도 그치지 않다가 곶감을 준다고 하니 울음을 그쳤다. 그 말은 들은 호랑이가 자신보다 더 무서운 곶감이 오는 줄 알고 도망갔다.

그런 말이 있대요. 범이 인자 아를 물라꼬 어느 집에 갔는데, 그 집 문 앞에 가만히 있으니까네 그 방 안에서 아가 자꾸 울거든예.

우이까네 그 부모들이 암만 달개도 안 근치디만은(그치더니만), [웃음] 그래가,

"아이고! 저 범 온대이, 호랑이 온다."

캐도 안 근치디,

"아이고! 곶감 주꾸마."

그래 그친다 카대.

그래 범이 '아이고, 내가, 범이 온다 캐도, 호랭이 온다 캐도 안 근치디, 곶감 온다 카이 근치는 거 보이, 내보다 곶감이 더 무섭운갑다' 카고 그래 마 내뺐다 카대요. 난 그것빼에 모릅니다.

호랑이를 타고 다니는 할머니

자료코드 : 04_21_FOT_20100126_PKS_JJR_0001
조사장소 : 부산광역시 사하구 다대1동 서부경로당
조사일시 : 2010.1.26
조 사 자 : 박경수, 정규식, 박지희, 오소현
제 보 자 : 조정렬, 여, 88세
구연상황 : 조사가가 호랑이 이야기를 해 달라 하자 제보자가 이 이야기 시작하였다. 제
보자 자신이 시집을 가서 집안 어른들에게 인사를 하러 갔다가 만난 할머니
에 대한 이야기라고 했다.
줄 거 리 : 제보자가 예전에 남의 집에 갔다가 밤늦게까지 부엌일을 하는 여자를 보고
는 사람들에게 물으니, 고개 넘어 사는데 아이가 둘이고 남편이 병들어 남의
집에서 일을 해주고 음식을 얻어간다고 했다. 그러면서 하는 말이 여자가 하
루는 호랑이를 만났는데, 호랑이가 해를 끼치지 않고 오히려 집에까지 데려다
줬다.

김해서 그꺼정 가이까, 이기 그때 정월달인갑다, 눈이 와서 태산같는데,
하이구- 이놈의 거 뭐 사돈에 팔춘꺼정 하나하나 앉아서, 오새는 뭐 이
저 합동으로 그거를 절로 받는데.

하나하나 앉아서 그거는데, 이놈의 거 뭐 칩어서(추워서) 죽을 판이데,
죽자고 하나하나 앉아. 그것도 인자 방에는, 촌방이 얼마나 작노, 쪼꼼하
난 방에 포개서 앉아가지고 하나하나 쬔데.

그때 우리가 낀 저 그거로 보이까, 시계로 보이까, 새복 1시가 다 되가.
근데 부엌에서 하는 아주머이가 꼬추리이 해가지고, 그래 뭐 임석을(음식
을) 갖다 나르고 얼추 칩어노이 다 가고. 그런데 그 할매가 있는데, 그래
내가 그게 그 집안사람곁에서(같아서)

"아이구이! 저 할무이는 우째 집에도 안 가고 저래 이래 늦게꺼정 저라
고 수발로 들고 있노?"

이라니까,

"아이구이! 저 할매는 호랭이 타고 댕기는 사람이요."

이라더라고. 그래 내가,

"호랭이로 우째 타고 댕기노?"

내가 그 소리를 듣고,

"호랭이로 우째 타고 댕기노?"

그래가 난주께는(나중에는) 보니까 그게 먹던 거 뭐 임석을 소쿠리도 오새 이런 소쿠리가 아이고. [손으로 바닥에 그리면서] 여기 요래 되가, 요게 요래 된 그 소쿠리에다 밥도 담고 머도 담고 음석 묵다가 남안 거 뭐 그래도 은수시드는 게 아이라 묵다가 남안 거는 그 사람들 다 가가는 거라. (청중 : 호래이 줄라 그런다.) 아니, 그래 내가,

"아이구이! 저 사람들 뭣을 저래 저런 것만 가지 가노?"

내가 이라이까,

"아가 둘이고 남편이 오래오래 병 그거 해서 저 고개 넘에 산다."

이라더라고.

"아이고! 이 저거로 들고 저 눈 속에 고개너매 우째 가느냐?"

고 하니까,

"아이고! 저 고개만 올라가면 저 할매이는 저 호랭이로 타고 가는 따문에 괜찮소."

모두 이러더라고. 그게 있는 사람마정 그래.

그래, 내가 그때만 해도, 내가 그때만 해도 한 30이나백게 안 됐는데. 그리고 나는 본대 가덕서 김해로 가가 김해서 사이까 그 호랭이가 우째 생겼는둥 그거로 모르고 이래 그거 하이까, 그래 인자 그 사람이 이야기를 해주는데,

"저 사람들이 넘우(남의) 대사집[74)]에 댕김서 그래가 이 임석 얻어가지고 그래 가서 그 병든 남편하고 그래가 산다."

---

74) '대소사(大小事)가 있는 집'의 뜻임.

고 그래.

"아이고 답답해라이."

그래가 저거로 이고 아이고 오새는 뚱구루하기는 하제 소쿠리 이래 생긴 이거는 요쪽은 낮고 이쪽은 높으고 이래. (청중 : 채이맨꾸로 이제.) 채이맨꾸로 연상 채이맨꾸로 그리 생겼어.

"아이고! 저걸 이고 우째 가노?"

카이 고개 너머만 가몬 호랭이가 그거 한다고. (청중 : 호래이가 타다 준다. 불쌍타고.)

그래 인자 그 고개 너매는 호랭이가 나오는 덴데 그게 가몬 그 할매가 어쩬 게 아이라 맨날 그라고 댕기이까, 한 분은 가이까 호랭이가 턱- 누우가 있어서 그래 그 사람들이 한다는 말이,

"아이구이! 짐승아, 나는 이 세상 살기도 구찮다. 날 잡아갈라 카거든 잡아가라."

카믄서, 임석을 놔놓고 앉아가 있으이까 호랭이가 와서 저- 엎드리가 있디, 한참을 엎디리가 있어서,

"그러면 니가 날 태아다 줄래?"

카이, 고개로 끄떡끄떡 하더랍니다. (청중 : 불씽타고 그라제.)

그래가지고 그 호랭이가 타고 그래 저거 집앞꺼정 갖다 주더랍니다. 그래 인자 그 할매가 아무데로 댕기도 늦게만 가몬 그 호랭이가 나타나서 그래 (청중 : 실어다 준다.) 실어다 주더랍니다.

해인사에 호식이 없는 이유

자료코드 : 04_21_FOT_20100126_PKS_JJR_0001
조사장소 : 부산광역시 사하구 다대1동 서부경로당
조사일시 : 2010.1.26

조 사 자 : 박경수, 정규식, 박지희, 오소현
제 보 자 : 조정렬, 여, 88세
구연상황 : 제보자가 호랑이 이야기를 한 편 하고 난 후, 조사자가 하나 더 없느냐고 하
니 제보자가 또 다른 호랑이 이야기를 구연해 주었다.
줄 거 리 : 합천 해인사에 스님과 동자승, 그리고 호랑이가 함께 살고 있었다. 그런데 겨
울철에 절에 먹을 것이 떨어지자 스님이 동자승과 호랑이를 남기고 먼 길을
떠났다. 어느 날 동자승이 손을 베이고 피를 흘리게 되자 동자승은 호랑이가
배고플 것을 염려해 자신의 피를 호랑이에게 먹게 했다. 피 맛을 본 호랑이는
배가고픈 나머지 급기야 동자까지 잡아먹었다. 절에 돌아온 스님이 모든 사실
을 알게 되었고 호랑이를 절에서 쫓아내면서 '합천 해인사 안에서는 호랑이
가 사람을 잡아먹는 일이 절대 없도록 하라.'고 말했다. 그 후로 해인사에서
는 호랑이가 사람을 잡아먹는 일이 없었다.

그래 합천 해인사 가이까, 이거는 합천 해인사 절에 얘긴데. 합천 해인
자 저 우에 올라가면은 산지당이라고 있어예. 예, 산지당. 그 합천 해인사
하고 굉장히 멀어예. 그 산지당어는.

그게 그럽다. 그 그때만 해도 이 지금은 절이라 카몬 신도들이 많애
서 벅덕거리는데, 그때만 해도 참 신도들도 없는데, 한 시님이 그 산지당
에서 동자 하나하고 호랭이하고 키았답니다.

그러이까 서로 노놔 먹고 이랬는데 저실이(겨울이) 되어서 아무것도 묵
을 기 없으이까 시님이 한다는 말이,

"너거가 이 내 올 따네에(동안에) 이 산지당을 지키고 있거라. 내가 밑
에 마을에 가서 묵을 거로 해가 오꾸마."

이라고 내리갔는데, 스님이 아무리 그거 해도 눈 속에는 몬 올라와서
제법 시일이 걸렸답니다. 그러이까 묵을 기 없으이까, 그리고 이 뭣을 풀
뿌리로 뽑아가지고 이래 뭣을 하다가 고마 그 동자가 이 그 손가락을 비
었어예.

그래 이래 널찌는 동안 동자가 생각하기는 이것도 내가 핀데 호랭이를
보고,

"니가 빨아 무우라."

캐서, 빨아 믹이 놔놓으이까 이 호랭이가 아니 아직거도(아직까지) 안 묵어 본 고기고, 그 피가 굉장히 맛이 있어예. 그런데다가 배가 고프이 며칠 지내이 갤국 그 동자로 물어서 피로 빨아 묵고 그 동자는 죽고 그래.

그래 시님이 그 절꺼정 오이까 그 근치가 확− 비린내가 나더랍니다. '아차! 내가 너무 와서 너무 오래 있다가 와서 일이 생깄구나.' 그래 근는데, 그 호랭이도 배가 고플 적에는 아무 생각을 없고 피로 빨아 묵었는데 지가 피로 빨아먹고 생각커이 '아! 스님이 시기던..' 이 짐승이지만은 형지간 겉이(형제간 같이) 자랐는데 저거를 피로 빨아먹고 그거해서 그 시체로 안고 울고 있더랍니다.

그래 그 스님이 한다는 말이,

"내가 이적꺼정 너거한테 가르켜서 그거 해놔도 갤국은 니는 사람이 안되고 짐승이 될 수밖에 없다. 사람은 지키는데 니는 그거로 못지킸으이 니는 짐승이 될 수밖에 없다."

이라이 그럼서 한다는 말이, 호랭이로 보고,

"니가 아무리 잘못을 해도 이 합천 해인사 안에서는 절대로 호랭이가 사람 자아묵는 짓을 없두록 해라."

카이까 그 호랭이가 고개를 *끄떡끄떡* 하더랍니다. 그럼서 내보냄서 그래고 나서는 그 합천 해인사서는 호랭이가 사람을 자아먹는 일이 없다고 그런 소리를 하입디더. 그것도 나도 들은 이야기고.

도깨비와 씨름한 사람

자료코드 : 04_21_FOT_20100125_PKS_JSC_0001
조사장소 : 부산광역시 사하구 하단2동 1층 낙동경로당
조사일시 : 2010.1.25

조 사 자 : 박경수, 정규식, 박지희, 황영태
제 보 자 : 진석춘, 남, 75세
구연상황 : 조사자가 도깨비 이야기에 대해 아는 것이 있으면 해달라고 요구하자 제보자
　　　　가 이 이야기를 했다.
줄 거 리 : 피 묻은 빗자루가 개울에 떠내려가다가 구멍에 끼이면 그것이 도깨비로 변해
　　　　서 사람에게 씨름을 권한다고 한다. 어느 날 마을 사람이 도깨비에 홀려 씨름
　　　　을 하다 쓰러져 있는 것을 거기에 가 보니 빗자루가 끼어있었다.

이 도깨비, 시골에 가면 빗자루 있제. 빗자루, 빗자루. 빗자루에 피 묻
은 빗자루가 어디 개울가나 이런데 떠내려가다가 박혀요. 어느 구멍에 바
위틈에가 박혀요.

박히며는 그 주위에 사는 사람들이, 에… 자기가 나타나는 어떤 현상이
도깨비라 카는 게 나타나요. 사람같이 사람같은 형상으로 나타나는 기라.
그래 오며는 씨름을 자꾸 권한다.

씨름을, 씨름을 하자. 씨름을 하자. 그러면 그러면 씨름을 하자 카면 사
람을 끌고가 가요. 가갖고는 사람을 갖다 거서 마 케이오(KO) 시켜버리
(시켜버려).

그래가지고 거 정신을 잃고 그대로 거 잤뿌리는데, 그 이튿날 사람이
식구들이 없으이께네, 찾아가보이꺼네 거 있더라. 빗자루가 하나 찡기 있
더라. 이런 얘기를 우리 마을에 그런 일이 한 분 있었어요. 거기 뭐 확실
히는 모르겠고.

마음 약한 사람을 잡아먹는 여우

자료코드 : 04_21_FOT_20100125_PKS_JSC_0002
조사장소 : 부산광역시 사하구 하단2동 1층 낙동경로당
조사일시 : 2010.1.25
조 사 자 : 박경수, 정규식, 박지희, 황영태

제 보 자 : 진석춘, 남, 75세

구연상황 : 조사자가 재미있는 이야기를 하나 더 해 달라고 요구하자 제보자가 이 이야기를 했다.

줄 거 리 : 술 취한 사람이 고개를 넘어가다 보면 여우가 사람을 넘으면서 혼을 뺀다고 한다. 만약 정신을 잃고 혼을 빼앗기면 여우는 사람이 죽은 줄 알고 내장을 먹어버린다고 했다.

이 마을에서 한 1km쯤 되는 고개가 하나 있어요, 고개가. 고개 있는데, 우리 마을에서 합천에서 시장에 갈라카맨은 한 40리는 조금 못돼요. 40리는 조금 못되는데 거기 고개 넘어가면은 짐승이 많았어요. 전부 그 당시에는 인자 걸어다녔죠.

걸어서 다니네께네 한 분은 이 늑대가, 아 저 여우가 두 마리가 나타나고 이 사람이 술을 은근하이 이래 인자 묵고 이래 오이께네 사람을 이래 자꾸 넘는다 카네예. 혼을 뺀다 이기라. 혼을 뺀다 이기라. 혼을 빼는데, 이 사람이 원체 인제 마음이 강한 사람이야. 모면핸 얘기 있고.

(조사자 : 거 만약 거서 혼이 뺏기몬 어찌 됩니까?) 죽죠 뭐. 죽우면은 사람이 넘어지면은 인자 그때는 내장을 내묵는 기라. 내장을 내 무요.

(조사자 : 그런 이야기를 들으셨네예? 그런 거를.) 그 실화 얘기 있었어요.. (조사자 : 그런 실화, 경험을 하신 적이 있어예?) 예. (조사자 : 사람을 히득히득 앞뒤로 이래 마 여우가 넘어가지고 사람이 혼을.) 그래 혼을 빼면은 쓰러지면은 그때 사람을 해치는 기라예. 그런 기 있어.

무덤을 파서 시체 옷을 훔친 여우

자료코드 : 04_21_FOT_20100126_PKS_HNS_0001
조사장소 : 부산광역시 사하구 다대1동 서부경로당
조사일시 : 2010.1.26
조 사 자 : 박경수, 정규식, 박지희, 오소현

제 보 자 : 황남순, 여, 82세

구연상황 : 다른 제보자들이 호랑이 이야기를 구연하자 제보자도 자신이 예전에 직접 경험했던 일이라고 하면서 여우 이야기를 해 주었다.

줄 거 리 : 한 부부가 자식을 낳기 위해 정성을 들여 딸을 낳았는데 이 딸이 여우였다. 초상만 나면 무덤으로 가서 시체의 옷을 훔쳐 와서는 그 옷으로 자기 방안에서 골무와 수를 놓았다. 마을에 여우가 나타났다고 소문이 돌자 사람들이 이 여자아이를 의심하게 되었다. 비만 오면 집에서 이상한 냄새가 진동하자 따르이 어머니도 자신의 딸을 의심하게 되어 결국 경찰에 신고를 했다. 순경이 와서 딸을 총으로 쏴 죽였다, 그 이후로 마을에 여우가 나타나지 않았다.

우리가 저거 옛날에 일제 시댄데예. 그래가 사상 그 동사무소 뒤 거 있었는데, 영감 할마이가 살았는데, 그래 자석을 못낳어예. 자석을 못 낳아가 공을 공으로 산 대배가지고 산재에 가서러 공을 들였서러 그래 아로 (아기를) 가졌어.

영감 할마이가 가졌는데, 참 공을 내- 밤낮으로 들였어요. 그래가지고 큰 사슨 큰 개가지고 갔는데 그 큰 바우가 있어요. 그래 있는데 거서 공을 만날 아칙, 저녁으로 들여가 들여가지고 아를 가졌어예.

그래 인자 참 아로 가져가지고 인자 놓을 달 되가지고 아로 낳았는데 딸로 낳았어요. 딸로 하나 낳는데, 딸이 나노이 마 너무너무 인물이 좋았어예.

참 인물도 좋고 마 그래가 옛날에 그때는 국민학교 댕길 때는 머리도 지라가 이래 댕기고 이랬는데 처이가 너무 너무 인물이 좋았어.

그 집에 동사무소 뒤에 해가 거 있는데, 여는 옹동새미(옹달샘이)가 있어요. 옹동새미가 있는데 그 물이 참 좋아요. 그래가지고 거서러 인자 물로 질러가는 사람들도 왔다 갔다 그 다 질러 오고 인자 그 물이 참 맛이가 좋고 이래서러, 근데 그 처이가 생진 배겉에(밖에) 안 나옵니다.

안 나오고 처이가 참 인자 건건히 학교 6학년꺼정만 마쳐가지고 만날 앉아가 뒷방에 앉아가지고 골미같은 거 이런 거 집고, 수로 놓고 수로 내

놓고 앉아가지고 생진 암만 한 분 볼라 캐도.

그런데 한 인지 나가(나이가) 많애가 쪼깨 한 열 여덟 이럴 적에 거 고 이부지(이웃에) 초상이 났어요. 났는데, 처이가 너무 인물이 생전 볼라 캐도 옛날에 일제시대가 되어 놔는게 파출소가 전신에 일본 사람만 다 저거 했어. 근무로 했어요. 그랬는데, 처이로 볼라고 아무리 해봐도 몬 봤지요. 안 봐지는데.

그래 그 이부지 초상이 났어요. 영감, 할마니 참 공을 공을 들여가 딸 로 낳아 오만 사람 딸 놓고 한 분씩 보모 마 말도 못 하고 보도 안 하고, 마 보모 마 소문나 또 달처이라고(달 같은 처녀라고) 이래 소문이 났어예.

그래가지고 한 분 그 이부지 초상이 났는데, 영감쟁이가 초상집에 갔는 데, 인자 옛날에는 대문을 인자 나무 대문을 가지고 저거로 대문을 했어 요. 그래 인자 참 그날 참 달밤에 저, 저, 달이 떠서 참 좋은데. 십오일쯤 이래 됐는갑네요. 그래가지고 한 분은 누가 영감쟁이가 한번은 아따 누가 해가 영감님이 초상집에 가고. 그래가 할마이가 인자 기도를 했어. 그래 내도 소문이 귀에 들어오는데 도저히 못 참는 기라.

그래 그 초상이 나가지고 그 초상을 출사를 시키가지고 그날 갰는데. 뫼 갔다 산에 갔다 묻었는데, 이 처이가 참 달밤인데, 출상, 딱 지녁(저녁) 놔놓고. 고날 저녁에, 마당 저거 대문 앞에 마당 앞에서러 박세로(박수로) 한 새복 3시, 2시 반이나 요정도 돼서러 마 온 데를 돌아데고 돌더만은 박살을 딱 세 분을 치더라요.

그래 칠 때 이 처이가 아이고 난중에 머리를 풀고 야시 꼬랑대기, 꼬랑 대기줄 나가지고 야시가 됐어요. 그래 저걸로 해가지고 그 뫼무덤에 마 아무리 이 뫼로 초상만 나모 보까 몬 잡는 기라. 그래 인자 이거로 파출 소다가 신고를 했어요.

신고를 해가지고 잡을라고 인자 '야시가 나타났다.' 인자 이런 소문이 났었어요. (청중 : 그 처이가 야시다.) 어, 어. 그래가지고 그때, 사상면에 그 큰 소문이 안 났어요? 요 소문 다 났어요. '야시가 돈다.' 이렇게.

그래가지고 머리도 마 똑 치성같이 땋아가지고 마마 이래 처이가 있었는데, 그래가지고 그 야시를 잡을라고, 인자 파출소가 그때는 일제시대가 되노니 왜놈들만 다 있었는데 총을 매가지고 막 잡을라고 그래.

그래 인자 어마이는 공을 들여가 딸로 낳았는데예. 도저히 저거 자식인지 몰랐다 카는 기라. 그래 뫼 가모 저거를 해서러 가모. 밤에 그 뫼로 깔 잡아뜯어가 저거 집 마리 밑에 전신에 옷을 다 뺏기가 다 갖다 여놨다. 그래 여놨는데, 그래가 인자 그거로 가 골미도 짓고 수도 수고로 그렇게 잘 놔요. 솜씨가 좋아서. 처이가 너무 인물도 좋고 이랬는데.

그래가 인자 왜놈이 하내이가(한 사람) 그 처이로 한 번 볼라고 마 내 그 근방으로 돌았어. 안 나오거든. 안 나오는데, 초상이나 겁나 개가지고, 그 뫼만 그해가지고 전신에 옷을 다 벳기가지고 저거 지 방 밑에 바리 밑에 전신에 갖다 재놨어.

그래가지고 할 수 없이 이거로 도저히 몬 개서 동네사람들이 등을 들고 산 중에서러 막 모두 몇이캉 거 근무를 하고 다 잡을라고 인자. 그때는 또 나타나도 안 하고.

그래가 하리는 할 수 없이 이래가지고 아, 해가지고. 누가 떡 보이까네 아 그 집에 대문 쪽으로 해가 넘어 드가더라. 인자 요래 봤어요.

그랬는데 도저히 어마이는 그런 훈터로(낌새를) 안내고 몰랐는 기라요. 몰라가지고 이랬는데, 그래 인자 순 파출소에다가 할 수 없이 어마이로 갔다가 어마이가 뒤로 돌아가니 마 내미가(냄새가) 쿰쿰한 내미가 나고 마 마루 밑에 비가 올라 카몬 썪는 내가 나고 내미가 나더라.

그래가지고 파출소 어마이가 가가지고,

"우리집에 한번 오가지고 요 마리 밑에 조사를 한 분 해봐라"

인자 이래 해서,

"그래 내 딸 하나 안 낳는 자석 없는 요랑하고 직이주가 마. 총살하고 마 직이주가 마."

이랬어. 사정을 했어요. 그래가 인자 그 순경 갔다가 짜서러 저거를 해 났는데. 인자 낮 때는 인자 안 가거든 마 내 수만 놓고 앉아가지고 이래가 머리를 철썩철썩 너무 인물도 좋고 이러는데, 차마 이 순경이가 총살로 시킬라카이 너무 인물이 좋아서로 보니 문을 여이 마 너무 좋더라요.

이래서러 그래가 어마이는 뒤 숨어가 있고, 그래 밑에부텅 조사를 하이카네 전신에 각에(곽에) 그 옇던 시체 옷으로 전신에 뺏기가 저거 집에 갖다놓은 기라. 비가 올라 카면 날이 궂을라 카모 냄새가 막 쿵쿵함서 냄새가 나.

그래가지고 할 수 없이 인자 엄마이가 마 신고를 해가이고 그 순경캉 짜서러 인자 순경이가 거, 거, 순경이가 총을 가지고 살 뒤로 돌아가이. 차마 순경이가 그 문을 몬 열고 한 번 보이 어찌기 인물이 좋고 너무 좋아서러 마 순경이가 껌쩍 놀랬다 카이. 너무 좋아서로. 그래가지고 문 새 (사이) 거다가 딱 저거로 해가지고 전자가(겨누어서) 총를 쐈다 그러더라.

그래 직있어요. 어 총살로 시켰어요. 그래가 죽여가지고 그 야시로 직이고 나이카네 동네가 야시도 없더라요. 그래가 그거로 범인을 잡았다 캐. 그래 어마이가 미칫뿄다.

말 빠진 바가지를 주면 해코지를 하지 않는 해치

자료코드 : 04_21_FOT_20100126_PKS_HNS_0002
조사장소 : 부산광역시 사하구 다대1동 서부경로당
조사일시 : 2010.1.26
조 사 자 : 박경수, 정규식, 박지희, 오소현
제 보 자 : 황남순, 여, 82세
구연상황 : 조사자가 바다에 사는 도깨비 이야기나 해치 이야기를 해달라고 하자 제보자가 이 이야기를 구연해 주었다.

줄 거 리: 큰 달이 지려고 하면 배에 해치가 나타나고 사고가 많이 일어난다고 한다. 그 러면 이때 "바가지 줄까?" 하면서 깨진 바가지를 해치에게 줘야 한다고 한다.

거 가몬 우리 아부이가 그라는데 해치가 욱신욱신 노로 젖고 배에 온 다요. (조사자 : 해치가요?) 해치가. 그라모,

"바가지 주가."

이라모 바가지를 미끼를 빼갖고 주모 물을 퍼붓다가 퍼붓다가 가는 기 이기 해치라요.

(조사자 : 아 그러면 제가 배를 모고 가는데 저서 배가 하나 와가지고.)

배가 욱신욱신 노를 젖고 오더라요. 오는데, 그래 우리 아부이가 한다 는 말이,

"바가지 주가."

이라거든, 해치가.

"그래 저게 해치다."

바가지를 미끼로 빼뿌고 주이 물이 퍼여이 물이 퍼지나. 그래가 배에서 러 이래 상투를 옛날에 다 쪼지가 다 눕어자이까네 상투를 마 땡기가지고 물에다 끌고 드가고 그래하더랍니다.

(조사자 : 해치가?) 예, 해치가. 그래 큰 달이 질라 카몬 해치가 그래 난 답니다. 그래 우리보고 앉차놓고 그래 이바구로 하대요 그래 우리가 아이 구 큰 달이 질라 카모 배에서러 배에서 사고가 나몬 그라거든. 거기 해치, 해치배가 되가이고 그래.

(조사자 : 해치배는 누가 탔는지도 모르고 와서.) 그래 인자 그거로 아작 캐놓으이 바가치를 미끼로 빼부고 주거든. 그래, 그래, 그래, 거기가 안 그라모 배에다 물을 퍼부몬 사람이 죽을 거 아인교.

그래 그 옛날에는 그래 많이 했습니다. 인자는 기가이배[75] 때문에 그렇

---

75) '기름이나 전기 등의 기관으로 움직이는 배'를 의미하는 듯.

지 옛날에는 풍석배(돛단배)거든. 노 저어 댕기는 풍석배가. 그래서 사고가 많이 나고 그래 해치가 많이 나더랍니다. 바다. [이후 청중들이 해치에 대한 이야기를 주고 받음.]

아파트 개발로 마을을 떠난 당산할매

자료코드 : 04_21_MPN_20100125_PKS_PPS_0001
조사장소 : 부산광역시 사하구 당리동 당리경로당
조사일시 : 2010.1.25
조 사 자 : 박경수, 정규식, 황영태, 박지희
제 보 자 : 박복선, 여, 87세
구연상황 : 조사자가 당리 마을에 있는 유명한 제석골 할매와 관련된 이야기는 없느냐고
구연을 유도하자 제보자가 이 이야기를 했다.
줄 거 리 : 제보자와 친하게 지냈던 어떤 할머니의 꿈에, 당리마을을 지켜주던 당산할매
가 나타서 마을의 아파트 건축으로 인해 시끄러워 못 살겠다고 하고는 마을
을 떠나겠다고 말했다고 한다. 그래서 지금은 당리마을이 재미가 없다.

이 당산에는 우리가 온 뿌리를 모릅니다. 내가 나기는 여기서 나고 크
고 했습니다. 나고 크고 해도, 우리 애릴서부터 이 나무가 다 섰고 우리가
저쪽 소나무 저게다가 군대줄(그네 줄)을 매놓고 그네를 타고 했어요.

내가 나가 팔십 여섯인데. 이래도 이 당산은 여기는 할매고, 저 우엔
또 산에 또 할아버지가 계시오. (조사자 : 아! 여긴 할매당산 나뭅니까?)
여긴 할매 당산이고. 저 우에서는. (조사자 : 우엔 할배가 있으예?) 할배가
계시고. 또 애나 저 골짝에는 큰 제당이 있지.

(조사자 : 아! 거기 그 승학사 절 맞은편에 그 제당이.) 예. 그 제당이,
그 제당. 옛날에는 그 할매 계실 때, 애나 우리 애릴 때는 우리가 애리서
스무살 먹고 시집을 가도 우리가 제당 앞에 거기 마음대로, [다른 청중이
끼어들어 말함] 건니 갔다가, 건니 갔다가 몬했습니다.

(조사자 : 군대를 매가 띄고.) 거게가 어찌 우임한고(위험해서) 거 당산
앞에 가면 시퍼러이 물이 웅덩이가 있어. 웅덩이가 있는데, 그 제당 앞을

지나갈라 카모. 아저씨들 앞에 이런 소리 하기 망한타(망측하다)만은, 여자 생게(생리) 있제. 거 생게 있는 사람은 그 앞을 못 지나갔는 기라.

(조사자 : 부정 탄다고?) 응. 부정탄다고. 근데 그 몇 년 전에 애나 여게 참 고토백이로 와서 시집 살고 핸 사람들이, 그 할매가 있었는데, 그 할매 꿈에, 할매가 시끄럽아 못 살겠다고 이사로 가. (조사자 : 아– 제당에 있는 할매가.) 어. 재당 온 할매가. 근데 거게 왜 시끄럽었냐 하몬, 그 앞에 지금 거 아파트 크게 지아났죠? (조사자 : 예. 동원베니스티.) 그 뭐, 난 아파트 이름도 모른다. (조사자 : 예. 산을 깎아가 지아났다 아입니까?)

어. 그 산 깎을 적에 그 할매가 이사를 간다꼬. 반석 우에 나 앉았더라요. 그러니까네 이제 재미가 없지. 그래 재미가 없지.

(조사자 : 그러고 나서 이 마을에서 좀 안 좋은 일이 생기고 그랬습니까?) 그래 마 크기 안 좋은 일이 생기고 이렇지는 안 했는데, 그래 갔다고 소문이 나가. 그 할매가,

"우리가 시집올 때 승아동상아(형님아 동생아) 지낸 사람이다."

무슨 말 끝에 그런 말을 하니까,

"아이고! 야. 제당 할매가 마 떠났다."

"와? 새이 어째 아노?"

카이,

"내 꿈에 와서러 꿈에 하얀 서갔는데."

그 우에 가몬 제당 뒤에 가몬 큰 방구가 있죠? 그 방구 우에 그 고개가 무슨 고개고 하몬 문바우고개라 카요. (조사자 : 문바우고개?) 예. 문바우 고개라 카는 그 고개, 방구 우에 앉아서러,

"내가 이사로 간다."

(조사자 : 아! 거게 앉았다가.) 예. 그래 그러커더라요. 그래 칸다꼬 할매가 마 온창 시끄럽어노이 떠났는갑다. 그래 카대.

개를 잡아먹으러 온 늑대

자료코드 : 04_21_MPN_20100126_PKS_BSM_0001
조사장소 : 부산광역시 사하구 다대1동 서부경로당
조사일시 : 2010.1.26
조 사 자 : 박경수, 정규식, 박지희, 오소현
제 보 자 : 배삼문, 남, 79세
구연상황 : 조사자가 예전에 들었던 여우 이야기나 호랑이 이야기를 해달라고 하자 이
이야기를 해 주었다. 제보자는 현재 노인회장직을 맡고 있는데, 조사자의 방
문을 반가워하지 않은 듯했다. 처음엔 이야길 할 것이 없으니 1층 할머니들에
게 가서 노래나 듣고 가라고 하다가 조사자가 계속해서 구연을 유도하니 이
이야기를 해 주었다.
줄 거 리 : 어느 날 밤, 개가 심하게 짖어서 내다보니 커다란 개 같은 것이 서 있었다.
자세히 보니 그것이 개를 잡으러 온 늑대였다.

집이 개집이 없었고, 그 당시에는 마리(마루) 밑이라. 마루 밑에. 마루
밑에 인자 가마이(가마니) 딴 거 하나 깔아놓고. 거서 저 아척에 일나몬
자기도 또 바깥에 나가고.

그래 인자 어마이가 밥을 주고 이래 했는데, 하릿 밤에는 눕어자는데
개가 마 죽는다고 꽘을(고함을) 터주고 짖는 기라. 마 막 이름을 부름서,
"독구야, 독구야."

카고 막 부르는데 불러도 마 꼼짝도 안 하고 막 내리 짖어대는 기라.
뭣이 뭣이 들어왔다 카고. 그리 내가 방문을 열고 속옷 바람으로 속옷 바
람으로 탁 나가니까 삽직거래(삽작거리에) 커다란 개 맨쿠로 한 마리가
들어왔는 기라 삽작거래. 마주 보고 개 하고 마주 보고 그러이 거 알고보
니 늑대라. 늑대가 개 자무러(잡아 먹으러) 왔어. 개를 잡으러 왔어.

(조사자 : 아— 늑대가 여 와가지고 어른신 개를.) 어. 개를 인자 잡아무
울라고.

차표 받는 사람에게 엉덩이를 내준 할머니

자료코드 : 04_21_MPN_20100125_PKS_JDS_0001
조사장소 : 부산광역시 사하구 하단2동 1층 낙동경로당
조사일시 : 2010.1.25
조 사 자 : 박경수, 정규식, 박지희, 황영태
제 보 자 : 정덕순, 여, 86세
구연상황 : 청중이 제보자에게 이야기 하나 해 달라고 요구하자 제보자가 이 이야기를
했다. 조사자가 음담이나 야한 이야기도 된다고 하자 제보자가 한 이야기
이다.
줄 거 리 : 어떤 할머니가 매일 새벽에 나가서 밤늦게까지 일을 하여 몸이 아주 피곤한
데도 밤마다 할아버지에게 시달리는 바람에 할아버지에게 화를 냈다. 다음
날, 할머니는 평소와 같이 기차에 타고는 기차 안에서 잠이 들었는데 차표 받
는 사람이 할머니에게 차표를 달라고 하자 할머니는 비몽사몽간에 그 사람이
할아버진인 줄 알고 옷을 내려 엉덩이를 보여줬다.

옛날에는, 요새는 도가(세물전) 가서로 물건 띠가지고 차가 마키(모두)
운반해주거든. 요 파는 데까지. 옛날에는 열차로 탈라카모 타고 새복에
가가지고 물건 떼가지고 와가지고 점도록 파는 기라. 그래 밤에 또 아침
에 별 보고 나오고 지역에 달 보고 드가거든.

그래 늦게까지 장사를 하고 드갔다. 잠이 새이잖아('밤을 새게 되었다
는 뜻). 잠이 와서 잠이 와서 못 사는 기라 마. 근데, 하루 지역에는(저녁
에는) 자다본께네 영감이, 할마이 생각이 나거든. 시부지기(슬며시) 가는
기라.

그런께네 할마이가 마마 귀찮거든. 그래 마 차뿌고 차뿌고 하다가 인자
하루 아침에도 캄캄한데 나와가지고 열차로 탔어. 인자 도가 간다꼬이 타
다 본께네, 마 열차 안에서 잠이 와가지고 이래 구부러졌다, 요로키내(오
렇게).

그래 옛날에는 차포(차표) 조사를 했거든. 그래 인자 그 사람이 와가
지고,

"아지메, 아지메, 차포 좀 봅시더."

칸께네, 밤에 영감이 하던 짓으로 찝쩍거리는가 싶어가지고,

"아휴 귀찮아 죽겠다마는 또 하자 카나. 시바거 할라 카거든 맘대로 해뿌라."

카고,

아 옛날에는 몸빼 입었거든. 내라뿐 기라. 궁디로 내가지고,

"아나 할라 카거든 맘대로 해뿌라."

이라고. 이 차포 조사하는 사람이 놀래가지고,

"아고, 할매, 할매요 아지메요. 차포 봅시더."

엉뚱 소리 한께네 질겁이 나가지고 그런 얘기고. 할매는 그런 이야기빽에 몰라요.

세상에 믿을 사람 없다

자료코드 : 04_21_MPN_20100125_PKS_JDS_0002
조사장소 : 부산광역시 사하구 하단2동 1층 낙동경로당
조사일시 : 2010.1.25
조 사 자 : 박경수, 정규식, 박지희, 황영태
제 보 자 : 정덕순, 여, 86세
구연상황 : 조사자가 제보자에게 어릴 적 들었던 재미 있는 이야기를 해 달라고 하자 제보자가 이 이야기를 해 주었다. 주위에서 다른 청중이 '할매 심심한 소리한다.'하고 만류했지만 제보자는 이야기를 끝까지 구연해 주었다.
줄 거 리 : 할아버지와 5살 난 손자가 목욕탕에 갔다. 물에 들어간 할아버지가 "시원하다."라고 하자 손자도 물에 들어갔는데 물이 너무 뜨거워서 나와서는 "세상에 믿을 사람이 하나도 없다."고 말했다.

닷(다섯) 살 묵는 손자하고, 할배 저 저 할바이하고 모욕을(목욕을) 갔거든.

옛날에 목욕 아 있었는가 몰라도. 간께네, 뜨신 물에 할배가 쏙 드가가 지고 아이고 뜨겁다 캐야 됐겠데,

"아이구! 시원하다."

카거든. 그랑께는 손자가 그 시원하다 소리 듣고 지도 퐁당 빠졌어. 쫓아나오디마는,

"에이고! 믿을 놈."

할바이보고이,

"믿을 놈 한 놈도 없다. 뜨겁아 죽겠다마는 시원하다 칸다."

고. 그래 손자가 그란다. 그래 마 할바이가 손자한테 모함을 당했소.

범 가죽 때문에 목숨을 잃은 부자(父子)

자료코드 : 04_21_MPN_20100125_PKS_JSC_0001
조사장소 : 부산광역시 사하구 하단2동 1층 낙동경로당
조사일시 : 2010.1.25
조 사 자 : 박경수, 정규식, 박지희, 황영태
제 보 자 : 진석춘, 남, 75세
구연상황 : 조사자가 호랑이 이야기를 해 달라고 하자 제보자가 이 이야기를 구연했다. 제보자는 이야기의 상황에 맞게 몸동작과 손동작을 적극적으로 취해가면서 구연하였다.
줄 거 리 : 한 사람이 함정을 파서 범을 잡았는데 그 부친이 잠으로 범의 가죽을 팔러 다녔다. 그 후 밤만 되면 범 한 마리가 나타나서 그 사람의 집에 와서 울었다. 그런데 그 부자가 2~3년 만에 다 죽어버렸다.

해방된 그 그해라요. 1945년도에. 우리 친구가 에, 산 밑에 살았어요. 산중허리에 살았어요. 거게 쪼그만한 마을이 있어요. 마을이 있는데 거게 범이 많이 있었어요.

산에 범이 많이 있었어요. 호랑이가 아이고 범이라. 호랑이하고 범하고

조금 틀리지요. 이 범은 꼬리가 길고 호랑이는 몸집이 크고.

그 산에 호랑이로 사냥을 하기 위해서 함정을 팠어요. 함정, 함정을 팠는데 호랑이 그 범이 그 함정에 빠져버렸어요. 빠져놓이 이놈이 고함을 지르면서 울고 난리 났단 말입니다. 이제 성공을 했지 잡았으이께네. 그래 그걸 인자 몽둥이로 가지고 패서 죽였어요.

죽여가지고는 그 호피, 껍질 그걸 우리가 한번 보이께네, 그 사람 부인, 자기 아버지가, 그 사람 아버지가 그걸 지게로 지고 그 거리가 얼마 되냐면 40리길이라. 그 당시 40리 길 장 보러 다녔거든요.

그때는 보행이지 차가 없으이께네. 40리 길에 차를 왔다갔다 이래 했단 말이요. 그래가 그 범 껍질을 지고 팔러 가더라고 그걸 한 분 봤고. 그러고 나서는 범이 두 마리 중에 한 마리가 밤만 되면 그 집에 와가지고 문을 긁어요.

아! 진짜로. 실화 얘기라. 문을 꺾고 그 와가지고 울고 이래되는 기라. 그래가지고 그 부자간이 한 2,3년만에 다 죽어뿠어요.

(조사자 : 아 그 범 가죽을 판 그 …….) 그렇지 암놈인지 수놈인가 그거는 모르겠고. 두 마리가 인자 한 한 쌍 있었겠지. 한 쌍 중에서 하나가 그렇게 되노이께네, 그 집에 와서 보복하기 위해서 밤마다 내려와가지고. 그래가 결국 그 부자간 다 죽어뿠어요.

모심기 노래

자료코드 : 04_21_FOS_20100126_PKS_KKJ_0001
조사장소 : 부산광역시 사하구 다대1동 서부경로당
조사일시 : 2010.1.26
조 사 자 : 박경수, 정규식, 박지희, 오소현
제 보 자 : 강기점, 여, 82세
구연상황 : 조사자가 제보자에게 모심기 노래를 구연해 달라고 하였다. 제보자가 이 노래
를 구연하였다. 청중들이 상당히 많았지만 구연 상황은 양호했으며 제보자는
잔잔한 목소리로 노래를 구성지게 불렀다.

모야모야 노랑모야 니언제커서 열매열래
이달크고 훗달크고 칠팔월에 열매열래

낭창낭창 베루끝에 무정하다 울올아바
나도죽어 군자되어 처자곤석만 섬길란다

화투타령

자료코드 : 04_21_FOS_20100126_PKS_KKJ_0002
조사장소 : 부산광역시 사하구 다대1동 서부경로당
조사일시 : 2010.1.26
조 사 자 : 박경수, 정규식, 박지희, 오소현
제 보 자 : 강기점, 여, 82세
구연상황 : 제보자가 모심기 노래의 구연을 마친 뒤, 조사자가 <화투타령>을 부를 줄
아느냐고 하자 이 노래를 불렀다. 다른 청중들과 함께 박수를 치면서 흥겹게
구연하였다.

세여볼까 세여나볼까
화토로한모 세여볼까
정월솔가지 속속한마음
이월매단이 맺아놓고
삼월사쿠라 될동말동
사월흑사리 허송하다
오월난초 나비가날라
유월목단에 춤잘춘다
칠월홍돼지 홀로누워
팔월공산에 달도밝다
구월국화 굳었던마음
십월단풍에 다떨어진다
오동추야 달이둥실밝아
님에생각 꿈이더냐
앉아서니 님이오나
누워서니 잠이오나
님도잠도 아니나오고
모진강풍이 날속인다
얼씨구나 좋네 지화자 좋네
아니 노지는 못하리라

창부타령

자료코드 : 04_21_FOS_20100126_PKS_KKJ_0003
조사장소 : 부산광역시 사하구 다대1동 서부경로당
조사일시 : 2010.1.26

조 사 자 : 박경수, 정규식, 박지희, 오소현
제 보 자 : 강기점, 여, 82세
구연상황 : 제보자는 <창부타령> 곡으로 부른 <화투타령>에 이어서 계속 다음 노래를
불러 주었다. 노래의 끝부분에는 힘들어 못하겠다고 하면서 구연을 마쳤다.

남산밑에 남도령아

오만잣나무 다비나따나 오죽대한쌍만 비지마오

오월좋아 풍년을좋아 낚싯대를 후아놓고

창밖에라 불들거들랑 어떠한처녀를 낚을란다

잘나가면 열녀가되고 못나가면 상사되고

열녀상사로 고맺어놓고 옷풀림고름만 살아간다

앞동산은 청춘가요 뒷동산천에 푸른청자

가지가지 꽃화자요 굽이굽이는 봄춘자라

꺾어내라 영화가열어 일월이한강 인물났다

일월이거든 깨지를말고 맹월이거든 두지마오

아 대서 못하겠다.

창부타령(1)

자료코드 : 04_21_FOS_20100125_PKS_KNS_0001
조사장소 : 부산광역시 사하구 당리동 당리경로당
조사일시 : 2010.1.25
조 사 자 : 박경수, 정규식, 황영태, 박지희
제 보 자 : 김남순, 여, 84세
구연상황 : 제보자가 노래가 갑자기 생각났는지 박수를 치면서 이 노래를 구연했다.

(노세노세) 젊어서놀아 늙고병들면 못노나니

화무는 십일홍이야 달도차면 기우나니
인상(인생)은 일장춘몽에 아니 놀지는 못하리라 ~

청춘가(1)

자료코드 : 04_21_FOS_20100125_PKS_KNS_0002
조사장소 : 부산광역시 사하구 당리동 당리경로당
조사일시 : 2010.1.25
조 사 자 : 박경수, 정규식, 황영태, 박지희
제 보 자 : 김남순, 여, 84세
구연상황 : 제보자가 앞의 노래에 이어 불렀다. 아리랑이라고 하면서 노래를 불렀으나 청
　　　　　춘가이다.

뭣땜에 늙었나~ 뭣땜에 늙었나 ~
팔십이 되도록 좋~다 뭣댐에 늙었나~

싫컬랑 고만두라~
산넘어 산있고~ 좋~다 물넘어 물있더라

니가 잘나서~ 천하의 일색이냐
내가 못나서~ 좋~다 바보가 되더냐

호박은 늙으면 단맛이나 있것만은
인간의 늙은거는 쓸곳이 없더라

좋~다 탐내지마라 모진손으로 꺽들마라
꺽을라거든 버리지말고 버릴라거든 꺽들마라

나비는~ 봄한철이고
금붕어 연못은 좋~다 산상이로다

창부타령(2)

자료코드 : 04_21_FOS_20100125_PKS_KNS_0003
조사장소 : 부산광역시 사하구 당리동 당리경로당
조사일시 : 2010.1.25
조 사 자 : 박경수, 정규식, 황영태, 박지희
제 보 자 : 김남순, 여, 84세
구연상황 : 조사자가 다른 노래를 불러 달라고 하니 이 노래를 불러 주었다. 제보자는 박
수를 치면서 흥겹게 구연하였다.

　　　　배고파서 받은밥상은 늬도많고 돌도많네
　　　　늬많고 돌많은것은 임없는 탓이로다
　　　　우리는 언제나 유정님 만내서
　　　　늬없고 돌없는밥을 먹어나보나 좋~다

　　　　춤나온다 춤나온다 굿거리장단에 춤나온다
　　　　이장단에 춤못추면 어느야장단에 춤을추나

청춘가(2)

자료코드 : 04_21_FOS_20100125_PKS_KNS_0004
조사장소 : 부산광역시 사하구 당리동 당리경로당
조사일시 : 2010.1.25
조 사 자 : 박경수, 정규식, 황영태, 박지희
제 보 자 : 김남순, 여, 84세
구연상황 : 제보자가 앞의 노래에 이어 자연스럽게 구연하였다. 제보자 혼자 박수를 치면
서 노래를 불렀다.

　　　　(저산에)76) 지는해가 지고짚어 지느냐

---

76) 녹음이 되지 않은 부분임.

날두고 가는님이 으~응 가고짚어(가고 싶어) 가겄나

왜또왔나 왜또왔나 울고나 갈때를 왜또왔나

○○ 담배는 내심중 알아주는데
한품에 든님은 어~언 내속을 모르더라

술도 술도리 잘넘어 가겄만은
찬물에 냉수는 시끝에77) 두는구나

화투타령

자료코드 : 04_21_FOS_20100125_PKS_KSH_0001
조사장소 : 부산광역시 사하구 하단2동 2층 학성경로당
조사일시 : 2010.1.25
조 사 자 : 박경수, 정규식, 박지희, 황영태
제 보 자 : 김상현, 여, 81세
구연상황 : 조사자가 <화투타령>을 부를 수 있겠느냐고 물어보자 제보자가 가사를 읊조
려 본 다음 이 노래를 불렀다. 평소 화투치기를 많이 한다고 했다.

모서보세 모서보세78)~

화토한못을(화투 한 모를) 모서보세

정월솔가지 속속이던져

이월매조에 맺어놓고

삼월사꾸라 산란한마음

사월흑싸리 흐리양반

오월난초 노자는나비

---

77) '혀끝에'의 의미인 듯.
78) '모셔 보세'의 의미인 듯.

유월목단에 춤을춘다

칠월홍돼지 홀로누워

팔월공산 달밝은데

정든님 하나를 맺어두고

팔월공산 달밝은데

구월국화 굳은마음

시월단풍에 뚝떨어졌네

오동추야 달밝은데

정든님 하나를 맺어두고

태평가

자료코드 : 04_21_FOS_20100125_PKS_MHY_0001
조사장소 : 부산광역시 사하구 당리동 당리경로당
조사일시 : 2010.1.25
조 사 자 : 박경수, 정규식, 황영태, 박지희
제 보 자 : 문호연, 여, 84세
구연상황 : 조사자가 <태평가> 한 소절을 부탁하자 쑥스러워 하면서 이 노래를 불렀다.

짜증을 내어서 무엇하나~

간증을 부리서 무엇하나~

인생~일장~ 춘몽인데~

아니나 노지를 못하리라~

다리 세기 노래

자료코드 : 04_21_FOS_20100125_PKS_MHY_0002

조사장소 : 부산광역시 사하구 당리동 당리경로당
조사일시 : 2010.1.25
조 사 자 : 박경수, 정규식, 황영태, 박지희
제 보 자 : 문호연, 여, 84세
구연상황 : 조사자가 어릴 적 하던 <다리 세기 노래>를 해 달라고 부탁하자 제보자가
         이 노래를 불러 주었다. 직접 다리 세는 행동을 취하면서 노래를 불렀다.

이거리 저거리 갓거리
진주맹근 또맹근
짝바리 해양근
도루매 줌치 장독간

창부타령

자료코드 : 04_21_FOS_20100125_PKS_MHY_0003
조사장소 : 부산광역시 사하구 당리동 당리경로당
조사일시 : 2010.1.25
조 사 자 : 박경수, 정규식, 황영태, 박지희
제 보 자 : 문호연, 여, 84세
구연상황 : 제보자의 <다리 세기 노래>가 끝난 뒤, 조사자가 다른 노래를 더 불러 달라
         고 하자 제보자가 이 노래를 구연해 주었다.

오늘보멘 초맹인데(초면인데) 내일보메는 구맹이라(구면이라)
구맹초맹 다꽂이나놓고 재미있기를 놀아보소
꽃은꺾어서 머리에꽃고 잎은훑어서 입에물고
산에올라 들질을가니 가는햇님이 내엄보고 넘어가네
얼씨구나 절씨구나 지화자 좋다 저절시고

아리랑

자료코드 : 04_21_FOS_20100125_PKS_MHY_0004

조사장소 : 부산광역시 사하구 당리동 당리경로당

조사일시 : 2010.1.25

조 사 자 : 박경수, 정규식, 황영태, 박지희

제 보 자 : 문호연, 여, 84세

구연상황 : 조사자가 <아리랑>이나 <도라지 타령> 등도 좋으니 아는 노래는 다 해달라고 하니 제보자가 이 노래를 구연하였다. 제보자 혼자 박수를 치면서 흥겹게 구연하였다.

> 아리랑 아리랑 아라리요
> 아리랑 고개고개를 넘어간다
> 아리랑 고개는 열두나고개
> 정단이 고개는 한고개요
> 얼씨구나 저절씨구나 지화자자 좋다
> 아니 놀지는 못할까야

노랫가락 / 그네 노래

자료코드 : 04_21_FOS_20100125_PKS_MHY_0005

조사장소 : 부산광역시 사하구 당리동 당리경로당

조사일시 : 2010.1.25

조 사 자 : 박경수, 정규식, 황영태, 박지희

제 보 자 : 문호연, 여, 84세

구연상황 : 청중들이 이런저런 이야기를 나누는 중에 제보자가 갑자기 이 노래를 구연하였다. 청중들은 즐겁게 이야기를 하고 있었으며 제보자는 박수를 치면서 흥겹게 노래를 불렀다.

> 추천당79) 세모시낭게 둘이비자고 그네를매와
> 임이타면 내가나밀고 내가타면은 임이밀고

얼씨구나

임아임아 줄미지마라 줄떨어지면은 정떨어진다

도라지 타령

자료코드 : 04_21_FOS_20100125_PKS_MHY_0006
조사장소 : 부산광역시 사하구 당리동 당리경로당
조사일시 : 2010.1.25
조 사 자 : 박경수, 정규식, 황영태, 박지희
제 보 자 : 문호연, 여, 84세
구연상황 : 조사자가 <아리랑>이나 <도라지 타령>도 좋다고 하니 제보자가 이 노래를
불러 주었다.

도라지 도라지 백도라지

심심산천에 백도라지

한두뿌리만 캐어도

바구리 반손만 되노라

에헤용 에헤용 에헤용

에헤라난다 지화자자 좋다

니가 내간장 시리살살 다녹히네

쌍가락지 노래

자료코드 : 04_21_FOS_20100126_PKS_PYS_0001
조사장소 : 부산광역시 사하구 다대1동 서부경로당
조사일시 : 2010.1.26

---

79) 녹음이 되지 않은 부분임.

조 사 자 : 박경수, 정규식, 박지희, 오소현
제 보 자 : 박영순, 여, 80세
구연상황 : 조사자가 '쌍금쌍금'으로 시작하는 노래를 구연해 달라고 하자 이 노래를 구
연하였다. 처음에는 기억이 나지 않는 듯 하다가 갑자기 구연하였다. 주위가
산만하였으나 제보자는 끝까지 진지하게 다음 노래를 불렀다.

쌍금쌍금 쌍가락지

주석질로 녹가락지

멘데보이 달일래라

잩에보이 처잘래라

저처자에 자는방에

숨소리가 두가질세

천두복시 오라부니

그짓말씸 말아주소

나함풍이(남풍이) 디리부니

풍지우는 소릴래라

맹지수건 목에걸고

따개칼로 품에안고

자는듯이 죽고지라

모심기 노래(1)

자료코드 : 04_21_FOS_20100125_PKS_SMK1_0001
조사장소 : 부산광역시 사하구 하단2동 2층 학성경로당
조사일시 : 2010.1.25
조 사 자 : 박경수, 정규식, 박지희, 황영태
제 보 자 : 서말금, 여, 81세
구연상황 : 조사자가 <모심기 소리>를 불러 달라고 하자 제보자가 자신이 할 수 있다고

하면서 이 노래를 불러 주었다. 다른 제보자에게 조사를 하던 중 제보자가 자신이 해 보겠다고 하면서 구연해 주었다. 제보자가 이 노래를 구연하자 청중들이 '모노래'라고 했다.

이물기저물기 다헐어놓고 주인네양반 어디갔소
문어야대전복 손에들고 첩의야방에 놀러갔소

모심기 노래(2)

자료코드 : 04_21_FOS_20100125_PKS_SMK1_0002
조사장소 : 부산광역시 사하구 하단2동 2층 학성경로당
조사일시 : 2010.1.25
조 사 자 : 박경수, 정규식, 박지희, 황영태
제 보 자 : 서말금, 여, 81세
구연상황 : 제보자가 옛날에는 많이 알았는데 지금은 모를 심지 않아 기억에 나지 않는다고 하면서 구연을 거부하더니 혼자 입으로 중얼중얼 하다가 곧 이 노래를 구연해 주었다. 원래 앞소리와 뒷소리로 구성되어 있던 노래인데 혼자서 구연하였다.

이논에다 모를심어 금실금실 영화로다
우리야부모 산소등에 솔을심어 영화로다

너냥 나냥

자료코드 : 04_21_FOS_20100125_PKS_SSC_0001
조사장소 : 부산광역시 사하구 하단2동 2층 학성경로당
조사일시 : 2010.1.25
조 사 자 : 박경수, 정규식, 박지희, 황영태
제 보 자 : 송순찬, 여, 78세
구연상황 : 청중들이 모두 이런저런 이야기를 하던 중에 제보자가 불쑥 이 노래를 구연

하였다. 제보자는 구연하던 중에 힘들어서 못하겠다고 하면서 힘들게 구연하
였다.

> 너냥나냥 두리둥실 울고요
>
> 낮이낮이나 밤이밤이나 참사랑이로구나
>
> 아침에 우는새는 배가고파 울고요
>
> 저녁에 우는새는 임을찾아서 운다
>
> 너냥나냥 두리둥실 놀고요
>
> 낮이낮이나 밤이밤이나 참사랑이로구나

아기 어르는 노래(1) / 금자동아 옥자동아

자료코드 : 04_21_FOS_20100126_PKS_SDN_0001
조사장소 : 부산광역시 사하구 다대1동 서부경로당
조사일시 : 2010.1.26
조 사 자 : 박경수, 정규식, 박지희, 오소현
제 보 자 : 신두남, 여, 92세
구연상황 : 조사자가 예전에 아기를 어를 때 불렀던 노래를 불러 달라고 하니 제보자가
이 노래를 흥겹게 구연하였다. 청중들도 다 같이 박수를 치면서 추임새를 넣
어 주었다.

> 금자동아 옥자동아
>
> 니어디 갔다가 인자와~
>
> 노란나비를 건내다가
>
> 속곳밑을 적시가지고~
>
> 우리나라 모구단지가
>
> 노란다리서 다되갔네~
>
> 어허둥둥 어데서왔나

니어디갔다 어데서왔나

니얼굴을 내가보니

눈은빵빵 새별눈이요

코를보니 유자코요

얼굴을보니 빤짝빤짝

입을보니 앵두입슬

귀를보니 깜짝귀요

손을보니 꼬스락손이라

니어데 갔다가 인자왔나

어찌나 좋은지 할무이가 이래 한다. 어룬다 손지를.

모심기 노래(1)

자료코드 : 04_21_FOS_20100126_PKS_SDN_0002
조사장소 : 부산광역시 사하구 다대1동 서부경로당
조사일시 : 2010.1.26
조 사 자 : 박경수, 정규식, 박지희, 오소현
제 보 자 : 신두남, 여, 92세
구연상황 : 다른 제보자가 모심기 노래를 구연하자 제보자가 이 노래를 기억하여 불렀다.

물고철철 헐어놓고 주인네양반 어데갔소

문에야전복을 손에들고 첩의야방으로 놀러갔다

퐁당퐁당 찰수지비 사우야판에 다올랐네

할마이는 어데가고 딸을동자를 왜시깄노

아기 어르는 노래(2) / 불매소리

자료코드 : 04_21_FOS_20100126_PKS_SDN_0003
조사장소 : 부산광역시 사하구 다대1동 서부경로당
조사일시 : 2010.1.26
조 사 자 : 박경수, 정규식, 박지희, 오소현
제 보 자 : 신두남, 여, 92세
구연상황 : 앞의 노래에 이어 자연스럽게 이 노래를 구연하였다. 모든 청중들이 박수를
치면서 장단을 맞추어 주었다.

불매야 불매야

이불매가 누불맨고

불어라 딱딱불어라~

전라도에 불매든가

갱상도라 불매든가

불어라 딱딱불어라~

어디서 니가낳노

누가누가 너를낳노

어데사 니가 인자왔나

첩첩산중에서 니가왔나

칡기넝쿨 머레넝쿨(머루넝쿨)

칭칭걸려서 니가왔나

앞을봐도 만냥이고

뒤를봐도 만냥인데

누가너를 나엏는고(낳았는가)

불매불매 이불매야

어디서왔길래 이렇기좋아

앞을봐도 만냥이요

뒤를봐도 만냥인데

불매불매 내불매야

이렇기좋은 불매가왔어

아리랑

자료코드 : 04_21_FOS_20100126_PKS_SDN_0004

조사장소 : 부산광역시 사하구 다대1동 서부경로당

조사일시 : 2010.1.26

조 사 자 : 박경수, 정규식, 박지희, 오소현

제 보 자 : 신두남, 여, 92세

구연상황 : 조사자가 <아리랑>이나 <도라지 타령>도 좋다고 하니 제보자가 이 노래를
시작하였다. 제보자가 구연 도중 다 같이 하자고 말하자 청중들이 모두 박수
치면서 함께 노래를 불렀다.

아리랑 아리랑 아라리요~

아리랑 고개를 넘어간다~

나를 버리고 가시는님은~

십리를 못가서 발병났네~

　아리랑 아리랑 아라리요~

　아리랑 고개를 넘어간다~

청천하늘엔 잔별도 많고~

요네야 가슴에 수심도많다~

　아리랑 아리랑 아라리요~

　아리랑 고개로 넘어간다~

요네야 가슴에 수심도많다~

아리랑 아리랑 아라리요~

아리랑 고개를 넘어간다~

아리랑 찰밥에 꽃꼽아놓고~

두레난실 두레난실 날기다린다~

아리랑 아리랑 아라리요~

아리랑 고개를 넘어간다~

모심기 노래(2)

자료코드 : 04_21_FOS_20100126_PKS_SDN_0005

조사장소 : 부산광역시 사하구 다대1동 서부경로당

조사일시 : 2010.1.26

조 사 자 : 박경수, 정규식, 박지희, 오소현

제 보 자 : 신두남, 여, 92세

구연상황 : 다른 제보자의 노래가 끝나자 제보자가 자진해서 바로 이 노래를 구연하였다.

(오늘해가)⁸⁰⁾ 다졌는데 우연(웬)행상 떠나가노~

이태백이 본댁이를 이별행상이 떠나간다~

창부타령

자료코드 : 04_21_FOS_20100126_PKS_SDN_0006

조사장소 : 부산광역시 사하구 다대1동 서부경로당

조사일시 : 2010.1.26

조 사 자 : 박경수, 정규식, 박지희, 오소현

제 보 자 : 신두남, 여, 92세

---

80) 녹음이 되지 않은 부분임.

구연상황 : 조사자가 <창부타령>이나 <노랫가락>, 혹은 <청춘가> 등도 좋다고 하니
제보자가 이 노래를 구연해 주었다. 다른 청중들도 다 같이 박수를 치면서 아
주 흥겹게 구연하였다.

에헤아~야 아니 노지를 못하리라~

노자놀아 젊어서놀아 늙어야지면은 못노느니 (청중 : 얼씨구.)

봄이왔어 봄이왔네 이강산삼천리 봄이왔어

남원북청 보리타작은 방방곡곡 농부간데 (청중 : 좋다.)

송백수야 푸른초가집 높다랗게 분배를놓고

오고가는 지인들이 오락가락을 부쳐날때

걸어온다 걸어온다 남한에광한로[81] 춘향이가

얼섬같은 버선발로 살끔살끔 걸어온다

니가무슨 반달이라고 고롱게도 살끔걸어오나

초생달이 반달이고 보름에 저달이 온달이다

얼씨구나 절씨구 정말로 좋다

요롱게나 좋다가는 논팔아옇겠다

창부타령(1)

자료코드 : 04_21_FOS_20100125_PKS_LJO_0001
조사장소 : 부산광역시 사하구 하단2동 2층 학성경로당
조사일시 : 2010.1.25
조 사 자 : 박경수, 정규식, 박지희, 황영태
제 보 자 : 이진옥, 여, 73세
구연상황 : 조사자가 제보자에게 노랫가락이나 창부타령도 좋다고 하면서 아는 노래를
불러달라고 요구하자 제보자가 이 노래를 불렀다.

---

81) '남원의 광한루'의 뜻임.

노세 놀아라 젊어서 놀아

늙어 병들면 못노나니

화무는 십일홍이요 달도차면은 기우나니

인생은 일자춘몽인데 아니노지를 못하리까

모심기 노래(1)

자료코드 : 04_21_FOS_20100125_PKS_LJO_0002
조사장소 : 부산광역시 사하구 하단2동 2층 학성경로당
조사일시 : 2010.1.25
조 사 자 : 박경수, 정규식, 박지희, 황영태
제 보 자 : 이진옥, 여, 73세
구연상황 : 조사자와 청중이 이야기를 하던 중 제보자가 이 노래를 해보겠다며 먼저 나
서서 노래를 불렀다. 옆에 있던 청중도 함께 불렀다.

모야모야 노랑모야 니언제커서 열매열래

이달가고 저달가고서 칠팔월에 열매열래

방귀타령

자료코드 : 04_21_FOS_20100125_PKS_LJO_0003
조사장소 : 부산광역시 사하구 하단2동 2층 학성경로당
조사일시 : 2010.1.25
조 사 자 : 박경수, 정규식, 박지희, 황영태
제 보 자 : 이진옥, 여, 73세
구연상황 : 조사자가 <방귀타령> 같은 종류의 노래는 없느냐고 하자 제보자가 이 노래
를 가사로만 전해 주었다. 소리로는 할 수 없느냐고 하자 이것을 노래로는 불
러 보지 않았다고 했다.

시아버지 방구는 두둑방구

딸애 방구는 연지방구

메늘(며느리) 방구는 도둑방구

음담요

자료코드 : 04_21_FOS_20100125_PKS_LJO_0004

조사장소 : 부산광역시 사하구 하단2동 2층 학성경로당

조사일시 : 2010.1.25

조 사 자 : 박경수, 정규식, 박지희, 황영태

제 보 자 : 이진옥, 여, 73세

구연상황 : 조사자가 분위기가 무르익자 음담요나 외설요 같은 노래도 부를 수 있느냐
고 하자 제보자가 이 노래를 구연해 주었다. 한참을 이야기 하던 중에 박수를
치면서 창부타령 곡조로 이 노래를 구연하였다. 청중들이 듣고는 모두 박장대
소를 했다.

시베리아 만주벌판에

좁쌀섬말을 뿌렸더니

씹새란놈이 다까먹고

빈좆대만 갖다났다

창부타령(2)

자료코드 : 04_21_FOS_20100125_PKS_LJO_0005

조사장소 : 부산광역시 사하구 하단2동 2층 학성경로당

조사일시 : 2010.1.25

조 사 자 : 박경수, 정규식, 박지희, 황영태

제 보 자 : 이진옥, 여, 73세

구연상황 : 조사자가 <노랫가락>이나 <창부타령> 등의 노래도 구연해 주면 좋다고 하

자 제보자가 다른 사람과 말씀 하던 중 갑자기 생각이 난 듯 자진해서 이 노래를 시작하였다. 노래의 끝부분에서는 가사만을 제시하고 웃음으로 마무리하였다.

얼씨구나 얼씨구나 절씨구
백설같은 흰나비는 부모님몽상을 입었든가
소복단장 곱게하고 장다리밭으로 넘어가네
얼씨구나 좋다 기화자 좋네 요러치 좋다가는 딸놓겠네 [웃음]

청춘가

자료코드 : 04_21_FOS_20100125_PKS_LJO_0006
조사장소 : 부산광역시 사하구 하단2동 2층 학성경로당
조사일시 : 2010.1.25
조 사 자 : 박경수, 정규식, 박지희, 황영태
제 보 자 : 이진옥, 여, 73세
구연상황 : 제보자가 <창부타령>에 이어 <청춘가>를 불렀다. 노래를 끝낸 후 노래의 가사 내용을 간단히 설명해 주었다. 청중들이 이진옥 제보자는 노래를 잘 한다고 말했다.

우수경첩에이요 대동강이 풀리고~
당신의 말한마디 좋~다 내맘이 다풀리네

다리 세기 노래

자료코드 : 04_21_FOS_20100125_PKS_LJO_0007
조사장소 : 부산광역시 사하구 하단2동 2층 학성경로당
조사일시 : 2010.1.25
조 사 자 : 박경수, 정규식, 박지희, 황영태

제 보 자 : 이진옥, 여, 73세

구연상황 : 조사자가 <다리 세기 노래>를 불러달라고 요구하자 제보자가 조사자와 함께 다리를 세는 놀이 동작을 취하면서 노래를 불렀다. 가사를 정확히 기억하지 못해 몇 번 반복해서 구연했으나 결국 노래 전체를 구연하지는 못했다.

이거리 저거리 갓거리

진주맨경 또맨경

윳도윳도 전라도

모르겠다. 아까 했는데. (청중 : 그래 안 칸다.)

창부타령(3)

자료코드 : 04_21_FOS_20100125_PKS_LJO_0008

조사장소 : 부산광역시 사하구 하단2동 2층 학성경로당

조사일시 : 2010.1.25

조 사 자 : 박경수, 정규식, 박지희, 황영태

제 보 자 : 이진옥, 여, 73세

구연상황 : 제보자가 다른 노래를 계속 하던 중에 이 노래를 구연하였다. 제보자는 노래를 많이 구연하였기 때문에 다소 지쳐 보였다.

잊어라 잊어라 꿈이로구나

모두가 잊어라 꿈이더라

잊어야만 옳은줄 알면

나도 버연히 알건마는

어리숙은 미련이 남아

이래도 못잊어 한이로구나

성주풀이

자료코드 : 04_21_FOS_20100125_PKS_LJO_0009

조사장소 : 부산광역시 사하구 하단2동 2층 학성경로당

조사일시 : 2010.1.25

조 사 자 : 박경수, 정규식, 박지희, 황영태

제 보 자 : 이진옥, 여, 73세

구연상황 : 조사자가 예전에 정초에 지신밟기 할 때 불렀던 노래를 아시는 것이 없다고
하자 제보자가 성주풀이 일부를 구연해 주었다. 제보자는 악기 소리를 입으로
흉내 내면서 구연했다. 조사자도 꽹과리 소리를 입으로 흉내 내면서 제보자의
구연을 보조했다. 노래하다 중간 중간 내용을 말로 설명해 주었다.

자자자자 자자자자[82]

어헤야 성주님아

성주님을 모시러가자

성주님을 모시다가

이집성주님은 어데갔노

다다다다다다 이래가지고 인자 쌀하고 술하고 우라가지고,

어허어허 성주님아

다다다다 다다다다

성조님을 모시고와서

캐가지고…….

모심기 노래(2)

자료코드 : 04_21_FOS_20100125_PKS_LJO_0010

---

82) 꽹과리 소리를 구음으로 한 것이다.

조사장소 : 부산광역시 사하구 하단2동 2층 학성경로당

조사일시 : 2010.1.25

조 사 자 : 박경수, 정규식, 박지희, 황영태

제 보 자 : 이진옥, 여, 73세

구연상황 : 조사자의 요청에 제보자가 다음 노래를 시작했다.

    퐁당퐁당 찰수지비~ 사우야판에 다올랐네~

    할맘은 어디가고~ 딸을동재 시깄든고~

창부타령(4)

자료코드 : 04_21_FOS_20100125_PKS_LJO_0011

조사장소 : 부산광역시 사하구 하단2동 2층 학성경로당

조사일시 : 2010.1.25

조 사 자 : 박경수, 정규식, 박지희, 황영태

제 보 자 : 이진옥, 여, 73세

구연상황 : 제보자가 이야기를 하던 중에 노래를 시작하였다. 청중들도 다 같이 박수를
치면서 구연하였다.

    황해도라 긴골목에 처녀야총각이 악수하네

    처녀뒤에는 총각이딸코 총각뒤에는 처녀딸네

    금가락지를 후여잡고 밀어라닥치라 남이볼라

    죽어서면은 정주겄지요 쥐어던 손목은 못놓겠네

      얼씨구나 좋다 지화자 좋네 아니 노지를 못하리라

    함경남도 행수기생 꽃가지를 꺾어안고

    임아임아 정든님아 꽃이좋나 내가좋나

    꽃이있어 좋지마는 너한테다가 비할소냐

      얼씨구나 좋다 지화자 좋네 아니 노지를 못하리라

청춘가

자료코드 : 04_21_FOS_20100125_PKS_JYO_0001
조사장소 : 부산광역시 사하구 당리동 당리경로당
조사일시 : 2010.1.25
조 사 자 : 박경수, 정규식, 박지희, 황영태
제 보 자 : 전연옥, 여, 78세
구연상황 : 제보자가 다른 제보자들의 노래를 가만히 듣고 계시다가 가사를 되새긴 후
　　　　　구연했다. 조사자가 노래 제목이 뭐냐고 하자 제보자는 그냥 <아리랑>이라
　　　　　고만 했지만, <청춘가>로 부르는 노래였다.

　　　높은온 상산에이요 외로야 선나무 ~
　　　날캉같이도 좋다 외로이 섰구나

　　　산이 높아야~ 골도나 깊우지
　　　조그만한 여자속이 좋~다 깊은~들 얼마나 깊을소냐~

　　　간다 못간다이요 얼마나 울었는지
　　　정거정 마당에 좋~다 한강수로다

　　　니가 잘나서 천하의 일색이냐 ~
　　　내눈이 어두워서 좋~다 한정이더냐 ~

창부타령(1)

자료코드 : 04_21_FOS_20100125_PKS_JYS_0001
조사장소 : 부산광역시 사하구 하단2동 2층 학성경로당
조사일시 : 2010.1.25
조 사 자 : 박경수, 정규식, 박지희, 황영태
제 보 자 : 정영순, 여, 81세
구연상황 : 제보자가 노래를 시작하고 중간에 다른 분이 이어서 노래를 하였다.

아니아니 놀지는 못하리라

하늘같이 높은사람 하해같이도 깊은사랑

칠년대한 가물음에 빗방울같이도 반견사람

　얼씨구 좋네 지화자 좋네 아니 놀지도 못하리라

저녁밥을 먹고서요 휘양을 써고서 어디가요

첩의집을 갈러거들랑 나죽놈꼴이나 보고가소

첩의집은 꽃밭이요 나의집은 연못인데

꽃과나비는 봄한철이요 연못의 금붕어는 사철이요

창부타령(2)

자료코드 : 04_21_FOS_20100125_PKS_JYS_0002

조사장소 : 부산광역시 사하구 하단2동 2층 학성경로당

조사일시 : 2010.1.25

조 사 자 : 박경수, 정규식, 박지희, 황영태

제 보 자 : 정영순, 여, 81세

구연상황 : 앞서 부른 창부타령이 마음에 들지 않는다며 옆에 있던 청중이 다른 것 한
번 더 해보라고 하자 제보자가 이 노래를 구연하였다. 구연 중에 가사를 기억
하지 못해서 말로 설명하다가 마무리하였다.

아니아니 놀지는 못하리라

하늘같이 높은사람 하해와같이도 깊은사람

칠년대한 가문날에 빗방울겉이도 반긴사람

강주하에 양귀비요 이대롱에는 춘향이요

일년삼백 육십일에 아니 놀고는 못하다리

봄들었네 봄들었네 이강산 삼천리 봄들었네

푸른것은 버들이요 붉은것은 누룸인교

다리 세기 노래

자료코드 : 04_21_FOS_20100125_PKS_JYS_0003
조사장소 : 부산광역시 사하구 하단2동 2층 학성경로당
조사일시 : 2010.1.25
조 사 자 : 박경수, 정규식, 박지희, 황영태
제 보 자 : 정영순, 여, 81세
구연상황 : 다른 제보자가 <다리 세기 노래>를 하는 것을 보고 조사자가 이 노래를 할
수 있는 사람이 있느냐고 하자 제보자가 조사자와 다리 세기 행동을 취하면
서 이 노래를 구연해 주었다.

이거리 저거리 갓거리

청사맹건 도맹건

도래중지 청두칼

이거 뭐꼬? [웃음] (조사자 : 짝발이 희양갓.)

딱발이 히양갓

(청중 : 윳도 윳도 전라도.)

모심기 노래

자료코드 : 04_21_FOS_20100126_PKS_JYS_0001
조사장소 : 부산광역시 사하구 다대1동 서부경로당
조사일시 : 2010.1.26

조 사 자 : 박경수, 정규식, 박지희, 오소현
제 보 자 : 조연순, 여, 81세
구연상황 : 조사자가 모시기 노래를 구연해 달라고 하자 제보자가 이 노래를 불렀다. 예전에는 모심기 노래를 많이 알았는데 지금은 아는 것이 별로 없다고 했다. 청중들은 모두 조용히 집중하여 노래를 따라 불렀다.

이논에다이 모를심어 금실금실 영화로다
우리부모어이 산소등에 솔을심어 영화로다

방아소리

자료코드 : 04_21_FOS_20100126_PKS_JYS_0002
조사장소 : 부산광역시 사하구 다대1동 서부경로당
조사일시 : 2010.1.26
조 사 자 : 박경수, 정규식, 박지희, 오소현
제 보 자 : 조연순, 여, 81세
구연상황 : 제보자가 자기 소개를 간단히 한 후 노래를 시작하였다. 제보자가 노래하고 청중은 다 같이 박수치며 후렴을 따라 부르면서 함께 노래를 하였다. 제보자는 원래 이 노래를 부산광역시 문화재로 출품하기 위해 열심히 준비를 했다고 했다. 이 노래는 사하방아소리로 다대포문화보존회에서 별도의 보존회를 만들어 2010년 현재 14회째 공연을 이어온 것이다.

어허 덜커덕 방아야	어허 덜커덕 방아야
이방아는 이방아요	어허 덜커덕 방아야
강태공이 조작방아	어허 덜커덕 방아야
조상대대로 찧어오던방아	어허 덜커덕 방아야
우리도한번 찧어보세	어허 덜커덕 방아야
쿵덕쿵덕 디딜방아	어허 덜커덕 방아야
철커덕철커덕 가래방아야	어허 덜커덕 방아야
방아방아 무슨방아	어허 덜커덕 방아야

보리한섬 나락한섬	어허 덜커덕 방아야
밤새도록 찍고나니	어허 덜커덕 방아야
동지섣달 긴긴밤을	어허 덜커덕 방아야
방아찧다가 찍새왔네	어허 덜커덕 방아야
쿵덕쿵덕 방아소리는	어허 덜커덕 방아야
울담너머로 다넘어가고	어허 덜커덕 방아야
아낙네들 말소리는	어허 덜커덕 방아야
입술안에서 뱅뱅돈다	어허 덜커덕 방아야
신화씨몸댕이 공중에두고	어허 덜커덕 방아야
처자야몸맵시 곱아야좋고	어허 덜커덕 방아야
보리방아받고는 겉치레야좋다	어허 덜커덕 방아야
안~고는 무르진데는	어허 덜커덕 방아야
오곡잡곡을 떠먹거마는	어허 덜커덕 방아야
아아요세에 새애기는	어허 덜커덕 방아야
억울하게도 매만맞네	어허 덜커덕 방아야
영감아곶감아 개떡잡쉬	어허 덜커덕 방아야
부자집에 밥펌두소	어허 덜커덕 방아야
영감님줄라고 개떡을쩌서	어허 덜커덕 방아야
개떡을찌거든 작게나쪘나	어허 덜커덕 방아야
섬말치솥에 석반을짜서	어허 덜커덕 방아야
열두번찧는 곡식을	어허 덜커덕 방아야
나라상반 아니하고	어허 덜커덕 방아야
부모님봉양을 안할손가	어허 덜커덕 방아야
어허 덜커덕 방아야	어허 덜커덕 방아야

노들강변

자료코드 : 04_21_MFS_20100125_PKS_CGS_0001
조사장소 : 부산광역시 사하구 당리동 당리경로당
조사일시 : 2010.1.25
조 사 자 : 박경수, 정규식, 황영태, 박지희
제 보 자 : 최계수, 여, 88세
구연상황 : 조사자가 <노랫가락>이나 <창부타령> 같은 노래도 좋다고 하니 제보자가
이 노래를 불러 주었다. 제보자는 박수를 치고 장단을 맞춰 가면서 구연하였
다. <노들강변>은 본래 문호월 작곡 신불출 작사의 신민요 유형가이지만, 전
통 경기민요의 음계를 이어받은 노래로 이후 대중적인 민요로 인식되어 널리
불리게 되었다.

노들~강변 봄버들

휘휘~ 늘어진 가지에다가

무정~세월 한허리를

칭칭~ 돌려서 메여나볼까

에헤~요~

봄버들도 못믿~으리로다

푸르러진 저기~저물만

흘러흘러서 가노라

■ 엮은이 소개

박경수 부산대학교 국어교육과를 졸업하고, 한국학중앙연구원 한국학대학원에서 문학석사, 부산대학교 대학원에서 문학박사 학위를 받았다. 현재 부산외국어대학교 한국어문화학부 교수로 있으면서 한국문학회 회장을 맡고 있다. 주요 저서로『한국 근대문학의 정신사론』(삼지원, 1993),『한국 근대 민요시 연구』(한국문화사, 1998),『한국 민요의 유형과 성격』(국학자료원, 1998),『한국 현대시의 정체성 탐구』(국학자료원, 2000),『아동문학의 도전과 지역 맥락』(국학자료원, 2010),『현대시의 고전텍스트 수용과 변용』(국학자료원, 2011) 등이 있고, 편저로『부산민요집성』(세종출판사, 2002),『증편 한국구비문학대계 8-16~19(경상남도 함양군①~③)』(한국학중앙연구원, 2014) 등이 있다.

정규식 동아대학교 국어국문학과를 졸업하고, 동아대학교 교육대학원에서 국어교육 학석사, 동아대학교 대학원에서 문학박사 학위를 받았다. 현재 동아대학교 교양교육원에서 조교수로 있으며, 동남어문학회·남도민속학회·한국문학회의 편집위원으로 활동하고 있다. 주요 저서로는『즐거운 고전 삶으로서의 고전』(세종출판사, 2008),『한국 고전문학 연구의 지평과 과제』(동아대 출판부, 2011),『고소설의 주인공론』(공저, 보고사, 2014),『한국 고소설과 섹슈얼리티』(공저, 보고사, 2009) 등이 있다.

서정매 계명대학교 작곡과를 졸업하고, 영남대학교 대학원에서 음악학석사, 부산대학교 대학원에서 한국음악학박사 학위를 받았다. 현재 부산대학교에 출강하고 있다. 주요 논문으로「정읍우도농악의 오채질굿 연구」(2009),「밀양아리랑의 전승과 변용에 관한 연구」(2012),「부산지역 범패승 계보 연구」(2012),「범패 짓소리에 관한 연구」(2015) 등이 있다.

증편 한국구비문학대계 8-21
부산광역시 ②—서부산권

초판 인쇄 2015년 12월 1일
초판 발행 2015년 12월 8일

엮 은 이 박경수 정규식 서정매
엮 은 곳 한국학중앙연구원 어문생활사연구소
출판기획 김인회

펴 낸 이 이대현
펴 낸 곳 도서출판 역락
편   집 권분옥
디 자 인 이홍주

주   소 서울시 서초구 동광로46길 6-6(반포4동 577-25) 문창빌딩 2층
등   록 1999년 4월 19일 제303-2002-000014호
전   화 02-3409-2058, 2060
팩   스 02-3409-2059
이 메 일 youkrack@hanmail.net

값 39,000원

ISBN 979-11-5686-267-3 94810
      978-89-5556-084-8(세트)